Robert Corvus

DRACHENMAHR

Roman

PIPER
München Berlin Zürich

Entdecke die Welt der Piper Fantasy:
Piper-Fantasy.de

Von Robert Corvus liegen bei Piper vor:
Feind. Die Schattenherren
Knecht. Die Schattenherren
Herr. Die Schattenherren
Schattenkult
Grauwacht
Drachenmahr

MIX
Papier aus verantwortungsvollen Quellen
FSC® C083411
FSC
www.fsc.org

Originalausgabe
Juli 2015

Umschlaggestaltung: www.buerosued.de
Umschlagabbildung: Melanie Miklitza, Incraft
Karte: Timo Kümmel
Satz: Satz für Satz. Barbara Reischmann, Wangen im Allgäu
Druck und Bindung: CPI books GmbH, Leck
Printed in Germany ISBN 978-3-492-28015-0

Für Sabrina,
die treue Mitstreiterin
von der ersten Idee
bis zum letzten Komma.

Der Fels
Jenbark
Worda
Westturm
Merrial
Machon
Das Leidende Land
Moor
Burg
Drakenpra
Markt
Friedhof
Webervie
Senat
Amphitheater
Löwentor
Kloster
Das Lei
Die Stadt Koda

Kathedrale
erker
Wasserfall
Ostturm
Kathedralbrücke
Ruine
rngat
Rubinsteyn
Hebelbrücke
kleiner Hetolfall
Thermen
Mittelbrücke
erenstolz
Das Leidende
Land
Fischerbrücke
Hetol
Moor
wenbrücke
Wassertor
Hetol
N
W
O
S
Moor

Prolog

Das Mädchen

Das Mädchen sang, aber noch nicht einmal die vier Männer, die hinter ihm die Truhe die endlos erscheinende Treppe nach oben schleppten, verstanden sein Lied. Der donnernde Wasserfall übertönte die kindliche Stimme. Zehn Meter über ihnen brach er aus dem Fels, sechzig Meter tiefer traf er mit solcher Wucht auf, dass er die Treppe auf ihrer gesamten Länge mit Sprühnebel bedeckte, wenn der Wind aus Osten kam. An diesem Tag wehte jedoch eine stetige Brise von Westen her, wo die Sonne dem Horizont entgegenwanderte und ihre roten Strahlen auf die fünf Wanderer warf.

Das Mädchen blieb auf dem nächsten Absatz stehen und wandte sich um. Es wartete auf die Träger, die ihm mit beständigem, aber langsamem Schritt folgten. Das Mädchen war froh, den Lärm und den Rauch der Schlacht zurückgelassen zu haben. Von hier oben sah man kein Blut, und auch die vielen Feuer in der Stadt wirkten so harmlos wie jene, auf denen man bei einem Ausflug in den Wald das Essen briet.

Die Erwachsenen stritten darüber, was das Chaos, das dort unten tobte, bedeutete. Manche sagten, man werde diesen Angriff zurückschlagen wie jeden zuvor. Nicht zum ersten Mal wurde die Stadtmauer überrannt. Alle Brücken waren noch in der Hand der Verteidiger, ebenso wie die meisten Paläste und überhaupt der Großteil der Stadt. Hier kannten sich die Bewohner aus, hier waren sie im Vorteil. Die Wurfmaschinen, deren Knallen jedem Angst machte, konnten nicht länger gezielt schießen. Kampfformationen aus Kriegern, die in Quadraten aufgestellt vorrückten, wogen leichter als Hinterhalte oder kochendes Öl aus den oberen Stockwerken.

Aber die Zuversicht wich mit jedem Familienmitglied, das mit zerschlagenen Gliedern und starren Augen nach Hause kam. Inzwischen flüsterten auch diejenigen nicht mehr heimlich, die glaubten, die letzte Nacht der Stadt bräche an. Schon morgen sei sie eine Hure, die einem fremden Herrn zu Gefallen wäre. Das Mädchen wusste nicht genau, was eine Hure war, aber so, wie die Erwachsenen das Wort verwendeten, verachtete man so jemanden.

Unten in der Stadt herrschte ein Gewimmel wie in einem Ameisenhaufen. Wo kamen nur all die Menschen her? Auch jenseits der Stadtmauer kämpften sie, so weit das Auge reichte. Männer und Frauen, die ihre Waffen für jene schwangen, die ihnen Gold gaben. Sie lebten in Zeltlagern, um die sie Palisaden errichtet hatten. Das Mädchen hatte es nachgespielt.

Die Männer erreichten den Absatz. »Weiter, junge Herrin?«, fragte einer von ihnen mit schweißglänzendem Gesicht. Die Truhe hing sicher an den beiden Stangen, die durch die eisernen Halteringe geschoben waren.

Das Mädchen nickte.

Ein anderer Träger murrte, dass ihm der Holm auf die Schulter drücke. Er solle noch durchhalten, forderte der Erste ihn auf, man sei gleich am Ziel. Warum man sich von einer Achtjährigen herumkommandieren lassen müsse, fragte der mit der wunden Schulter. Weil sie eben eine Patrizierin und dies die Ordnung der Welt sei.

»Schöne Ordnung. Bald geht sowieso alles zum Teufel.«

Aber sie trugen ihre Last.

Das Mädchen nahm sein Lied wieder auf und hüpfte an den Männern vorbei. So erreichte es die Kathedrale zuerst. Auf dem Vorplatz hörte es das Rauschen des Flusses, der unter dem Pflaster strömte, um sich dahinter in die Tiefe zu stürzen.

Jetzt wurden sie trotz der Windrichtung nass, aber das Mädchen fand das nicht schlimm. Es ging den Trägern voran durch das offene Portal.

Das Bauwerk war so hoch, dass das Kind den Kopf in den Nacken legen musste, um das Gewölbe zu betrachten. Die schlanken Pfeiler zwischen Mittel- und Seitenschiffen zogen den Blick nach oben. In der vorderen Hälfte stach die Sonne durch die farbigen Glasfenster der Westseite und schuf auf diese Weise bunte Finger, aber weiter hinten erhellten nur noch Kerzen die Kathedrale. Sie war in den Fels des Berghangs hineingeschlagen. Dort führten Stufen auf einen erhöhten Bereich, über dem weißer Rauch in schweren Schwaden hing.

Auch hier gab es Bewaffnete. Ihre schlaffe Körperhaltung verriet Müdigkeit, doch die Augen huschten unruhig. Einer von ihnen setzte unentwegt den Helm auf und wieder ab, ein anderer bewegte den Mund, ohne dass ein Wort herausgefunden hätte. Alle trugen Verbände, bei einigen waren diese dunkelrot verfärbt.

Das Mädchen führte die Träger durch den Mittelgang an leeren Bänken vorbei. Erst näher am Kardinal, der am Altar auf dem erhöhten Bereich etwas zurechtrückte, standen die Bewaffneten und sangen einen Hymnus. Blicke folgten dem Mädchen, das jetzt schwieg, sowie der Truhe. Auch die Träger waren nun still, und selbst der Wasserfall rauschte nur noch und dröhnte nicht mehr.

Vor den nur leicht Verletzten, die in den Reihen standen, lagen die Verwundeten auf den Bänken. Bei vielen umwickelten Binden einen Stumpf, wo ein Arm oder ein Bein hätte sein sollen. Manche hielten den Blick gebannt auf das Geschehen am Altar gerichtet, als erwarteten sie von dort Rettung. Aber das Mädchen wusste, dass es selbst die Rettung brachte, niemand sonst. Es lächelte, als es bemerkte, dass der Gesang der Gläubigen ins Stocken geriet. Beschwingt sprang es die zwölf

Stufen zum erhöhten Bereich hinauf. Die Träger stöhnten, aber der Vater hatte dem Mädchen beigebracht, dass eine Patrizierin ihre Macht nur mit Selbstverständlichkeit benutzen musste, dann gehorchten die Bürgerlichen. Sie waren so erzogen.

Der Kardinal drehte sich um. In seinem weißen Haar leuchtete eine feuerrote Kappe, auf die Brust seines grünen Gewands war mit Goldfaden ein Kelch gestickt. Seine Diener eilten herbei, aber der alte Mann hielt sie mit ausgestrecktem Arm zurück. Er kam zu dem Mädchen, sah auf es herab, wobei seine große Nase wie ein Axtblatt drohte, und sagte, dass es sich in eine Bank setzen solle, um die Messe mitzufeiern.

»Dazu bin ich nicht hier«, erwiderte es. »Ich werde die Stadt retten.«

Der Kardinal schwieg lange. Seine Augen zuckten, als er wieder sprach. »Ich weiß, dass deine Eltern und deine Geschwister tot sind. Ich habe sie selbst beerdigt. Es ist hart für eine Waise …«

»Es war auch vorher hart für mich!«, unterbrach das Mädchen, und die Menge raunte ob dieser Dreistigkeit. »Alles war schön, als ich mit den Glasbläsern spielen durfte. Dann kamt Ihr und habt es verboten!«

»Du musstest deinen Eltern gehorchen«, sagte der Kardinal mit dünner Stimme. »So hat Gott es gefügt.«

Wütend drehte sich das Mädchen um und machte sich an den Verschlüssen der Truhe zu schaffen, die die Träger inzwischen abgesetzt hatten. Es bekam sie nicht auf und musste sich helfen lassen. Dann aber gelang es ihm, den Deckel hochzustemmen.

Der Kardinal und die Träger waren die Einzigen, die nahe genug standen, um zu erkennen, was auf dem dunkelroten Samt lag. Die Fracht hatte den Transport unbeschadet überstanden. Sie glitzerte in voller Schönheit.

Die Männer weinten, und das Mädchen lächelte.

»Du hast dich selbst übertroffen«, hauchte der Kardinal. »Mehr noch, du hast eine Vollkommenheit geschaffen, die das Menschenmögliche übersteigt.« Er hatte Mühe, weiterzusprechen. »Auf Erden darf solch eine Schönheit nicht existieren. Sie ist dem Paradies vorbehalten. Wir wollen dein Opfer auf den Altar legen und es dort zerstören, auf dass der Allmächtige es uns anrechne und uns errette.«

»Nein«, sagte das Mädchen. »Hebt ihn heraus«, befahl es den Trägern. Es musste die Aufforderung zweimal wiederholen, bis die Männer ihre Erstarrung überwanden.

Als die Gemeinde den Gegenstand sah, verstummten auch die letzten Sänger. Manche schluchzten, die meisten weinten stumm.

»Ihr irrt Euch, alter Mann«, sagte das Mädchen. »Ich werde die Stadt retten, aber Euer Verbot war Unrecht. Dafür werdet Ihr büßen.«

TEIL I
Der Tod ist der Beginn von allem

1. Ostwacht

»Wenn du aus dieser Tür gehst, bevor ich es dir erlaube«, sagte ich und hörte dabei das Knurren in meiner eigenen Stimme, »wirst du die Nacht am Pranger verbringen, Bentur arn Worda.«

Die Laterne in seiner Hand schlug einen senkrechten Schatten auf die linke Hälfte seines Gesichts. Dort verlief die Furche, die von dem Bruch geblieben war, den ihm die Liebkosung eines Straßenschlägers eingebracht hatte. Ärger und Unglauben mischten sich in seinen Zügen mit der Frage, ob ich jemanden, der bis vor einem Monat noch ein Kamerad und kein Untergebener gewesen war, wirklich den Albträumen ausliefern würde.

»Glaube es nur!«, forderte ich ihn genauso auf wie mich selbst.

Ich wusste, dass Bentur sich für den besseren Leutnant hielt, und uns beiden war klar, dass er mit dieser Einschätzung nicht allein dastand. Er war zehn Jahre älter als ich, fast dreißig, und diente der Stadtwache seit zwölf Jahren. Er konnte mit den Gaunern umgehen, das Geschmeiß nahm Reißaus, wenn er kam, und niemand hatte mehr Flüsterer an der Hand, die ihm für ein paar Kupfermünzen zutrugen, was sich in den Gassen zusammenbraute. Zwar hatte ich schon als Mädchen die Straßen außerhalb der Paläste erkundet, aber Bentur hatte mir viel von dem beigebracht, was ich über die Arbeit eines Büttels wusste.

Doch es war nicht mein Problem, dass ich trotz meiner Jugend von gerade einmal achtzehn Jahren an seiner statt befördert worden war. Der Hauptmann hatte entschieden, und ich hatte wahrlich meinen Preis gezahlt. Auch wenn Bentur daran zweifelte, konnte er noch immer Leutnant werden, aber niemand würde mir mein linkes Auge zurückgeben.

»Von den Zinnen kann man sie schon kommen sehen.« Dass er die gleiche Stimmlage benutzte wie zu Beginn meiner Ausbildung, als ich noch nicht gewusst hatte, welches das gefährliche Ende an einem Rapier ist, fachte meine Wut an. Oder war es Unsicherheit?

Mein Onkel Podro, der auch der Hauptmann der Stadtwache war, hatte mir eingeschärft, dass sich eine frisch ernannte Offizierin nichts bieten lassen durfte, sonst wurde sie zum Spielzeug der Büttel. Ich hatte nie mit Puppen gespielt und verspürte keine Lust, jetzt selbst wie eine behandelt zu werden. Andererseits wusste ich, dass Offiziere, die auf Banalitäten beharrten, zu Witzfiguren wurden.

Trotzdem, ich hatte mich festgelegt. »Wenn wir sie sehen können, dann können wir auch die kurze Zeit bis zu ihrem Eintreffen abwarten.« Nicht nur Bentur, der in seinem schweren blauen Mantel so unbewegt wie eine Statue stand, starrte mich an. Ich spürte auch die Blicke der anderen drei Büttel auf mir. »Setz dich wieder hin«, sagte ich kühl. »Sofort.«

Bentur schnaubte, wobei er den Kopf zurücknahm. Das brachte seinen gesamten Körper in Bewegung. Er machte den Rücken gerade, drehte einen Stuhl mit der Lehne zum Tisch, ließ sich rittlings darauf nieder und stellte die Laterne geräuschvoll auf dem Boden ab. »Sehr wohl, Frau Leutnant Zarria Machon!«

»Hast du ein Problem mit meiner Familie?« Ich achtete darauf, die Hände von Parierdolch und Rapier fernzuhalten.

»Wie könnte ich?«, fragte er mit abfälligem Tonfall. »Die Hohen Häuser haben sich Verdienste um die Stadt erworben, die in Ewigkeit nicht abzugelten sind.«

»Dann stimmen wir überein«, stellte ich fest.

Er schnaubte nochmals und wölbte die Hände um die offene Kerze auf dem Tisch, als wolle er sich die Finger wärmen. Das nahm dem runden Wachraum viel von seiner Helligkeit. Der Kamin war erloschen, ich hatte kein Feuerholz sammeln lassen, obwohl das Vorschrift war. Wir hatten zu Beginn der Wache auch keine Scheite vorgefunden, sollten sich unsere Nachfolger doch ebenfalls selbst Brennmaterial beschaffen! Das war jedenfalls Benturs Meinung, und ich hatte ihm nicht widersprochen. Inzwischen wünschte ich, ich hätte es getan. Offensichtlich erprobte der Mann seine Grenzen, und jede Schwäche meinerseits ermutigte ihn.

»Bentur und ich warten hier!«, verkündete ich. »Die anderen steigen auf die Plattform!«

»Was sollen die denn bei dem Nebel sehen?«, fragte Bentur.

»Immerhin kann man schon unsere Ablösung erkennen«, versetzte ich.

»Die trägt auch Laternen. Kommen Angreifer mit Lichtern? Wie war denn das vor hundert Jahren, als die letzten gegen die Stadt vorgerückt sind?«

»So lange liegt es noch nicht zurück.«

Bentur lachte auf. »Außer der Drachenmeisterin lebt niemand mehr, der dabei war. Und die ist gut und gern hundert Jahre alt.«

Er wollte mich in ein albernes Wortgeplänkel verwickeln. Jeder wusste, dass man Josefa Rubinsteyns einhundertsten Geburtstag erst in zwei Jahren feiern würde. Ich ging nicht darauf ein und wandte mich stattdessen zu meinen anderen Untergebenen um. »Seid ihr schwerhörig? Ich glaube, man kann sich die Ohren frei stechen lassen.«

Sie wichen dem Blick meines verbliebenen Auges aus und schlichen die Treppe nach oben. In diesem Moment war mir ihre Folgsamkeit recht, aber wenn der Pöbel wieder einmal in den Straßen des Weberviertels marodierte, wüsste ich lieber jemanden wie Bentur an meiner Seite, der seine Stellung behauptete. Damals ahnte ich noch nicht, dass ich bald für jeden Weichling in der Stadtwache dankbar sein würde.

Als die anderen oben waren, stellte ich mich Bentur gegenüber an den Tisch. Er war ein raues Möbelstück mit fingerbreiten Lücken zwischen den Bohlen, sodass der Inhalt eines umgestürzten Bechers ablaufen konnte. Der Dienst in den Wachtürmen war alles andere als ein Fanal der Sinnhaftigkeit, dafür aber der Gipfel der Eintönigkeit. Einstmals hatten diese Befestigungsanlagen die Handelsstraße entlang des Bergs geschützt, die schmalen Durchlässe, die das Moor östlich und westlich der Stadt freiließ. Beide standen an einem Fluss, der aus der Bergflanke kam. Die Brücken waren längst eingestürzt. Jetzt gab es in diesem Gebiet nur noch Geister, wie im gesamten Leidenden Land. Jenseits der Türme sicher mehr als näher an der Stadt, aber außer in Schauergeschichten hatte ich nie davon gehört, dass sie versucht hätten, weiter vorzudringen. Und selbst wenn, hätte niemand gewusst, wie sie aufzuhalten gewesen wären. Sie respektierten die Stadtmauer, warum auch immer, und die Wachtürme schützten ebenfalls. Also starrte man immerfort in den Nebel, und wenn das Gespenstergeheul zu sehr an den Nerven zerrte, betrank man sich. Ein Teil des Unmuts meiner Mannschaft rührte daher, dass ich versäumt hatte, ausreichende Weinvorräte für die Woche zu beschaffen. Ich hatte es schlicht vergessen.

Auch das hatte Bentur angesprochen, aber darum ging es ihm nicht. Dieses Gejammer diente nur als Vorwand.

Durch meine dünnen Handschuhe spürte ich die rauen Bohlen. »Jetzt, wo die anderen uns nicht hören, sollten wir klären, was zu klären ist«, sagte ich. »Bevor die Ablösung eintrifft.«

»Was sollte zu klären sein, Zarria Machon?« Er beobachtete das Kerzenlicht.

»Du hast deinen Kopf oft für die Wache hingehalten.« Ich

zog den Handschuh von meiner Linken, obwohl ich meine Hände ungern der Luft aussetzte. »Wie oft hat man dich zusammengeschlagen, weil du die rote Schärpe trägst?«

Sein Blick huschte über die Silberborte, die das Band zierte, das quer über meine Brust lief. »Ich habe aufgehört, zu zählen.«

»Glaubst du, du bist härter als ich, weil dein Schädel wieder zusammengewachsen ist, nachdem ein Knüppel ihn gebrochen hat?«

»Es war eine Eisenstange.«

Ich bemühte mich um ein kaltes Lächeln, senkte meine Stirn ein wenig und fesselte seinen Blick, während ich meine nackten Fingerspitzen mit seinen verhakte und seine linke Hand gemeinsam mit meiner über die Kerzenflamme zog. »Tut es noch weh?«

»Unsinn! Das ist Jahre her!«

Dafür biss jetzt die Hitze in unsere Haut.

»Was ist es dann?«, flüsterte ich. »Dass ich eine junge Frau bin? Dass es bei mir so schnell ging? Dass der Hauptmann zufällig mein Onkel ist?«

Meine Hand zitterte, als sie der Flamme entgegensank, aber seine zitterte auch. Er presste die Zähne aufeinander. Natürlich hätte er die Hand wegziehen können, aber dabei wäre sein Stolz verbrannt.

»Hältst du dich für stärker als mich?«, fragte ich. Dass er die Zähne nicht auseinanderbekam, fand ich amüsant. Er fürchtete wohl, dass der Schmerz sich mit einem unwürdigen Laut Luft machen würde. In der Tat verschmorte die Flamme unsere kleinen Finger. Seiner zuckte ein Stück nach oben, aber er zwang ihn zurück.

»So viele Jahre, und noch immer nur ein Schwertbüttel. Wie kommt das, Bentur? Ein alter Fehler, der dir nachhängt?« Ich schnalzte mit der Zunge. »Trotzdem, so lange Zeit treuer Dienst. Bestimmt denkst du, du wärest ungerecht behandelt worden. Und weißt du was?« Ich führte die Hände noch ein Stück tiefer. »Es ist mir vollkommen gleichgültig.«

Die Furche, die sich durch die linke Seite seines Gesichts zog, ähnelte jetzt einem Spalt in einem vertrockneten Holzstück. Der Widerschein der Flamme tanzte in den grünen Augen. Er blinzelte, als Schweiß hineinlief.

»Ist dir heiß?«, fragte ich. »Du hast deinen Mantel zu früh angelegt.«

Er öffnete die Lippen, um zischend zwischen den zusammengepressten Zähnen einzuatmen. Sein Schmerz und seine Wut beruhigten mich. Sie gaben mir das Gefühl, Herrin der Lage zu sein. Nicht ich war es, die litt. Oder wenigstens nicht am meisten.

»Willst du etwas sagen, Bentur? Ich höre. Was bekümmert dich?«

Als unsere Ablösung anklopfte, riss er sich los. »Du bist ja verrückt!«

Ich betrachtete die dunkle Stelle an meinem kleinen Finger, zuckte mit den Schultern und zog den Handschuh über. »Vor allem bin ich dein Leutnant. Ich gebe hier die Befehle, und wenn du noch einmal dagegen aufbegehrst, stehst du heute Nacht am Pranger.«

Ohne seine Antwort abzuwarten, umrundete ich den Tisch und öffnete die Tür.

Harik arn Worda murmelte einen Gruß und führte seine vier Büttel herein. »Kalt hier«, sagte er mit Blick auf den erloschenen Kamin. Er nahm den Hut ab. An einem sonnigen Tag hatte sein Haar die gleiche hellgelbe Farbe wie der Urin von jemandem, der den ganzen Tag nur Wasser trinkt. Im Schein von Kerze und Laterne war es kaum von der Haut zu unterscheiden, zumal er es kurz gestutzt trug und die Strähnen eng anlagen.

Die Mäntel der Neuankömmlinge tropften, der Regen hatte sich erst vor einer halben Stunde gelegt. Die beiden Fuhrleute, die mit ihnen gekommen waren, wendeten den Ochsenkarren, um dann die Vorräte für die kommende Woche abzuladen.

»Du hast an Wein gedacht«, sagte ich. »Gut.«

»Nur ein Trottel vergisst den Wein für die Turmwache«, murmelte Bentur so leise, dass er hätte behaupten können, ich hätte mich verhört. Er nahm die Laterne wieder auf.

»Irgendwelche Vorkommnisse?«, leierte Harik. Ich sah ihm an, dass er die letzten Stunden in der Stadt für ausgiebiges Feiern genutzt hatte und möglichst rasch auf die Pritsche wollte.

»Keine«, meldete ich. »Aber müssten wir die Übergabe nicht eigentlich vor der Tänzerin machen?«

Er grinste müde. »Ach ja, du bist ja gerade erst Leutnant geworden.«

»Was hat das damit zu tun?«

»Irgendwann lernt man, welche Regeln man etwas lässiger auslegen kann.«

Tatsächlich erinnerte ich mich daran, dass die Leutnants in meiner Zeit als Büttel die Übergabe oft in der Tür vollzogen hatten. Aber konnte ich Harik trauen? Er war ein arn Worda, also ebenso wie Bentur ein Bürgerlicher, der unter dem Schutz der Familie Worda stand. Die beiden mochten sich absprechen, um mir meine Verfehlungen beim Hauptmann anzukreiden. Daher gab ich mir besser keine Blöße.

Schweigend nahm ich die Kerze vom Tisch und stieg in den Keller. Dort stand in einer Nische zwischen zwei Lichtern die Figur einer unbekleideten Frau, die ein Bein in die Höhe und die Schultern zurückwarf, sodass sie ihre üppigen Brüste präsentierte. Das Haar hing bis zu ihrer Hüfte herab. Ihre Linke war ungewöhnlich groß geraten. Dennoch glaubte ich nicht an eine Nachlässigkeit der Künstlerin. Josefa Rubinsteyn, die Drachenmeisterin, formte solche Figuren aus Glas, und ich hätte mich gewundert, wenn diese spezielle von jemand anderem gestammt hätte. Die sinnlichen Lippen, die Zehen, die Ohrmuscheln, einzelne Haarsträhnen und sonstige Kleinigkeiten waren mit solcher Treue wiedergegeben, dass ein Fehler eigentlich ausgeschlossen war. Also war es beabsichtigt, dass die linke Hand einer Pranke glich.

»Nun – auf welche besonderen Gefahren soll ich bei meiner Wache ein Auge haben?«, fragte Harik.

Ich schluckte. Jetzt kam ich mir dumm vor, weil ich darauf bestanden hatte, in das Gewölbe zu gehen. »Ihr müsst neues Feuerholz holen«, sagte ich, um nicht zu schweigen.

»Wir haben welches dabei. Es brennt besser, wenn es einige Zeit getrocknet ist.«

Ich nickte und sah die Figur an, um Hariks Blick auszuweichen. Eine ähnliche gab es auch im Westturm und weitere in jedem Palast der Hohen Häuser. Sie alle waren meisterlich aus Glas geformt, und jede zeigte einen Menschen. Mal einen Jüngling, mal einen grimmigen Greis, manche bekleidet und andere nackt wie die Tänzerin. Es ging das Gerücht, dass Josefa nur ein einziges Mal die gleiche Figur in doppelter Ausführung geformt hatte. Unter den jungen Patriziern hegten viele den Ehrgeiz, diese Zwillinge zu finden.

Das war schwierig, weil die Statuetten über die gesamte Stadt verteilt waren. Josefa machte sie den Familien zum Geschenk, und ab und zu bedachte sie auch die Stadtwache. Niemand hätte etwas abgelehnt, das von der Drachenmeisterin kam. Offenbar gingen einige aber nicht allzu achtsam damit um. Einmal hatte ich eine Glasfigur in der verfallenen Stadtmauer gefunden.

»Was noch?«, fragte Harik.

Als bemerke mein kleiner Finger die Verbrennung erst jetzt, begann er zu pochen. »Das ist alles.«

»Na wunderbar«, seufzte er und wandte sich ab.

Ich runzelte die Stirn. »Kommt sie dir nicht auch irgendwie … anders vor?« Ich brachte mein Gesicht näher an die Tänzerin. »Wo sind die Funken?«

Normalerweise bewegten sich Lichter durch das Glas der Figuren, die wir Funken nannten, weil sie so klein waren. Damit endete die Ähnlichkeit allerdings schon. Aus der Nähe betrachtet waren diese Lichter winzige Ringe, und sie stoben auch nicht auf, wie es die Funken eines Feuers taten, sondern wanderten in den Statuetten umher. Bei manchen waren es nur ein Dutzend, bei anderen Hunderte. Sie unterschieden sich auch in ihrer Farbe. Bei der Tänzerin hatte ich sie rot in Erinnerung. Manchmal sammelten sie sich im Haar oder am Standfuß, aber diesmal waren sie nirgendwo zu entdecken.

Seufzend beugte sich Harik ebenfalls herab.

»Du hast recht«, räumte er missmutig ein. »Aber wen interessiert das schon? Hier draußen sieht sich sowieso niemand die Figur an.«

»Das ist nicht normal«, beharrte ich. »Ich war gestern noch hier, um die Kerzen zu erneuern. Da waren die Funken noch nicht erloschen.«

»Du wirst es übersehen haben.« Harik richtete sich auf.

»Das habe ich nicht!«

»Dann eben nicht.« Er wandte sich zur Treppe. »Die Tänzerin ist alt. Sie wird ihren Brennstoff aufgebraucht haben, wie beim Öl einer Laterne.«

Ich blieb allein neben der Figur zurück. Machte ich mich lächerlich, wenn ich eine solche Nebensächlichkeit betonte? Oder wurde ich angreifbar, wenn ich den Vorgang auf sich beruhen ließ?

Man konnte mir keinen Vorwurf machen, entschied ich. Die Anweisung lautete, dass die Figur in Ehren zu halten war. Ich hatte sie abputzen lassen und dafür gesorgt, dass immer Kerzen neben ihr brannten. Der einzige andere Befehl, der mir im Zusammenhang mit der Statuette bekannt war, besagte, dass sie auf die Zinnen zu bringen war, wenn der Turm angegriffen würde, was aber nie geschah, weil es keine Feinde gab. Sollten die Gegner, die seit neunzig Jahren niemand mehr zu Gesicht bekommen hatte, die Stellung gar überrennen, musste sie zerschlagen werden. Sicher hatte Drachenmeisterin Josefa auf diese Anweisung gedrungen. Jeder wusste um die merkwürdigen Anwandlungen der alten Frau, deren Geist mehr beim DRACHEN weilte als in der Welt, in der wir Menschen lebten.

Ich legte meinen Umhang an und führte meine Büttel hinaus. Die Fuhrleute fragten, ob sie sich uns anschließen dürften, nachdem sie den Wagen abgeladen hätten. Ich sah meinen Leuten an, dass sie keine Lust verspürten, neben dem langsamen Ochsen herzutrotten. Tatsächlich wären wir dann erst eine Stunde später in der Stadt angekommen.

Ich lehnte ab.

Auf der nächsten Hügelkuppe wandte ich mich um. Der Karren war jetzt leer, das Tor des Turms verschlossen. Die Fuhrleute zogen den Ochsen vorwärts. Hariks Trupp war wohl gerade dabei, die nassen Sachen abzulegen und die Pritschen für die kommende Woche aufzuteilen. An den Zinnen machte ich jedenfalls noch keinen der Büttel aus. Dafür fiel mir etwas anderes auf.

»Die Geister kommen dem Turm sehr nahe.« Die gestaltlosen Schemen leuchteten grün, fahlgrau oder hellgelb im Nebel.

»Das geht uns nichts mehr an«, murmelte Bentur. »Unsere Wache ist vorüber.«

»Wartet!«, forderte ich.

»Allmählich übertreibst du, Zarria!«, fuhr er auf. »Eine ganze Woche haben wir hier verschwendet! Wir wollen zurück in die Stadt!«

Ich brauchte nicht zu fragen, um zu wissen, dass die anderen seine Meinung teilten.

»Seht euch das an«, bat ich. »Hat einer von euch die Geister jemals so nah gesehen?«

»Nein!«, blaffte Bentur. »Und es ist auch nicht unser Problem, sondern Hariks! Ich will mir ein paar pralle Titten ansehen, keine zerfetzten Nebelschwaden. Eine Hure stöhnt auch viel geiler als diese Geister.«

Die anderen lachten.

»Ich höre sie nicht stöhnen«, sagte ich. Die bunten Schlieren trieben lautlos auf den Turm zu.

»Der Wind wird ungünstig stehen.«

Ich nahm meinen Hut ab und betrachtete die buschige Feder, die darauf angebracht war. »Es ist windstill.«

Bentur stieß seinen Spieß auf den Boden. »Es reicht jetzt, Zarria! Wenn du willst, schwärz mich beim Hauptmann an, aber ich gehe! Unsere Wache ist vorüber!«

Ich legte die Hand an mein Rapier. »Wenn du das tust, werde ich mit dem Hauptmann nicht über deinen Ungehorsam sprechen, sondern über die Trauerrede, die wir für dich halten wollen.«

»Du übertreibst wirklich, Zarria«, sagte Jeros, einer der anderen Büttel. Seine Augen waren aufgequollen, das nächtliche Gespenstergeheul hatte ihn wohl um den Schlaf gebracht. »Auf die Entfernung sieht man nicht genau, ob …« Er verstummte.

Ein grüner Geist, ein formloses Wabern, sank an der runden Turmwand herab, bis er eine der schmalen Öffnungen erreichte. Außer an besonders heißen Tagen hielt sich niemand gern im obersten Stockwerk auf, weil die Fenster dort zwar vergittert, aber nicht mit Scheiben versehen waren. Der Wind zog unangenehm kalt durch dieses Geschoss.

Für den Geist war das Gitter kein Hindernis. Er verschwand im Turm.

»Ich habe noch nie gehört, dass sie so etwas getan hätten«, sagte Bentur tonlos.

»Da läuft etwas schief!« Ich drückte den Griff des Rapiers hinunter, damit mir die Waffe nicht zwischen die Beine kam, ließ meinen Hut fallen und rannte los.

Die Fuhrleute hielten an und wandten sich dem Turm zu. Als ich sie erreichte, hörte ich die Schreie. Das war nicht das Geheul der Geister, nicht das Klagen abgrundtiefer Traurigkeit und nicht das Seufzen hoffnungsloser Verzweiflung, mit dem diese Wesenheiten den Aufenthalt im Turm zur Tortur machten. Die Laute kündeten von der Qual des Wachtrupps. Harik und seine Leute schrien, als zöge ihnen jemand bei lebendigem Leib die Haut ab.

Ich beschleunigte meinen Lauf, was wegen des schlagenden Umhangs schwerfiel. Außer Atem erreichte ich den Turm und riss das Rapier aus der Scheide. Mit dem Knauf hämmerte ich gegen die Tür. »Macht auf! Wir helfen euch! Öffnet uns!«

Die Schreie, die mir antworteten, ließen mich schaudern.

»Komm hier weg, Zarria!«, rief Bentur.

»Die Geister sind da drin!« Meine Stimme überschlug sich. »Sie sind im Turm!«

»Und dann willst du da rein? Bist du wahnsinnig?«

»Harik und seine Leute! Sie brauchen uns!« Eisenbänder verstärkten die aus festem Holz gezimmerte Tür. Ich warf mich dagegen, was aber außer einem dumpfen Schmerz in meiner Schulter nichts bewirkte.

Bentur packte meinen Oberarm und zog mich weg. »Was willst du denn gegen die ausrichten, Mädchen?«

Ich rammte einen Ellbogen in seine Brust. Pfeifend stieß er die Luft aus und ließ mich los.

»Sie gehören zu uns!« Sofort war ich wieder an der Tür.

Bentur und die Kameraden verloren endgültig die Geduld mit mir. Ich spürte einen harten Schlag in der Beuge von rechter Schulter und Hals, dann entglitt mir das Bewusstsein.

2. Geisterwerk

Ich erwachte mit dem Geschmack von Eisen im Mund.

»Es musste sein«, sagte Bentur.

Mein Verstand brauchte einen Moment, um aus den ineinander verlaufenden Farbflächen, die mein gesundes Auge ihm lieferte, ein klares Bild zu machen. Benturs durch die Furche entstelltes Gesicht war das Letzte, was ich direkt beim Erwachen sehen wollte, also drehte ich den Kopf zur Seite. Ich lag neben dem Karren auf der Straße, die vereinzelten Steine, die dem Sand Festigkeit verliehen, drückten in meinen Rücken. Der Himmel verbarg sich hinter Wolken in verschiedenen Grautönen. Meine Büttel und die beiden Fuhrleute sahen mich besorgt an. Nur der Ochse rupfte weltzufrieden das frische Gras vom Wegesrand.

»Harik«, stöhnte ich. »Was ist mit ihm passiert?«

»Wir haben noch nicht nachgesehen«, sagte Bentur. »Aber die Geister haben den Turm wieder verlassen, und zu hören ist auch nichts mehr.«

Ich bemerkte, dass wir uns unmittelbar hinter der ersten Hügelkuppe befanden, von wo aus ich zum Turm geschaut und die Gefahr kommen gesehen hatte. Ächzend drückte ich mich hoch. Ich griff an die leere Scheide.

»Das gehört mir«, sagte ich und streckte Jeros eine Hand entgegen.

Er gab mir mein Rapier zurück. Ich steckte es weg und stieg den Weg hinauf. Das Pochen in meiner rechten Schulter versprach mir einen kräftig blauen Fleck. Vorsichtig bewegte ich den Arm. Wenigstens war wohl nichts gebrochen.

Der Turm stand verlassen. Hinter ihm wallte der Nebel, aber es waren nur die grauweißen Schwaden, die ständig das andere Flussufer verbargen. Von den bunten Fetzen der Geister sah ich nichts. Allerdings ebenso wenig von einer Mannschaft. Weder stand jemand auf der Plattform, noch schien Licht durch die Fenster.

Jeros stellte sich neben mich. »Wir wollten deinen Befehl nicht verweigern.« Seine Stimme zitterte. Die Lippen erschienen in dem Gesicht mit den aufgequollenen Augen besonders dünn. »Aber du warst nicht du selbst, Zarria. Bei klarem Verstand hätte jeder erkannt, dass es aussichtslos war. Ich meine … Womit will man einen Geist angreifen?« In seinem gehusteten Lachen klang Irrsinn mit. »Wir sind doch nicht die Drachengarde.«

Ich spie aus, um den Geschmack aus dem Mund zu bekommen. »Wie lange war ich ohnmächtig?« Hinter den Wolken ließ sich die Sonne nur erahnen.

»Eine Stunde.« Jeros sah sich zu den Kameraden um. »Vielleicht eineinhalb.«

Ich ärgerte mich über das Zittern, das ich in meinen Muskeln spürte. Ich hatte Angst, möglicherweise genauso viel wie meine Büttel. Aber ich hatte gelernt, dass man etwas tun musste, gerade dann, wenn man sich davor fürchtete. Sonst ließ man sich von einem Schatten beherrschen, den man niemals greifen konnte. Außerdem durfte ich mir bei meinem ersten Kommando nicht den Schneid abkaufen lassen.

Ich ging los. »Sehen wir nach.«

»Du willst doch nicht zum Turm?« Jeros lief neben mir her. »Du hast nicht gehört, was dort geschehen ist!«

»Dafür werde ich es mir jetzt ansehen.«

»Das willst du nicht! Niemand will dort rein!«

»Der Turm ist unser Posten.«

Er hustete ein weiteres Lachen heraus. »Da geht doch keiner mehr freiwillig hin!«

Ich blieb stehen. »Hör zu. Ich verstehe, dass euch diese Sache Angst macht. Ich begreife auch, dass ihr verunsichert wart. So etwas ist noch nie geschehen. Aber jetzt sind die Geister fort, und wir sind unseren Kameraden schuldig, dass wir nachsehen. Vielleicht können wir ihnen noch helfen.«

Mit geweiteten Augen schüttelte er den Kopf. »Du hast nur den Anfang mitbekommen. Die Schreie, die danach kamen, waren noch fürchterlicher. Man konnte sie noch hinter dem Hügel hören. Sie sind alle tot.«

»Und wenn du so weiterredest, wird es noch weitere Tote geben.«

Er bewegte nur stumm den Mund, bis die anderen zu uns aufschlossen.

»Also gut.« Ich seufzte. »Nennt mich verrückt, aber wir haben drei Möglichkeiten. Ihr erschlagt mich hier und jetzt und lasst euch auf dem Rückweg zur Stadt eine gute Erklärung für den Hauptmann einfallen.« Ich sah, dass sie diesen Vorschlag ernsthaft erwogen, also fuhr ich schnell fort. »Oder ihr helft mir, die Tür einzubrechen. Wir nehmen die Verwundeten mit uns oder die Leichen, je nachdem, und berichten, was geschehen ist. Wenn ich das allerdings allein tun muss, das wäre die dritte Möglichkeit, wird es länger dauern. Vielleicht bis zum Einbruch der Nacht. Und ihr werdet erklären müssen, wieso ihr nicht geholfen habt. Und …«, fiel mir ein, »ihr müsst sowieso eine verdammt gute Erklärung haben, auch wenn ich hier umkommen sollte. Sobald man bemerkt, dass der Turm nicht mehr besetzt ist, wird man eine Menge Fragen stellen.«

Ich sah in ihren Gesichtern, wie sie die Angst vor dem Turm gegen die Furcht vor den Strafen abwogen, die in der Stadt warten mochten.

»Josefa sucht immer jemanden für ihre Spiele«, legte ich einen weiteren Stein auf die Waagschale. »Die Hohen Häuser werden Schuldige wollen.«

»Aber wir waren doch gar nicht mehr im Turm!«, protestierte Jeros.

Bentur schlug ihm gegen den Hinterkopf. »Eben! Diesmal

hat Zarria recht. Tote kann man nicht mehr verurteilen, man wird sich an die Lebenden halten …«

»Wir könnten die Sache doch einfach verschweigen!«, schlug Jeros vor. »Die Ablösung in einer Woche wird die Toten im Turm finden, aber woher soll sie wissen, wann genau die Geister gekommen sind?«

»Und wie lange willst du das geheim halten?«, fragte ich. »Willst du nie wieder einen Humpen stemmen, der deine Zunge lösen könnte? Und vertraust du uns allen mit deinem Leben? Auch den Fuhrleuten?«

Am Blick aus Jeros' wulstigen Augen erkannte ich, dass er es für unnötig hielt, dass die beiden in die Stadt zurückkehrten.

Das fiel wohl auch Bentur auf. »Dummkopf!«, rief er. »Man würde die beiden vermissen.«

»Auch ohne sie wären wir noch zu fünft«, stellte ich fest. »Fünf Leute können ein Geheimnis nur dann bewahren, wenn vier von ihnen tot sind.« Ich sagte das ziemlich lässig, glaube ich. Ich konnte nicht ahnen, wie falsch ich mit diesem Spruch lag, und wie sehr mich die Erkenntnis dieses Fehlers schon ein paar Tage später erschrecken würde.

Onkel Podro hatte mir erklärt, dass ein guter Leutnant erkannte, wenn seine Büttel wankten, und ihnen dann eine Richtung gab, der sie folgen konnten. Er hatte damit die Einsätze in den Gassen gemeint, wenn es mit Knüppeln gegen aufsässige Weber ging und die Kampfreihen ins Wanken gerieten. Der Ratschlag schien mir auch in der jetzigen Situation nützlich.

»Nehmt die Deichsel vom Karren!«, befahl ich. »Wir verwenden sie als Rammbock.«

So wurde es gemacht. Wir rannten ein halbes Dutzend Mal gegen die Tür an, dann sprang sie auf.

Das wütende Summen unzählig vieler fetter Fliegen empfing uns. Die Biester bevölkerten das Moor und schwirrten auch am Fluss umher. Wenn einem Gardisten langweilig war, jagte er sie mit einem nassen Tuch durch den Turm. Aber dass sie so schnell in solcher Masse gekommen waren, überraschte mich.

Die Geister hatten ihnen allerdings auch ein Festmahl bereitet. An einigen Stellen wirkte es, als hätten sie die Wände mit dem Blut unserer Kameraden gestrichen. Merkwürdigerweise fanden wir aber keine Verletzungen an ihnen. Ihre Haut war trocken wie Pergament und lag faltig auf den Knochen, als wäre alles Fleisch darunter verschwunden.

3. Der Geistersucher

Die ursprüngliche Breite der Handelsstraße war nur noch zu erahnen. Auf diesem Weg hatten einst mehrere Gefährte einander passieren können. Inzwischen wucherten Moos und Gräser auf den übrig gebliebenen Pflastersteinen. Dennoch kam man auf dem festen Untergrund besser vorwärts als auf den morastigen Wiesen daneben.

Die Sonne war an einem hellen Fleck hinter den Wolken im Süden zu erahnen. Im Norden stieg der Berg so steil auf, dass es eine Mutprobe für Wahnsinnige war, den Hang zu erklimmen. Kaum jemand bewältigte die ersten einhundert Meter, und danach gaben auch die Erfahrensten auf. Der Fels strebte dem Himmel senkrecht entgegen, an manchen Stellen bildete er Überhänge. Noch nicht einmal die Ziegen kamen dort hinauf.

Die Straße entfernte sich vom Massiv. Eine Zeit lang verlief sie so nah am Fluss, dass sein Rauschen zu hören war, wenn der Karren, auf den wir die Leichen gelegt hatten, nicht zu laut rumpelte. Dann bog sie nach rechts ab und führte zwischen den Feldern her, die die Reichen der Stadt versorgten. Die Bauern kauerten mit vor die Knie geschnallten Lederschalen auf dem Boden, rupften das Unkraut aus und sammelten es in Körben, um es zu trocknen und zu verbrennen.

»Warum sind es nur so wenige?«, fragte Bentur.

Ich runzelte die Stirn. Er hatte recht. Eigentlich hätten mehr Dienst auf den Feldern tun sollen, und diejenigen, die an diesem Tag darauf arbeiteten, blickten sich immer wieder furchtsam um. »Wovor haben sie Angst?«, fragte ich. »Seht ihr hier irgendwo Geister?« Der Nebel lag einen Kilometer entfernt über dem Moor.

»Bauern ängstigen sich vor allem«, meinte Bentur. »Vor Regen, der die Ernte ertränkt, der Sonne, die sie verdorren lässt, vor Kälte und Hitze, vor Räubern und Bütteln. Das ist normal.«

Obwohl das Zittern in seiner Stimme verriet, dass auch er an den Vorfall im Turm dachte, stimmte ich ihm im Stillen zu, aber das erklärte die Unruhe nicht. Ständig sahen sich die Bauern um. Lauschten sie auf das Geheul der Geister, das vom Moor herüberdrang? War es lauter als gewöhnlich?

Wie immer stand Nebel über dem feuchten Gebiet, in dem die drei aus dem Berg entspringenden Flüsse ein verzweigtes Geflecht bildeten. In dieser Stunde war er schleierdünn, an anderen Tagen konnte er dicht wie eine Wand aus Watte werden. Die Gespenster fristeten dort ihre ruhelose Existenz, und da sich das Moor in einem Halbkreis um die Stadt zog, der an das Gebirge grenzte, bildeten die Geister eine Art Belagerungsring. Über die Stadtmauer trauten sie sich nicht, dafür blieben die Menschen dem Moor fern. Man begegnete sich nur dazwischen, im Leidenden Land, wo die Felder lagen, die den Patriziern Nahrung lieferten. Dort schützten die Draken die Arbeiter. Die Jungen des DRACHEN jagten den Geistern noch mehr Angst ein als den Menschen.

Aber ich entdeckte keine der Flugechsen. »Wo sind die Draken?«

Wir beobachteten den trüben Himmel. Die Draken waren viel kleiner als der gewaltige DRACHE, dessen goldbrauner, mit silbernen Ketten gehaltener Leib die Kathedrale ausfüllte. Ihre ledrigen Schwingen überspannten höchstens zehn Meter. Dennoch hätten sie deutlich zu erkennen sein müssen. Stattdessen zog ein Krähenschwarm über den Himmel.

»Seht ihr einen Drachengardisten?«, fragte ich. Normalerweise begleiteten diese Männer und Frauen die Bauern. Die Gardisten waren dazu in der Lage, die Draken mithilfe von Schuppen zu beeinflussen, die sie aus der Haut des DRACHEN gebrochen hatten.

Statt eines in dunklem Leder gerüsteten Gardisten entdeckte ich jedoch einen großen, dürren Mann, der mit seiner Samtrobe deplatziert wirkte. Er fühlte sich wohl auch so, denn auf dem Weg durch die hüfthohen Halme schien er nach der Richtung zu suchen, obwohl man sich bei diesem Wetter jederzeit mühelos am aufragenden Massiv orientieren konnte. Als er uns bemerkte, breitete sich ein Lächeln auf seinem länglichen Gesicht aus und er kam zu uns.

»Kann ich Euch helfen?«, fragte ich.

Ich betrachtete die verschlammten Schnabelschuhe, die wohl eher für das Parkett in einem Patrizierhaus gedacht waren als für einen Acker. Auch sein Gewand war bis zur Wade verschmutzt. »Hast du dich verlaufen?«

»Ich?« Er zeigte auf seine schmale Brust. »Nein. Ich wollte nur …« Das schulterlange, blonde Haar wirbelte, als er sich umwandte und unbestimmt über das Feld deutete. »Ich dachte, ich hätte einen Geist gesehen. Das wäre eine gute Gelegenheit gewesen, ihn von Nahem zu betrachten. Ich habe viel über diese Erscheinungen gelesen, aber nun ist er weg.«

»Im Nebel wirst du mehr finden, als dir lieb ist«, meinte ich. Was im Turm geschehen war, ging ihn nichts an. Wir hatten

Laken über die Leichen gebreitet, sodass ihr grauenvoller Anblick ihm erspart blieb.

Er lächelte mich an. »Das fürchte ich auch. Ich bin kein sehr mutiger Mann, müsst Ihr wissen. Mir wäre es lieber, einem einzelnen Geist zu begegnen, und zwar dann, wenn noch andere Menschen in der Nähe sind.«

Bentur spie aus. »Diese Bauern können dir nicht helfen.«

»Sie könnten mich versorgen, wenn ich verletzt werde.« Er blinzelte. Irgendwo hatte ich seine braunen Augen schon gesehen. Da er zwar die roten Farben der Rubinsteyns, aber nicht ihre Brosche trug, war er nur ein Bürgerlicher, der unter dem Schutz dieses Hauses stand. Auf einem Ball war es demnach wohl nicht gewesen.

»Ich bin Zarria Machon«, stellte ich mich vor.

»Oh, ich vergaß!« Seine schlaksige Gestalt schien in sich zusammenzufallen, als er sich verbeugte. »Glad arn Rubinsteyn, zu Diensten. Vielleicht wollt Ihr mich ins Moor begleiten?«

»Um dich vor den Geistern zu schützen? Warum sollten wir das tun?«

Nachdenklich legte Glad die Stirn in Falten. »Ja, wieso solltet Ihr …«

»Hör zu!«, mischte sich Bentur ein. »Du kannst so verrückt sein, wie es dir beliebt, aber von uns verspürt keiner das Verlangen, einem Geist zu begegnen. Wenn du unbedingt Gespenster sehen willst, stell dich auf den Ostturm und ruf nach ihnen!«

»Kommt Ihr dort her?« Neuer Eifer blitzte in Glads Augen. »Berichtet mir davon!«

»Erst einmal könntest du uns erzählen, wo die Draken hin sind«, schlug ich amüsiert vor. »Und die Drachengardisten.«

Er sah Richtung Stadt. »Ein Bote ist gekommen, dann sind die Gardisten abgezogen. Sie haben mir gewunken, aber da war dieser Geist, und ich wollte …«

»… mit ihm kuscheln«, schlug Bentur vor. Meine Büttel lachten, und auch meine Mundwinkel zuckten.

»Nein, ich …«, setzte Glad an.

»Lass dich nicht foppen.« Wenigstens hatte es keinen Angriff gegeben. »Die Gardisten wurden also zurückgerufen?«

»So scheint es. Ich bin mit ihnen hier herausgekommen, und wir wollten bis zur letzten hellen Stunde bleiben, aber dann sind sie doch früher aufgebrochen. Die Draken haben sich wohl einen Ort gesucht, an dem sie besser jagen können.«

Meine Nackenhärchen stellten sich auf. Die Flugechsen fraßen nur wenig von dem, was Menschen oder Tiere zu sich nahmen. Sie ernährten sich von … anderem. Nach dem, was ich an diesem Tag schon erlebt hatte, verspürte ich kein Verlangen, ihnen bei ihrer Speise zuzusehen.

Aber das war jetzt nicht meine Sorge. »Wenn man die Gardisten abgezogen hat, muss sich etwas in der Stadt ereignet haben.« Mit einem Blick in ihre Gesichter versicherte ich mich, dass die Büttel den Ernst der Lage begriffen. Die Stadtmauer galt als Hindernis, das die Geister niemals überwanden, aber das hatte auch für den Wachturm gegolten. »Leute, macht euch darauf gefasst, dass es etwas für uns zu tun gibt!«

Die Garde schützte den Drachen und die Draken. Manchmal begehrte das Volk auf und griff ein schwächliches Exemplar an. So etwas blieb niemals ungesühnt, und die Strafe zog Unruhe nach sich, wenn man diese nicht im Keim erstickte. Vielleicht war es zu einem solchen Vorfall gekommen, und der Abzug hatte nichts mit den Geistern zu tun.

»Kommst du mit uns?«, fragte ich Glad.

Suchend sah er über das Feld. »Der Geist ist fort«, stellte er fest. »Erzählt Ihr mir von den Gespenstern, die Ihr im Wachturm gesehen habt?«

»Von mir aus auf dem Weg«, wich ich aus.

Während wir zügig die Straße entlangwanderten, berichtete ich Glad von bunten Nebelfetzen und von lang gezogenen Schreien, wie man sie auch in Folterkellern hört. Die Begegnung dieses Tages ließ ich aus, ich blieb bei dem, was wir in der Woche zuvor beobachtet hatten. Normalerweise trieben sie langsam in der Luft. Manchmal verdichteten sie sich aus dem Dunst im grauen Nebel, in dem dann eine bunte Schwade entstand. Bei manchen Erscheinungen waren wir unsicher, ob die treibenden Fetzen festere Formen annahmen, oder ob unsere Sinne uns narrten. Ab und zu verschwanden die Geister wie Wolle, die man auseinanderzupft, bis nichts mehr davon übrig ist, meistens entschwebten sie jedoch in die Tiefe des Nebels. Glad stellte Fragen nach Größe, Farbe und Gestalt, teils so spezifisch, dass die Büttel über die Antworten in Streit gerieten.

»Es heißt, dass ein Geist von unterschiedlichen Menschen auf verschiedene Weise wahrgenommen werden kann«, beschwichtigte Glad.

»Du scheinst dich nicht vor diesen Erscheinungen zu ängstigen«, meinte ich.

Wir hatten das Stadttor beinahe erreicht. Der Übergang zwischen der Mauer und den Wiesen davor war kaum auszumachen. An vielen Stellen glich das Bauwerk einer moosüberwucherten Schutthalde, und auch die meisten Türme waren eingestürzt. Dort tat niemand mehr Dienst, wie es wohl bis zum Ende des großen Kriegs gewesen war. Ich hatte oft an der Mauer gespielt, bis mein Vater mir verboten hatte, gemeinsam mit den Kindern der Bürgerlichen in den verlassenen Wehrgängen nach Mäusen zu jagen. Immerhin war ich eine Machon, und auch wenn wir nur zu einem Seitenzweig der Familie gehörten, sollte ich nie vergessen, dass ich eine Patrizierin war.

»Ich habe viel über die Geister gelesen«, erzählte Glad, »und würde gern mit einem sprechen, solange ich das noch kann.«

»Du glaubst, man kann mit ihnen reden?«

»So steht es geschrieben. Man braucht ein paar Utensilien, die es erleichtern.« Er zeigte auf den samtenen Beutel, der an seinem Gürtel baumelte. »Dann soll es ganz leicht gehen.«

»Sie werden dir ganz leicht das Hirn zu Matsch verrühren«, warf Bentur ein. Die Büttel lachten.

»Davor kann man sich schützen«, sagte Glad.

»Aber diesem Schutz vertraust du nicht genug, um allein ins Moor zu gehen«, stellte ich mit mildem Spott fest. Einerseits nötigte mir der Mut von jemandem, der sich den Geistern stellen wollte, Respekt ab. Andererseits erschien mir Glad eher naiv als tapfer.

Wir folgten der alten Handelsstraße durch das von Löwen gekrönte Tor. Die Tore waren die einzigen Teile der Mauer, die immer wieder instand gesetzt wurden. Die Familie Werenstolz legte ihren Titel *Hüter der Portale* sehr eng aus. Auch das Wassertor, durch das der Fluss Netol aus der Stadt rauschte, bot stets einen gefälligen Anblick mit seinem Halbrelief aus segelnden Schiffen und springenden Fischen.

»Die Geister sind weniger gefährlich als der DRACHE«, murmelte Glad. »Die Angst vor ihnen macht uns vorsichtig. Wer dem DRACHEN zu nahe kommt, weiß nicht mehr, ob er sich fürchtet oder ihn verehrt.«

»Beides, denke ich.«

Glads schmales Gesicht versteinerte, als er nickte. »Er nimmt vollständig Besitz von einem.«

»Jetzt weiß ich, wo ich dich schon einmal gesehen habe!«, rief ich. »Du bist eines der Medien, die in der Kathedrale dienen!«

»Noch bin ich dem DRACHEN nicht geweiht.« Er lächelte bitter. »Aber bald werde ich es sein.«

Mein Blick wanderte am Bergmassiv hoch, an das sich die Stadt schmiegte. In siebzig Meter Höhe, dort, wo der Netol aus dem Fels brach, thronte die Kathedrale. Die fünf spitzen, gen Himmel weisenden Türme wirkten wie die Zacken einer

Krone. Die hellen Wände leuchteten im Sonnenlicht, die bunten Fenster glitzerten. Die meisten von ihnen waren schmal und hoch, nur über dem Portal befand sich ein rundes, das wie ein vielfarbiges Auge auf die Stadt herabsah. In diesen Mauern würde Glad nach seiner Weihe für immer bleiben. Dorthin würde niemals ein Geist vordringen.

Wir schwiegen, bis wir die Burg der Wache erreichten. Glad verabschiedete sich mit knappen Worten. Dann betraten meine Büttel und ich das aus schweren Blöcken gefertigte Gebäude, das so gar nicht zu den anderen Häusern am Marktplatz passen wollte, die mit schmuckvollen Fassaden den Wohlstand ihrer Besitzer zur Schau stellten.

Meine Leute warfen die Umhänge ab und beratschlagten, welche Kneipe den besten Wein ausschenkte. Ich ermahnte sie, zunächst die Leichen in den Keller zu schaffen, ohne dass die ganze Stadt es mitbekam, und vorerst Stillschweigen über die Vorkommnisse im Turm zu wahren. Sie bestätigten meinen Befehl, machten mir aber durch ihr Gebaren deutlich, dass sie endlich die Rückkehr in die Stadt feiern wollten und jede Verzögerung als lästig empfanden. Noch vor einem Monat hätte ich ebenso gedacht, aber inzwischen war ich Leutnant. Ich war keine von ihnen mehr, und das schien ihnen nichts auszumachen. Ich war mir noch unsicher, ob es mich störte.

Ich ging nach oben, wo ich an die Tür des Hauptmanns klopfte.

»Herein!«, rief mein Onkel Podro.

Er war ein Mann mit weit zu den Seiten abstehendem Schnäuzer, dessen Spitzen in jedem Luftzug zitterten. An Wangen und Kinn trug er den Bart kurz, auf dem Kopf hatte er das Haar geschoren. Er wollte, dass das Gesindel die Narbe gut sah, die ihm quer über den Schädel lief, damit es wusste, dass er eine Menge einsteckte, wenn es darauf ankam. Auf mich wirkte er jedoch nicht bedrohlich. Im Gegenteil, abgesehen von meiner Schwester war er der Einzige in meiner Familie, der den Weg guthieß, den ich eingeschlagen hatte. Bei ihm fühlte ich mich verstanden.

»Zarria! Ich habe dich schon erwartet.« Scharrend schob er den Stuhl zurück, stand auf und legte die Hände auf dem Rücken zusammen. Trotz der Härte, die er gegen sich selbst übte, neigte er auch dem guten Leben zu, wie sein runder Bauch verriet. »Da du nicht zum Herumtrödeln neigst, wird Harik sich Zeit gelassen haben. Gab es irgendwelche Vorfälle?«

»Leider ja.« Ich berichtete vom Angriff der Geister.

Er zwirbelte den Bart und betrachtete die Glasfigur, die sein Büro schmückte. Sie stellte einen Fechter dar, der eine Degenklinge bog. »Ich werde den Senat unterrichten«, kündigte er an. »Bis dahin wäre es gut, wenn die Sache geheim bliebe.«

Ich nickte. »Die Drachengarde wurde zurückgerufen. Weißt du, weshalb?«

Er sah mich an. »Ihr Obrist wurde ermordet.«

Ich blinzelte. »Wie? Wo? Von wem?«

»Keine Geister, wenn du das meinst. Der Täter ist auf der Flucht. Man hat die Leiche in Gerro Rubinsteyns Schlafzimmer gefunden. Nicht in der Kathedrale, sondern im Palast seiner Familie.«

Jedes der Hohen Häuser besaß einen Prunkbau in der Stadt. Das traf auch auf meine Familie, die Machons, zu, aber ich hatte nie dort gewohnt. Dafür war meine Verwandtschaft mit der Stammlinie zu weitläufig. Gerro Rubinsteyn dagegen war ein Bruder Arlberts, des Patriarchen, gewesen.

»Ist die Leiche noch dort?«, fragte ich.

»Ja. Ich möchte, dass du sie dir ansiehst, sobald du ausgeschlafen bist. Du entdeckst oft Kleinigkeiten, die anderen entgehen.«

»Nein.«

Er runzelte die Stirn.

»Ich wollte sagen: Nein, ich muss nicht vorher schlafen.« Meine müden Glieder protestierten. Die Woche im Turm und der zweistündige Marsch hatten auch an mir ihre Spuren hinterlassen, dazu kam der Schmerz vom Hieb auf die Schulter. Aber mein Kopf war nach dieser Nachricht hellwach. »Ich will es mir sofort ansehen.«

4. Der rote Palast

Der Palast der Rubinsteyns war der Einzige, der östlich des Netol lag. Ich überquerte die Brücke nahe den Thermen, was mich in die Glasbläsergasse brachte. Das Knistern, Klirren und Zischen aus den zur Straße hin offenen Werkstätten übertönte bald das Rauschen des kleinen Netolfalls, der ohnehin viel leiser war als sein großer Bruder, der sich unter der Kathedrale in die Tiefe stürzte. Von der Anspannung, die ich bei Onkel Podro gespürt hatte, war nichts zu bemerken. In diesem Stadtteil herrschte die übliche Geschäftigkeit, mit der man die späten Stunden des Tages nutzte. Einige Draken segelten weit entfernt an der Bergflanke, noch war ihre Zeit nicht gekommen. Dass der Obrist der Drachengarde tot war, schienen die Leute in diesem Viertel nicht zu wissen, oder es war ihnen gleichgültig.

Das änderte sich, je näher ich dem Palast der Rubinsteyns kam. Die Familie hielt die Straßen um ihren Sitz gründlich sauber, und zwar nicht nur von Unrat, der sich aus Staub, Schlamm und Küchenabfällen zusammensetzte. Wer in dieser Gegend lebte, trug den Zusatz *arn* im Namen und die Farbe Rot in der Kleidung. Die Rubinsteyns waren bereit, ihren Schutz schon Neugeborenen zu gewähren, aber sobald man laufen konnte, erwarteten sie Gegenleistungen. Weil die echten Rubinsteyns die Nähe des DRACHEN in besonderer Weise suchten, vergab dieses Hohe Haus auch Posten, die andere Familien mit eigenen Nachkommen besetzten. Wer sich als Botenjunge bewährt und später den Kopf für die Rubinsteyns hingehalten hatte – gegen die Bewaffneten anderer Häuser, aber auch gegen uns, die Stadtwache –, der konnte zum Schreiber, zum Buchhalter und Kaufmann aufsteigen. Natürlich gab es auch Bedarf an Prunk in Form von Geschmeide, edlen Teppichen und Dichtern, die den Lobpreis auf den Greifen mit den rubinroten Augen sangen, das Wappen der Familie. Obwohl manche ihrer Werkstätten am anderen Ende der Stadt lagen, holten die Rubinsteyns ihre Getreuen in dieses Viertel, das einige in einer Mischung aus Neid und Spott ›des Greifen Hofstaat‹ nannten. Wer allerdings in Ungnade fiel, wurde schnell unsanft hinausbefördert.

Ich hätte die roten Haustüren nicht gebraucht, um zu bemerken, wo ich mich befand. Die Anspannung war spürbar. Ein Bruder des Patriarchen war umgekommen, mitten im Herzen der Macht der Familie. Man würde nicht nur den Mörder bestrafen, sondern alle, deren Nachlässigkeit die Tat ermöglicht hatte. Das war nicht nur für die Gefolgsleute der Rubinsteyns gefährlich. Ein Blick in deren Augen reichte mir, um zu erkennen, dass jeder von ihnen entschlossen war, seine Loyalität zu beweisen. Manche mochten nur eifriger ihren Pflichten nachgehen, aber sicher gab es auch welche, die darauf brannten, ihre fanatische Treue zu zeigen. Im Zweifelsfall konnten sie das bewerkstelligen, indem sie Angehörige anderer Häuser und die ungeschützten Bürgerlichen angriffen.

Nein, korrigierte ich mich. In dieser Stadt war niemand ohne Schutz, solange es die Stadtwache gab. Ich fasste an den Griff meines Rapiers, während ich einige Burschen beobachtete, die ihre Dolche schliffen. Als sie mich bemerkten, verstummten sie.

Mit acht Stockwerken war der Palast der Rubinsteyns das höchste Gebäude der Stadt, wenn man von der Kathedrale absah. Der Eingang für die Patrizier befand sich im zweiten Obergeschoss, eine geschwungene Freitreppe führte empor. Die inzwischen im Westen stehende Sonne schlug Schatten aus dem Halbrelief an der Hausmauer, das mythische Helden im Kampf mit Ungeheuern zeigte, und verlieh ihm so Tiefe. Tentakelbewehrte Monstren, wandelnde Bäume, Zyklopen und Löwen wurden auf diesen Darstellungen erschlagen, aber wenn Drachen in den Bildern auftauchten, verbrannten sie jeden, der sie herausforderte. Am Giebel hielten zwei von ihnen den Wappenschild mit dem Greifen.

Ich betätigte den wie eine Tatze geformten Türklopfer. Ein fülliger Diener öffnete mir und musterte mich vom Hut bis zu den Stiefelspitzen. Sein Blick wanderte wieder nach oben und blieb an der Smaragdbrosche hängen.

»Machon.« Er rümpfte die Nase.

Natürlich wusste ich, dass meine Familie als geringstes unter den sieben Hohen Häusern galt, aber das tat nichts zur Sache. »Leutnant Zarria Machon von der Stadtwache«, stellte ich klar. »Ich komme wegen des Vorfalls.«

»Eure Kameradin ist schon hier«, sagte er, machte aber dennoch Platz.

Beim Palast meiner eigenen Familie war, vom Wassersaal abgesehen, das Innere zurückhaltender gestaltet als die Fassade, mit der man die Passanten beeindruckte. Die Rubinsteyns dagegen sahen auch im Verborgenen keinen Anlass zur Bescheidenheit. Ein Springbrunnen sprudelte in der Mitte des Saals. Die überlebensgroßen Abbilder vergangener Patriarchen blickten streng von den mit einer Brokattapete verzierten Wänden. Rotes Licht beschien sie aus Laternen, in deren gläsernen Glocken Rubinsplitter funkelten. An dem Leuchter, der von der Decke hing, baumelten geschliffene Edelsteine, die teilweise größer waren als Hühnereier. Beryll,

Rosenquarz, Feueropal, auch einige Rubine – alles, was rot war. Der Teppich, der die bestimmt fünfzig Quadratmeter des Bodens bedeckte, war angeblich aus Frauenhaar geknüpft. Wenn das nur ein Gerücht war, gaben sich die Rubinsteyns redliche Mühe, es am Leben zu erhalten. Ihre Einkäufer zahlten hohe Preise für die Kopfzier von Rothaarigen, wenn diese pfleglich behandelt worden war. Die zweiarmige Treppe, die zur Empore hinaufführte, war aus rosafarbenem Marmor gefügt. Auf dem Handlauf standen in gleichmäßigen Abständen in Josefa Rubinsteyns bekannter Perfektion gefertigte Glasfiguren, in denen die Funken so bedächtig schwebten wie Blütenstaub über einer Sommerwiese.

Der Diener reichte mir rote Pantoffeln. »Sicher fühlt Ihr Euch hierin wohler.«

Da ich keinen Streit beginnen wollte, zog ich die Stiefel aus und stellte sie neben die abgelegten Schuhe auf ein Regal aus Rotahorn. Ich schlüpfte gerade in die schonende Fußbekleidung, als ich Morgas Stimme hörte.

Morga war der dienstälteste Leutnant der Stadtwache. Mit ihren fünfundvierzig Jahren ließen ihre Kräfte allmählich nach, aber noch immer rang sie beinahe jeden von uns im Zweikampf nieder. Ihr krumm zusammengewachsener linker Arm machte es schwierig, sie festzuhalten. Da das meiste Kerzenlicht in diesem Raum durch rotes Glas oder rote Edelsteine fiel, sah ihr kräftiger Körper aus wie in Feuerschein getaucht.

Sie sprach mit Arlbert, dem Patriarchen der Rubinsteyns, während sie gemeinsam den linken Treppenbogen herunterkamen. Auf ihm wirkte der rote Schimmer wie Wasser an einem Fisch. Seine Augen waren sogar im Freien rot, ein Effekt, den der alte Mann wohl durch einen besonderen Trunk erzeugte, den er regelmäßig zu sich nahm. In das Schwarz des Haars, das bis über die Hälfte des Rückens fiel, mischten sich silberne Strähnen. Der gedrehte Stock, auf den er sich stützte, war sein einziges Zugeständnis an die Last der Jahrzehnte, die er gesehen hatte. Er setzte ihn mit einer Festigkeit auf, als wolle er ihn in den Marmor der Stufen rammen.

Ich verbeugte mich, um Arlbert die Ehre zu erweisen. Als ich mich wieder aufrichtete, sah Morga mich mit kalten Augen an. »Wird der Hauptmann ungeduldig?«, fragte sie statt einer Begrüßung.

»Nein«, sagte ich verwirrt. »Er denkt nur, ich könnte hier helfen.«

»Wobei?«

Ich sah in Arlberts versteinertes Gesicht. Bei unseren wenigen Begegnungen hatte ich ihn als einen ernsten Mann kennengelernt, dem man die Bürde seiner Verantwortung für das bedeutendste der Hohen Häuser ansah. Nun mochte ihn die Trauer um den plötzlichen Verlust seines Bruders verwundet haben, was er unter einer reglosen Maske zu verbergen trachtete.

»Ich soll mir hier alles ansehen«, erklärte ich. »Onkel … der Hauptmann meint, mir fiele vielleicht etwas auf.«

»So, meint er das?«

Ich sah den verletzten Stolz in Morgas Blick. Sie gehörte zu den wenigen Bürgerinnen, die den Schutz der Hohen Häuser ablehnten, obwohl er ihr von verschiedener Seite angetragen worden war. Ihr Name war einfach nur Morga geblieben, ohne *arn*. Alles, was sie erreicht hatte, war allein ihrer Befähigung und ihrem Willen zu verdanken. Das beeindruckte mich, und deswegen ertappte ich mich in vielen Situationen dabei, dass ich mich fragte, wie sich Morga verhalten hätte. So war es auch vor einem Monat gewesen, als ich Alora Rorngat aus der Hand ihrer Entführer befreit hatte. Morga war als Erste an mein Krankenlager gekommen, hatte mir Mut gemacht, dass zwei Augen ohnehin eines mehr waren, als man eigentlich brauchte. »Es gibt nichts, was man nicht auch mit einem Auge tun kann«, hatte sie gesagt. Niemand in der Stadtwache, außer meiner Schwester vielleicht sogar niemand in meinem Leben, hatte mir so viel Wärme gegeben.

Das war vorbei, seit Onkel Podro mich vor zwei Wochen zum Leutnant gemacht hatte. Sie wich mir aus. Wenn sie über mich sprach, klang es bitter, und wenn sie mit mir redete, waren ihre Worte kalt. Vergeblich hatte ich gehofft, nach der Zeit im Wachturm wieder an unser früheres Verhältnis anknüpfen zu können.

»Wir hielten es für eine kluge Idee«, sagte ich lahm, »wenn sich noch jemand ansieht, was hier geschehen ist.«

»Ihr? Du sagtest doch, es wäre der Befehl des Hauptmanns gewesen.«

»So ist es auch.« Das war nicht richtig gelogen. Mein Onkel hatte zwar einen anderen Zeitpunkt im Kopf gehabt, aber er wollte, dass ich mich in diesem Palast umsah.

»Also beratschlagt der Hauptmann jetzt schon mit dir, bevor er Befehle erteilt?« Da war sie wieder, die Bitterkeit.

Arlbert Rubinsteyn räusperte sich. »Ich bin unsicher, ob ich helfen kann, innere Angelegenheiten der Stadtwache zu klären.«

»Oh nein, bei uns ist alles klar.« Morga zupfte an meiner Schärpe. »Seht Ihr, wie sauber dieser Stoff ist? Kaum getragen. So kleidet sich eine angehende Hauptfrau.«

»Ich kann nichts dafür, dass ich …«

Sie tätschelte meine Wange. »Nein, du kannst für gar nichts etwas. Über alles, was dir in deinem Leben an Gutem widerfährt, und auch über das Schlechte, falls es das geben sollte, entscheidet man in deinem Hohen Haus.«

Ich senkte meine Stirn. »Komm mit nach draußen, dann legen wir Mantel und Schärpe ab und ich zeige dir, dass ich mich durchsetzen kann.« Tränen stiegen in mein verbliebenes Auge. War das Wut oder der Schmerz, eine Freundin zu verlieren?

»Nein.« Morga lachte freudlos. »Eine Machon würde ich niemals antasten.«

Ich hasste es, wenn man so etwas sagte, und wenn es von Morga kam, schmerzte es noch mehr. Sicher, ich war eine Patrizierin, aber ich hatte mir alles, was ich in dieser Truppe erreicht hatte, so hart erarbeitet wie jeder andere Büttel. »Ich nehme auch meine Brosche ab«, bot ich an.

»Wir bleiben, wer wir sind, ganz gleich, was wir tun.«

Nochmals räusperte sich Arlbert.

Morgas Kiefer mahlten, aber sie wusste, dass der Ruf der Stadtwache auf dem Spiel stand, wenn sie sich vor dem Patriarchen wie ein trotziges Kind aufführte. Sie nahm einen Dolch aus dem Lederbeutel, den sie über der Schulter trug, und drückte ihn mir in die Hand. »Die Tatwaffe«, sagte sie.

»Bist du sicher?« Die einschneidige Klinge war schwerer, als sie aussah, sodass sie mir beinahe entglitten wäre. Das Eisen war matt und schmucklos, der hölzerne Griff fleckig und von einigen Rissen durchzogen. Offenbar war er alt und hatte Feuchtigkeit angenommen. Die Parierstange verriet, dass es sich tatsächlich um eine Waffe handelte, nicht um ein Messer, mit dem man in der Küche Speisen zerlegte. Eine graue Metallscheibe im Knauf zeigte ein Kreuz. Der kürzere Balken schnitt den anderen, doppelt so langen, so weit am Rand, dass nur ein kleines Stück überstand. Es sollte noch einen Tag dauern, bis mir einfiel, woher ich dieses Symbol kannte. »Die Klinge ist sauber.«

»Ich habe mir erlaubt«, sagte Arlbert mit gedämpfter Stimme, »das Blut meines Bruders abzuwischen, nachdem wir den Dolch aus seinem Rücken gezogen haben.«

Hitze schoss in meine Wangen. »Natürlich. Verzeihung.«

»Ich gehe jetzt«, kündigte Morga an. »Ich habe mir schließlich schon alles angesehen.«

»Ich danke für Eure Hilfe«, sagte Arlbert. »Versprecht mir, dass Ihr den Mörder findet.« Unausgesprochen hing ein »… sonst werde ich es tun …« im blutroten Licht des Saals.

Morga nickte und zog ihre Stiefel an.

Ich erwartete schon, dass Arlbert mich hinausbitten würde, war ich doch bislang taktlos und wenig scharfsinnig aufgetreten. Zu meiner Überraschung fragte er mich jedoch, was er tun könne, um mir die Aufklärung des Verbrechens zu erleichtern.

Ich bat ihn, mir die Leiche zu zeigen.

Sie war im obersten Geschoss aufgebahrt, wo sie den letzten Gruß des endenden Tages entgegennehmen sollte, erklärte mir Arlbert. Tatsächlich befand sich ein großes, rundes Fenster an der Westseite des Raums. Die Sonne stand tief und ließ die Dächer der Stadt kupfern schimmern. Gerro Rubinsteyns Gesicht war wächsern und bleich. Man hatte ihn in der dunklen Lederkleidung der Drachengarde auf rote Rosen gebettet, den Amtsstab mit dem Drachenzahn an seiner Seite.

»Er sollte hier so liegen, wie er gelebt hat«, erklärte Arlbert.

Ich zog einen Handschuh aus und prüfte die Schärfe Dolchs. Man hätte geduldig sägen müssen, um einen Brotlaib damit zu zerteilen, und die Spitze wäre nur dann in einer Tischplatte stecken geblieben, wenn man sie mit großer Wucht hineingerammt hätte. »Erstaunlich, dass diese Waffe eine solche Rüstung durchdrungen hat.«

»Das hat sie nicht. Wir haben Gerro in seinem Schlafgemach gefunden. Die Rüstung haben wir ihm später angelegt, nachdem die Stadtwache alles untersucht hatte.«

»Oh.« Wieder hatte ich mich als Trottel erwiesen.

»Wollt Ihr sein Gemach in Augenschein nehmen?«

»Das wäre angebracht.«

Ich wunderte mich, dass der Patriarch sich die Mühe machte, mich selbst herumzuführen, anstatt einen Diener damit zu beauftragen. Um nicht noch mehr Dummheiten von mir zu geben, verzichtete ich auf einen entsprechenden Vorschlag. Vermutlich war Arlbert der Mord an seinem Bruder so wichtig, dass er sich persönlich um alles kümmern wollte.

»Wo hat ihn der Dolch getroffen?«, fragte ich auf dem Weg die Treppe hinunter.

»In den Rücken, unterhalb des linken Schulterblatts. Es war eine feige Tat, aber wenigstens musste Gerro nicht lange leiden. Die Klinge hat das Herz durchbohrt.«

»Und er lag im Bett?«

»Ja.« Arlbert öffnete eine mit einem mannsgroßen Drachen verzierte Tür. »Genau hier.« Er zeigte auf die luxuriöse Ruhestätte, die den gesamten Trupp hätte aufnehmen können, der mit mir Wachdienst im Ostturm getan hatte.

»Dann hat er auf dem Bauch geschlafen«, murmelte ich.

»Ist das wichtig?«, fragte er.

»Vermutlich nicht. Ich komme nur darauf, weil man ihn sonst unmöglich in den Rücken hätte stechen können.«

»Das ist wohl wahr.«

»Das Laken ist frisch aufgezogen?«

»Natürlich. Ich wollte das Blut nicht ...« Er verstummte und sah zu Boden.

»Ich verstehe.«

»Wir bewahren das Laken auf, bis wir es mit Gerro gemeinsam bestatten. Ich kann es holen lassen.«

»Das wird nicht nötig sein. Ich kann mir vorstellen, wie er hier gelegen hat. Wurde das Zimmer auch sonst aufgeräumt?«

»Nein. Wieso?«

Die Vorhänge fielen an beiden Seiten des Fensters in ordentlichen Falten, auf einem Tischchen standen eine Flasche Wein und ein Pokal, auf einem Sekretär wartete eine Schreibfeder in ihrer Halterung neben einem Tintenfass und einem sauberen Stapel Pergamentblätter. »Dann kann nicht gekämpft worden sein«, stellte ich fest. »Der Täter muss ihn überrascht haben.«

»So wird es wohl gewesen sein«, meinte Arlbert nachdenklich.

»War die Tür verschlossen?«

»Nein. Iadella, die Zofe, hatte keine Probleme, hier hereinzukommen, als sie das Frühstück bringen wollte.«

»Wo ist Iadella jetzt?«

»Ich habe sie nach Hause geschickt, nachdem Eure Kameraden sie befragt hatten. Der schreckliche Fund hat ihr zugesetzt.«

»Sicher.« Die Erkenntnis, um einige Stunden zu spät gekommen zu sein, drückte auf mein Gemüt. Gemeinsam mit den Anstrengungen der vergangenen Woche und vor allem des heutigen Tages ermattete sie mich. Ich unterdrückte ein Gähnen.

»Sie ist eine Worda«, sagte Arlbert. »Wenn Ihr nicht bis morgen warten wollt, findet Ihr sie im Palast ihrer Familie.«

Die Wordas und die Rubinsteyns waren durch mehrere Heiraten miteinander verbunden. Sie tauschten gern ihre Zöglinge aus, um sie an das Leben in der hohen Gesellschaft heranzuführen. Dennoch konnte etwas vorgefallen sein, das Iadellas Zorn hervorgerufen und sie veranlasst haben mochte, gegen die Interessen ihres Hauses zu handeln. Ich hielt sie für verdächtig.

»Wer hat Euren Bruder zuletzt lebend gesehen?«

»Das war wohl ich selbst. Wir haben gemeinsam das Abendessen eingenommen, dann hat er sich zur Lektüre zurückgezogen.«

Ich musterte das Regal, in dem ein gutes Dutzend Bücher stand. Eines beschäftigte sich mit Zucht und Ordnung von Untergebenen, ein anderes mit dem Lauf der Sterne. »Wisst Ihr, was Euer Bruder lesen wollte?«

»Das hat er mir nicht gesagt. Er suchte oft Ruhe zwischen den Zeilen.«

Ich nickte und ließ den Blick noch einmal durch den Raum schweifen. Die Wand war bis auf halbe Höhe vertäfelt, darüber schloss sich eine rötliche Tapete an. Links vom Bett stand eine Glasfigur auf einem Sockel, ein junger Mann im Schneidersitz. Purpurne Funken tanzten darin. Eine zweiblättrige Kampfaxt hing auf der anderen Seite an zwei Haken. Es handelte sich um ein Zierstück, das aber besser als der stumpfe Dolch dazu getaugt hätte, jemanden vom Leben in den Tod zu befördern. Hatte der Mörder diese Möglichkeit übersehen? Oder war er zu klein, um die Waffe zu erreichen? Vielleicht auch so schwach, dass er sie nicht hätte schwingen können? Ich nahm mir vor, darauf zu achten, wenn ich Iadella Worda befragte.

»Ich gehe davon aus, dass Ihr viele Dienstboten beschäftigt«, sagte ich.

»Natürlich.«

»Und niemand hat etwas gehört?«

»Wie gesagt, ich glaube, dass Gerro sofort tot war.«

»Hatte Euer Bruder Streit mit jemandem?«

»Nicht mehr als zwischen Herr und Gesinde üblich.«

»War sonst noch jemand im Haus, als er starb? Habt Ihr einen Gast beherbergt?«

»Das nicht, aber ...« Er zögerte.

»Ist Euch etwas aufgefallen?«

»Ich bin mitten in der Nacht aufgewacht, weil ich glaubte, ein Geräusch auf der Straße gehört zu haben. Ich trat ans Fenster, und da sah ich eine Gestalt in einer grauen Kutte mit langer Kapuze zwischen den Häusern verschwinden. Sie trug eine Leiter.«

»Woher wisst Ihr, dass die Kutte grau war?«

»Wie meint Ihr das?«

»Im Mondlicht erscheinen alle Farben grau.«

Er lächelte gequält. »Ihr seid spitzfindig, aber Ihr habt recht: Ich kann nicht wissen, welche Farbe die Kutte wirklich hatte. Mir erschien sie grau.«

Schritte näherten sich. Ich hätte nicht überrascht sein sollen, Glad eintreten zu sehen. Schließlich war er ein arn Rubinsteyn, es war zu erwarten, dass er in diesem Haus ein und aus ging. Er trug eine ähnliche Robe wie am frühen Nachmittag, aber sie war sauberer als das Gewand, mit dem er durch das Feld gestakst war.

»Zarria Machon, Leutnant der Stadtwache«, stellte Arlbert mich vor. »Und das ist …«

»Wir kennen uns«, sagte ich.

Ein Lächeln teilte Glads längliches Gesicht. Er schien sich zu freuen, mich zu sehen. Dann fiel ihm wohl wieder ein, dass wir uns am Schauplatz eines Mords befanden, und er wurde ernst.

»Was gibt es?«, erkundigte sich Arlbert.

»Nachricht aus der Kathedrale. Ich bringe Vorschläge, wie man den Vorfall beim morgigen Drachendienst berücksichtigen kann. Man bittet um Euren Rat, damit alles würdig vonstattengeht.«

»Ja. Natürlich.« Fragend sah Arlbert mich an.

»Für den Moment habe ich genug gesehen«, sagte ich. »Es wäre ohnehin gut, wenn ich mich mit Eurer Zofe unterhalten könnte.«

»Dann müsst Ihr Euch beeilen. Es dämmert bald.«

»Das stimmt. Ich danke Euch für Eure Zeit und Eure Geduld und will Euch nicht länger zur Last fallen. Ich finde allein hinaus.«

5. Begegnung mit einem Albtraum

Auf der Brücke ertappte ich mich dabei, dass ich überlegte, was Morga an meiner Stelle getan hätte. Ich lehnte mich auf das südliche Geländer und sah dem feinen Sprühnebel zu, der die Kante verhüllte, über die der kleine Netolfall ein paar Meter in die Tiefe stürzte. Das Rauschen übertönte wohltuend die Geräusche der Stadt, was mir erlaubte, meine Gedanken zu ordnen.

Morga handelte schnell, wenn sie erkannte, dass dadurch größeres Unglück verhindert wurde. Um eine Schlägerei im Keim zu ersticken, hatte sie alle vier Beteiligten auf die Straße geprügelt, ohne sich darum zu scheren, wer angefangen hatte. Einen Ochsen, dessen Besitz Anlass für den lang andauernden Streit zweier Bauern war, hatte sie kurzerhand schlachten lassen und jedem der beiden Hitzköpfe eine Hälfte geschickt. Manchmal reichte ihr Erscheinen aus, damit sich die Gegner auf eine gütliche Einigung verständigten, weil man ahnte, dass ihre Lösung den Beteiligten schlechter gefiele als alles, was diese aushandeln könnten.

Die Geister beunruhigten mich, aber noch hatten sie nur weit außerhalb der Stadt zugeschlagen, und da Onkel Podro den Senat verständigte, befassten sich die richtigen Leute mit diesem Problem. Bei der Aufklärung des Mords an Gerro Rubinsteyn dagegen lag Gefahr im Verzug. Auch wenn Patriarch Arlbert ruhig wirkte, galt das bestimmt nicht für alle Angehörigen seiner Familie. Man würde Rache fordern, und zwar im Zweifel an den anderen Hohen Häusern. Die Wordas stünden an der Seite der Rubinsteyns, egal, wie dünn die Hinweise auf eine Täterschaft wären. Rorngat, Werenstolz und Merrial dagegen neideten dem Greifen schon lange seine Vorrangstellung. Ienbark und Machon, meine eigene Familie, würden sich abwartend verhalten, bis der Sieger dieser Auseinandersetzung feststünde. Es sei denn, man kaufte sie mit Versprechen oder Reichtümern. Um die Wahrheit scherte sich niemand.

Vor meinem geistigen Auge färbte sich der Netol rot vom Blut, das durch die Gassen strömte. Ich wusste nur wenig von der Geschichte der Stadt, denn es wurde ungern gesehen, wenn man sich zu sehr dafür interessierte, aber man munkelte, dass es einmal mehr als sieben Hohe Häuser gegeben hatte. Stromaufwärts vom Palast der Rubinsteyns stand eine Ruine, die niemand beanspruchte, geschweige denn instand setzte, und sie war nicht die einzige. Waren sie stumme Mahnungen, die von ähnlichen Ereignissen zeugten?

Morga würde versuchen, möglichst schnell einen Schuldigen zu finden. Oder einen, den man für den Schuldigen halten könnte. Notfalls konnte man jemanden, der es verdient hatte, an einem Galgen zu baumeln, in eine graue Kutte stecken und zu Arlbert schleifen. Damit könnte der Patriarch beweisen, dass er Ordnung und Gerechtigkeit durchsetzte. Ein einzelner Toter wäre in jedem Fall besser als ein paar Hundert, die es in einem Krieg der Häuser geben würde. Versuchte Morga in diesem Moment, Onkel Podro davon zu überzeugen? Oder handelte sie gar ohne sein Wissen?

Doch was, wenn der Mörder ein weiteres Mal zuschlüge? Das mochte alles noch schlimmer machen.

Solange es noch ruhig in der Stadt war, bestand die beste Lösung darin, den tatsächlich Schuldigen zu finden. Sollte ich in den Gassen nach jemandem in einer grauen Kutte fragen, der in der Nacht mit einer Leiter unterwegs gewesen war?

Wir hatten unsere Zuträger, aber allgemein sprach man ungern mit der Stadtwache. In den besseren Vierteln sorgten die Hohen Häuser für Gerechtigkeit unter ihren Schutzbefohlenen, in den schlechteren hatte jeder etwas zu verbergen, sodass Verschwiegenheit Ehrensache war. Dort kam man nur weiter, wenn man ein paar Finger brach und so verdeutlichte, dass Schweigen unangenehmer war als Reden. Auch das hatte ich von Morga gelernt. In den Straßen rund um den Palast der Rubinsteyns würde mir das allerdings schnell Ärger einbringen. Ich wäre auf Arlberts Unterstützung angewiesen. Ob er sie mir gewähren würde, nachdem ich mich so tollpatschig aufgeführt hatte?

Es mochte eine bessere Möglichkeit geben. Selbst wenn die Gestalt in der Kutte der Mörder war, musste sie einen Verbündeten innerhalb des Palasts haben. Mit einer Leiter allein kam man noch nicht hinein, und ein zerstörtes Fenster hatte Arlbert nicht erwähnt. Auf gut Glück war der Täter wohl kaum gekommen, er musste gewusst haben, dass sein Opfer in der vergangenen Nacht nicht bei der Garde in der Kathedrale, sondern im Haus der Familie geschlafen hatte. Also hatte ihm jemand diese Information zugetragen und einen Zugang für ihn offen gelassen.

Oder hatten wir es neben einem Mörder auch mit einem geschickten Einbrecher zu tun? Ich würde die Fenster genauer untersuchen. Vielleicht fanden sich Spuren eines Messers, das durch eine Ritze geschoben worden war, um einen Sperrriegel zu öffnen.

Das war sogar die wahrscheinlichere Erklärung. Wenn es einen Verschwörer im Haus gegeben hatte, wozu war dann der Mann in der Kutte überhaupt noch nötig gewesen? Derjenige im Haus hätte die Tat allein erledigen können. Zwar hatte Arlbert keine Feinde genannt, aber eine volle Börse versüßte manchen Verrat.

Überhaupt, eine Kutte … Ein solches Kleidungsstück war schnell genäht, man brauchte noch nicht einmal Maß zu nehmen. Aus grobem Stoff gefertigt, war es oftmals das Gewand der Armen. Aber darauf durfte ich mich keinesfalls verlassen. Eine weite Kutte war eine ausgezeichnete Tarnung, konnte man sie doch rasch über anderweitige Kleidung werfen und ebenso schnell wieder loswerden.

Unwillig schlug ich die Faust auf das Brückengeländer. Ich wusste gar nichts! Ich stocherte nur im Unbekannten herum, und gleichzeitig regte sich außerhalb der Stadt mit den Geistern eine viel größere Gefahr. Der vom Netolfall aufsteigende Nebel durchnässte mich, während ich meinen Grübeleien nachhing.

Das Einzige, was ich aufgrund der Umstände ausschließen konnte, war Selbstmord. Niemand legt sich auf den Bauch und rammt sich dann einen stumpfen Dolch in den Rücken.

Gerne hätte ich mich mit Morga beraten, aber dafür war sie wohl nicht in der Stimmung. Daher würde ich Onkel Podro sagen müssen, dass ich nichts herausgefunden und auch keinen klugen Plan hatte, wie wir die Sache rasch aufklären könnten. Also doch jemanden verhaften, der zwar kein Mörder war, es aber verdient hatte? Das hatte einen schalen Geschmack. Mir war eine gewisse Anhänglichkeit an das Prinzip der Gerechtigkeit zueigen, die unter den Bütteln für milden Spott gut war.

Ich bemerkte kaum, dass sich der Himmel zuzog. Die Wolken drückten gegen den Berg, Regen setzte ein. Mir entging ebenfalls, dass immer weniger Leute die Brücke passierten, und das Rauschen übertönte den Glockenschlag, der vor dem Einbruch der Nacht warnte. Als ich der fortgeschrittenen Dämmerung gewahr wurde, blieb keine Zeit mehr, quer durch die Stadt zum Palast der Wordas zu eilen. Tatsächlich würde ich es nicht einmal mehr zur Burg der Stadtwache schaffen, bevor die Nacht anbräche. Der Herzschlag pochte in meinem Hals, während ich zügig ausschritt, um die Zeit in der Dunkelheit so kurz wie möglich zu halten.

Es war gar nicht so leicht, gleichzeitig das im Schatten der engen Gassen liegende, nasse Pflaster und den Himmel im Auge zu behalten, über den jetzt die Draken auf der Suche nach Beute zogen. Ich sah keine ledernen Schwingen, aber ich hörte einen Entsetzensschrei, als ich eine Kreuzung überquerte. Die Bäckergasse traf auf die Straße der Tuchmacher.

Ich atmete einige Male tief durch und hielt dann die Luft an, um zu lauschen. Der Regen prasselte auf Dächer und Pflaster. Ich hörte einen unterdrückten Schrei. Der Ort des Geschehens befand sich ganz in der Nähe.

Ich schloss mein verbliebenes Auge und ermahnte mich selbst, dass ein Leutnant der Stadtwache für Ordnung sorgen musste. Immerhin waren möglicherweise Einbrecher oder Räuber am Werk. Hatte solches Gesindel auch Gerro Rubinsteyn des Nachts heimgesucht? Unverhofft mochte sich eine Gelegenheit bieten, der Sache doch noch schnell auf die Spur zu kommen.

Ich nestelte die groben Lederhandschuhe unter dem Gürtel hervor und streifte sie über die fein gewebten, weichen Exemplare, die ich ständig trug, was mir so manchen Spott wert war. Sie knirschten, als ich die Fäuste ballte. Ich zog Rapier und Parierdolch.

Die Erinnerung an den Kampf mit dem Geschmeiß, das Alora Rorngat entführt hatte, kam in mir hoch, während ich in die Dunkelheit der Tuchmacherstraße schritt. Anfangs war es einfach erschienen, zu fünft waren wir in den Unterschlupf eingedrungen. Sie hatten dem Mädchen gerade ein Ohr abschneiden wollen, um es der Familie mit der Bitte um die Anzahlung eines Lösegeldes zu schicken. Aloras Tränen hatten in mir Wut auf ihre Peiniger geweckt. Mit anderen Worten: Sie hatten mich leichtsinnig gemacht. Selbst heute erinnere ich mich noch an den Genuss, die Kerle zusammenzuknüppeln. Dass einer von ihnen aus deutlich härterem Holz geschnitzt war als die übrigen Lumpen, war mir erst aufgefallen, als er mir den Schürhaken ins Auge geschlagen hatte.

Vor einem Monat hatten mich meine Kameraden herausgehauen. Jetzt war ich allein. »Was mache ich hier eigentlich?«, murmelte ich.

Der Drake hatte sein Opfer in einer Seitengasse gestellt. Alle Fensterläden waren fest geschlossen, die Türen ohnehin. Jeder wusste, was geschah, wenn die Bringer der Albträume in ein Heim eindrangen.

Ein junger Mann lag zusammengekrümmt vor einer Mauer. Er schützte den Kopf mit den Unterarmen, aber das half ihm nicht. Wie verflochtene Stränge aus Rauch stiegen die Ängste, die er litt, dem Draken entgegen.

In der engen Gasse konnte die Echse ihre Flügel nicht spreizen. Sie schlugen an die Mauern, die Krallen krachten gegen Stein und Holz. Anders als der DRACHE hatten die Draken nur zwei Beine. Diese streckte er durch, wodurch er noch größer erschien. Da er auch den Hals lang machte, um dem dunklen Himmel entgegen zu fauchen, ragte er bis zu den Fenstern im Obergeschoss auf.

Ich ließ die Waffen sinken. Niemand durfte einen Draken verletzen. Ich hätte mich wohl freuen und schnell meines Weges ziehen sollen, weil er ein anderes Opfer gefunden hatte. Doch obwohl ich Ähnliches schon mehrfach gesehen hatte, schlug mich der Anblick der Albtraumbilder, die in den gewundenen Rauchsträngen aufblitzten, in ihren Bann.

Der Mann hatte zweifellos jede Orientierung in der Wirklichkeit verloren und war in eine Grube seines Verstands gefallen, in der ihn dunkelste Schrecken in den Klauen hielten. Jetzt bissen sie nach ihm. Im Rauch sah ich ein Monstrum, das über und über mit schnappenden Mäulern bedeckt war, aus denen spitze Zähne ragten. Einen toten Greis, die Haut grau wie Asche. Eine weinende Frau, die ein lebloses Bündel wiegte. Schwarze Schattenrisse, die ihn verfolgten. Eine blitzende Klinge.

Es war schaurig, aber ich vermochte mich nicht zu lösen.

Die Schuppen des Draken rasselten, als er die Nässe abschüttelte, die darauf dampfte. Ich spürte die Wärme, die aus seiner Haut drang, auf meinem Gesicht, als er sich mit glühenden Augen umwandte. Er war schwarz wie Kohle, die gespaltene Zunge zischelte zwischen knochenweißen Zähnen hervor. Die kurzen Hörner verrieten mir, dass es sich um ein junges Exemplar handelte. Seit nicht einmal einem halben Jahr trug er den Schrecken in die Gassen der Stadt.

Zu spät wurde mir klar, dass er sich von seinem Opfer abgewandt und nun mich erfasst hatte. Ich stolperte einige Schritte rückwärts und rutschte auf dem nassen Pflaster aus. Vielleicht hätte ich mich noch abfangen können, aber das Maul öffnete sich, um mir schwefeligen Atem entgegenzuhauchen. Ich hielt die Luft an, doch es war zu spät.

Mit unwiderstehlicher Wucht stieg die Angst in mir empor. Ich schrumpfte, während um mich herum edel gekleidete Menschen in die Höhe wuchsen. Sie lachten glockenhell und sahen auf mich herab. Eine Dame klatsche in die Hände, schüttelte amüsiert den Kopf und spitzte verzückt die Lippen. Eine andere stopfte mir eine Süßigkeit in den Mund, obwohl ich mich so voll fühlte, dass ich meinen Brechreiz nur mit Mühe niederkämpfte. Ein Herr brachte ein Kleidchen mit Rüschen und Schleifchen, das ich wohl anziehen sollte. Ich sah auf den ersten Blick, dass ich mich kaum darin bewegen könnte. Sie wollten mich zu einem Spielzeug machen, zu einer Puppe! Ich würde ihrer Erheiterung dienen, stets das tun, was man von mir erwartete, und mich in das Zeremoniell fügen, wie es einer Patrizierin anstand, deren einziger Wert in einer vorteilhaften Vermählung lag. Ich wollte schreien. Ich wollte davonlaufen. Ich wollte ihnen ihre Geschenke aus den Händen schlagen, aber mein Körper übte Verrat an mir. Ich vermochte kein Glied zu rühren. Hilflos sah ich zu, wie sie über mich bestimmten.

Es war nur ein kurzes Aufblitzen. Der Drake war schon satt, und allzu köstlich waren die Albträume, die ich ihm bot, wohl nicht. Die Krallen zogen den biegsamen Leib eine Hauswand empor, wobei sie einen Fensterladen zerrissen. In dem Moment, als dieser krachend auf der Straße landete, entfalteten sich die Schwingen. Mit einem knallenden Flügelschlag hob sich die Echse in den verregneten Himmel.

Erst jetzt bemerkte ich, dass ich auf dem Boden lag. Mein Herz hämmerte, der linke Arm schmerzte. Außerdem würde ich wohl eine Beule bekommen.

Ich sammelte meine Waffen und den Hut ein.

Das erste Opfer des Draken übergab sich. Ich fühlte eine gewisse Verbundenheit mit dem armen Kerl und ging zu ihm. Als er auf die Beine kam, reichte ich ihm ein Tuch, damit er sich reinigen konnte.

Er sah nicht wie einer jener Elenden aus, die keine Unterkunft hatten und sich nächtens nirgendwo verstecken konnten. Dazu war seine Kleidung zu gut. Die Nägel an den Fingern, mit denen er das Tuch nahm, waren sauber gefeilt.

»Was treibt dich zu dieser Stunde auf die Straße?«, fragte ich.

Er musterte meine Schärpe und auch meine Brosche, wobei er die Farbe des Edelsteins in der Dunkelheit wohl kaum erkennen konnte.

»Meine Herren haben mir einen Botengang aufgetragen, der keinen Aufschub duldet.«

»Und wer sind deine Herren?«

»Ich bin Tomin arn Ienbark, und ich muss zum Palast der Rubinsteyns.«

»Da komme ich her«, sagte ich. »Es ist kein frohes Haus.«

»Das habe ich auch nicht erwartet.« Er wirkte etwas benommen, aber ansonsten wohlauf.

»Wir müssen in unterschiedliche Richtungen«, erklärte ich. »Besser, wir beeilen uns.«

Er nickte, faltete mein Tuch so, dass ich nicht in den Schmutz griff, als er es mir zurückgab, und ging davon. Ich sah ihm nach, bis er in der Bäckergasse verschwand.

Die Ienbarks hatten also Dringendes mit den Rubinsteyns zu besprechen. Das war schlecht, aber immerhin waren sie nicht so weit, persönlich zu kommen. Noch bereiteten sie über Boten ein mögliches Bündnis vor. Oder ging es nur darum, dass sie stillhielten?

So oder so, ein Krieg zog auf.

Ich wickelte den Umhang enger um meine Schultern. Es nützte nichts. Er war schon durchnässt, und ganz gleich, wie rasch ich mich bewegte, ich wäre nie schneller als der immer stärker werdende Regen.

6. Verehrung

Die Glocken riefen nicht nur die Menschen zur Kathedrale, sondern auch die Draken. Ich stand im westlichen Seitenschiff und beobachtete, wie die Jungen des DRACHEN weit über mir durch die Öffnung im Mauerwerk flogen. Obwohl diese mit einer sauber gefügten Umrandung eingefasst war, erschien sie mir wie eine Wunde in dem ehrwürdigen Gebäude. Es war ein stürmischer Tag, der Regen peitschte hinein und Blitze schleuderten ihre Helligkeit an den Berghang. Im Innern konnte man den Bereich, an dem die Kathedrale in den Fels gemeißelt war, am Fehlen der hohen, spitz zulaufenden Fenster erkennen. Deren buntes Glas warf farbige Muster auf Säulen, Skulpturen und den Boden, wenn die Sonne über die Wolken siegte. An diesem Tag lag hinter ihnen nur Dunkelheit.

Einige Draken kreisten unter der Decke des Mittelschiffs, die sich höher emporreckte als der höchste Palast. Als Kind hatte mich mein Vater mit der Vorstellung erschreckt, ich könne von einer der Flugechsen in den Krallen bis dort hinauf getragen werden, weil ich zu leicht würde, wenn ich nicht ordentlich aß. Lange hatten meine Albträume darin bestanden, im Flug losgelassen zu werden, während der fünfzig Meter des freien Falls hilflos mit den Armen zu rudern und zu kreischen und dann auf dem harten Boden zu zerschmettern.

Schon damals hatte ich mich nach dem Aufwachen darüber gewundert, dass die Kathedrale in meiner nächtlichen Vorstellung leer war. Das Auffälligste fehlte: der braungoldene DRACHE, dessen Leib das Mittelschiff ausfüllte. Silberketten, deren Glieder ich auch als Erwachsene nicht mit einer Hand umfassen konnte, zwangen ihn nieder. Sie fesselten den Hals, den Rücken, die Flügel, jede seiner sechs Tatzen und sogar den Schweif. Ständig prüfte die Drachengarde die Festigkeit ihrer Verankerung an den Säulen, an wagenradgroßen Eisenringen am Boden und an den Quadern, auf denen gläserne Statuetten standen. Jeder wusste, dass der DRACHE nur mit seinen Flügeln zu schlagen brauchte, um die Steine dieses Gebäudes zu zermalmen. Wenn man in die glühenden Augen sah, zweifelte man nicht daran, dass er genau das tun und uns, seine Peiniger, verschlingen würde, wenn sich auch nur die kleinste Gelegenheit dazu böte. Ich hatte intrigante Patrizier gesehen, brutale Schläger und sogar einen Mörder, der seine Opfer wochenlang mit einer rostigen Säge gefoltert hatte, aber kein Mensch konnte solchen Hass und solche Grausamkeit in den Augen tragen wie der DRACHE. Diese Regungen brannten sicher noch heißer als die Flammen, die in seinem Innern loderten. Das Feuer schien nicht nur aus Maul und Augen, sondern auch durch die Schuppen an der Brust, vor allem, wenn das Ungeheuer einatmete. Warum er uns nicht alle zu Asche verbrannte, hatte mir noch niemand erklären können. Am wahrscheinlichsten schien mir, dass die Silberketten nicht nur seinen Körper, sondern auch seinen Willen banden.

Jetzt war der DRACHE ohnehin mit anderem beschäftigt. Während sich die Patrizier aller Familien sammelten, um ihm zu dienen und seine Gnade zu empfangen, fraß er seine Kinder. Die Draken hatten keinen Sinn für die Gefahr, die ihnen drohte. Manche balgten in sicherer Höhe auf den Emporen miteinander, aber andere landeten auf dem Boden. Die Gardisten verwehrten ihnen mit vorgereckten Amuletten, in denen Drachenschuppen eingefasst waren, den Zugang zu den Seitenschiffen, sodass sie in der Nähe des DRACHEN blieben. Manche kamen mit ihrem wippenden Gang vor sein Maul.

An diesem Tag war der DRACHE hungrig. An zwei Jungen hatte er sich bereits gütlich getan, ihre Kadaver lagen vor ihm. Er fraß vor allem die weichen Teile, den Bauch, die Flughäute, den Schweif und die Schenkel. Den Rest würden die Gardisten später fortschaffen. Bei dem Draken, an dem er sich jetzt sättigte, knackte er jedoch den Schädel und schlürfte das Hirn aus. Sein Maul war so riesig, dass er einen Menschen am Stück hätte verschlingen können. Die Zähne waren ausnahmslos konisch gebogen, wobei ihre Länge zwischen der von Dolchen und der doppelten meines Rapiers schwankte. Ab und zu fiel ein Zahn aus, wenn ein neuer nachwuchs. So blieben sie immer hart und spitz. Am Amtsstab des Obristen, den ich auf Gerro Rubinsteyns Bahre hatte liegen sehen, war eines der kleinsten Exemplare angebracht.

Das Schnauben des DRACHEN übertönte sein gieriges Schmatzen und das Dröhnen des Wasserfalls, der unmittelbar hinter dem offenen Portal in die Tiefe stürzte. Die Draken dagegen waren still. Ihre Echsengesichter kannten keine Mimik, aber die geduckte Art, in der sie sich bewegten, und das vorsichtige Schwenken der Köpfe, wenn sie in das Mittelschiff hinabsahen, ließen Respekt vermuten.

Dieser Regung konnte sich niemand entziehen, der den Vielgehörnten sah, wie man den DRACHEN ehrfürchtig nannte. Die größten Hörner waren so gewaltig, dass es schien, als teile sich der riesige Schädel in zwei Spitzen. Andere sprossen aus dem Hinterkopf, bogen sich aus den Schläfen oder stachen aus den Kieferknochen. Auch die kleineren waren noch so gefährlich wie fingerlange Messerklingen, aber das wäre wohl meine geringste Sorge, wenn dieses Ungeheuer einmal auf mich losginge. Mit all der Macht, die es ausstrahlte, hätte es der Tyrann der Welt sein können, und doch lag es gebunden auf dem Boden der Kathedrale.

Ich ahnte nicht, wie Drachenmeisterin Josefa Rubinsteyn das erreicht hatte, und noch glaubte ich, dass es auch niemand außer der Greisin selbst wüsste. Ich sah das weiße Haar, das sie meist offen trug, in den Schatten zwischen den Säulen im hinteren Teil der Kathedrale schimmern. Dort schloss das Mittelschiff mit einem großzügigen, halbrunden Podest ab, zu dem zwölf Stufen hinaufführten. Josefa bewegte sich ohne Hast. Offenbar war ihr nicht daran gelegen, sich zu den Familien zu gesellen, die sich in den Seitenschiffen gruppierten. Noch nicht einmal zu ihrer eigenen. Man munkelte, dass ihre Verwandten diese Abneigung erwiderten. Natürlich lud man die Drachenmeisterin zu jeder Feierlichkeit ein, aber man war froh, wenn sie ihr fernblieb.

Als der Drache gesättigt war und die Gardisten die Reste seines Mahls entfernten, näherte sich in einer Doppelreihe die Prozession der Medien. Glad arn Rubinsteyn war einer der Letzten. Wie die anderen trug er ein weißes, formloses, knöchellanges Gewand, das außerhalb der Kathedrale bestenfalls als Nachthemd getaugt hätte. Die Hände verbargen die Medien in weiten Ärmeln. Während Glads Augen über die Umgebung huschten – die Säulen, die Statuen, die Versammelten –, war der Blick vieler anderer entrückt. Manche starrten auch das Monstrum an, dessen rauchender Atem die Luft mit Schwefelgestank erfüllte.

Schulter an Schulter nahmen die Medien in einem weiten

Halbkreis Aufstellung. Sie summten die Hymne, die den DRACHEN besänftigen sollte.

Wir Machons sammelten uns bei der Statue, an der wir uns immer trafen. Sie war aus ockerfarbenem Stein gefertigt und stellte einen in Lumpen gekleideten, überlebensgroßen Mann mit einem Wanderstab dar, der ein Kind auf seiner linken Schulter trug.

Onkel Podro und ich hatten auf dem Weg durch die Stadt unsere Erkenntnisse zum Mord im Haus der Rubinsteyns ausgetauscht. Ich hatte sogar den Dolch mitgebracht, um die Waffe gemeinsam mit ihm in Augenschein zu nehmen. Weder er noch ich fanden etwas daran, das uns weitergebracht hätte. Das Kreuzsymbol kam mir noch immer bekannt vor, aber ich hatte versäumt, meinen Onkel danach zu fragen. Keinesfalls stand es für eines der Hohen Häuser, so viel war sicher.

»Wie geht es deinem Auge?«, fragte mein Vater statt einer Begrüßung. »Juckt es noch?«

»Jetzt, wo du es sagst …« Ich schob einen Finger unter die Klappe und rieb über die Narbe. Der Faden war erst unmittelbar vor meinem Aufbruch zum Ostturm gezogen worden. »Es geht schon.«

»Du bist tapfer, Zarria.«

Ich forschte in seinem Gesicht nach dem Grund, wieso er so etwas zu mir sagte. Waren das anerkennende oder doch spöttische Falten auf der Stirn unter der Halbglatze? Bei ihm war ich mir selten sicher. Ich wusste, dass er mich ebenso wie meine Schwester liebte, vielleicht noch mehr, seit unsere Mutter in der Fehde mit den Merrials umgekommen war. Aber dass ich mit fünfzehn meinen Dickkopf durchgesetzt hatte und in die Stadtwache eingetreten war, trug er mir auch drei Jahre später noch nach. Er glaubte, ich verschwendete mein Leben, und natürlich konnte ich schlecht abstreiten, dass ich beim Tanz in einem Ballsaal oder bei der gepflegten

Konversation mit meiner Erzieherin mein Auge nicht verloren hätte. Erinnerte er mich deswegen daran?

Der Aufschrei eines Mediums lenkte unsere Aufmerksamkeit zurück zum DRACHEN. Der Halbkreis hatte sich aufgelöst, die Weißgekleideten schwankten jeder für sich auf der Stelle. Einer war der rechten Vordertatze so nah gekommen, dass die Silberketten nicht mehr ausreichend schützten. Immerhin war er wohl nur umgeworfen worden. Schon eilten die Drachengardisten herbei, um ihn zu schützen. Ihre vier Meter langen Lanzen mit den verschnörkelten, in mehrere Spitzen auslaufenden Klingen konnten die geschuppte Haut nicht durchdringen, aber sie reichten aus, um die Klauen wegzudrücken, bis sich das Medium aufgerappelt und in Sicherheit gebracht hatte.

Der Vorfall stachelte einige Draken auf, die von den Emporen herunterfauchten. Weitere Gardisten kamen hinzu und reckten ihnen die Drachenschuppen entgegen, die sie in sonnenförmigen, zwanzig Zentimeter durchmessenden Anhängern um den Hals trugen. Die genaue Ausführung, die Zahl der Zacken, ihre Länge und Form war immer einmalig, aber stets befand sich die Schuppe hinter klarem Glas. Die Draken beruhigten sich.

Mein Blick fand den von Glad. Er lächelte und nickte mir zu. Offensichtlich spürte er kein Verlangen, sich dem DRACHEN weiter zu nähern als nötig. Auf Dauer würde er wohl dennoch die trüben Augen jener bekommen, die dem Odem des Ungeheuers verfallen waren. Damals dachte ich, niemand entkäme seinem Schicksal, vor allem dann nicht, wenn seine Straße ins Dunkel führte. In gewisser Weise habe ich damit ja auch recht behalten.

Der DRACHE schnaubte dichte Wolken aus den Nüstern, und die Medien begannen ihre Arbeit. Während ihre Körper bei uns blieben, wanderte ihr Geist in den Traumlanden und holte von dort, was die Stadt so dringend brauchte. Die Felder des Leidenden Landes, die Fische, die im Netol lebten und das Fleisch aus den Stallungen konnten die fünfzigtausend Einwohner nicht ernähren. So gaben sie den Draken ihre Albträume, und der DRACHE fraß die Draken. Dafür ließ er zu, oder vielleicht zwang Josefa ihn auch, dass die Medien ihre Träume mit seiner Macht verbanden. Sie holten von dort, wo Wünsche und Tatsachen nicht mehr klar zu unterscheiden waren, die Speise, die die Menschen brauchten.

Ebenso wie die Mehrzahl der Drachengardisten entstammten die meisten Medien der Familie Rubinsteyn. Unter den Bürgern, die nun Körbe, Krüge, Fässer, Kisten und Beutel brachten, fanden sich jedoch Schützlinge aller Hohen Häuser. Sie näherten sich dem DRACHEN, so weit es ihr Mut erlaubte, und stellten die Behältnisse zwischen den Medien ab. Dabei trugen sie Tücher vor Mund und Nase, die mit starkem Duftwasser getränkt waren, um sich vor der Verwirrung des Drachenodems zu schützen. Die Ienbarks statteten die Ihrigen sogar mit hölzernen Masken aus, die in langen Schnäbeln ausliefen. In der Spitze dieser Vorrichtungen befanden sich Schwämme, die man im Sud von Melisse oder in Essig getränkt hatte.

Immer wieder atmete der DRACHE Rauch aus. Nur träge hob sich dieser dem Dach der Kathedrale entgegen, sodass der vordere Teil des Mittelschiffs bald in einer Wolke lag, in der Medien, Diener und das Haupt des Ungeheuers nur noch schattenhaft auszumachen waren. Es geschah, was zum Überleben der Stadt nötig war. Dies bewiesen die vollen Behältnisse, die die Bürgerlichen herausschleppten. Sie enthielten Getreide, Honig, Schinken, Äpfel und was die Vorstellungskraft der Medien sonst noch zu materialisieren vermochte. Nichts davon war besonders schmackhaft, weswegen man in den Häusern der Patrizier nur auftischte, was Bauern und Fischer mühevoll erwirtschafteten. Auch für mich war es eine Umstellung gewesen, mich mit den Speisen der Stadtwache zu begnügen, die lediglich jene zum Genuss machen konnten, die sich mit Gewürzen auskannten und diese zu beschaffen verstanden. Xina, meine Schwester, steckte mir manchmal etwas zu, und mein Sold reichte dann und wann auch für einen Besuch im Wirtshaus. Aber zum Überleben genügte, was der DRACHE gewährte. Vor dem Tor der Kathedrale, im Sprühnebel des Wasserfalls, wurde es an das Volk verteilt, wobei die Schreiber der Hohen Häuser Aufsicht führten. Nachdem diese entschieden hatten, dass es für jenen Tag genug sei, geleitete die Drachengarde alle Bürgerlichen hinaus und die Medien in den weißen Gewändern verschwanden durch eine Seitentür. Das Hauptportal wurde geschlossen, was das Dröhnen der stürzenden Fluten so gründlich blockierte, dass mehr als dickes Holz dahinterstecken musste. Wohl der gleiche Effekt, der auch das Rauschen des unter dem Boden der Kathedrale fließenden Stroms ausschloss. In der einkehrenden Stille nahmen die Gardisten Aufstellung. Der Platz des Obristen in ihrer Mitte blieb leer.

Wir versammelten uns um Jineta, eine meiner Großnichten. Sie war jetzt acht Jahre alt und hatte bewiesen, dass sie genug Verantwortungsgefühl besaß, um ein Kaninchen zu pflegen. Nach den Regeln unserer Familie war damit die Zeit gekommen, ihr die Brosche mit dem Smaragd anzustecken. Ihre blauen Augen leuchteten vorfreudig, und die roten Wangen kündeten von der Aufregung des Mädchens.

Das einfache Volk dachte tatsächlich, dass die Materialisation von simpler Nahrung alles sei, was der DRACHE uns gewährte. Man erzählte den Bürgern, dass dann, wenn sich das Portal schloss, die Verehrung des Ungeheuers anstand, der wertvolle Dienst, den die Patrizier an der Stadt leisteten. Es war bei Todesstrafe verboten, ihnen die Wahrheit zu sagen. Dieses Wissen hätte eine Rebellion ausgelöst.

Die Medien waren nicht so gleich, wie ihre weißen, schmucklosen Gewänder vermuten ließen. Auch unter ihnen hielt man beständig nach besonders Fähigen Ausschau. Eine Aufgabe, der sich die Drachenmeisterin persönlich annahm. Wenn Josefa ein Medium aus den Gewölben heraufführte und es seiner Familie übergab, damit diese es mit einer Stola in der Farbe des Hohen Hauses schmückte, erachtete man das als großen Glücksfall. Zwar mussten auch diese Medien in der Kathedrale bleiben, die Stadt war ihnen verwehrt. Aber von niederen Diensten entband man sie, sobald sie wieder die Farben ihrer Familie trugen. Fortan waren sie Traumweber, die Fürsten der Kathedrale.

Sie nutzten ihre besonders starke Verbindung zu den Welten von Sehnsucht und Verzweiflung, um zu materialisieren, was die Patrizier begehrten. Edles Geschmeide wie die Broschen, die von der Zugehörigkeit zu einem Hohen Haus kündeten, war nur ein Teil davon.

In jenen Tagen gab es sechs Traumweber. Drei gehörten der Familie Rubinsteyn an. Obwohl es angesichts dieses Verhältnisses nahelag, wunderte ich mich, dass Welma Rubinsteyn unsere Brosche materialisieren sollte. Sicher verlangte Arlbert dafür einen Preis, während wir diesen Dienst von den Rorngats wahrscheinlich umsonst erhalten hätten. Elissja Rorngat war der Aufgabe bestimmt ebenso gewachsen wie Welma.

Als ich meinen Vater darauf aufmerksam machte, lächelte er. »Dass du Alora Rorngat befreit hast, ist mehr wert als eine Brosche«, flüsterte er mir zu. »Astana wird sie nicht voreilig aus dieser Schuld entlassen.«

Die gleiche Fehde, in der meine Mutter ums Leben gekommen war, hatte Astana zu unserer Matriarchin gemacht. Die Merrials hatten uns hart zugesetzt und alle getötet, die in der Erbfolge über der damals gut Zwanzigjährigen gestanden hatten. Inzwischen war sie zweiunddreißig und hatte alle Onkel und Tanten zum Schweigen gebracht, die sie ungefragt beraten wollten. Jetzt stand sie neben Arlbert und beobachtete, wie dieser Welma unseren Wunsch ins Ohr raunte.

Wie bei allen Medien ihrer Stufe fiel es auch Welmas Geist schwer, die Alltäglichkeiten und Niederungen zu erfassen, die uns beschäftigten. Arlbert redete auf sie ein, während der Blick der Traumweberin über die Fenster strich, wo ich nur Dunkelheit erkannte.

Ich spitzte die Ohren, um zu hören, ob die Neuigkeiten vom Ostturm bereits die Runde machten. Dies schien nicht der Fall zu sein. Offenbar war Onkel Podros Nachricht an den Senat in den höchsten Kreisen geblieben. Wenn sie einander auch mit Argwohn betrachteten, so verstanden die Familienoberhäupter doch, in wichtigen Angelegenheiten zu kooperieren. Sicher planten sie bereits Schritte, um den Vorfall zu untersuchen und die Gefahr zu bannen. Die Draken waren eine bewährte Waffe gegen die Geister.

Ich ging zu meiner Schwester. »Was, glaubst du, könnte man bei den Rorngats für Aloras Rettung einfordern?«, fragte ich Xina.

Sie schmunzelte. Ich konnte verstehen, dass sie den jungen Männern den Verstand raubte, wenn sie das tat. Unter der Stupsnase zeichnete ihre Oberlippe sanfte Schwünge. »Vielleicht einen Kuss von Ulryk Rorngat«, schlug sie vor. »Oder auch etwas mehr.«

Ich folgte ihrem Blick zu dem in der Tat stattlichen Jüngling, dessen enge Weste seine wohlgeformte Brust betonte. War ich vor zwei Jahren auch so lebenslustig wie Xina gewesen? Sorglos verschenkte sie ihr Herz jeden Tag aufs Neue, manchmal sogar mehrfach.

Stumm schüttelte ich den Kopf. Nein, so leicht hatten meine Grübeleien mir das Leben nie gemacht. Aber ich freute mich, dass es für meine Schwester so war.

»Wenn du schon zu den Rorngats hinübersiehst«, flüsterte mein Vater mir zu, »dann stell dich näher an eine Kerze. Sie sollen die Augenklappe sehen, damit sie sich daran erinnern, wie tief sie in unserer Schuld stehen.«

Wieder juckte meine Narbe. »Glaubst du, es gibt ein Medium, das stark genug ist, um einen Ersatz für mein Auge zu materialisieren?«

Mitleidig sah er mich an. Xina tat so, als hätte sie mich nicht verstanden, aber ihr Lächeln erstarrte.

»Ich erinnere mich an einen Rubinsteyn mit einer silbernen Hand.« Ich senkte meine Stimme, damit man das Zittern nicht hörte. »Er konnte sogar die metallenen Finger bewegen.«

Mein Vater nickte. »Aber ein Auge wäre sicher schwieriger als eine Hand. Und schon dafür ist der Traumweber so tief in die Träume vorgedrungen, dass sein Verstand danach dem eines Zweijährigen glich.«

Ich ärgerte mich, dass mein Auge tränte, wollte mir aber auch nicht die Wange abwischen. Das hätte nur ungewollte Aufmerksamkeit erregt. Stattdessen zog ich mich tiefer in das Seitenschiff zurück und versuchte, die Ungerechtigkeit, die ich empfand, zu verdrängen.

Ruhe und Ordnung in der Stadt standen auf dem Fundament der Hohen Häuser. Sie hielten einander unter Kontrolle, ihnen musste sich jeder unterordnen. Zwar hatte ich Alora gerettet, aber man erwartete, dass solche Verdienste der Familie angerechnet und die geschuldeten Gefallen von deren Oberhaupt eingefordert wurden. Mir blieb nur die Hoffnung, dass sich meine Matriarchin an meinen Beitrag erinnerte, wenn ich einmal in Not geriete.

Aber welche Not konnte noch schlimmer sein, als ein Auge zu verlieren?

Ich hielt mich am Rand, als Welma Rubinsteyn die Brosche mit dem Smaragd übergab, die eben noch ein Traum gewesen war. Dem Raunen nach zu urteilen war es ein außerordentlich schönes Stück, das Astana jetzt ans Kleid meiner

Großnichte heftete. Man sprach leise Glückwünsche aus, die große Feier würde später in unserem Palast stattfinden.

Die Medien materialisierten weitere Wünsche. Ich beobachtete Josefa, die jetzt durch das östliche Seitenschiff wandelte, sich aber noch immer von den Familien fernhielt. Obwohl an die achthundert Menschen in der Kathedrale versammelt waren, wirkte die Drachenmeisterin in diesem Moment einsamer als alle Geister, die am Ostturm ihre Klage in den Nebel heulten. Doch ihre gebeugte Gestalt kündete auch von trotzigem Stolz. Ihre Isolation war nicht jene einer Ausgestoßenen, sie hatte sie selbst gewählt.

»Sie verachtet uns alle«, flüsterte Xina in mein Ohr. Ich hatte nicht bemerkt, dass sie zu mir gekommen war.

»Es ist wohl schwer, das nicht zu tun«, vermutete ich. »Wenn man den DRACHEN bezwungen hat, müssen Menschen schwach wie Würmer erscheinen.«

»Manche sagen, ihr Körper ist nicht mehr aus Fleisch und Blut«, flüsterte Xina weiter. »Sie besteht aus dem Rauch des DRACHEN, und in ihren Adern fließt sein Feuer.«

Josefa trug eine dunkle Robe. Kaum mehr als ihr Gesicht und das weiße Haar, das wie ein Gespinst auf dem gebeugten Rücken lag, war in den Schatten zu erkennen.

»Eine von tausend mal tausend Geschichten über Josefa Rubinsteyn. Glaubst du noch immer, ihr Blick könnte dein Herz vertrocknen lassen?«

Xina kicherte. »Ich bin doch kein Kind mehr.«

Ich sah sie an. »Doch«, sagte ich. »Und ich hoffe, dass du es lange bleiben darfst.«

Der Schalk wich aus Xinas Zügen. »Mir tut leid, was mit deinem Auge passiert ist. Sag mir, wenn ich etwas tun kann, um dir zu helfen.«

»Was geschehen ist, ist geschehen«, wehrte ich ab.

Xina sah sich um. Niemand stand in der näheren Umgebung.

»Astana hat mir aufgetragen, dir etwas zu sagen. Wegen des Mords bei den Rubinsteyns.«

Leider hatte mich am Morgen keiner geweckt, sodass ich den Großteil des Tages verschlafen hatte. Wenn sich ein Drake an den Albträumen genährt hatte, setzte oft mit einiger Verzögerung eine große Erschöpfung ein. Der Bote, der am Vortag viel mehr als ich gegeben hatte, würde bestimmt eine ganze Woche unter den Folgen dieser Begegnung leiden.

Jedenfalls war ich mit meinen Ermittlungen nicht vorangekommen. Iadella Worda, die Zofe, hatte ich vor dem Glockenläuten nicht mehr angetroffen, und in der Kathedrale fehlte sie ebenfalls. Umso willkommener war mir, dass meine Matriarchin offensichtlich die Ohren meiner Familie für mich offenhielt.

»Gerro Rubinsteyn war durch und durch ein Krieger«, sagte Xina.

»In seinem Schlafzimmer hängt eine Kampfaxt«, bestätigte ich.

»Die meisten Krieger sind stets auf der Hut. Sie haben einen leichten Schlaf. Gerro war keine Ausnahme.«

Xina wollte noch etwas sagen, aber Arlbert Rubinsteyn schlug den Gong in der Nische, über der eine Figurengruppe in einem Relief abgebildet war.

Sofort senkte sich eine gespannte Stille über die Kathedrale. Nur einige Draken keckerten.

Arlbert lächelte gönnerhaft, aber auf vielen anderen Gesichtern sah ich Verwirrung, auf manchen sogar Ärger. Das Schlagen des Gongs oblag dem Obristen der Drachengarde. Damit zeigte er an, dass die Medien sich zurückziehen würden und der letzte Teil des Drachendiensts begann. Ich war nicht genügend mit den Feinheiten des Zeremoniells vertraut, um zu wissen, was für den Fall vorgesehen war, dass kein Obrist zugegen war. Offenbar empfanden es die Kundigen als Anmaßung, dass Arlbert die Rolle seines Bruders einnahm.

Mich beschäftigte etwas anderes. Ich hatte entdeckt, wo ich das Kreuzsymbol, das auch den Morddolch zierte, bereits gesehen hatte: in der Kathedrale!

Bei den Figuren über dem Gong fand sich eine, die ein solches Kreuz schleppte, während sie von zwei anderen gepeitscht wurde. Die Last wog offenbar schwer. Der Längsbalken des Kreuzes war so groß, dass er hinter der Gestalt auf dem Boden schleifte.

Xina stieß mich an und riss mich so aus meinem Staunen. Beinahe jeder Patrizier hatte eine Aufgabe, wenn sie auch oft nur klein war. So zeigte die Oberschicht der Stadt, dass sie ihrer gemeinsamen Verantwortung für den DRACHEN gerecht wurde. Ich musste eine der Kerzen löschen.

Während ich auf das Kommando wartete, sah ich mir die Darstellungen in der Kathedrale an. Nun, da ich danach suchte, entdeckte ich das Kreuz an mehreren Stellen. Manche der oberhalb der Kopfhöhe stehenden Figuren stützten sich darauf, andere hielten es dem Betrachter entgegen, eine kniete davor und einer weiteren war es in ihr Herz, auf das sie mit zwei Fingern deutete, eingeschrieben.

Als es an der Zeit war, holte ich meine Kerze vom Leuchter und blies sie aus. Da dies mit allen Lichtern geschah und der Himmel draußen so finster wie bei Nacht war, hätten wir im Dunkeln gestanden, wenn der DRACHE nicht gewesen wäre.

Der Brand, der in seinem Innern loderte, aus Augen und Maul schien und durch die geschuppte Haut über der Brust leuchtete, tauchte uns alle in ein bernsteinfarbenes Licht. Der DRACHE sog Luft ein, und das Feuer schlug tiefe Schatten aus den Säulen, hart und schwarz wie Lanzen aus Gusseisen. Er atmete aus, und die Dunkelheit drang wieder vor. Ein heißer, nach Schwefel stinkender Wind traf mein Gesicht. Tiefes

Grollen rollte durch die Kathedrale und schwoll an, bis mein Bauch vibrierte.

Was hatte dieses Kreuz zu bedeuten?

In schneller Folge flackerte der Berghang hinter der Maueröffnung. Der Donner folgte rasch. Regen prasselte auf das Dach.

Hatte der Mörder etwas mit der Kathedrale zu tun?

Aber dort lebten nur die Medien, die Drachengardisten und Josefa. Die Medien hatten nicht genug Interesse an der Stadt, um sich in die Gassen zu begeben und jemanden umzubringen. Die Drachenmeisterin war über alles Menschliche erhaben. Die meisten Gardisten waren Rubinsteyns, aber wenn der Obrist einen von ihnen ungerecht behandelt hatte, konnte das ein Motiv abgeben. Ich würde meine Nachforschungen ausdehnen.

»Gebt euch dem DRACHEN hin!«, rief Arlbert die Aufforderung, die eigentlich dem Anführer der Garde zustand. Diesmal hörte ich gemurmelten Protest und unterdrückte Rufe der Empörung.

Aber nur, bis der DRACHE tief einatmete, um daraufhin heißen Odem auszustoßen. Die Wolken brannten, doch sie verbrannten nicht. Mir war unerklärlich, woher sich ihr Feuer nährte, aber sie wallten durch ein ungleichmäßiges Gebiet, aus dem Flammen züngelten.

Die Patrizier schritten hinein. Dies war die eigentliche Ernte der Albträume, die die Draken in den Gassen der Stadt sammelten und für die sie sogar Häuser aufbrachen, wenn sie nicht genug Opfer fanden. In den Flammen warteten die süßesten Träume, die der menschliche Geist zu fassen vermochte. Die Erfüllung aller Wünsche, wenn auch nur für eine Stunde.

Nochmals spie der DRACHE sein Feuer. Die Flammenwolke wuchs an, das Prasseln wurde lauter. Weitere Patrizier gingen hinein. Rotes Licht loderte auf Josefa Rubinsteyns Lächeln.

Ich wich zurück. Ich wollte das Rätsel eines Mords in der

greifbaren Welt lösen, anstatt mich in den Träumen zu verlieren. Damit war ich eine von Wenigen. Die anderen mochten von ihren Familienoberhäuptern verurteilt worden sein, sich dieses Mal des höchsten Genusses zu enthalten. Von mir würde man das Gleiche vermuten.

Das Kreuz war eine Spur, der ich rasch nachgehen musste, bevor die Hohen Häuser die Geduld verlören und es zu einem Krieg käme. Und was war mit Astanas Hinweis? Weshalb war Gerros leichter Schlaf wichtig? Ich konnte Xina jetzt nicht fragen, auch sie stand im Feuer.

Die Flammenwolken loderten zu wild, um ihre Bewegung mit Gewissheit vorherzusehen. Eine wallte heraus und streifte mich.

Ich sah mich selbst über der Stadt fliegen, schnell wie ein Falke, der eine Amsel verfolgt. Alle Viertel brannten. Aus dem Palast der Rubinsteyns stiegen schwarze Flammen auf, aber ebenso aus dem der Wordas, der Merrials und aus dem meiner Familie. Wo die Luft klar war, trieb der widerlich süße Geruch brennender Leichen in ihr. Hitze erfasste mich, heiße Flammen standen plötzlich unter mir wie ein Meer. Einen Augenblick später war ich darüber hinweg. Ich spürte Kraft, unbändige Stärke. Niemand vermochte mir zu widerstehen! Sich mir entgegenzustellen, wäre Wahnsinn gewesen! Ich konnte alle vernichten, alle leiden lassen, ganz wie es mir beliebte. Oder Gnade üben, falls ich das für angebracht hielt. Aber warum? Was hatte ich mit diesen Menschen gemein, die mir so unendlich unterlegen waren?

Ich blinzelte, als die Vision von mir wich. Schon oft war ich in den Drachenodem gegangen, aber niemals hatte ich einen solchen Traum gehabt. Hatte ich Wünsche gesehen, die so tief in meinem Inneren verborgen lagen, dass ich selbst nichts von ihnen ahnte?

Schon entglitt mir, was ich gefühlt hatte. Nur die Bilder blieben, und sie erschienen mir fremd.

Oder doch nicht?

Unwillig schüttelte ich den Kopf. Wahrscheinlich wurde meine Last zu schwer. Das verlorene Auge, die Woche im Ostturm, das Gemetzel durch die Geister, der Mord, die Begegnung mit dem Draken. Ich war nicht in bester Verfassung, um mich dem DRACHEN zu stellen. Ich brauchte Schlaf. Wären meine Nachforschungen nicht gewesen, hätte ich mich auf eine Pritsche legen können und wäre für eine ganze Woche nicht aufgewacht, egal, wie sehr Onkel Podro getobt hätte.

Ich hielt die Luft an.

Gerro Rubinsteyn war ein Krieger gewesen, jemand mit einem leichten Schlaf, den man nur schwer überraschen konnte.

Wenn das zutraf – wie hatte dann jemand in sein Zimmer eindringen und ihn im Schlaf erdolchen können? Wie hätte das ausgerechnet einem Stümper gelingen sollen, der offensichtlich auf eine alte, stumpfe Waffe zurückgreifen musste, die für ein solches Unterfangen alles andere als die beste Wahl darstellte?

7. Auf der Spur der Kutte

»Der einzige Grund, aus dem du diesen Mörder decken könntest«, sagte Morga kalt, »besteht darin, dass du mit ihm unter einer Decke steckst.«

»Nein, so ist es nicht!«, rief der Sohn des Kürschners. Die scharfen Substanzen, mit denen er arbeitete, hatten seine Hände blau gefärbt. »Ich habe nichts mit dieser Angelegenheit zu tun!«

So verunsichert, wie der junge Mann sich umsah, konnte man kaum darauf kommen, dass wir uns im Haus seines Vaters befanden. Allerdings war er allein mit zwei Leutnants und vier Bütteln der Stadtwache in einem Hinterzimmer. Ich wollte ihm zugestehen, dass auch einem Unschuldigen beim Anblick der unfreundlichen Gesichter von Leuten, die gern zulangten, wenn ihnen eine Antwort missfiel, der Schweiß ausbrechen konnte.

Morga tat nichts, um ihn zu beruhigen. Er musste auf einem Schemel an der Wand sitzen, wir anderen umstanden ihn im Halbkreis und starrten auf ihn hinab. Dennoch hatte Morga recht. Warum zwang uns der Bursche, jede kleine Information so mühsam aus ihm herauszuholen, statt einfach zu sagen, was Sache war?

Mein Vorhaben, bei den Rubinsteyns weiter nachzuforschen, musste warten. Onkel Podro hatte die höfliche, aber bestimmte Nachricht erhalten, dass die Vorbereitung der Trauerfeier für Gerro an diesem Tag die gesamte Aufmerksamkeit des Hohen Hauses erforderte und man weder Zeit für weitere Fragen erübrigen könne, noch störenden Besuch akzeptiere. Der Hinweis meiner Matriarchin war kein ausreichender Grund, sich über eine so klare Anweisung der mächtigsten Patrizierfamilie hinwegzusetzen. Deswegen hatte ich Iadella Worda befragen wollen, die Zofe, die den Toten gefunden hatte. Ich war beinahe aus der Burg gewesen, als einer von Morgas Zuträgern die Nachricht gebracht hatte, der Kürschnersohn Jaco habe jemanden mit einer Leiter über die Fischerbrücke laufen sehen, und dieser Jemand sei in eine graue Kutte gekleidet gewesen. So viel hatte er uns inzwischen auch gesagt, und dazu noch, dass er mit seiner Geliebten erwischt und von deren Vater nachts auf die Straße gejagt worden sei. Deswegen sei er in der Dunkelheit unterwegs gewesen. Und merkwürdigerweise hatte er auch ein Wort für den Mann in der Kutte: Mönch. Ich wusste nicht, was das bedeutete, aber Morga kannte es als Bezeichnung für jemanden, der in einer brüderlichen Gemeinschaft lebte und Ehelosigkeit geschworen hatte.

»Dann erzähl uns von diesen Mönchen!« Sie unterstrich ihre Forderung mit einer Geste des krumm zusammengewachsenen, aber nichtsdestoweniger kräftigen Arms.

»Ich weiß nur, dass sie sich selbst so nennen«, beteuerte Jaco.

»Es gibt also mehrere«, stellte Morga fest.

»Das sagt man so.«

»Und wer sagt das?«

Jaco presste die Lippen aufeinander.

Unter anderen Umständen hätten wir ihn ein paar Tage in den Kerker werfen und dann nachsehen können, was aus seinem Starrsinn geworden wäre. Das hätte auch das Verhör angenehmer gemacht. In dem Verlies, das unterhalb der Kathedrale in den Felshang getrieben war, roch es jedenfalls besser als in diesem Haus, wo der Gestank der beißenden Flüssigkeiten, mit denen der Kürschner die Häute einweichte, die Luft verpestete.

Aber ich bezweifelte, dass wir so viel Zeit hatten. Die Rubinsteyns mochten tatsächlich Gerros Bestattung vorbereiten, doch das war bestimmt nur einer der Gründe, aus denen sie sich in ihrem Palast zusammenrotteten. Arlberts Anmaßung am vorigen Tag in der Kathedrale hatte den Unmut vieler Patrizier hervorgerufen. Das mochte er kalkuliert haben – so wusste er, wer gegen ihn stand. Jetzt beriet er vielleicht, wer sich dennoch auf die Seite der Rubinsteyns ziehen ließ und wen man ausschalten musste. Ununterbrochen liefen die Boten zwischen den Palästen der Familien. Ich wusste nicht, wie groß Arlberts Ambitionen waren, aber es stand zu befürchten, dass ihm ein Vorwand für einen Krieg gerade recht kam. Den Täter zu finden und öffentlich zu verurteilen wäre wenigstens ein kleiner Beitrag, um diesen zu verhindern. Dadurch würde die Stadtwache ein paar Tage Frieden kaufen.

»Wusstest du«, fragte ich, »dass sich überraschend viele Zeugen während eines Verhörs die Finger brechen?«

Jaco starrte mich an.

»Ganz seltsam, nicht wahr, Morga?«

Meine Kameradin nickte. »Wenn sie zu einer Befragung kommen, ist bei ihnen alles gesund, nur die Zunge ist gelähmt. Hinterher ist die Zunge flink, aber die Knochen sind kaputt.«

»Ihr habt doch eure Knüppel mitgebracht?«, fragte ich die Büttel.

»Moment!«, rief Jaco. »Nicht so schnell!«

Ich spuckte auf den Boden. »Kehrt dein Gedächtnis zurück?«

Er schluckte. »Ich weiß wirklich kaum etwas.«

»Vielleicht sind wir mit wenig zufrieden. Mit nichts können wir dem Hauptmann auf keinen Fall unter die Augen treten.« Ich beugte mich nah vor ihn und legte ein Knurren in meine Stimme. »Und irgendetwas werden wir aus dir herausbekommen, da kannst du sicher sein.«

»Es sind mehrere, nur Männer, und sie tragen alle diese Kutten mit den lang gezogenen Kapuzen. Ab und zu lungern sie bei den Webern herum.«

»Im heruntergekommensten Viertel der Stadt«, sagte Morga.

Dorthin gingen auch wir nur, wenn es unbedingt sein musste, und dann mit wenigstens zehn Bütteln, von denen hinterher die Hälfte für eine Woche nicht einsatzfähig war.

»Weiter«, forderte ich. »Handelt es sich etwa um diese Spinner, die alle auslachen, weil sie ohne Gegenleistung Dienste anbieten?« Einer meiner Zuträger aus dem Weberviertel hatte sich über eine Gruppe von Männern beschwert, weil sie eifrig und endlos auf ihn eingequasselt hatten. Ihr Anliegen war ihm allerdings entgangen, und inzwischen lag dieser Vorfall ein Jahr zurück.

»Ich halte mich von solchem Gesindel fern«, beteuerte Jaco. »Das ist alles, was ich weiß.«

»Wirklich etwas mager«, meinte Morga.

»Woher kennst du diese … Mönche überhaupt?«, fragte ich.

»Ceros hat sie mir gezeigt. Er hat mir eingeschärft, mich bloß nicht mit ihnen einzulassen.«

Schweigend sahen wir ihn an.

»Du hast unsere Geduld lange genug gefordert«, sagte Morga. »Du bist zu schlau, um nicht zu wissen, dass du uns wenigstens zu diesem Ceros führen musst, wenn du schon selbst so wenig weißt.«

»Er wollte zur Therme!«

Morga verzog den Mund, als sie mich ansah. Die Therme bestand aus teilweise überdachten heißen Becken, die das Wasser des Netol speiste. Zu- und Abfluss ließen sich über Schleusen regeln. Außerdem war die Therme als einziger Ort in der Stadt den Patriziern verboten. Während irgendeines lange zurückliegenden Aufstands hatten sich die Bürgerlichen das Recht ertrotzt, dort ungestört von den Angehörigen der Hohen Häuser zu bleiben.

Ich war die einzige Patrizierin in unserem Trupp. Morga brauchte nicht auszusprechen, dass ich damit nutzlos wurde, was das Verhör von Ceros anging.

Anders als am Vortag schien die Sonne. Ich begleitete die Kameraden bis zur Therme, erst vor dem Tor blieb ich zurück. Auch die drei jungen Männer, die uns nachgegangen waren, warteten auf der Straße. Ich war mir sicher, dass sie uns verfolgten, seit wir das Haus des Kürschners verlassen hatten.

In diesem Viertel wohnten die Schnitzer. Damit sie den Schreinern und Zimmerleuten nicht ins Gehege kamen, waren ihnen nur Werkzeuge für eine kleinteilige Bearbeitung erlaubt. Sie fertigten Spielzeug und Schmuck aus Holz oder Tierknochen. Ich ging zu einer der Auslagen, die sich an die zur Straße hin offenen Werkstätten anschlossen, um mir einige Figuren mit beweglichen Gliedern anzusehen, wie sie auch Maler und Steinmetze als Hilfsmittel benutzten, um Posen nachzustellen. Ob Josefa Rubinsteyn wohl ebenfalls solche Vorbilder für ihre Glaskunst verwendete?

Aus dem Augenwinkel beobachtete ich unsere Verfolger. Sie hatten sich verteilt, ich entdeckte nur noch zwei, und die gaben sich wie gewöhnliche Kunden. Bevor Morga mich unter ihre Fittiche genommen hatte, wären sie mir bestimmt nicht aufgefallen, aber mit der Erfahrung, die ich inzwischen gesammelt hatte, ließ ich mich nicht mehr täuschen.

Ich beugte eine Holzstatuette in Hüfte und Hals. Damit sie nicht umfiel, musste ich ein Bein nach vorn stellen. Ich fand dennoch kein Gleichgewicht, das Material war zu unflexibel. Also hielt ich die Figur fest, während ich eine Flöte so an ihre Schulter lehnte, wie ich es bei dem Kreuzträger in der Kathedrale gesehen hatte.

Ich nickte dem Schnitzer zu und legte das Männchen zurück auf den Tisch. Ein Kreuz war kein kompliziertes Symbol. Vielleicht war es nur eine einfache Verzierung am Morddolch ohne weitere Bedeutung. Inzwischen hatten wir mit dem leitertragenden Mönch eine deutlichere Spur. Nur, dass ich diese im Moment leider nicht untersuchen konnte. Es sei denn, ich fand außerhalb der Therme interessante Gesprächspartner.

Ich ging mit schnellen Schritten zu einem der Verfolger, packte ihn am Kragen und knallte ihn an eine Wand. Er ächzte überrascht, und sein Hinterkopf schlug gegen die Mauer.

»Ich habe mir heute schon genug Ausflüchte angehört«, sagte ich. »Also raus mit der Sprache: Warum folgt ihr uns?«

Er war größer als ich, aber so hager, dass ich ihm an Kraft wenigstens ebenbürtig war. Eine Flechte zog sich über seine linke Schläfe. Hoffentlich steckte er mich nicht an.

»Ihr verfolgt die Falschen«, sagte er hastig, als ich die freie Faust hob. »Sie haben nichts damit zu tun!«

»Wer? Die Mönche?«

»Sie tun nur …«

Einer der beiden anderen kam zu uns. »Das reicht jetzt! Lasst meinen Freund los!«

»Siehst du nicht, dass ich mich mit ihm unterhalte?«

Wegen seines schwächlichen Eindrucks überraschte mich die Wucht, mit der sich mein Gefangener losriss. Geschickt drehte er den Oberkörper zur Seite und schlug gleichzeitig mit dem Unterarm gegen mein Handgelenk. So sprengte er meinen Griff.

Im Weglaufen hatte er offenbar ebenfalls Übung. Sofort rannte er los. Seine Kameraden blieben dicht bei ihm.

Ich schnitt ihnen den Weg in die Therme ab, wohin ich nicht hätte folgen können.

Ihr Ziel war ohnehin ein anderes. Sie rannten die Straße hinunter und bogen in die nächste Gasse ein.

Ich verspürte wenig Lust, sie davonkommen zu lassen. Zwar schlängelten sie sich geschickt durch das Gewimmel der Menge, aber ich entdeckte einen besseren Weg. Ich sprang über den Tisch in eine Schnitzerwerkstatt, ohne den Protest des Handwerkers zu beachten, riss die Tür an der Rückwand auf, durchquerte eine Küche und kam durch den Hinterausgang auf eine kaum belebte Straße. Ich sah die drei sofort, während sie in der falschen Richtung Ausschau nach mir hielten. Ich hätte sie stellen können, aber mehr als einen konnte ich allein nicht festhalten. Außerdem interessierte mich, wer sie geschickt hatte.

Ich verbarg mich in einem Hauseingang. Als sie sich auf den Weg machten, nutzte ich Mauervorsprünge, Gebüsch, Karren und andere Menschen, um sie unentdeckt zu verfolgen. Leider war der Aufzug der Stadtwache nicht dazu gedacht, sich zu verbergen. Obwohl es mir um die bauschige

Feder leidtat, knüllte ich den Hut unter meinen Gürtel. Die letzte Wäsche des Umhangs lag lange zurück, sodass sein Blau nicht mehr allzu sehr leuchtete. Ich warf eine Seite über die Schulter, damit er die rote Schärpe verbarg.

Als ich erkannte, dass wir auf dem Rückweg ins Kürschnerviertel waren, schlug ich einen Bogen durch einige kleine Gassen, überholte die drei, überquerte den Netol vor ihnen und erwartete sie auf der anderen Seite der Brücke. Erst dort heftete ich mich wieder an ihre Fersen.

Anstatt zu Jacos Vater zu gehen, bogen sie nach Süden ab. Wie ich befürchtet hatte, waren sie zu den Webern unterwegs. Ich würde aufpassen müssen, nicht in Schwierigkeiten zu geraten. Ich schnappte mir einen Gassenjungen, drückte ihm ein paar Kupfermünzen in die Hand und versprach ihm die gleiche Summe, wenn er mir berichtete, wohin die drei gingen.

Während ich ungeduldig auf meinen kleinen Spion wartete, betrachtete ich die Häuser. Die meisten waren Ruinen. Auch Maurer und Zimmerleute hielten sich von den Webern fern, an ihnen schätzte man nur die Tuche, die sie auf den Markt brachten. Soweit wir wussten, sorgten die Weber auf ihre eigene Art dafür, dass ihr Stadtteil bewohnbar blieb.

Nach dem gestrigen Regen war immerhin das Pflaster sauber.

Der Junge kam bald wieder und erzählte mir, die drei seien in einem ausgetrockneten Brunnen verschwunden. Das kam mir zwar merkwürdig vor, aber ich gab ihm dennoch mein Kupfer. Für mich war es nicht viel, und das zerlumpte Kind hatte die Münzen sicher nötig. Wenn es mich übers Ohr gehauen hatte, würde ich das verschmerzen.

Mit der Hand am Rapier folgte ich der Wegbeschreibung des Jungen. Die runde Form der Brunnenmauer war anhand des verbliebenen Trümmerhaufens nur noch zu erahnen. Dass noch einer der Pfosten stand, auf denen wohl die Kurbel mit dem Brunnenseil gelegen hatte, erschien beinahe schon wie Hohn.

Ich musterte die leeren Tür- und Fensteröffnungen der Häuser. Hinter einigen waren Bewegungen zu erkennen, aber noch ließ man mich gewähren.

Ich sah in das Brunnenloch. Eine eingestürzte Wand bildete eine Art Rampe. Dadurch erschien der Abstieg einfach.

Nochmals sah ich mich um, dann machte ich mich auf den Weg hinab.

Ich hatte eine Art Höhle erwartet, traf aber stattdessen in fünf Meter Tiefe auf einen mit Balken abgestützten Durchgang. In einer Nische standen mehrere Laternen. Auch Feuersteine, eine Zunderdose und ein paar in Öltuch eingewickelte Späne lagen bereit. Ich nahm etwas davon mit, entzündete jedoch kein Licht. Die Dunkelheit zwang mich zu vorsichtiger und langsamer Bewegung, aber ich wollte nicht vorzeitig entdeckt werden.

Hinter dem Durchgang fiel der Boden weiter ab, doch selbst durch die Sohlen meiner Stiefel spürte ich, dass man ihn im Gegensatz zu der Halde, die in den Brunnen führte, mit Sorgfalt geglättet hatte.

Als ich vor mir Wasser rauschen hörte, ahnte ich, wohin ich mich bewegte. Der faulige Geruch bestätigte meine Vermutung. Der Gang führte in einen Abwasserkanal. Das Wissen der Vorfahren, die uns diese Vorrichtungen ebenso hinterlassen hatten wie das Amphitheater, war im Dunkel der Jahrhunderte verschwunden. Da nur wenige wussten, wie man solche Anlagen instand hielt, befanden sich viele von ihnen in einem erbärmlichen Zustand. Die Patrizierhäuser wurden ihren Dreck ohne Probleme los. Auch bei den privilegierten Gefolgsleuten funktionierte das meistens, aber je ärmer die Stadtviertel waren, desto vernachlässigter war das Kanalsystem. Die Weber lebten so weit südlich des Marktplatzes, dass mich wunderte, dass es noch nicht komplett eingestürzt war.

Aber da der Kanal Wasser führte, das kontinuierlich gluckerte, musste ich meine Annahme überdenken. Tatsächlich konnte diese Menge nicht allein aus Abwässern gespeist werden, und der gestrige Regen war längst abgeführt. War das ein unterirdischer Bach?

Ich hockte mich an die Wand und wartete darauf, dass sich mein Auge an die Dunkelheit gewöhnte. Es war stockfinster, aber ich ertastete Trittsteine, die aus dem Wasser ragten. Mein Gang traf auf den Kanal. Die Steine fand ich nur auf der linken Seite, entgegen der Fließrichtung.

Obwohl ich außer dem Bach kein Geräusch hörte, wagte ich noch immer nicht, die Laterne zu entzünden. Also tastete ich mit meinen Füßen nach dem jeweils nächsten Trittstein. Der Halt war schlüpfrig, die Steine waren wohl am Vortag überflutet worden und noch nicht wieder getrocknet.

Die drei Kerle hatten sicher eine Lampe benutzt und waren dadurch schneller vorwärtsgekommen. Sollte ich umkehren und Verstärkung holen? Würde mir Onkel Podro einige Büttel mitgeben, oder bekäme ich eine Rüge, weil ich nicht vor der Therme gewartet hatte und stattdessen irgendjemandem nachjagte, der sich vielleicht einen Scherz mit der Stadtwache erlaubte? Noch dazu ins Weberviertel?

Ein Lichtschein, der ein Dutzend Meter hinter einer Biegung aus der Decke fiel, vertrieb meine Zweifel. Wenn mein Instinkt richtig lag, führten mich die drei zu diesen ominösen Mönchen, und wenn ich einen von denen zur Burg schleifte, stünde ich wieder gut da. Besser sogar als Morga, die allenfalls ein paar Hinweise auf diese seltsamen Kuttenträger in Erfahrung bringen würde.

Mit neuer Entschlossenheit schritt ich über die Trittsteine, die ich bald sogar schattenhaft erahnen konnte.

Eine Leiter, die keine Spur von Rost zeigte, führte nach oben, wo flackerndes Licht Kerzen vermuten ließ. Dort wurde gesprochen, aber der Bach machte die vom Hall entstellten

Worte unverständlich. Ich setzte die ungenutzte Laterne ab und griff nach den Sprossen. Vorsichtig stieg ich nach oben.

Dass ich trotz allem zu laut gewesen war, begriff ich, als mir jemand zwischen die Schulterblätter trat. Schmerz stach in meinen Rücken, aber bei den rauen Spielen, mit denen ich mich früher zum Leidwesen meiner Eltern in den Gassen beschäftigt hatte, war mir schnell klar geworden, dass man gegenhalten musste. Ein Fuß rutschte ab, doch der andere hatte genug Halt, um mich hochzudrücken. Mit den Händen riss ich mich nach oben, sodass ich bis zur Brust aus dem Loch kam.

Wie erwartet fand ich mich in einer Höhle wieder, die das Licht mehrerer Kerzen erhellte. Erstaunlich waren dagegen die schweren Teppiche, der mehrarmige Silberleuchter auf dem Tisch und die Perlenketten, die aus einem Kistchen hingen. Mir fehlte die Zeit, darüber nachzudenken. Ein weiterer Schlag traf meinen Rücken.

Diesmal drehte ich mich, noch immer auf der Leiter, so schnell herum, dass ich den Fuß des Angreifers packen konnte. Ich riss ihn an meiner Schulter vorbei, was mir einen stechenden Schmerz einbrachte, der mich unsanft an die Behandlung durch meine Kameraden am Ostturm erinnerte. Zum Ausgleich wurde ich mit einem überraschten Aufschrei belohnt. Der Mann fiel mir entgegen und stürzte in das Loch. Unter mir platschte er ins Wasser.

Schnell überwand ich das letzte Stück und stellte mich auf den Boden. Ein Anblick wie dieser musste demjenigen, der den Begriff ›Räuberhöhle‹ ersonnen hatte, vorgeschwebt haben. Ich sah kostbares Besteck, Schmuck und feine Stoffe, aber alles lag achtlos durcheinander. Verhängte Durchgänge führten wohl von dieser Höhle in weitere Räume. Derjenige, in dem ich mich befand, war zwar mit Ziegeln eingefasst, aber inzwischen musste die Konstruktion mit Balken abgestützt werden. An einer Stelle hingen sogar Wurzeln aus der Decke.

Auch jetzt blieb mir wenig Zeit für Betrachtungen, kamen doch zwei weitere Kerle aus einem Nebenraum. Sie überwanden ihre Verblüffung schnell und stürzten sich auf mich.

Ich tauchte zur Seite weg und rammte einem der beiden das linke Knie in den Magen. Der Größe nach zu urteilen konnte er derjenige sein, der mir gesagt hatte, ich würde die Falschen verfolgen. Jetzt klappte er zusammen wie eine Truhe, die man schließt. Ich stieß ihm meinen Ellbogen in die Nierengegend, was ihn dazu veranlasste, sich seine letzte Mahlzeit noch einmal durch den Kopf gehen zu lassen.

Der andere war besonnener. Er wog einen Kerzenleuchter in der Hand, den er wohl als Keule benutzen wollte.

»Wer seid ihr?«, rief ich ihm zu. »Was habt ihr mit den Mönchen zu tun?«

Reden war wohl nicht seine Stärke. Mit einem unartikulierten Schrei schlug er nach mir.

Ich duckte mich unter dem Leuchter hindurch. Eines kräftigen Schlags hatte ich mich nie rühmen dürfen, aber an Mut und Schnelligkeit nahm ich es mit jedem auf.

Der Schwung riss den Arm des Kerls über mich hinweg und so weit zur Seite, dass er den Oberkörper ein Stück weit mitdrehte.

Ich sprang auf ihn zu. Je näher ich ihm war, desto geringer war der Vorteil, den ihm der Leuchter verschaffte. Mit der Linken blockierte ich den Rückweg seines Arms, die rechte Faust rammte ich gegen die kurze Rippe. Leider war ich zu schwach, um sie zu brechen, aber immerhin stöhnte er auf.

Dennoch steckte er den Treffer weg. Dies war sicher nicht seine erste Prügelei. Er trat so heftig gegen mein Schienbein, dass ich den Halt verlor.

Ich versuchte, mein Gleichgewicht zurückzugewinnen, ohne in das Loch zu stürzen, was mir nur teilweise gelang. Zwar vermied ich, ein paar Meter tiefer im Bach zu landen, aber dafür musste ich zur Seite stolpern, sodass sich mein Gegner wieder von mir löste.

Diesmal ging er vorsichtiger zu Werke. Er hielt den Leuchter mit beiden Händen vor sich, beinahe wie ein Kurzschwert. »Du hättest nicht herkommen sollen!«, rief er.

»Ihr hättet nicht weglaufen sollen«, gab ich zurück.

Unwillig zog er die Stirn in Falten.

Mir war klar, dass ich mir seinen Respekt nur verschaffen könnte, indem ich ihm eine ordentliche Abreibung verpasste. Am besten ging ich dies an, bevor sich seine Freunde erholten.

Mit einem Schrei und einem entschlossenen Sprung, der in meinem Schienbein schmerzte, täuschte ich einen Angriff vor, was ihn tatsächlich veranlasste, einen weiten Schritt nach hinten zu machen. Eigentlich hätte er mir den Leuchter leicht über den Schädel ziehen können, aber er war vorsichtig geworden.

Er stand jetzt auf einem der Teppiche, die wild übereinander lagen. Ich packte den Stoff und riss ihn zu mir heran. Dadurch zog ich ihm den Boden unter den Füßen weg.

Mit einem überraschten Schrei fiel er hin.

Ich trat den Leuchter aus seiner Hand, der daraufhin gegen die Wand schepperte. Bevor ich den Mann jedoch in einen Hebelgriff nehmen konnte, wurde ich meinerseits gepackt und zur Seite geschleudert.

Ich prallte mit dem Rücken gegen eine Kiste und hoffte, dass das unschöne Knacken vom Holz und nicht von meinen Knochen kam. Der Stich in der Schulter hatte jedenfalls eine ältere Ursache. Trotz des Schmerzes atmete ich tief ein, um die Sterne vor meinem Auge zu vertreiben. Obwohl ich kaum etwas sah, rappelte ich mich auf. Die Kerle sollten nicht glauben, dass sie mich schon geschafft hätten!

Leider standen sie mir jetzt vollzählig gegenüber. Derjenige, den ich entwaffnet hatte, half seinem durchnässten

Kameraden die Leiter hinauf, und der dritte hatte sich ebenfalls wieder aufgerappelt. Wenigstens war der Leuchter aus dem Spiel. Ich ballte die Fäuste.

Als sie auf mich zukamen, rannte ich auf den mittleren zu, hechtete dann aber nach rechts. Im Flug trat ich dem auf dieser Seite stehenden Gegner in den Bauch. Das tat mir selbst in den Zehen weh, also musste ich gut getroffen haben. Das Stöhnen gab mir recht.

Ich packte ein Kistchen mit Schmuck und schleuderte es dem nächsten Angreifer an den Kopf. Als er die Hände hochnahm, um das Gesicht zu schützen, sprang ich ihn an. Ich fasste seine Finger und bog sie nach hinten. Morga hatte mir gezeigt, wie man jemanden dadurch zwang, den Ellbogen zu strecken. So war es möglich, den Arm des Gegners als Hebel zu benutzen und den gesamten Körper herumzureißen, auch wenn er schwerer war als man selbst. Das gelang mir, sodass ich meinen Kontrahenten in den Schlag seines Freundes werfen konnte, der eigentlich natürlich mir gegolten hatte.

Das war allerdings die letzte Aktion in diesem Kampf, für die ich in Anspruch nehmen darf, sie einigermaßen geplant zu haben. Danach wurden wir alle zu einem Knäuel von Griffen, Stößen und Tritten. Als mir der Hagere die Luft abdrückte, blieb ich nur deswegen bei Bewusstsein, weil ich ihm den Sieg missgönnte. Mein Schlag in seine Nieren war fest genug, dass er den Schwitzkasten lösen musste.

Ich teilte ordentlich aus, wäre aber sicher nicht auf Dauer gegen die drei Gegner angekommen. Sie ließen nur von mir ab, weil plötzlich ein Ruf durch die Höhle donnerte: »Seid ihr wahnsinnig, eine Stadtwache anzugreifen?«

Ein knapp vierzigjähriger Mann stand mit in die Hüften gestemmten Fäusten vor einem der Durchgänge. Dass er offenbar meine Vorliebe für Handschuhe teilte, nahm mich beinahe noch mehr für ihn ein, als dass er die Keilerei beendete. Er trug ausnehmend schöne Modelle aus schwarzem Samt, die mit Goldfaden bestickt waren. Ansonsten zeugte seine Erscheinung allerdings wenig von Geschmack. Auf dem Kopf saß eine prächtige Kappe, die aber für einen Mann mit einem dickeren Kopf gefertigt sein musste. Die grüne Weste mochte für sich genommen recht hübsch sein, wirkte aber schrill auf dem feuerroten Hemd. Es war beinahe schon ein Glück, dass davon wegen der vielen Gold- und Perlenketten, die seine Brust bedeckten, kaum etwas zu sehen war. Am merkwürdigsten fand ich die violette Bemalung seiner Augen, die weit über die Lider hinausging und Vogelschwingen nachahmte.

Die Erscheinung überraschte mich dermaßen, dass ich meine Zähne erst aus dem Arm eines meiner Widersacher nahm, als dieser mich nachdrücklich am Ohr zog. Dann aber lösten wir uns schnell voneinander. Heftig atmend standen wir auf.

»Es kann uns eine Menge Ärger einbringen, wenn wir uns mit der Stadtwache anlegen!«, fuhr der Mann fort. »Das habe ich euch oft gesagt! Was soll ich nur mit euch machen? Das ist ein schlimmer Vorfall!«

»Ich denke, es war zu dunkel, um meine Schärpe zu erkennen«, sagte ich. »Wir sollten die Sache nicht unnötig aufbauschen.«

Mit funkelnden Augen sah er mich an. Dann grinste er. »Ist es auch zu dunkel, um das Rapier zu ziehen, das Ihr am Gürtel tragt, Leutnant?«

»Eine Waffe braucht man für einen echten Kampf. Das hier sind doch halbe Kinder.«

Zwar protestierten meine schmerzenden Glieder gegen diese Verharmlosung, aber die beschämten Blicke der drei Kerle entschädigten mich dafür.

»Raus mit euch!«, herrschte der Mann sie an.

Mit gesenkten Köpfen stahlen sie sich hinter einen der Vorhänge davon.

Er seufzte. »Ihr könnt mich Turan nennen. Wer erweist mir die Ehre ihres Besuchs?«

»Ich bin Zarria Machon. Leutnant der Stadtwache, wie du schon erkannt hast.« Trotz seines pompösen Aufzugs verweigerte ich dem Mann eine förmliche Anrede.

»Ich nehme an, Ihr seid nicht zufällig hier«, sagte er.

»Das stimmt. Ich wollte ein Gespräch mit deinen Untergebenen fortsetzen, das sie vorschnell abgebrochen haben.«

»Und worum ging es bei dieser Unterhaltung?«

Ich zog den Morddolch aus dem Gürtel. Wieder fiel mir auf, wie alt und klobig er war. Mit dem Griff voran reichte ich ihn Turan.

»Mut habt Ihr«, sagte er, als er ihn nahm. »Kommt allein zu den Webern, schleicht durch dunkle Gänge, betretet einen Ort, an dem Euch niemand sieht und keiner schreien hören würde, und drückt einem Unbekannten eine Waffe in die Hand.«

»Ich habe die bessere Klinge.« Ich umfasste den Griff des Rapiers, wobei ich die Linke benutzte und darauf achtete, mich ohne Hast zu bewegen, um die Geste lässig aussehen zu lassen.

»Glaubt Ihr, ich hätte niemanden in der Nähe, der weiß, wo das gefährliche Ende an einem Schwert ist?« Deutlich neigte Turan den Kopf zu einem der Vorhänge.

»Ich bin nicht gekommen, um zu kämpfen.« Mein zerschlagener Körper lechzte nach einem Badezuber. Dennoch bemühte ich mich um eine straffe Haltung. »Ich suche nur nach Antworten.«

»Man könnte mich einen leichtsinnigen Mann schimpfen, wenn ich Euch fortließe, wo Ihr doch jetzt wisst, was hier zu finden ist.«

»Das Zeug interessiert mich nicht.« Während ich den Blick über die wie Gerümpel angeordneten Schätze schweifen ließ, wurde mir klar, dass die Hohen Häuser das anders sehen würden. Auf einer Truhe entdeckte ich die Blume der Ienbarks, und ich hätte mich sehr täuschen müssen, wenn der

Handspiegel auf dem Brokatkissen nicht eben jener gewesen wäre, dessen Verlust Astana, meine eigene Matriarchin, so lautstark betrauert hatte. »Außerdem haben wir doch schon festgestellt, dass es hier viel zu dunkel ist, um etwas zu erkennen.«

»Ihr gefallt mir.« Turan grinste. »Dennoch werdet Ihr verstehen, dass Ihr eine Weile bleiben müsst. Ich muss den Plunder anderswo hinschaffen. Danach könnt Ihr gehen.«

»Unter anderen Umständen gern, aber ich habe wichtige Angelegenheiten zu erledigen.« Ich hatte gelernt, dass meine Wutausbrüche nicht besonders furchteinflößend waren. Also unterdrückte ich meinen Zorn und verlegte mich auf ein kaltes Lächeln, das ich mit Xina geübt hatte. »Ich muss deine Gastfreundschaft daher ausschlagen.«

»Wenn man es mit dem Mut übertreibt, wird er zu Leichtsinn. Ich weiß, wovon ich spreche. Ich habe es nur so weit gebracht, weil alle, die über mir standen, irgendwann zu nah ans Feuer gegangen sind.«

»Ich will ein paar Flammen austreten, bevor sie die ganze Stadt verschlingen.«

»Das klingt dramatisch.«

»Erinnerst du dich an den letzten Familienkrieg?«

»Sicher. Merrial gegen Machon.«

»Kannst du dir vorstellen, was passiert, wenn alle sieben Hohen Häuser aufeinander losgehen?«

Seine Stirn legte sich in besorgte Falten. »Ich habe mit den edlen Familien wenig zu schaffen.«

»Aber auf gewisse Weise nährst du dich von ihnen. Oder willst du mir sagen, all das hier hättest du von einfachen Handwerkern … erworben?«

Einen Moment lang sah er mich noch an, dann betrachtete er den Dolch. »Und das hier kann das Feuer löschen, sagt Ihr?«

»Es ist eine Spur zu einem Mörder. Sieh dir die Gravur im Knauf an.«

»Ein Kreuz.«

»Ich weiß, dass es zu Leuten gehört, die sich selbst Mönche nennen.«

Turan lachte. »Die werden den Frieden der Stadt sicher nicht in Gefahr bringen.«

»Was sind das für Menschen?«

»Verrückte. Aber sie sind harmlos. Halten nicht viel von Gold und Silber, obwohl eine Menge davon an ihren Fingern kleben bleiben könnte, wenn sie es geschickt anstellen würden. Sie kümmern sich um diejenigen, um die sich sonst niemand schert.«

Mit keiner Regung verriet ich, dass er meine Vermutung bestätigte. Die Mönche waren wohl diese Irren, deren Schwatzhaftigkeit meinen Zuträger gestört hatte. Ich überlegte, ob ich sie selbst schon einmal gesehen hatte. Das war durchaus möglich, auch wenn ich nicht wusste, welche der Kuttenträger, die immer mal wieder in den schlechten Gegenden herumlungerten, zu den Mönchen gehörten.

»Das Einzige, was Euch nicht passen wird«, fuhr er fort, »ist, dass sie dem DRACHEN die Verehrung verweigern.«

»Das ist ohnehin ein Privileg der Patrizier.«

»Ich habe mich ungenau ausgedrückt. Sie leugnen seine Herrschaft über die Stadt.«

Ich schüttelte den Kopf. »Sind sie noch nie einem Draken begegnet? Wissen sie nicht, dass der DRACHE viel größer ist?«

»Sie vertrauen auf jemanden mit noch gewaltigerer Macht.« Er bemerkte den Zweifel in meinem Blick. »Jedenfalls behaupten sie das. Ich habe Euch doch gesagt, dass sie verrückt sind.«

»Wer soll dieser Mächtige sein, der selbst den DRACHEN bezwingt?«

»Ein Gott. Aber er ist vor langer Zeit gestorben.« Er hielt den Dolch so, dass der Knauf im Licht lag. »Er hat sich an ein Kreuz nageln lassen.«

»Das war aber ziemlich dumm von ihm.«

Turan lachte. »Jedenfalls ist das hier sein Zeichen.«

Ich fand es seltsam, dass man das Folterinstrument, an dem jemand gestorben war, zum Symbol für eben dessen Verehrung machte, aber ich wollte mich nicht verzetteln. »Wo finde ich diese Mönche?«

»Wenn Ihr Glück habt, dort, wo Kranke zu versorgen sind.«

»Ich habe keine Zeit, die halbe Stadt abzusuchen. Wo wohnen sie? In der Kathedrale?«

»Beim DRACHEN? Wie kommt Ihr denn auf den Gedanken?«

Ich dachte an die Darstellungen mit Kreuzen, die sich dort fanden, aber nach Turans Frage erschien mir die Vermutung selbst absurd. »Also, wo?«

»Außerhalb der Stadt. Im Leidenden Land.«

Mir kam das Heulen der Geister in den Sinn und das, was sie unseren Leuten im Turm angetan hatten. »Dort wohnt niemand.«

»In den Kanälen wohnt ja auch niemand«, versetzte er.

Ich grinste. »Das stimmt. Und auch ich werde mich jetzt verabschieden.«

Ich streckte die Hand aus, und er gab mir den Dolch zurück. Als ich mich allerdings dem Loch im Boden zuwandte, hielt mich sein Räuspern auf.

»Ich habe mich vorhin vielleicht unklar ausgedrückt. Ich kann Euch unmöglich gehen lassen.«

»Kannst du mich denn töten?«

»So weit muss es hoffentlich nicht kommen.«

Ich fühlte den Puls in meinem Hals und war dankbar für die Handschuhe über den feucht werdenden Händen. »Diese Sache ist wirklich wichtiger als ein paar Diebereien. Dagegen ist auch mein Leben bedeutungslos. Ich muss gehen.«

Ich sah ihm an, dass er nach einer Lösung suchte.

Ich nahm die Brosche meiner Familie ab und küsste den

Smaragd darauf. Ernst sah ich den grünen Edelstein an. »So wahr ich eine Machon bin: Ich werde über das schweigen, was ich hier gesehen habe.«

Er sah zu einem Vorhang hinüber.

Das war meine Gelegenheit. Ich riss das Rapier aus der Scheide. Turan zuckte zurück. Dennoch brachte ich die Spitze an seine Kehle.

»An die Wand!«, befahl ich.

In den Vorhang kam Bewegung, aber ich konnte nur wenig erkennen, weil er sich auf meiner linken Seite befand, wo das Auge fehlte.

»Sag deinen Leuten, dass sie verschwinden sollen!«

Turan stieß mit dem Rücken an. Ich war ihm gefolgt, sodass die sorgfältig geschliffene Spitze noch immer eine Fingerbreite vor seinem Hals stand.

»Bleibt weg!«, rief er mit einem Kieksen in der Stimme. »Haut ab!«

Die Kerzenflammen spiegelten sich im Schweiß auf seiner Stirn.

Ich hörte gezischtes Flüstern, dann das Rascheln des Vorhangs und sich entfernende Schritte.

Ich steckte meine Brosche wieder an. »Ich werde jetzt gehen, wie ich es gesagt habe.«

Turan sah auf den Morddolch in meiner linken Hand. »Nehmt das Ehrenwort eines unehrenhaften Mannes«, sagte er. »Sie waren es nicht.«

»Vielleicht stimmt das, vielleicht nicht. Aber ich muss den Mörder finden, wer es auch ist.«

Obwohl ich ihn noch immer bedrohte, kehrte das Grinsen auf Turans Gesicht zurück. »Ihr werdet es wohl kaum glauben, aber ich wünsche Euch viel Glück, Leutnant. Beeilt Euch auf dem Heimweg in die besseren Viertel. Hier habt Ihr Euch heute keine Freunde gemacht.« Sein anerkennendes Grinsen sagte etwas anderes.

8. Das Rätsel der Leiche

Vom Weberviertel aus begab ich mich zum Marktplatz. Dass mir dabei niemand Schwierigkeiten machte, zeigte mir, dass mir wohl doch jemand wohlgesonnen war, der gute Handschuhe ebenso schätzte wie ich. Eigentlich wollte ich zur Burg der Stadtwache, aber mein Umhang hatte unter dem Ausflug in die Kanalisation gelitten. Ich brachte ihn zu Jigella, der besten Wäscherin der Stadt. Sie konnte sich das Gold für die Erlaubnis leisten, sich an diesem zentralen Ort statt in den ihrem Gewerbe zugewiesenen Gassen niederzulassen. Jigella erklärte mir, ich könne den Umhang in einer Stunde wieder abholen. Wie sie die Sachen so schnell trocken bekam, blieb ihr Geheimnis.

Auf dem Platz war wenig los. Ein paar Lausbuben hockten am Podest, auf dem der Drakenpranger stand. Die Eisenkonstruktion mit den Abbildungen zähnefletschender Echsen und gehörnter Fratzen bot genug Hand- und Kopföffnungen für fünf Verurteilte. Anders als bei einem gewöhnlichen Holzpranger ließ sich der obere Teil nicht abnehmen, man wurde angekettet.

Die Stundenglocke verkündete, dass die Mittagszeit gekommen war. Ich vermutete, Onkel Podro eher im Gasthof als in der Wachstube anzutreffen, und begab mich dorthin. Wider Erwarten war ich jedoch die einzige Angehörige der Stadtwache im Schankraum. Da mein Magen knurrte, entschied ich, dass ich ebenso gut dort abwarten konnte, bis mein Gewand wiederhergestellt wäre. Im Ostturm hatte ich eine Woche lang schmackhaftes Essen entbehrt. Also setzte ich mich an einen Ecktisch, von dem aus ich alles überblicken konnte, und bestellte den Eintopf mit Wursteinlage.

Ob die Weber mich wohl im Geheimen verfolgten? Turan musste abwägen. Wenn er mich ziehen ließ, verriet ich ihn vielleicht. Wenn er mich aber umbrachte, würde die Stadtwache reagieren müssen. Das hätte das fragile, unausgesprochene Abkommen zwischen den Gesetzlosen der Stadt und den Ordnungshütern gefährdet. Ich hoffte, dass er das nicht aufs Spiel setzen wollte und stattdessen einfach seine Räuberhöhle verlegte.

Was mich anging, so beschäftigte mich ohnehin anderes. Turan hatte überzeugt gewirkt, als er mir versichert hatte, die Mönche seien nicht für den Mord verantwortlich. Aber in jeder Gemeinschaft gab es welche, die aus der Art schlugen. Vielleicht lehnten sie als Ganzes eine solche Tat ab, hatten aber dennoch jemanden in ihren Reihen, der eine Rechnung mit Gerro Rubinsteyn beglichen hatte. In jedem Fall musste ich selbst nachforschen. Während ich sparsam gewürzte Erbsen und Rüben aus dem Teller löffelte, ging ich in Gedanken durch, wer mir helfen könnte, die Mönche ausfindig zu machen. Als Gruppe schienen sie ungefährlich zu sein, deswegen sollte eine geringe Summe ausreichen, um meine Zuträger auszusenden. Wie schnell sie Erfolg haben würden, war aber eine ganz andere Frage. Offenbar hielten sich die Mönche nicht ständig in der Stadt auf, sondern lebten im Leidenden Land.

Ich schüttelte den Kopf. Der Gedanke erschien mir noch immer abwegig. Selbst wenn sie einen Ort hatten, der ähnlich vor den Geistern geschützt war wie unsere Wachtürme – wenn man den jüngsten Angriff einmal außer Acht ließ –, musste einen das ständige Geheul auf Dauer in den Wahnsinn treiben. Andererseits hatte Turan ja auch behauptet, man könne diese Leute nicht für voll nehmen, was sich auch mit meinen spärlichen Informationen aus anderen Quellen deckte. Wie sie in die Stadt kamen, machte mir dagegen kein Kopfzerbrechen. Die Torwachen hatten angesichts der verfallenen Mauer lediglich symbolische Funktion, und selbst diese füllten sie nur an Feiertagen aus.

Jedenfalls konnte ich mich nicht mit dem Gedanken anfreunden, das Moor abzusuchen. Da ich aber niemanden hatte, der sich dort ausgekannt und diese Aufgabe für mich übernommen hätte, würde es wohl trotzdem an mir hängen bleiben. Ich sah mich bereits endlos mit Bütteln hadern, die sich meinem Kommando widersetzten. Ziemlich sicher wäre sogar Bentur arn Worda dabei, der im Ostturm kurz vor der Rebellion gestanden hatte. Onkel Podro war der Meinung, ein Offizier dürfe nicht vor Schwierigkeiten davonlaufen, sondern müsse sich Geltung verschaffen.

Ich blieb noch sitzen, als ich aufgegessen hatte, verschränkte die Arme und schaukelte auf den hinteren Stuhlbeinen, wobei die Lehne leise gegen die Wand stieß. Mir war klar, dass irgendetwas an den Mönchen faul war. Sie benutzten ein Symbol, das es ansonsten nur in der Kathedrale gab. Hatte es etwas mit dem DRACHEN zu tun? Sie lebten unter Geistern, verehrten einen toten Gott und vor allem hatten zwei Zeugen einen von ihnen gesehen, wie er in der Tatnacht unterwegs gewesen war, den Draken zum Trotz. Arlbert Rubinsteyn hatte ihn sogar in der Nähe des Tatorts beobachtet. Natürlich hätte sich auch jemand entsprechend verkleiden können, aber weshalb? Nur, weil er seine wahre Identität hatte verbergen wollen? Oder um den Verdacht auf die Mönche zu lenken?

So oder so reichte eine Leiter nicht aus, um in einen Palast einzubrechen. Man brauchte auch ein offenes Fenster. Womit ich wieder bei den Rubinsteyns und ihren Bediensteten war. Sicher war die Zofe, die den Toten gefunden hatte, inzwischen zurück im Palast.

Je länger ich darüber nachdachte, desto klarer wurde mir, dass eine Nachforschung bei den Rubinsteyns nicht nur zu schnelleren, sondern auch zu bedeutsameren Erkenntnissen führen würde. Onkel Podro hatte allerdings wohl eindeutige Anweisungen, das Hohe Haus ungestört zu lassen.

Ich stand auf und ließ ein paar Münzen auf dem Tisch zurück. Dann durfte ich Onkel Podro eben nicht um Erlaubnis fragen. Notfalls konnte ich behaupten, seine Befehle falsch verstanden zu haben – in dem Sinne, dass wir nur bis zum Mittag unwillkommen gewesen seien.

Ich holte meinen Umhang von Jigella und betätigte eine halbe Stunde später den tatzenförmigen Klopfer an der Tür der Rubinsteyns.

Die Miene des Dieners, der mir öffnete, wechselte von Erstaunen zu Missfallen. Offenbar waren in meinem Gesicht ein paar blaue Flecken aufgeblüht. »Die Familie will ungestört bleiben.«

»Das respektiere ich.« Ich nutzte eine Lücke, um mich durch die Tür zu schlängeln. »Ich kenne mich aus und soll die begonnene Untersuchung fortsetzen.« Dass ich mir diesen Auftrag selbst erteilt hatte, verschwieg ich. Beinahe wäre ich auf den Haarteppich getreten, hielt mich aber gerade noch rechtzeitig zurück und tauschte meine Stiefel gegen die bereitstehenden Pantoffeln.

»Mit hat niemand gesagt, dass eine Untersuchung ansteht.« Der Diener wäre selbst Xina zu jung gewesen. Er wirkte unsicherer als derjenige, der mich am vorvorigen Tag empfangen hatte.

Ich legte Ungeduld in meine Stimme. »Es ist keine neue Untersuchung. Wenn du deinen Herrn stören willst, kannst du ihn ja hierher holen. Dann musst du ihm allerdings auch erklären, warum ich noch nicht damit weitermachen konnte, den Mord an seinem Bruder aufzuklären.«

Er schluckte und sah die Treppe hinauf, als erwartete er, dass die Lösung des Dilemmas die Stufen herunterkäme. Stattdessen standen nur die unbeweglichen Glasfiguren auf dem Geländer.

»Also, was ist jetzt?«, fragte ich. »Soll ich etwa wieder gehen?«

»Nein!«, beteuerte er hastig.

»Gut. Ist Arlbert bei der Leiche?«

»Er ist im Senat.«

»Dann ist alles wie besprochen«, beschied ich. Da ich nichts von einer Senatssitzung gehört hatte, musste man sie kurzfristig einberufen haben. Ich hoffte, dass es um das Massaker im Ostturm ging. Leider war Arlbert aber auch zuzutrauen, dass er die Unruhe in der Stadt nutzte, um die Macht seiner Familie zu vergrößern. Dass der Befehlshaber der Drachengarde tot war, weckte Begehrlichkeiten in seinem eigenen wie auch in den anderen Hohen Häusern.

»Ich finde den Weg zur Bahre. Schick Iadella Worda zu mir hoch. Du kennst die Zofe doch?«

Er nickte verschüchtert.

»Gut, dann solltest du ja wenigstens das ohne Schwierigkeiten hinkriegen.«

Auf dem Weg nach oben schalt ich mich selbst. Hoffentlich vergaß der Knabe meine Behauptung, die Einzelheiten der Untersuchung seien abgesprochen gewesen. Ein weiteres Missverständnis nähme mir keiner ab.

Ich schob die Selbstvorwürfe beiseite. Wenn ich etwas Entscheidendes fände, würde niemand unangenehme Fragen stellen.

Zu meiner Überraschung war ich nicht der einzige Besucher im Turmzimmer. Glad arn Rubinsteyns hagere Gestalt stand neben der Bahre des Toten. Mein Erscheinen schien jedoch kein Misstrauen bei ihm zu erregen. Im Gegenteil, er lächelte mich freundlich an, als er mir zunickte.

Ich erwiderte den stummen Gruß.

Das Zimmer war heller als bei meinem letzten Besuch. Kräftig flutete das Sonnenlicht durch das runde Fenster.

Glad betrachtete das Gesicht des Toten. »Er sieht friedlich aus.«

Tatsächlich lag ein Lächeln auf den fahlen Lippen. »Ich vermute, dass man seinen Körper zurechtgemacht hat. Die Wangen haben mehr Farbe, als zu erwarten wäre, wenn das Blut nicht mehr kreist.«

Meine Nase verriet, dass man Duftwässer verwendet hatte, um die Spuren des Verfalls zu überdecken. Die gelben Blumen in den Vasen verströmten einen besonders intensiven Geruch.

Die Kleidung war noch immer das schwarze Leder der Drachengarde, aber der Amtsstab mit dem Drachenzahn fehlte. Man hatte diese Insignie wohl in die Kathedrale zurückgebracht.

»Er muss noch viel Blut in sich haben«, sagte eine Frauenstimme hinter mir. »Die Laken waren kaum gerötet.«

Die junge Dame in der Tür trug ein aufwendig geschnittenes, aber unverziertes Gewand im Rot der Rubinsteyns. Ihr einziger Schmuck war eine Bernsteinbrosche.

»Ihr müsst Iadella Worda sein.«

Sie knickste. Das lange, schwarze Haar war so glatt gekämmt, dass es wie ein Tuch fiel.

»Solange die Waffe in der Wunde steckte, wird die Klinge sie verschlossen haben.« Noch während ich sie aussprach, kamen mir Zweifel an meinen eigenen Worten. Wenn der Dolch das Herz getroffen hatte, hätte das Blut eigentlich spritzen müssen. Hatte er es jedoch verfehlt, warum war Gerro dann sofort tot gewesen?

»Beschreibe mir, wie du ihn gefunden hast!«, forderte ich.

»Ich brachte das Frühstück zur bestellten Zeit. Herr Gerro lag auf dem Bauch, in seinem Nachtgewand. Der Dolch steckte in seinem Rücken.«

Es war nicht leicht, sich diese Szenerie vorzustellen. Aufgebahrt in seiner Lederrüstung wirkte der Obrist, als sei er jederzeit bereit, die Garde ins Gefecht zu führen.

»Alle haben Angst vor dem Tod«, sagte Glad verträumt.

»Aber er ist nur ein Schlaf ohne Traum und Albtraum. Ewige Ruhe.«

Der Gedanke war mir fremd. Er rührte wohl von Glads Furcht, als Medium durch den DRACHEN vereinnahmt zu werden. Ich stellte mir vor, wie es wäre, nicht nur kurz in seinem Odem zu schwelgen, sondern jeden Tag, oft unter Drachenmeisterin Josefas Aufsicht. Konnte diese Zukunft Glad dermaßen ängstigen, dass er die Klarheit des Todes der Ungewissheit vorzog, was Wirklichkeit war und was Einbildung?

»Braucht Ihr mich noch, Leutnant?«, fragte Iadella.

»Ja.« Ich war ohnehin schon zu weit gegangen. Wenn ich jetzt keine Ergebnisse brachte, würde Onkel Podro mir einen Einlauf verpassen, der noch Jahre später Thema bei den Rekruten wäre. Da kam es auch nicht mehr darauf an, wenn ich die Sache gründlich zu Ende führte. Das ersparte mir wenigstens den Selbstvorwurf, etwas unversucht gelassen zu haben. »Helft mir, ihn zu entkleiden.«

Iadella runzelte die Stirn.

»Ihr habt mich verstanden«, sagte ich. »Die Wunde befindet sich am Rücken, unter der Rüstung. Ich muss sie mir ansehen.«

Glad zeigte keine Scheu, die Leiche zu berühren. Die Zofe machte wohl nur mit, um zu verhindern, dass wir die Kleidung beschädigten. Sorgfältig legte sie jedes Stück zur Seite.

»Einen solchen Bluterguss habe ich noch nie gesehen«, murmelte ich. Auf der linken Brust prangte ein doppelt faustgroßer, rosafarbener Fleck. »Oder hatte er das schon zu Lebzeiten?«

Iadella schüttelte den Kopf. »Ich war ihm manchmal beim Bad behilflich. Auch am Tag vor dem …«

»Vor seinem Tod«, half ich ihr.

»Ja. Da sah er noch ganz normal aus.«

Glad trug seine Faszination für die Leiche offen zur Schau.

Er betastete sie so ausgiebig, dass es mir beinahe unschicklich erschien.

»Die Muskeln sind weicher, als ich erwartet hätte«, sagte er. »Darum war es auch so leicht, die Glieder zu beugen, als wir ihn ausgezogen haben.«

»Es hat nachgelassen«, meinte Iadella. »Als ich ihn gefunden habe, war er ganz starr.«

»Dann muss er schon ein paar Stunden tot gewesen sein«, sagte ich.

Sie erwiderte nichts darauf.

»Drehen wir ihn um«, schlug ich vor.

Die Wunde befand sich schräg unter dem linken Schulterblatt. Als Glad daneben drückte, trat eine Art rosafarbener Sirup aus.

»Wurde die Leiche präpariert?«, fragte er.

»Man hat sie gewaschen und hergerichtet«, sagte Iadella.

»Ich dachte, du warst nach dem Mord nicht hier?«, wandte ich ein.

»Nur zu Beginn. Als es mir zu viel wurde und der andere Leutnant mit mir fertig war, durfte ich nach Hause. Aber man hat mir erzählt, was inzwischen passiert ist.«

»Hat jemand die Leiche haltbar gemacht?«, fragte Glad.

»Davon weiß ich nichts.«

»Was denkst du, Glad?«, fasste ich nach.

»Dieses rosafarbene Zeug ist weder Blut noch eine andere Körperflüssigkeit. Jedenfalls nicht ausschließlich. Irgendjemand muss Gerro nach seinem Tod etwas eingeflößt haben, damit es sich so verändert. Aber ich frage mich, wieso.«

Der Zweifel war mehr als berechtigt, wenn man bedachte, dass der Körper bald Asche sein würde. »Vielleicht hat er es auch vorher getrunken.«

Glad sah mich an, als hätte ich noch nie den DRACHEN gesehen. »Dermaßen zähflüssiges Blut kann das Herz nicht pumpen.«

Trotz des süßlichen Dufts, der den Raum erfüllte, atmete ich tief durch. Glads Einschätzung verstärkte meine Vermutung nur. Ich brauchte den Morddolch nicht einmal an die Wunde zu halten, man sah auf den ersten Blick, dass er diese unmöglich vollständig hätte verschließen können. Wer immer den Stoß ausgeführt hatte, er hatte die stumpfe Klinge hin- und herbewegt, um sie tief genug hineinzubekommen. Entsprechend zerschnitten war das Fleisch. Das Blut hätte gegen die Decke spritzen müssen. Zuvor wäre jeder vor Schmerzen brüllend aufgewacht, dem diese Tortur bei lebendigem Leibe angetan worden wäre.

Daraus folgte, dass Gerro zu diesem Zeitpunkt bereits tot gewesen war, vermutlich vergiftet. In einem Hohen Haus fand sich genug Gold, um auch ein exotisches Gift mischen zu lassen, das nicht zu schmecken war und dennoch zuverlässig wirkte.

Kurz überlegte ich, ob dies nicht auch das Werk eines Geists hätte sein können. Ich verwarf den Gedanken sofort wieder. Die Kameraden im Ostturm hatten unmenschlich geschrien, so etwas wäre in einem bewohnten Palast niemals unbemerkt geblieben.

Dennoch war der Dolch eine falsche Spur, und damit wohl auch die Mönche. Ob Jaco den Mann mit der Leiter wirklich gesehen hatte oder ob dieser gekauft worden war, spielte keine Rolle. Ich musste sofort in den Senat.

9. Im Senat

Im Senat hatte jedes Haus nur eine Stimme, aber jeder Patrizier hatte das Recht, den Sitzungen beizuwohnen. Im Zentrum des runden Hauptraums standen acht marmorne Throne im Kreis, einer für jedes Hohe Haus und ein weiterer für die Weisheit, die unsichtbar bei jeder Zusammenkunft zugegen sein sollte. Zwei Dutzend von Josefas Glasfiguren bildeten einen Ring um die Throne. Sie waren besonders groß, etwa einen Meter hoch, und der lautlose Tanz ihrer Funken bot stets einen beruhigenden Anblick.

Darum herum stiegen die Sitzränge in acht Kreisen auf. Diese Plätze waren so unbequem, dass man klug beraten war, sich ein Kissen mitzubringen. Wurde die Debatte mit ihren endlosen Ausführungen, ihren vorsichtigen Rücksichtnahmen und ihren verschleiernden Formulierungen zu langweilig, konnte man das Gemälde an der gewölbten Decke betrachten. Es zeigte eine Gruppe von sieben wohlgestalteten Patriziern, die in nie gekannter Harmonie gemeinsam die Stadt auf ihren Händen trugen. Die Farben ihrer Gewänder verdeutlichten, dass jedes Hohe Haus vertreten war.

Onkel Podro hat mir später erzählt, was sich vor meiner Ankunft zugetragen hatte. An jenem Tag war man auf Wunsch der Rubinsteyns zusammengekommen, doch von diesen waren zunächst nur niedere Angehörige erschienen, die nicht das Recht hatten, auf dem Thron Platz zu nehmen und für die Familie zu sprechen. Nur die Oberhäupter waren Senatoren, die Macht über ein Hohes Haus und die Macht über die Stadt gehörten untrennbar zusammen.

Bei Onkel Podros Eintreffen äußerte Astana, unsere Matriarchin, bereits Unmut darüber, dass der Initiator der angeblich so wichtigen Sitzung selbst keine Notwendigkeit für ein pünktliches Erscheinen sähe. Das war ungewöhnlich für sie. Mit ihren zweiunddreißig Jahren war sie die Jüngste und Unerfahrenste unter den Familienoberhäuptern, und unser Haus war noch immer schwach. Onkel Podro deutete ihr harsches Auftreten so, dass sie in Erinnerung rufen wollte, dass die Machons nicht übersehen werden durften. Vermutlich hatte man sie bei den über Boten geführten Verhandlungen eher nebenläufig beachtet.

Astanas Rüge wurde von den Rorngats aufgegriffen, von den Wordas jedoch wie erwartet zurückgewiesen. Letztere gaben zu bedenken, dass der Senat sicherlich besser noch eine kurze Zeit abwartete, wenn dies bedeutete, dass man dann alle relevanten Informationen beisammenhätte, um eine gute Entscheidung fällen zu können.

Aus den daraufhin wechselseitig ausgetauschten Vorwürfen schloss Onkel Podro, dass die Rubinsteyns über die Sicherheit der Stadt sprechen wollten. Der Überfall der Geister ließ sich unmöglich länger geheim halten. Die Leichen der getöteten Büttel mussten an ihre Familien übergeben werden, bevor sie unansehnlich wurden, und in den Hohen Häusern wussten bereits mehr als nur die Oberhäupter Bescheid.

Astana rief ihn in den Kreis der Throne. Nun war es an Onkel Podro, vom Überfall zu berichten. Die Senatoren sahen keinen Anlass für Nachfragen, aber bei den Zuschauern regte sich Unruhe.

In dem anschließenden Geplänkel benutzten die Oberhäupter merkwürdige Wendungen, wenn sie von der Gefahr sprachen, die uns bedrohte. Natürlich ging es um die Geister, aber auch um ›das Alte‹, ›die Feinde‹, und einmal fiel der Begriff ›das Außen‹. Diese rätselhafte Ausdrucksweise verstärkte die Verwirrung nicht nur bei meinem Onkel, sondern auch bei den anderen Zuhörern. Offenbar wussten die Oberhäupter mehr, als sie sogar ihren eigenen Familien mitteilten. Vor allem die Wordas versuchten, die Debatte zu unterbinden. Ihre Edlen stritten nur darum, ob man auf die Rubinsteyns warten oder die Sitzung gleich ganz auflösen sollte. Dies wiederum kostete Patriarch Olan Werenstolz aus, indem er vorschlug, auf der Stelle zu beschließen, eine Expedition zum Ostturm zu senden, um dort nach dem Rechten zu sehen. Einer der niederen Rubinsteyns, die bereits anwesend waren, krähte daraufhin heraus, dass die Drachengarde dieser Pflicht längst nachgekommen war, was wiederum Onkel Podro verwunderte. Eigentlich gab es nichts, was die Garde am Turm hätte interessieren sollen. Sie schützte die Kathedrale mit dem DRACHEN und die Draken, alles andere ging sie nichts an.

Bei den Ienbarks gewann seit einigen Jahren eine Fraktion an Einfluss, die unzufrieden mit der Verteilung der Macht innerhalb des Hauses war, sodass sich der Patriarch gezwungen sah, immer mehr Rücksicht zu nehmen. Die Merrials waren seit jeher oligarchisch strukturiert, ihr Oberhaupt wechselte häufig, je nachdem, welcher Zweig der Familie an Stärke gewann. So waren Madetta Ienbark und Harich Merrial im Senat ständig in der Defensive, was ihnen den Spott der anderen Oberhäupter eintrug. Jetzt sah Harich Merrial die Gelegenheit für einen Seitenhieb auf die Rubinsteyns, indem er die Überschreitung des Auftrags der Drachengarde kritisierte und zu wissen verlangte, wer den Marsch zum Ostturm befohlen hatte. In diesem Moment trafen die Edlen der Rubinsteyns ein.

Arlberts Eigenart, stets fest mit seinem Gehstock aufzuschlagen, verschaffte ihm Aufmerksamkeit. Kaum jemand konnte ungerührt dem Blick der roten Augen standhalten, und das weiß auf den Rücken fallende Haar verlieh ihm die Autorität eines lebenserfahrenen Mannes. Seine Begleiter brachten die Menge zur Ruhe, während er seinen Platz einnahm.

»Man sieht, dass Disziplin und Zusammenhalt in der Stadt leiden«, sagte er, als Stille eingekehrt war. »Ohne diese Dinge wird jedoch das Leben, wie wir es kennen, im Chaos versinken. Wir müssen uns auf die Ordnung besinnen, die nur der Drache uns geben kann.«

In seiner Rede pries Arlbert die Gaben, die von der Kathedrale ausgingen, und auch die Schrecken, die die Draken in die Gassen trugen, womit sie das Volk bescheiden hielten.

»Und wir Rubinsteyns sind es«, fuhr er mit glühendem Blick fort, »die in besonderer Weise dem Drachen und damit auch unserer Stadt dienen. Wir stellen so viele Medien wie sämtliche anderen Familien gemeinsam, und die Rüstung der Drachengarde kleidet vor allem Söhne und Töchter meines Hauses. Damit ist auch völlig klar, dass die Garde nur einen Rubinsteyn als Obristen akzeptieren wird. Doch der heimtückische Mord an meinem Bruder traf uns unvorbereitet. Die Blüte unserer Jugend haben wir dem Drachen bereits dargebracht. Nun erkenne ich schweren Herzens, dass nur ich selbst die Bürde des Kommandos über die Drachengarde werde schultern können.«

In dem Tumult, der jetzt ausbrach, erreichte ich den Senat.

Schon in den Gassen der Umgebung hatte ich meine Befürchtung bestätigt gefunden, dass sich die Hohen Häuser auf einen Krieg vorbereiteten. Während die Patrizier auf den Rängen saßen, war den Bürgerlichen das Betreten des Rundbaus verboten. Dennoch sah ich Gruppen von arn Wordas, arn Rorngats und arn Machons, die ihre Waffen offen zur Schau stellten. Aus einer Seitenstraße klangen Fechtgeräusche. Aber darum durfte ich mich jetzt nicht kümmern. Der Friede der Stadt wurde nicht bei Auseinandersetzungen zwischen ein paar Hitzköpfen, sondern im Senat verteidigt.

Ich eilte die Treppe hinauf. Sie führte am innersten Kreis der Sitzreihen für die Patrizier in den Saal, sodass man sehen konnte, wer kam und wer ging. Die Glasfiguren zweier entschlossen schauender Krieger wachten neben der obersten Stufe.

Als ich eintraf, stand Astana mit vor Wut gerötetem Gesicht bebend vor ihrem Thron. Sie hatte die Fäuste geballt und wirkte größer als sonst. »Dann wart Ihr es auch, der die Garde zum Ostturm aussandte!«, rief sie.

Arlbert lächelte kühl. »Man kann nicht jedes Gerede abwarten, wenn Handeln geboten ist. Die Drachenmeisterin überzeugte mich von der Notwendigkeit, gewisse Dinge zu überprüfen, und ich veranlasste, was zu tun war. Das ist die Pflicht des Obristen.«

»Ihr werdet nicht Obrist der Drachengarde werden, Arlbert!«, rief Astana. »Damit wäre zu viel Macht in einem Mann vereint!«

Ihr Kontrahent legte die altersfleckigen Hände über die Armlehnen. Seine roten Augen musterten sie unbewegt, während die anderen Senatoren unruhig auf ihren Thronen saßen.

»Das werden wir ja sehen«, erwiderte er so ruhig, dass ich ihn kaum verstand. »Allein die Familie Rubinsteyn garantiert Stabilität. Zudem werde ich verhindern, dass ein feiger Anschlag mein Haus schwächt. In einem Akt unglaublicher Dreistigkeit wurde mein Bruder in seinem Schlafgemach erdolcht und …«

»Nein, das wurde er nicht!«, rief ich.

Da mir bewusst war, dass meine eher zierliche Gestalt ungeeignet war, mir Respekt zu verschaffen, hatte ich geübt, die Stimme kraftvoll einzusetzen. Mein Ruf übertönte den Lärm, der nun gespannter Ruhe wich. Auch die Senatoren sahen mich an.

»Komm zu uns und sage, was du zu sagen hast«, lud Astana mich ein und setzte sich wieder.

Es hieß, kein Patrizier, der zwischen die Throne gerufen

wurde, verließ jenen Ort so, wie er ihn betreten hatte. An diese Stelle wurde man bestellt, um eine besondere Auszeichnung zu erhalten, die das weitere Fortkommen beflügelte. Häufiger jedoch wurde ein Leben zermalmt, das bei den Senatoren in Ungnade gefallen war.

Ich schob alle Scheu beiseite und nahm mir vor, strikt bei den Tatsachen zu bleiben und deren Bewertung den Hohen Häusern zu überlassen. Das würde am ehesten einen Krieg in den Straßen der Stadt verhindern, und wenn nicht, träfe die Wut zumindest die Richtigen.

Unter bohrenden Blicken berichtete ich von meinen Nachforschungen zum Mord an Gerro Rubinsteyn. Ich sprach so laut, dass man mich auch auf den obersten Rängen gut verstand, denn ich hatte nichts zu verheimlichen. Die Zwischenfragen fielen meist unfreundlich aus. In diesem Moment war ich froh, dass ich mich zum Zeitpunkt der Tat unbezweifelbar im Ostturm aufgehalten hatte.

»Der Dolch«, schloss ich, »diente der Ablenkung. Er wurde erst in die Leiche gestoßen, als diese bereits kalt war. Es war Gift.«

»Und wisst Ihr auch, wer meinem Bruder das Gift verabreicht hat?«, fragte Arlbert Rubinsteyn in die Stille hinein.

Ich hielt seinen Augen stand. »Die Substanz, die Gerro umgebracht hat, ist nichts, was wir gewöhnlich in solchen Fällen vorfinden. Zweifellos braucht man weitreichende Beziehungen, um sie zu beschaffen. Ich vermute, dass dies einiger Vorbereitung bedarf. Der Mörder kannte sich gut in Eurem Haus aus, sonst hätte er die Umstände der Tat unmöglich herbeiführen können. Euer Bruder schlief für gewöhnlich nicht bei Euch, und sicher muss auch die Speise, in der das Gift verabreicht wurde, passend ausgewählt oder zumindest vorher bekannt gewesen sein.«

»Wir aßen einen Rinderbraten«, sagte Arlbert.

»Ein Gericht, dessen Zubereitung einige Zeit erfordert. Natürlich könnte das Gift auch in den Beilagen oder in den Getränken gewesen sein. Das wird eine weitere Untersuchung zutage fördern.«

»Das wird unnötig sein«, sagte Arlbert.

Ich runzelte die Stirn.

»Es ist an der Zeit, meinen Bruder zu bestatten. Er ist schon zu lange der Luft ausgesetzt, das schadet der Leiche bereits. Morgen wird die Trauerfeier stattfinden.«

»Das ist mehr als genug Zeit, mit allem gebotenen Respekt einige Proben zu entnehmen«, sagte ich. »Danach kann ich Speisen und Getränke untersuchen und …«

Arlbert schlug seinen Stock auf den Boden, als er sich erhob. »Der Friede meines Hauses wurde schon genug gestört.«

»Aber für den dauerhaften Frieden sollte der Täter doch bestraft werden«, sprang Astana mir bei.

Arlbert starrte sie an. »Wir wissen, wer es war.«

»Was?«, rief ich. »Seit wann?«

Er beachtete weder mich noch das Raunen auf den Rängen, sondern blickte ein Oberhaupt nach dem anderen an. »Wir alle wissen, wer bestraft werden muss«, sagte er fest. »Aber das wollen wir in kleinerem Kreis besprechen. Ich bin erschöpft. Ich habe diese Versammlung einberufen, und jetzt löse ich sie wieder auf. Ich danke für Euer Erscheinen.«

Er musterte mich, als wolle er mich mit meinen eigenen Gedärmen erwürgen. Gebeugt verließ er den Senat.

10. Gerros Bestattung

Seit der Senatssitzung war ich mir sicher, dass im Palast der Rubinsteyns nichts ohne das Wissen und die Billigung Arlberts geschehen war. Ich hielt es sogar für möglich, dass er seinen Bruder selbst beseitigt hatte, zumal ich nun wusste, dass er Obrist der Drachengarde werden wollte. Im Tod von Kaydon Rubinsteyn sah ich indessen keinen Vorteil, weder für Arlbert noch für seine Familie.

Kaydon war ein Gardist gewesen, die rechte Hand von Obrist Gerro. Am Morgen hatten ihn seine Kameraden mit durchschnittener Kehle auf der Treppe gefunden. Viel Blut war die Stufen hinabgeflossen, aber weiter oben fand sich keines, sodass wir davon ausgingen, dass der Mord an dieser Stelle stattgefunden hatte. Es war zu unwahrscheinlich, dass der Sprühnebel des Wasserfalls den Bereich über der Leiche vollständig abgewaschen hatte, zumal der Wind in der Nacht in der anderen Richtung gestanden hatte.

Drachengardisten waren die Einzigen, bei denen man sich nicht wundern musste, wenn sie nachts unterwegs waren. Die aus der Haut des DRACHEN gebrochenen Schuppen schützten sie. Daher mochte Kaydon seinem Mörder zufällig begegnet sein.

Wahrscheinlicher war, dass der Täter ihm auf dem Weg zurück zur Kathedrale aufgelauert hatte. Gegen ein Verbrechen, das aus der Hitze aufwallender Wut begangen worden war, sprach auch, dass es zwei ähnliche Vorfälle kurz nacheinander gegeben hatte.

Sowohl Kaydon als auch Gerro waren hochrangige Drachengardisten gewesen. Obwohl jeder wusste, dass die Albträume, die die Draken weckten, dem DRACHEN als Speise dienten, der wiederum uns alle mit Nahrung versorgte, war die Garde bei der einfachen Bevölkerung verhasst. Ihr Auftreten war arrogant, und man sagte, dass sich viele Gardisten am Anblick derjenigen erfreuten, die sich in Albträumen wanden. Zudem führten sie der Drachenmeisterin die Opfer für ihre grausamen Spiele zu.

Gerro und Kaydon waren jedoch nicht nur Drachengardisten gewesen, sondern auch Rubinsteyns. Hatte zwischen den Hohen Häusern bereits ein Krieg begonnen? Wer war dann der Angreifer, und warum hatte er sich, wenn er schon in den Palast der Familie eingedrungen war, mit Gerro begnügt, statt Arlbert umzubringen? Wesentlich schwieriger wäre das nicht gewesen, wo das Gift doch aller Wahrscheinlichkeit nach beim letzten gemeinsamen Mahl der Brüder verabreicht worden war. Der nachträglich platzierte Dolch schloss aus, dass man zufällig das falsche Opfer getroffen hatte.

Bei beiden Morden hatte der Täter die Leichen so zurückgelassen, dass man sie rasch fand. Das deutete darauf hin, dass er Schrecken verbreiten wollte. Sollten die Rubinsteyns dazu verleitet werden, einen Fehler zu begehen?

Oder kümmerte sich der Täter schlichtweg nicht um Entdeckung? Wieder erwog ich, dass die Geister dahintersteckten. Bislang hatte man es als unverrückbare Tatsache angesehen, dass die Stadtmauer für sie unüberwindbar war. Aber auch für den Ostturm hatte diese Annahme gegolten, und dort war sie widerlegt worden. Was immer sich geändert hatte, mochte auch auf die Stadt zutreffen.

Solche Gedanken beschäftigten mich, während wir uns für Gerros Beisetzung in der Kathedrale versammelten. Eine unterschwellige Anspannung lastete auf der Zeremonie. Das Haus Werenstolz war kaum vertreten, was man sicher als Geringschätzung und damit Herausforderung gegenüber der Familie des Toten deuten würde. Bei den Merrials erkannte man die Uneinigkeit zwischen den verschiedenen Zweigen daran, dass sie getrennt voneinander standen. Patriarch Harich hatte zwar sein Beileid ausgesprochen, sich aber dann zu jenen gestellt, die ihre Anteilnahme auf ernste Gesichter und kurzes Nicken beschränkten.

Der DRACHE lag an diesem Tag träge im Mittelschiff. Dennoch bildete er das Zentrum der Aufmerksamkeit. Selbst diesen Anlass nutzten einige Jugendliche, um ihren Mut durch eine Annäherung an den Schweif zu erproben. Ein Schlag hätte sie zerschmettert, aber stets wurden sie von den Drachengardisten abgefangen und zurechtgewiesen.

Mit geschlossenen Augen lag das Haupt des DRACHEN auf dem Boden. Wenn er einatmete, loderte das Feuer in seinem Innern durch die Schuppen an der Brust. Stieß er die Luft wieder aus, breitete sich Hitze in der Kathedrale aus. Mich streiften Erinnerungsfetzen an den Traum von der unter mir brennenden Stadt, der mich bei meinem letzten Aufenthalt im Drachenodem ergriffen hatte.

»Warum so nervös?« Mein Vater trat neben mich. »Hast du es schon gehört?«

»Was denn?«

Die Gardisten zogen das Hauptportal auf.

Arlbert Rubinsteyn führte die Prozession an, die den Sarg seines Bruders begleitete. Das Klacken des Gehstocks war das lauteste Geräusch in der Kathedrale.

Mein Vater nickte in Richtung des Patriarchen. »Er hat deinen Tod gefordert, weil du ohne Einladung im Palast der Rubinsteyns herumgeschnüffelt hast.«

Mein Herz setzte einen Schlag aus. »Ich lebe noch.« Der Satz sollte ungerührt klingen, aber ein leichtes Krächzen konnte ich nicht vermeiden.

»Keine Sorge, Astana hat sich für dich verwendet.«

Mein Blick huschte zu unserer jungen Matriarchin. Sie wirkte, als sei ihre Aufmerksamkeit ganz bei der Prozession der rotgewandeten, zumeist älteren Rubinsteyns.

»Und andere haben sie unterstützt«, flüsterte mein Vater weiter. »Die Rorngats haben einen sehr interessanten Vorschlag gemacht.«

»Haben sie dafür den Gefallen eingefordert, den sie mir wegen Aloras Rettung schulden?«

»Dir sind sie gar nichts schuldig«, erinnerte mich mein Vater. »Diese Sache wird zwischen den Oberhäuptern geregelt. Ich glaube kaum, dass sie eine Rolle spielt. Aber ich rate dir, genau zuzuhören, wenn sie an dich herantreten. Das könnte auch unsere Stellung in unserer eigenen Familie verbessern.«

»Um was für einen Vorschlag geht es denn?«

»Astana hat entschieden, dass du besser noch nichts weißt. Verschiedene Möglichkeiten werden geprüft, die Konstellationen verändern sich noch. Aber wenn du keinen Fehler machst, Tochter, kannst du es bald weiter bringen, als das jedem gelungen ist, mit dem du näher als über drei Ecken verwandt bist.«

»Onkel Podro hat es immerhin zum Hauptmann geschafft.«

Ärgerlich zog er die Stirn in Falten. »Ich habe dir von Anfang an gesagt, dass die Stadtwache die falsche Wahl ist.«

»Ich bin gern dort.«

»Auch für dich wird es Zeit, der Pflicht den Vorzug vor dem Vergnügen zu geben. Ich weiß, dass du meine Erwartungen erfüllen wirst, Tochter.«

Das einsetzende Gemurmel galt nicht dem Sarg, obwohl dieser ungewöhnlich gestaltet war. Das edle, schwarzglänzende Holz war an den Kanten mit Rubinen verziert, als sollten die kostbaren Juwelen ein Abstoßen der Ecken verhindern, wie es sonst Beschläge aus Blech taten. Solcher Prunk war bei den Rubinsteyns zu erwarten. Für Überraschung sorgte die Greisin, die außerhalb der Formation neben dem Sarg herging.

Die tief liegenden Augen Josefa Rubinsteyns, der Drachenmeisterin, kündeten davon, dass sie nicht nur beinahe ein Jahrhundert gesehen hatten, sondern auch alle Winkel, in die Träume und Nachtmahre reichten. Diese Frau hatte den DRACHEN gerufen, gezähmt und in Ketten geschlagen. Viele wagten ihren Namen nur zu flüstern, und nicht wenige hielten sie für die wahre Herrin der Stadt. Keiner wusste, welcher Natur das Band zwischen ihr und dem Ungeheuer war, doch allein die Drohung, sie könne es befreien oder auch nur von seinem überlebenswichtigen Dienst abhalten, hätte dem Senat jedes Zugeständnis abgepresst. Xina glaubte sogar, dass sie diese Macht tatsächlich ausübte. Auch wenn die Hohen Häuser die nächtlichen Ausflüge der Draken duldeten, so war doch allen unwohl bei den Spielen, die Josefa im Amphitheater durchführte. Dass man selbst für einen Diebstahl diesem Schicksal ausgeliefert werden konnte, sei keine Gerechtigkeit, sondern Josefas Sehnsucht zuzuschreiben. Man sagte, das Herz der Alten sei so weit versteinert, dass es nur noch bei größtem Glück und tiefstem Leid etwas fühle. Ich konnte nicht ahnen, wie viel Wahrheit in diesen Behauptungen lag, und so hielt ich sie für eines der vielen Hirngespinste, die über die Drachenmeisterin kursierten.

Wenn man Josefa betrachtete, konnte man den Eindruck von totem Holz bekommen. Tief hatten sich die Falten in ihre dunkle Haut gegraben. Die Arme hielt sie angewinkelt, die dürren Hände vor dem Schoß verschränkt. Da das rote Kleid ihre Beine vollständig verhüllte und auch die Füße dem Blick entzog, schien sich die gebeugte, weißhaarige Gestalt eher über den Boden zu schieben, als dass sie gegangen wäre.

Arlbert ließ den Sarg auf einem Steinsockel vor dem DRACHEN abstellen. Die Medien der Rubinsteyns in ihren weißen Gewändern bildeten mehrere Halbkreise darum, die vordersten legten die Hände auf das schwarze Holz. Glad stand im äußersten Ring. Er wirkte unruhig, bis er mich sah. Dann erschien wieder das Lächeln auf seinen Lippen, das der sonst so ernsten Gestalt etwas Warmes gab.

Hinter den Medien stellte sich die Familie auf. Es war seltsam, zu beobachten, wie man versuchte, Josefa näher als die anderen zu kommen und dennoch einen gewissen Abstand zu ihr zu halten. Die alte Frau war wie Feuer, lebensnotwendig und zugleich bedrohlich.

»Gerro kannte die Pflicht gegenüber seiner Familie!«, rief Arlbert. »Während ich mir die Weisheit der Bücher erschloss und die Traditionen studierte, hielt er den Kopf für uns hin. Jedes Haus muss seine Edelsten ihrer Begabung entsprechend einsetzen, und dies machte Gerro zum Vornehmsten der Drachengarde.«

Ich wandte mich um und sah zur Ehrenwache hinüber, die neben dem auf Eisen aufgebahrten Leichnam von Kaydon Rubinsteyn stand. Auch bei ihm hatten Befehl der Familie und Begabung übereingestimmt. Da er jedoch nicht der Hauptlinie entstammte, zählte seine Bindung an die Drachengarde mehr als sein Haus. Er würde von den Kameraden bestattet werden, der Patriarch wäre dabei nur ein Besucher.

»Nun ist Gerros Körper totes Fleisch«, fuhr Arlbert fort. »Seine Wünsche, seine Klugheit, seine Erfahrung und sein Mut sind uns unvergessen und doch vergangen. Sie sind entschwunden in das Reich der Träume.«

Während Arlbert weiter des Toten gedachte, kam Ulryk Rorngat zu mir. Ein Anflug von Eifersucht huschte über Xinas Gesicht. Sie hätte es sicher gern gesehen, wenn der Besuch des feschen Jünglings bei unserer Familie ihr gegolten hätte. Aber ich wusste, dass diese Schwärmerei nicht ausreichte, eine ernsthafte Verstimmung zwischen meiner Schwester und mir zu verursachen. Sicher hatte sie schon den nächsten Verehrer in Reserve. Dennoch, wenn ich den Fortgang der Ereignisse geahnt hätte, wäre mir nichts wichtiger gewesen, als die beiden zu einer gemeinsamen Nacht voller Leidenschaft zu drängen.

Ulryk besaß ein gewinnendes Lächeln. »Wir haben von Eurer Suche nach einigen obskuren Gestalten gehört«, raunte er mir zu. »Euer Scharfsinn wurde bemerkt. Nehmt dies als kleine Aufmerksamkeit.« Damit drückte er mir ein mehrfach gefaltetes Pergament in die Hand.

Mir war klar, dass er gesehen werden wollte. Hundert unauffälligere Möglichkeiten hätten sich für eine Übergabe geboten. Also war diese ›Aufmerksamkeit‹ wohl zwischen wichtigen Leuten verabredet worden, die während der Zeremonie Zeuge derselben wurden. Tatsächlich sah Matriarchin Madetta Ienbark zu uns herüber.

Ich nickte und entfaltete das Blatt, als Ulryk sich schon wieder zurückzog. Es war nicht beschrieben, sondern mit einer Zeichnung versehen, vermutlich einer Karte. Ich glaubte, die Umrisse der Stadt zu erkennen. Für die Einzelheiten war es zu dunkel.

Arlberts Ansprache kam zum Ende, er reihte sich bei den Rubinsteyns ein. An seiner statt trat jetzt Josefa vor. Sie ging zum Haupt des Drachen. Man hörte den Atem der Versammelten, als sie über die Schnauze des Ungeheuers strich, auf dessen gehörnter Stirn sie bequem Platz gefunden hätte. Die Lider öffneten sich und offenbarten finstere Abgründe in Seen aus kochendem Gold.

»Ihr geht jetzt besser ein Stück zurück«, riet sie den Rubinsteyns mit unüberhörbarem Spott in der Stimme.

Einige Medien waren so weit in die Traumwelt abgetrieben, dass man sie mit sanfter Gewalt vom Sarg lösen musste, aber schließlich war das Mittelschiff leer.

»Nimm ihn zu dir, mein Schöner.« Josefas Stimme war viel fester, als ich es ihrer von den Jahrzehnten gebeugten Gestalt zugetraut hätte.

Der Drache atmete tiefer ein als zuvor. Weit wölbte sich

sein Brustkorb, hell leuchteten die Flammen durch seine Haut.

Dann spie er Feuer, einen Strahl so dick wie eine der Säulen, die sich in der Kathedrale befanden. Die Draken auf den Emporen kreischten und fauchten. Der Flammenstrahl umhüllte prasselnd den Stein und den Sarg, den die gleißende Helligkeit unserem Blick entzog, und schoss aus dem geöffneten Hauptportal hinaus.

Die Hitze zwang den Schweiß aus all meinen Poren, aber ich versuchte, nicht darauf zu achten. Ich nutzte den Feuerschein, um das Pergament zu studieren.

Die Karte zeigte in der Tat die Stadt, dazu die beiden Wachtürme, den Netol und die anderen Flüsse des Leidenden Landes. All das erkannte ich wieder, aber im Südwesten, an einem See mitten im Moor, war ein Ort markiert, an dem ich noch nie gewesen war. Er war durch ein Gebäude gekennzeichnet, das aus einem rechteckigen Hauptteil mit einem halbrunden Anbau bestand. Auf diesem Anbau thronte ein Kreuz wie jenes, das den angeblichen Morddolch zierte und das Symbol der Mönche war.

11. Gefährliche Gassen

Es hätte mich misstrauisch machen sollen, dass die Wordas die Trauerfeier so schnell verließen, da es nicht zu ihrer engen Verbundenheit mit der Familie des Verstorbenen passte. Aber meine Gedanken drehten sich um die Mönche. Offenbar waren die Rorngats von ihrer Täterschaft überzeugt, obwohl die Beschuldigung dieser Gemeinschaft nach allem, was ich wusste, eine Ablenkung war. War ihnen etwas aufgefallen, das ich übersehen hatte? Aber wie hätte ihnen das gelingen sollen? Verfügten sie über Zuträger im Palast der Rubinsteyns?

Bei den vielfältigen Intrigen zwischen den Hohen Häusern war auch denkbar, dass sie die Mörder selbst gedungen hatten. Warum überließen sie deren Beseitigung dann nicht ihrer Haustruppe? Erwiesen sich die Mönche als unerwartet wehrhaft?

Solche Fragen wälzte ich in meinem Kopf, als wir unser Beileid aussprachen und dann den Rückweg in die Stadt antraten. Der Tag war fortgeschritten, aber wir würden den Palast dennoch vor Einbruch der Dunkelheit erreichen. Astana hatte mich dorthin geladen. Anscheinend stand ich bei einigen Familien in der Gunst, nachdem ich Arlbert Rubinsteyn im Senat vorgeführt hatte. Unsere Matriarchin wollte besprechen, wie wir diesen Umstand für unser Haus nutzen könnten. Großzügig hatte sie die Einladung auf meinen Vater und meine Schwester ausgedehnt, was Xina in Verzückung versetzte. Sie schwelgte in der Vorfreude auf die prächtige Einrichtung des Palasts. Wir Machons waren bekannt für unsere Wasserspiele, regelrechte Figurengruppen formten sich in den Springbrunnen.

Die Wordas überfielen uns in einer Gasse des Kerzenzieherviertels. Ein Karren versperrte den Weg. Wäre ich weniger in Gedanken versunken gewesen, hätte das Fehlen von Zugtieren sicher mein Misstrauen erregt. So wunderte ich mich nur, dass die anderen stehen blieben. Wer nicht zum Palast wollte, hatte sich bereits verabschiedet, sodass wir nur noch drei Dutzend zählten.

Die Wordas waren zahlreicher, und sie hatten Kampfhunde dabei. Das Geheimnis ihrer Zucht hüteten sie mit großer Sorgfalt, aber das Ergebnis war allgemein bekannt und gefürchtet. Diese Bestien hatten nichts gemein mit den anschmiegsamen Gefährten vornehmer Damen, und auch der

Edelmut von Jagdbegleitern fehlte ihnen. Man sagte, die Welpen eines Wurfs zerfleischten sich gegenseitig, sodass nur die Kräftigsten und Grausamsten heranwuchsen. Sie wurden mit Stachelkeulen und Fackeln abgerichtet, bis sie Verwundungen suchten, um die stärkeren Schmerzen der Züchtigung zu vermeiden. Niemals fütterte man alle zugleich, damit die Wordas immer einige hungrige Tiere auf ihre Feinde hetzen konnten.

Als ihre Führer die Leinen lösten, sprangen die Hunde unter dem Wagen hervor. Stachelbänder schützten den Hals zwischen dem kantigen Schädel und dem muskulösen Brustkorb. Die kräftigen Läufe waren hinten noch kürzer als vorne, aber bestens geeignet, den kompakten Körper in weiten Sätzen vorwärts zu schleudern.

Ich hatte das Glück, nicht zu den ersten Opfern der Bestien zu gehören. Während links und rechts Mitglieder meiner Familie zu Boden gingen, riss ich Rapier und Parierdolch aus den Scheiden. Ich stieß die lange Klinge durch die Brust eines Hundes, der auf meiner schreienden Schwester hockte, aber der Blutdurst hielt die Bestie im Leben. Der Stahl verkantete zwischen den Rippen, sodass ich ihn nicht wieder freibekam. Ich trat gegen das schwarze Fell und riss zugleich am Griff. Ein Knacken verriet mir, dass etwas im Körper des Hundes brach. Dennoch blieb die Klinge verkeilt, und die Bestie ließ nicht von meiner Schwester ab.

Noch heute höre ich das Schnappen, Schmatzen und Kläffen, und es jagt mir ein Schaudern über den Rücken, doch ich erinnere mich nicht, mehr von Xina gesehen zu haben als einen zappelnden Schattenriss. Es war dunkel in der Gasse, aber ich glaube, der eigentliche Grund liegt darin, dass sich mein Verstand weigert, die Erinnerungen an die Einzelheiten hervorzuholen, um meine Seele zu schützen.

Als ein Rapier nach mir stach, warf ich mich gerade rechtzeitig zur Seite und verlor dabei auf dem blutigen Boden das

Gleichgewicht. Vielleicht rutschte ich sogar auf dem Blut meiner Schwester aus, aber ich stelle mir lieber vor, dass es vom Hund stammte. Ich hatte meine lange Klinge für den Moment aufgeben müssen, aber immerhin hatte ich noch den Parierdolch. Ihn umklammerte ich fest, als ich auf das Pflaster schlug.

Der Angreifer setzte nach. Das bernsteinfarbene Band der Wordas flatterte an seinem Arm. Ansonsten erkannte ich gerade genug, um aus der liegenden Position mein Bein zu strecken und ihn mit einem Tritt in seinen Bauch zu stoppen. Er krümmte sich und machte einen Schritt zurück, wobei er auf meine Schwester stampfte. Xina wand sich noch immer unter dem Hund, dessen Bosheit einfach nicht sterben wollte.

Ich rollte von dem Angreifer fort, brachte die Knie unter den Körper und sprang auf. Überall um mich herum klirrte Stahl, hallten Schreie von Wut, Schmerz und Angst von den Häusern wider. Hunde kläfften und knurrten. Stoff riss, Knochen splitterten und Blut spritzte.

Die nächste Attacke meines Gegners fing ich mit dem Dolch ab. Ohne die Unterstützung des Rapiers war das schwierig, weil man die Bahn der angreifenden Klinge genau abschätzen musste, aber die Art, wie der Hieb geführt wurde, kam mir bekannt vor. Mehr noch, sie war mir so vertraut, dass ich instinktiv richtig reagierte. Das wunderte mich nur so lange, bis sich mein Gegner ins Licht drehte.

»Bentur!«, schrie ich den Kameraden an, mit dem ich im Ostturm Dienst getan hatte. »Was fällt dir ein! Die Stadtwache ist neutral!«

Ich verkantete sein Rapier zwischen der Klinge und einer der nach vorne gebogenen Parierstangen meines Dolchs.

Er verhinderte, dass ich ihn entwaffnete, aber es gelang mir, seinen Arm so weit vor seinen eigenen Rumpf zu zwingen, dass er die Linke nicht einsetzen konnte.

»Und was ist mit dir, Leutnant?«, spie er mir ins Gesicht.

»Wir wurden überfallen, aber du bist bei den Angreifern!«

»Ich stehe in den Reihen des Hauses, das mehr für mich getan hat, als ich von der Stadtwache jemals zu erwarten habe!« Ein tiefer Schatten lag in der Furche, die durch die linke Seite seines Gesichts lief. »Am Ende ist die Familie alles, was zählt!«

Auch wenn mir die Zeit geblieben wäre, darüber nachzudenken, hätte ich wohl nicht vermutet, den gleichen Satz bald von meinem Vater zu hören. In diesem Moment ging es nur darum, den Unsrigen beizustehen. Glücklicherweise gibt es eine Stelle, an der jeder Mann empfindlich ist. Ich lehnte mich gegen Bentur, der sich mir breitbeinig entgegenstemmte. Schwungvoll trat ich zwischen seinen Oberschenkeln hoch.

Ächzend entfuhr ihm die Luft und der Griff um das Rapier wurde so locker, dass ich es aus seiner Hand reißen konnte. Leider fasste ich nicht schnell genug nach, sodass die Waffe ein paar Meter weiter auf das Pflaster schepperte. Mit einem Fausthieb trug ich zur Verschönerung von Benturs Gesicht bei und hastete dem Rapier hinterher.

Noch während ich mich zwischen den Kämpfern hinhockte, zog ich die Fechthandschuhe aus dem Gürtel. Einer entfiel mir, als mich jemand in die Seite rempelte, aber wenigstens den linken konnte ich überziehen. Dann griff ich mir Benturs Waffe.

»Folgt mir!«, hörte ich einen Ruf über den Kampflärm hinweg. »Wir erschlagen Astana!«

Ich suchte die Ruferin und fand eine junge Frau, die gerade einen der Meinigen niederstach. Sie trat ihren Degen, eine besonders schlanke Klinge, frei und hielt auf einen Pulk unserer Kämpfer zu, hinter dem die Matriarchin Schutz gesucht haben mochte. Aber die feurige Worda war von ihren Leuten isoliert. Im Blutrausch vergaß sie Vorsicht und Taktik.

Ich sprang über jemanden, der sich den Bauch hielt und schreiend am Boden wand. Ob Freund oder Feind konnte ich nicht erkennen. Ich stellte die junge Worda.

»Wollt Ihr als Nächste sterben?« Sie grinste mich an. Ihr Gesicht hatte schöne Züge, aber wegen des vielen Bluts darin bot es dennoch einen hässlichen Anblick.

Sie grüßte mit dem Degen an den Lippen.

Ich war immer schon der Meinung, dass solche Albernheiten aus den Fechtschulen der Edlen bestraft werden sollten. Noch bevor sie die Waffe in eine vernünftige Kampfhaltung bringen konnte, rammte ich Benturs Rapier in ihren rechten Oberarm. Ich fühlte, wie die Spitze den Muskel durchstieß und am Knochen abglitt.

Sie schrie auf und ließ den Degen fallen. Sofort färbte sich ihr weißes Hemd rot.

Mit einer wischenden Bewegung schlug ich den Parierdolch in ihr Gesicht. Ich fing sie auf, drehte sie herum, sodass sie mit dem Rücken zu mir stand, und drückte die Schneide des Rapiers an ihre Kehle.

»Ihr kämpft ohne Ehre!«, gurgelte sie. Offenbar hatte sie Blut im Mund, vielleicht hatte ich ihr ein paar Zähne ausgeschlagen.

»Dafür sterbt Ihr frei von Tadel!«, drohte ich. »Es sei denn, Ihr beendet sofort diesen Überfall.«

»Wie sollte ich denn das tun?«

Ich zog sie mit mir zu Astana. Unsere Leute nahmen mich in ihren Sicherungskreis auf. Ich kletterte auf eine Tonne, sodass meine Gefangene und ich gut sichtbar waren.

»Haltet ein!«, rief ich. »Oder ich schneide ihr den Kopf ab, so wahr ich eine Machon bin!«

Bei keinem anderen Kämpfer der Gegenseite hatte ich die Brosche gesehen, die Familienmitgliedern gebührte. Also waren sie nur Bürger, die unter dem Schutz des Hohen Hauses standen.

»Wie wollt ihr Patriarch Eryll erklären, dass ihr ohne seine Nichte zurückkommt?« Das war geraten. Die Frau war so jung, dass sie sehr gut eine Nichte irgendeines Grades sein konnte. Dass es sich um eine Tochter oder Enkelin aus der Hauptlinie handelte, wagte ich nicht zu hoffen.

Die Kämpfe versiegten, aber die Angreifer zogen sich nicht zurück. Ihre Waffen waren noch bereit, sie hatten nur den Abstand zu ihren Kontrahenten vergrößert. Ohne das Geklirr des Stahls und die Rufe war das Stöhnen der Verwundeten besser zu hören. Noch immer knurrten und schmatzten die Hunde.

»Schafft eure Biester fort!«, forderte ich. »Sofort!«

»Und wenn nicht?«, wollte jemand wissen.

»Dann stirbt sie!« Ich quetschte die Armwunde meiner Gefangenen, die daraufhin gequält aufschrie. Sie weinte jetzt. Offenbar war ihre Abenteuerlust verflogen.

Kurz berieten sich einige der Angreifer. »Wir bergen unsere Verwundeten zuerst!«, rief dann einer von ihnen.

Astana trat vor den Sicherungskreis. »Das steht Euch zu!«, rief sie. »Aber beeilt Euch! Wir werden die Unsrigen mit uns nehmen und auch Visella.«

Das war also der Name der Gefangenen.

»Wenn wir ohne weitere Unannehmlichkeiten bei unserem Palast ankommen, lassen wir sie frei.«

»Haben wir darauf Euer Wort als Matriarchin?«

Astana berührte ihre Brosche. »Ihr habt es, so wahr ich eine Machon bin. Aber zuerst weg mit den Hunden!«

Die Wordas gehorchten, und ich übergab Visella an zwei unserer Bewaffneten. Ich suchte nach meinem Vater. Zu meiner Erleichterung hatte er nur einige Schrammen abbekommen, der Großteil des Bluts auf seiner Kleidung war nicht sein eigenes.

Gemeinsam hielten wir nach Xina Ausschau, fanden sie aber nicht. Die Freude, den Angriff überstanden zu haben, wich der schrecklichen Erkenntnis, dass meine Schwester unter den Verwundeten oder gar den Toten sein musste. Ungeduldig warteten wir, bis die Wordas mit einem Trinklied auf den Lippen abzogen.

Ich hastete dorthin, wo Xina und ich gewesen waren, als der Überfall begonnen hatte. An dieser Stelle lagen ein halbes Dutzend Opfer. Die meisten waren still, aber zwei rührten sich noch.

Zuerst erkannte ich meine Schwester nicht. Die kräftigen Kiefer des Hundes hatten ihr Gesicht bearbeitet wie ein Fleischhammer ein Stück von der Rinderhüfte, das man in der Pfanne braten will. Der Schädelknochen musste mehrfach gebrochen sein, das Haar war zum Großteil ausgerissen. Augen, Nase und Ohren fehlten. Ein gequältes Stöhnen gluckerte aus der Öffnung, die einmal ihr sinnlicher Mund gewesen war.

Mein Rapier steckte noch im Leib der verendeten Bestie, die ihr das angetan hatte. Wieder und wieder trat ich gegen den schwarzen Körper, bis mein Vater mich wegzog.

12. Der letzte Sonnenaufgang

Ich war Matriarchin Astana dankbar dafür, dass sie ein Bett für Xina im Wassersaal aufstellen ließ, und auch dafür, dass dieses Bett so gar nicht einer Bahre ähnelte, obwohl der Arzt uns keine Hoffnung machte. Angesichts der Schwere ihrer Verletzungen verwunderte, dass sie überhaupt noch bei Bewusstsein war. Der Arzt meinte, ihr Körper habe verstanden, dass er nie mehr erwachen würde, und kämpfe deswegen gegen den Schlaf. Ich hatte immer um den starken Willen in meiner Schwester gewusst.

Da eine Heilung unmöglich war, konnte man nur den Schmerz betäuben. Der Arzt wickelte Xinas von aufgerissenem Fleisch entstellten Körper in Binden, die er zuvor in Tinkturen getränkt hatte, die nach Lavendel und frisch gemähtem Gras dufteten. Damit ersparte er ihren Besuchern auch den fürchterlichen Anblick der jungen Frau, deren Augenaufschlag noch vor zwei Stunden jeden Mann verzaubert hatte. Jetzt hatte sie keine Augen mehr, sie waren zur Totenspeise eines zum Monstrum abgerichteten Hunds geworden.

Ich kniete auf einem dicken Kissen neben dem prächtigen Bett, das auch drei oder vier Personen Platz geboten hätte, und hielt Xinas Hand.

»Bleib bei mir bis zum Sonnenaufgang, Zarria«, bat sie mich. Inzwischen verstand ich die Wörter, ich glaubte sogar, ihre neckische Stimme unter dem Gluckern und Blubbern zu hören, mit dem sie sich artikulierte.

Ich wollte ihr sagen, dass sie gesunden würde und wir noch viele Sonnenaufgänge vor uns hätten, aber die Lüge blieb in meiner zugeschnürten Kehle stecken. Also drückte ich nur fest ihre Hand.

Ein Durchgang verband den Wassersaal mit der Empfangshalle, wo, wie in jedem Palast, einige Glasfiguren der Drachenmeisterin standen. Obwohl die Nacht angebrochen war, hörte ich häufig die Haustür schlagen. Viele Boten trafen ein oder wurden geschickt. Die Draken würden reichlich Futter finden.

Niemand schien zu schlafen, ständig gab es Schritte in den Zimmern und auf den Treppen. Man begegnete sich in kleinen Gruppen, um Befürchtungen und mögliche Strategien gegen die Wordas zu besprechen, Bündnisse zu erwägen und die eigenen Truppen geschickt in der Stadt zu verteilen. Wer die Kathedrale beherrschte, konnte keinen Krieg verlieren, sagte man. Aber wir waren zu schwach, um die Treppe zu erobern, zumal sich dann auch die Drachengarde gegen uns stellen würde, und Josefa Rubinsteyn mochte sogar die Draken aussenden. Also wollte Astana wenigstens einen, besser zwei der Flussübergänge sichern, sodass sie keinesfalls in Feindeshand fielen. So würden wir den Zugang zu den Waffenschmieden und Heilern am anderen Ufer des Netol behalten.

Trotz dieser wichtigen Beratungen dachte sie daran, genügend Diener an die Pumpen zu befehlen, damit alle Brunnen im Wassersaal sprudelten. Ich glaube, unser Vater hatte sie darum gebeten. Da Xina nichts mehr sehen konnte, musste meine Stimme ihre Augen ersetzen.

»Rechts von dir bildet das Wasser einen Baum«, sagte ich. »Es spritzt aus der Decke, in hundert kleinen Fällen. Manche davon sind fein wie Nebel, so schleierhaft wie bewegte Blätter, die man aus weiter Ferne beobachtet. Andere ergießen sich in festen Strahlen, wie Äste. Und sie alle vereinigen sich zu einem Stamm, bevor das Wasser ins Becken fällt. Daraus sprudeln Bögen hervor, die auf bunte Plättchen treffen, die sie aufteilen und auseinanderdrücken. Sie sehen aus wie kristallene Blumen, in deren Blüten Lichter tanzen.«

»Schön«, seufzte Xina.

Ich beschrieb ihr die anderen Wasserbilder. Die tanzenden Feen mit ihren glitzernden Flügeln. Den Hahn, das Wappentier unseres Hauses, stolz aufgeplustert. Den Regenbogen, bei dem das Wasser so fein zerstäubt wurde wie Mehl, sodass sich das Licht der Laternen in den Tröpfchen zu allen Farben von Rot zu Blau auffächerte. Am besten gefielen Xina die Spatzen. Ein ganzer Schwarm tummelte sich in einem Brunnen. Manche wirkten, als hätten sie gerade getrunken und sähen nun zu ihren Spielkameraden auf. Diese entstanden dadurch, dass sich drei oder vier dünne Wasserbögen in der Luft trafen und so Flügel, Körper und Köpfchen ausbildeten. Nur den zähnefletschenden Jagdhund beschrieb ich Xina nicht.

Ich träufelte ihren liebsten Saft, den von Himbeeren, in die Öffnung des Kopfverbands über dem Mund, von dem ich wusste, dass er keine Lippen mehr hatte. Ich drehte sie herum, wenn sie eine Seite schmerzte. Ich schüttelte ihre Kissen auf und lockerte die Binden an ihrem linken Handgelenk.

Die Stunden vergingen. Das Kommen und Gehen nahm eher zu als ab. Im Palast hielten sich jetzt weniger Kämpfer als zuvor auf. Sie sicherten Stellungen in der Stadt. Den Vorschlag, die Wordas direkt anzugehen, hatte Matriarchin Astana verworfen.

Irgendwann stand Ulryk Rorngat am Wundbett. Von meinem Platz auf dem Kissen sah ich zu ihm auf.

»Ulryk ist da«, erzählte ich Xina. »Erinnerst du dich, wie gut er aussieht?«

Der eingewickelte Kopf meiner Schwester nickte schwach, während Ulryk rot wurde. Er war etwas älter als ich, aber in diesem Moment kam er mir wie ein unerfahrener Junge vor. Zu Beginn der Nacht hatte mich Hilflosigkeit erfüllt, doch jetzt fühlte ich mich taub, wie jemand, der viel zu lange nicht geschlafen hat und über die Müdigkeit hinaus ist. Ich hob Xinas Hand Ulryk entgegen. Er nahm sie.

Aber ihm war anzusehen, dass ihm unwohl dabei war, vor allem, als Xina stöhnte. Er konnte sich nicht entscheiden, ob er die von Verbänden verhüllte Gestalt ansehen sollte oder nicht.

»Hat sie dir jemals gesagt, wie sehr sie dich mag?«, fragte ich.

Stumm schüttelte er den Kopf. »Sie ist ein nettes Ding.«

»Das war sie«, korrigierte ich, obwohl mein Gefühl noch nicht nachvollzog, was mein Verstand erfasst hatte. In mir lebte die Hoffnung, die gelbweißen Binden seien so etwas wie ein Kokon, aus dem meine Schwester schön und unversehrt gleich einem Schmetterling hervorkommen würde. Erst durch Xinas Stöhnen wurde mir bewusst, dass auch sie meine hoffnungslosen Worte hörte. Ich schämte mich.

Ulryk hielt es nur kurz bei uns aus. Als unser Vater zu uns kam, murmelte er irgendetwas, dann war er fort.

»Geh!«, sagte ich zu unserem Vater, als er immer wieder schaute, wer den Palast betrat oder verließ und horchte, was geredet wurde. »Ich bleibe bei Xina.«

Ich überlegte, was ich meiner Schwester noch sagen könnte, aber alles kam mir unwichtig vor. Also lauschten wir gemeinsam dem Plätschern des Wassers.

»Ich will noch einmal die Sonne auf dem Gesicht spüren«, sagte sie.

Mein Magen zog sich zusammen, als ich an den schrecklichen Anblick dachte, der unter den Binden lauerte. Ob der Stoff wohl auf dem rohen Fleisch klebte, sodass man etwas davon losriss, wenn man ihn abwickelte? »Das wirst du«, versprach ich dennoch.

Glad arn Rubinsteyn gehörte zu den Boten, die gegen Ende der Nacht eintrafen. Ich erkannte ihn sofort an der dürren Gestalt. Ein Muster eckiger Schatten lag auf seinem roten Gewand, was mich vermuten ließ, dass er aufs Pflaster gefallen war.

Er überbrachte seine Nachricht. Während er auf Antwort wartete, kam er zu uns.

»Jeder weiß, was geschehen ist«, sagte er. »Es tut mir leid.«

Ich antwortete nur mit einem Nicken, weil ich wusste, dass ich sonst geschluchzt hätte. Sein schulterlanges Haar klebte nass am Kopf.

Er berührte meine Schwester nicht, strich aber über ihr Kissen. »Es sind immer die Falschen, die leiden.«

»Wer hat es verdient, zu leiden?«, fragte ich.

Er zuckte mit den schmalen Schultern. »Ich weiß nicht. Vielleicht niemand.«

»Eine Welt ohne Leid«, murmelte ich.

»Josefa sagt, das wäre auch eine Welt ohne Freude. Wer keine Kälte kennt, der kann auch das Kaminfeuer nicht schätzen.«

»Und was lernt meine Schwester zu schätzen, indem ihr dies geschieht?«

Sachte schüttelte er den Kopf. »Sie nichts. Vielleicht jemand anderes.«

Ich schnaubte. »Und wer sollte das sein?«

»Mir sind die Sehnsüchte der Drachenmeisterin fremd. Eine Welt ohne Nachtmahre wäre mir lieber, auch wenn die Träume dafür ebenfalls vergingen.« Tiefe Ruhe lag in seinen braunen Augen. »Wisst Ihr, was in der Stadt vor sich geht?«

Ich schüttelte den Kopf. »Ich werde hier gebraucht.«

»Noch.«

»Wie meinst du das?«

»Man hat noch nicht mit Euch gesprochen!« Er klang überrascht.

»Worüber?«

Er sah über seine Schulter. »Das obliegt nicht mir. Aber uns, also den Rubinsteyns, wurde versichert, Ihr wäret einverstanden.«

»Womit?«

Er überging meine Frage. »Die anderen Familien denken sicher das Gleiche. Darum warten sie das Ergebnis der Verhandlungen ab. Sie zögern, aufeinander loszugehen. Ich weiß natürlich nicht alles, aber auch Boten reden miteinander. Noch könnt Ihr einen Krieg abwenden.«

»Wieso ich?«

Wieder sah er mich an. »Ich werde sicher bereuen, dass ich das sage, aber ich könnte verstehen, wenn Ihr ablehnen würdet.«

Ich versuchte, die Verwirrung wegzublinzeln. Entging mir aufgrund meiner Müdigkeit der Zusammenhang?

»Wieso?«, fragte ich. »Was willst du?«

Sein Gesicht wurde traurig. »Ich bin selbst unsicher, was ich will. Ich würde es gern herausfinden. Aber über mein Leben haben bereits andere entschieden.«

Ich wollte ihm raten, seine Fesseln zu sprengen. Schließlich hatte auch ich mich dem Wunsch meines Vaters widersetzt, der eine vorteilhafte Heirat im Sinn gehabt hatte. Stattdessen war ich in die Stadtwache eingetreten. Unser Vater hatte sich wohl damit getröstet, dass Xinas Wesen mehr dem zuneigte, was unsere Stellung innerhalb der Familie förderte. Aber diese Hoffnung hatte der Hund gemeinsam mit dem Gesicht meiner Schwester zerfleischt.

Bevor ich mein Gespräch mit Glad hätte fortsetzen können, wurde er gerufen. Astana überreichte ihm ein versiegeltes Schriftstück. Er verbeugte sich und verließ den Palast.

»Wie spät ist es?«, fragte ich unseren Vater, als er zu uns kam.

»Die Nacht ist fast vorüber«, antwortete er.

Die Mattigkeit meiner Glieder bestätigte das. Seit man Xina dorthin gebettet hatte, war ich im Wassersaal geblieben. Meine Wunden waren verschorft, aber der rechte Arm schmerzte, wenn ich ihn bewegte.

»Sie will die Sonne spüren.« Meine Kehle kratzte, als ich sprach.

»Es wird noch drei Stunden dauern, bis sie zwischen die Häuser dringt.«

»Dann bringen wir sie aufs Dach!«, rief ich so laut, dass Matriarchin Astana mich hörte, während sie näherkam.

»Wir haben ein großes Fenster im obersten Stockwerk«, sagte sie. »Ich werde dort eine Liege aufstellen lassen.«

Ich wollte ihr danken, aber der merkwürdige Ausdruck auf ihrem Gesicht ließ mich schweigen. Mit ihren zweiunddreißig Jahren lag sie altersmäßig auf halber Strecke zwischen mir und meinem Vater, aber ihre braunen Augen waren älter. Jetzt musterten sie mich so, wie Onkel Podro mich nach meinem Beschluss angesehen hatte, in die Stadtwache einzutreten. Aber sie schienen mich gründlicher wahrzunehmen als Onkel Podro damals. Dazu kam ihre Körperhaltung, wie stets so aufrecht, als würde sie von einer Rüstung gestützt, obwohl sie nur ein grünes Kleid mit mehreren Reihen Rüschen an Ärmeln, Saum und Kragen trug. Sie musste sich im Laufe der Nacht umgezogen haben. In meinem Hemd klafften Schnitte von den Klingen der Wordas.

Mein Vater wandte sich an unsere Matriarchin. »Wollen wir …«

Astana brachte ihn mit einer Hand zum Schweigen, ohne ihn anzusehen. »Später.«

Er nickte.

Xinas Hand drückte meine, während die Diener sie auf eine Trage luden und dann die Treppe hinauf in das von Astana gewählte Zimmer brachten. Es war kalt, man hatte das Fenster weit geöffnet. Der Osthimmel war bereits hell, auch wenn die Sonne noch unter dem Horizont stand. Die zerfallene Stadtmauer verlief dunkel hinter den Häusern, in der Ferne lag der Nebel des Leidenden Landes. Ich weinte, als sie die Trage aufstellten, weil mich dies alles an das Zimmer im Palast der Rubinsteyns erinnerte, wo man Gerros Leiche aufgebahrt hatte.

Als Onkel Podro zu uns kam, schickte Astana alle weg außer meinem Vater und mir. Nur sie selbst leistete uns Gesellschaft. Eine große Ehre, wenn man bedachte, dass wir einen unbedeutenden Seitenzweig des Hohen Hauses Machon bildeten.

»Ist alles, wie du es wünschst, Zarria?«, fragte sie mich, wobei sie wieder diesen Blick hatte, als wolle sie etwas anderes ergründen als das, was den Augen zugänglich war.

Ich sah die vollständig verhüllte Gestalt meiner Schwester an. »So kann sie die Sonne nicht spüren.«

Niemand half mir, aber sie ließen mich gewähren, als ich mit der Hand, die nicht Xinas hielt, die Binden löste, die der Arzt um den Kopf gewickelt hatte. Ich konnte das Zittern nur unvollkommen unterdrücken. Wie ich befürchtet hatte, klebte der Stoff an dem wunden Fleisch. Xina wimmerte, wenn etwas davon abriss, aber sie bat mich nicht, aufzuhören. Ihr Atem ging jetzt tief, und manchmal drückte sie meine Finger zusammen. Dann hielt ich inne, bis sie wieder lockerließ und mir so bedeutete, fortzufahren.

Es dauerte so lange, dass die Sonne über dem Nebel hervorkam, als das zerfetzte Gesicht freilag. An einigen Stellen hatte sich die Verkrustung gelöst, sodass frisches Blut kam. Die Substanz, mit der die Binden getränkt waren, hatte Flecken wie von dunklem Harz hinterlassen. Schrecklich klafften die beiden Löcher, über denen eigentlich Xinas kecke Stupsnase hätte sein sollen. Sie atmete durch den leicht geöffneten Mund.

Ich schluckte, bevor ich mit bebender Stimme fragte: »Spürst du das Licht?«

»Ich bin schon beinahe da.« Ihre Hand erschlaffte.

Tränen füllten mein verbliebenes Auge. Ich wandte mich ab, ging zur Wand und presste eine Faust gegen meinen Mund, um die aufsteigende Übelkeit zurückzudrängen. Dennoch musste ich würgen.

Mein Brustkorb war wie versteinert. Als wären die Rippen erstarrt, als wehre sich die Lunge dagegen, Atem zu holen. Sterne tanzten vor meinem Auge. Ein Teil von mir sehnte sich danach, dass es immer mehr würden, bis ihr Gewimmel die ganze Welt auslöschte und mit ihr die Wordas, den Tod meiner Schwester und den dumpfen Schmerz, der mich zu zerquetschen drohte. Das war ein widerliches Gefühl. Es tat eigentlich nicht weh, nicht so, wie wenn man sich schneidet oder einen Schlag versetzt bekommt. Es war viel weniger greifbar als diese Dinge, und doch spürte ich es überall. Vielleicht ist es so, wenn man erstickt. Als hätte es keinen Sinn, ohne Xina weiterzuleben. Wer würde jetzt mit mir lachen? Wer würde mich aufmuntern? Wer bedeutete mir noch so viel, dass es mich freute, ihn stolz zu machen? Oder glücklich zu sehen? Ich war sicher, dass die Farben der Welt nie mehr so hell strahlen würden wie zu der Zeit, als Xina sie noch betrachtet hatte.

Als ich mich wieder umdrehte, zog Onkel Podro die Decke über Xinas Kopf. Er wirkte gefasst. Von uns allen hatte er die meisten übel zugerichteten Toten aus der Nähe gesehen.

Astana umarmte mich. Das hatte sie noch nie getan, und auch jetzt blieb sie mir dabei fern. Sie fühlte sich an, als sei sie aus Holz geschnitzt. Ihre Arme lagen um meine Schultern, ich spürte ihre Hände auf meinem Rücken, ihre Brust an meiner. Wie es sein sollte. Wie Benimmlehrer es unterrichteten.

Sie löste sich und sah mir ins Auge. Ihre Mundwinkel zuckten, als sie den Kopf leicht schräg legte. »Sie war eine Machon, und du bist es auch«, stellte sie fest.

Ich wusste nichts darauf zu sagen, also wischte ich mir nur die Tränen ab. Allmählich verschwanden auch die Sterne. Ich atmete zwar unruhig, mit bebenden Lippen, aber ich atmete.

»Dies ist ein schwerer Moment, besonders für dich, Zarria. Aber wir müssen handeln. Die anderen Familien stimmen zu, dich zur Obristin der Drachengarde zu machen.«

Diese Offenbarung fühlte sich an wie ein Sprung in den winterlichen Netol. »Mich?«, fragte ich.

»Dein furchtloser Auftritt vor dem Senat hat sie beeindruckt.« Astana nahm meine Finger in ihre Hände. »Du hast bewiesen, dass du die zutreffenden Schlüsse ziehen kannst, und dass du den Schneid besitzt, dich den Rubinsteyns entgegenzustellen. Das hat ihnen gefallen. Außerdem hast du am Ostturm das Richtige getan.«

»Aber ich bin doch nur …«

»Alle verurteilen den Überfall der Wordas. Die Rubinsteyns müssen jetzt nachgeben. Sie sind gezwungen, sich hinter uns zu stellen. Arlberts Absicht, selbst zum Anführer der Drachengarde zu werden, war ohnehin Wahnsinn. Die Rorngats haben als Erste vorgeschlagen, dich zu ernennen.«

»Ich bin doch ein Niemand!«

Ernst nickte Astana. »Sie unterschätzen dich. Sie ahnen nicht, wie gut du dieses Amt ausfüllen wirst.«

Ich schluchzte. »Ich will nicht den DRACHEN schützen! Ich will die Wordas jagen! Bentur und alle, die gestern dabei waren. Die Xina das angetan haben!«

»Das will ich auch«, sagte Astana. »Aber jetzt bieten uns die anderen Familien einen hohen Preis für den Frieden. Wenn wir ablehnen, werden sie sich gegen uns stellen.«

Ich starrte sie an. Versuchte, zu begreifen. Meine Schwester war tot, und ihr Sterben war eine Qual gewesen. Ich wollte Gerechtigkeit. Immer wieder geiferte der blutgierige Hund vor meinem geistigen Auge. Alles in mir schrie danach, das Biest von ihr zurückzureißen. Warum war ich nicht bei ihr geblieben, als sie mich gebraucht hatte? Weshalb hatte ich mich in den Kampf mit Bentur verwickeln lassen? Hatte ich wirklich diese hochmütige Worda zur Strecke bringen müssen? Das wäre sicher auch den anderen gelungen! Meine Pflicht hatte darin bestanden, Xina zu helfen. Aber ich war zu beschäftigt gewesen. Da war es das Mindeste, dass ich jetzt ihre Mörder fand und sie für ihre Untat bezahlen ließ. Nur schwer konnte ich erfassen, was Astana stattdessen von mir wollte.

»Wir werden deine Schwester rächen«, versprach meine Matriarchin. »Das Hohe Haus Worda wird die Stunde verfluchen, in der es beschloss, uns anzugreifen. Aber wir brauchen Zeit. Wir müssen unsere Kräfte sammeln und Verbündete finden.«

»Wie lange?«

Ihr Blick hielt mich stärker als die Hände, die meine Finger umfassten. »Es wird Jahre dauern, aber wir beide werden es erleben.«

Ich presste die Kiefer aufeinander.

»Wir müssen überleben, um sie zu rächen.« Warum sagte mein Vater das so eindringlich? Sah er die Gelegenheit, von einem unbedeutenden Verwandten zu jemandem zu werden, den man zum inneren Kreis des Hauses Machon zählte?

Davon träumte er immer, wenn er zu viel trank. Aber meine Schwester war tot, seine Tochter! Wieder wurde mir übel.

»Sei stark!«, forderte Astana hart. »Auch ich habe meine Geschwister verloren, Mutter und Vater, meine Großeltern. Bei vielen von ihnen stand ich am Sterbebett, so wie du jetzt. Das Wissen, dass sie von mir erwarteten, mein Haus stark zu erhalten, gab mir Kraft.«

»Ich werde eine schlechte Obristin sein. Ich weiß nichts über den DRACHEN!«

»Du weißt genug«, widersprach Astana. »Und du wirst die Aufgabe erledigen, die jetzt ansteht.«

Ich blinzelte. »Welche Aufgabe?«

»Es geht um diese Mönche. Sie müssen verschwinden. Alle.«

Gern hätte ich zu der Karte gegriffen, die Ulryk mir während der Trauerfeier für Gerro gegeben hatte, aber Astana hielt noch meine Finger fest. Ich erinnerte mich genau an das Gebäude mit dem Kreuz, das im Moor eingezeichnet war.

»Du musst das für deine Familie tun«, sagte Astana, »und für die ganze Stadt.«

Sie, Onkel Podro, mein Vater – alle sahen mich an. Die Sonne ließ das weiße Laken leuchten, das jetzt über Xinas Gesicht lag.

»Sie sind es gewesen«, sagte Onkel Podro.

Ich dachte daran, dass der Dolch erst nachträglich in die Leiche gestoßen worden war. An das Gift. An die Frage, wie der Mörder in den Palast der Rubinsteyns gelangt war. Daran, dass Turan so überzeugt davon war, dass es sich bei den Mönchen um harmlose Spinner handelte.

»Woher weißt du das?«, fragte ich.

»Finde sie und bringe sie in die Kerker«, sagte Astana. »Das ist die Bedingung des Senats für deine Ernennung.«

»Haben sie nur Gerro getötet oder auch Kaydon den Hals durchgeschnitten?«, fragte ich.

»Kümmere dich nicht um Kaydon.« Astana ließ mich los. Ihre Stimme war kälter als der Nordwind, wenn er den Felshang hinunter auf die Stadt fiel und das Wasser in den Küchen gefror. »Es ist besser, wenn du nicht zu viel davon weißt.«

Ich runzelte die Stirn. »Aber wenn es derselbe Mörder war, laufen die Spuren beider Taten bei ihm zusammen.«

»Es war nicht derselbe Mörder«, sagte sie.

Ich wollte nachfragen, aber die Antwort stand in ihren Augen.

Wie Gerro war Kaydon ein Rubinsteyn und ein Gardist gewesen. Vor allem aber war er die naheliegendste Wahl für Gerros Nachfolge gewesen. Der Senat hätte sich leicht auf ihn geeinigt. Nun, da er tot war, konnte man die Oberhäupter von einer anderen Kandidatin überzeugen. Von einer, die so unbedeutend war, dass sie niemanden bedrohte, zumal sie aus dem schwächsten der Hohen Häuser stammte.

»Dieser Mord hat den Weg für mich freigemacht«, sagte ich heiser.

»Dieser Mord«, korrigierte Astana, »ist nie geschehen.«

Ich starrte Onkel Podro an. Er hielt meinem Blick stand. Er wusste, dass man die Ordnung der Stadt nicht gegen die Patrizier aufrechterhalten konnte, und dass es Gerechtigkeit nur innerhalb des Rahmens gab, den die Hohen Häuser steckten.

Mein Vater fasste meinen linken Oberarm. »Am Ende ist die Familie alles, was zählt!«

TEIL II
Die Mönche

13. Ein neues Leben

»Alles!« Die Falten in Josefa Rubinsteyns Gesicht blieben so unbewegt wie Risse in trockenem Eisenholz.

Ich stand bereits splitternackt in der vom Odem des DRACHEN gewärmten Kathedrale. Nun zog ich auch noch die Handschuhe aus und ließ sie auf den Stapel mit meinem sorgfältig zusammengelegten Gewand fallen. Da das einzige Licht aus dem Innern des DRACHEN kam, war seine grüne Farbe nur zu erahnen. In aller Eile hatten mich die Schneider entsprechend Astanas Anweisung eingekleidet, wie es der Repräsentantin eines Hohen Hauses zukam, und dabei ihre liebe Mühe gehabt, weil ich mich weigerte, als niedliches Püppchen herausgeputzt zu werden. Nun hatten alle Patrizier die Kathedrale verlassen, und ich würde nie wieder offiziell als Mitglied des Hauses Machon auftreten, auch wenn Astana selbstverständlich weiterhin Loyalität erwartete. Der Zeremonie gemäß hatte ich alles zurückzulassen, was zu meinem bisherigen Leben gehörte, und mich ganz dem Dienst in der Drachengarde zu weihen.

Ich spürte die Blicke der unsichtbar in den dunklen Seitenschiffen stehenden Gardisten auf meiner Blöße. Die nackten Hände bereiteten mir dabei mehr Unbehagen als die Narbe an der Stelle, wo mein linkes Auge gewesen war, meine kleinen Brüste oder die unbedeckte Scham. Jedenfalls, bis mir einfiel, dass die Medien in der Kathedrale lebten. Beobachtete mich auch Glad? Gefiel ihm, was er sah?

Zwei Draken keckerten auf einer Empore. Einer war so gereizt, dass er nach dem anderen schnappte. Es machte ein metallisches Geräusch, als die Zähne an den Schuppen des gebogenen Halses abglitten.

Josefa drückte mir den merkwürdigen Dolch in die Hand, den sie mir zuvor gezeigt hatte. Ich mochte es nicht, Dinge zu spüren, ohne eine feine Schicht Stoff zwischen ihnen und meinen Fingern zu haben, aber auf solche Empfindlichkeiten konnte ich keine Rücksicht nehmen.

Obwohl er so verbogen aussah, ließ sich der Dolch gut fassen. Der Griff stand senkrecht zur runden Hohlklinge, die in ein Rohr überging, das an der Innenseite meines Unterarms bis zur Mitte heraufreichte. Ein Ring, durch den ich den Daumen schob, gab der Waffe Halt.

Worte waren unnötig, die Drachenmeisterin hatte mir bereits alles erklärt. Sie schritt neben mir auf das Ungeheuer zu. Wollte sie mich provozieren, indem sie einen Rock im Rot der Rubinsteyns trug? Jeder Hinweis darauf, welches Hohe Haus trotz aller Schwüre von Unparteilichkeit die Kathedrale beherrschte, war überflüssig. Ich wusste, dass beinahe alle der einhundert Gardisten, die mir unterstünden, Josefas Familie entstammten. Kein einziger Machon befand sich in ihren Reihen. Die Frage, ob es Wordas gab, hatte ich vermieden. Was immer zwischen unseren Häusern vorgefallen war, ich wollte jedem, der unter mir diente, gerecht begegnen.

Manche Schuppen des DRACHEN hätte ich noch nicht einmal mit nebeneinandergelegten Händen bedecken können. Diejenigen, aus denen man Josefas Tunika gefertigt hatte, waren jedoch kaum größer als Fingernägel. Sie mochten von den Augenlidern stammen oder von Stellen, die ich noch nicht gesehen hatte. Ob dieses Gewand auch jemand anderem als der Drachenmeisterin Macht über die Draken gegeben hätte?

Der DRACHE hatte bereits gespeist. Nur noch dunkle Flecken auf dem Steinboden erinnerten an die vier Draken, deren zerfressene Kadaver die Gardisten fortgeschafft hatten. Jetzt lag das Ungeheuer träge unter den mächtigen Silberketten, aber das konnte täuschen. Im Moor gab es Echsen, die ebenfalls bewegungslos abwarteten, bevor sie sich plötzlich auf ein leichtsinniges Opfer stürzten.

Mich brauchte der DRACHE nicht zu erjagen. Ich kam zu ihm, nackt und schutzlos.

Wir erreichten den steinernen Sockel, auf dem seine Familie Gerro Rubinsteyns Sarg abgestellt hatte, und blieben stehen. Jetzt befand sich die funkenlose Glasfigur der Tänzerin darauf, die die Garde aus dem Ostturm geborgen hatte. Was sie sonst noch dort vorgefunden hatte, würde ich wohl erfahren, wenn ich ihre Obristin wäre.

Josefas Lächeln erschien mir boshaft. Sie war einen Kopf kleiner als ich, aber das lag nur am Alter, das ihren Rücken beugte.

Das Haupt des DRACHEN wirkte größer als je zuvor. Ein Stoß der Hörner hätte eine Säule der Kathedrale zerschmettert, die Zähne hätten jede Rüstung durchschlagen. Aber die Silberketten hielten ihn, warum auch immer.

Ich spürte seinen Atem warm auf meiner nackten Haut. Auch das Blut seiner Jungen hatte der Odem getrocknet. Meine Sohlen klebten in einer Lache davon. An diesem Tag war der Schwefelgeruch nur milde. Ich ertappte mich dabei, wie ich den nächsten Luftstoß aus den Nüstern erwartete, als wäre er eine Decke, die mich einhüllte und der Kälte der Nacht entzog. Ich strich eine Strähne meines dunklen Haars aus dem Gesicht. Eigentlich band ich es immer streng zurück, damit es mich nicht behinderte, falls ich kämpfen musste, aber auch die Lederschlaufe lag jetzt in dem Haufen meiner Kleidung.

Josefa trug ihr weißes Haar ebenfalls offen. Wie ein Tuch aus Spinnenseide lag es auf ihrem runden Rücken, nur an den Seiten tanzten Strähnen im Atem des DRACHEN. Sie sah dem Vielgehörnten in die Augen, hinter denen ein heißes

Feuer loderte, das durch mir rätselhafte Kräfte daran gehindert wurde, hervorzubrechen und uns alle zu verbrennen. Sie war wahrhaftig die Meisterin dieser Kreatur. Sie fürchtete den DRACHEN nicht, und wer den DRACHEN nicht fürchtete, der hatte auch keine Furcht vor irgendetwas anderem in der Welt.

Mir dagegen wurde schwindelig bei dem Gedanken an das, was die Zeremonie von mir verlangte. Dennoch setzte ich an, die letzten Meter zu überbrücken. Wo ich stand, war ich ohnehin schon so nah, dass ein Flammenstoß mich innerhalb eines Wimpernschlags zu Asche verbrannt hätte, und ich wusste, dass es nur noch schwerer für mich würde, je länger ich wartete.

Josefa hielt mich mit einer überraschend schnellen Bewegung zurück. Die Stärke, mit der sie meinen Oberarm umklammerte, hätte ich ihr ebenfalls nicht zugetraut. Schmerzhaft drückte sie meinen Muskel, als sie mich herabzog, bis sich mein Ohr vor ihren fahlen Lippen befand.

»Vergiss es niemals«, raunte sie. »Der DRACHE liebt nur mich! So war es immer, so wird es immer sein. Nur mich allein.«

Sie stieß mich mit solcher Wucht vorwärts, dass ich einige schnelle Schritte machen musste, um nicht zu stürzen. Damit kam ich vor der Schnauze an. Die Nüstern befanden sich auf Höhe meiner Schultern, aber ich stand zwischen ihnen, sodass der heiße Odem mich umwaberte, statt mich zu verbrennen. Ich zitterte und ballte die linke Faust so fest, dass mein Handgelenk schmerzte. Ich zwang mich, das Auge offen zu lassen. Wenn dies die Stunde war, in der ich im Feuer sterben sollte, dann wollte ich meine letzten Augenblicke bei vollem Bewusstsein erleben.

Ich weiß nicht, wie lange ich so wartete. Ich hätte mich nur ein wenig nach vorne neigen müssen, um den DRACHEN zu berühren. Da seine Augen an der Seite des gehörnten

Schädels saßen, konnte er mich aus dieser Nähe kaum sehen. Ich spürte, dass das auch unnötig war. Er wusste, dass ich bei ihm war, erfasste mich mit Sinnen, die mein Begreifen überstiegen.

Und dann öffnete er sein Maul.

Der Atem stockte mir, als der heiße Schwefeldampf mich umfing. Aber das Feuer loderte weit hinten in seinem Rachen, es schlug mir nicht entgegen.

Ich zog das Knie weit hoch, um vorsichtig über die schwertlangen Zähne zu steigen. Der Oberkiefer befand sich so weit über mir, dass ich den Gaumen nur mit einem Sprung erreicht hätte. Er sah hart aus, wie gebogene Knochenplatten, die übereinanderlagen. Die spitze Zunge tastete langsam darüber. In ihr musste sich ein Muskel befinden, der stark genug war, um mich zu zerquetschen, wenn der DRACHE es wünschte. Ich war seiner Gnade ausgeliefert.

Etwas Merkwürdiges geschah. Bis zu diesem Punkt hatte es ein Widerstreben in mir gegeben, das gegen den Wunsch meiner Matriarchin und das Zureden der Familie, gegen Josefas Forderungen und die Zeremonie aufbegehrt hatte. Diese Regung hatte mich zur Flucht gedrängt, mir eingeflüstert, ich solle mein Glück im Untergrund versuchen – bei den Webern, oder gleich in den Nebeln, wo die Geister heulten. Gefährlicher als im Maul des DRACHEN konnte es nirgendwo sein.

Jetzt starb meine Angst. Sie krepierte elend im Angesicht der Aussichtslosigkeit jeder Gegenwehr. Kurz nur schämte ich mich meiner Schwäche, während sie verwehte. Dann ließ sie mich zurück, für einen zeitlosen Moment bar der Zweifel, der Regungen und Widersprüche, die uns zu Menschen machen.

Ich spürte die straffe Haut im Innern des Mauls unter meinen Füßen. Der Speichel des DRACHEN biss in meine Haut. Unbeirrt schritt ich zur Zunge, die vor mir aufragte. Ich tastete mit der linken Hand danach und fühlte die Kraft, die sich darin regte. Ich wusste, auch ich brauchte jetzt Kraft, durfte nicht vorsichtig vorgehen.

So fest ich konnte, rammte ich den Hohldolch in die Unterseite der Zunge. Dies war eine der wenigen ungeschützten Stellen am Körper des DRACHEN, und der Stahl, kaum mehr als ein zugespitztes Rohr, drang eine Handbreit ein. Dennoch zuckte das Ungeheuer nicht.

Meine Lippen umschlossen die Öffnung des Rohrs. Sofort schmeckte ich das Drachenblut.

Um die Kameraden zu beeindrucken, hatte ich bei meiner Aufnahme in die Stadtwache in der Schenke am Markt das stärkste Zeug bestellt, das dort zu haben war. Außer nach Feuer hatte es nach nichts geschmeckt. Nachdem ich wieder hatte atmen können, war mir die Frage in den Sinn gekommen, wie ich das Zeug überhaupt durch die Kehle bekommen hatte, ohne ein Loch hineinzuätzen.

Es war nur ein mildes Wässerchen gegen das Drachenblut, das mich nun erfüllte. Wahrscheinlich trank ich es, wie man jede Flüssigkeit trinkt, aber so fühlte es sich nicht an. Es war wie ein Feuerstoß, der hinab in meinen Bauch loderte, und mit dem ersten Herzschlag spritzte die Glut in meine Glieder, durch Arme und Beine bis in Finger und Zehen. Nur mein Kopf blieb kühl, wie ein Eisblock, der auf geschmolzenem Eisen zu verdampfen drohte.

Josefa hatte mich gewarnt, nicht zu viel zu nehmen. Ich spürte die Gefahr, wusste, dass ich rechtzeitig innehalten musste, damit mich dieses Blut nicht zerstörte. Aber was bedeutete das schon angesichts der Ahnung, die ich vom DRACHEN erhielt? Er war so sehr über uns erhaben wie die Sonne über eine Kerze. Für ihn währte ein Menschenleben nicht viel länger, als ein Tropfen braucht, um von einem Blatt zu Boden zu fallen, und unsere Sorgen und Sehnsüchte waren wie die flatterhaften Anwandlungen unverständiger Kinder.

Ich würde mein Leben verlieren, wenn das Drachenblut mein Inneres verdampfte. Oder hätte es sich dadurch erfüllt? Vielleicht konnte ich dann Einblick in die Ewigkeit erlangen, die der DRACHE sah? Warum sollte ich mich noch mit den Kümmernissen einer Welt voller Erbärmlichkeit abgeben?

Ich sog am Hohldolch.

Die Hitze, die dadurch in mein Inneres gelangte, war zu viel. Ich erkannte meine Unzulänglichkeit. Wie konnte ich mich erdreisten, den DRACHEN verstehen zu wollen? Welcher Hochmut trieb mich, dass ich mich zu ihm aufschwingen wollte? Noch eine weitere Ahnung der Gedanken, die hinter seinen lodernden Augen brannten, und mein Verstand würde verdampfen. Noch mehr von seinem Blut in meinem Körper, und die Glut zerfräße meine Adern.

Ich stürzte in die Angst jeder Kreatur vor der letzten Schwärze. Beinahe hätte ich mich selbst auf einen der Zähne gespießt, als ich von der Zunge fort taumelte und ausspuckte, was ich noch aus Hals und Mund bekam. Ich fand mich kniend im Maul des DRACHEN wieder, unmittelbar an den Zähnen, heftig atmend, als vermöchte die Luft den Brand in meinem Innern zu kühlen.

Ein tiefes Grollen ließ mich zittern. Ich sah, dass der Hohldolch noch in der Zunge steckte. Obwohl ich mir gerade noch meiner Sterblichkeit bewusst gewesen war wie selten zuvor, fühlte ich mich jetzt wach und stark. Ich stand auf, fasste die Waffe und zog sie heraus. Ein dampfender Blutstrahl traf meinen nackten Bauch, aber er versiegte rasch.

Ich drehte mich um und schritt aus dem Drachenmaul zurück in die Kathedrale. Zunächst glaubte ich, überall Rauchfäden zu sehen, aber dann begriff ich, dass diese von meiner Haut emporkräuselten. Sie war von feinem Schweiß bedeckt. In mir fühlte ich eine Hitze, die mich hätte verbrennen müssen, aber sie war mir angenehm. Auch mein Haar, meine Brauen, meine Wimpern, die Locken an meiner Scham hätten versengen müssen, aber das taten sie nicht. Mein gesamter Körper war ein Teil des Feuers.

Hinter mir schloss der DRACHE das Maul. Der heiße Atem aus den Nüstern umschmeichelte meinen Rücken.

Auf dem Steinblock lag jetzt meine Rüstung bereit. Über wollener Unterkleidung würde ich von nun an schwarzes Leder tragen, dick und widerstandsfähig genug, um einen Schwertstreich aufzuhalten, wenn er nicht mit äußerster Kraft geführt wurde. Josefa nahm den Dolch zurück und betrachtete mich prüfend, während ich die Sachen anlegte. Den von einem Drachenzahn gekrönten Amtsstab des Obristen hielt sie schon bereit. Die Gardisten stellten sich in einer langen Reihe vor dem Stein auf, um mir die Treue zu schwören. Der Vorderste von ihnen wartete in fünf Meter Abstand.

»Wann wirst du die Mönche herschaffen, Obristin?«, fragte Josefa flüsternd.

Ich fühlte mich stark, denn ich hatte einen Blick getan und überlebt, für den ein Mensch nicht gemacht war. Drachenblut brannte in mir. »Ich zweifle, ob sie wirklich schuldig sind«, sagte ich.

»Die Zeit der Zweifel ist vorbei«, versetzte Josefa. »Wahrheit ist eine Illusion. Lasse sie hinter dir. Unschuld existiert ohnehin nicht. Es geht um die Stadt. Darum ging es immer.«

14. Aufbruch

Auch das Interesse, das Astana uns nun entgegenbrachte, machte Xina nicht nachträglich zu einem bedeutenden Mitglied des Patriziats, erst recht nicht nach ihrem Tod. Daher wurde sie nicht in der Gruft unter der Kathedrale beigesetzt, wo nur die Edelsten Aufnahme fanden, sondern in einem Erdloch auf dem Friedhof, der sich außerhalb der südwestlichen Stadtmauer befand. Dennoch erwies man dem schlichten, aber aus edlen Hölzern gefertigten Sarg ungewöhnliche Ehren. Neben dem Großteil unseres Hohen Hauses versammelten sich auch wichtige Vertreter der anderen Familien. Der rotäugige Arlbert Rubinsteyn stand an Astanas rechter Seite, Eskado Rorngat, wie üblich in seinem wehrhaften Aufzug mit dem Brustharnisch, zu ihrer Linken. Ein unkundiger Beobachter hätte meinen können, die beiden Herren stützten unsere Matriarchin in der Stunde der Trauer. Aber natürlich trauerte Astana nicht, sie hatte Xina kaum gekannt. Für die Oberhäupter der Hohen Häuser war dies nur eine Episode in dem endlosen Ringen um die Macht in der Stadt. Durch meine Ernennung zur Obristin der Drachengarde war für alle sichtbar, dass sich das Hohe Haus Machon im Aufwind befand, also suchte man die Nähe seiner Matriarchin.

Sogar die Wordas waren zugegen. Patriarch Eryll wagte nicht, selbst zu erscheinen, hatte aber eine Tochter geschickt. Ein Dutzend Gefolgsleute schützte sie.

Als sich die Kiste mit dem geschundenen Leib meiner Schwester ins Dunkel senkte, betrachtete ich die Worda. Sie war vielleicht Mitte zwanzig, gut fünf Jahre älter als ich. Ein Hauch von Goldpuder betonte die hohen Wangenknochen, schwarze Linien ließen die Augen größer erscheinen.

Die Nase war so gerade, dass sie offensichtlich nie gebrochen war. Etwas, das ich gern nachgeholt hätte.

Entgegen meiner Gewohnheit trug ich keinen Stoff unter den ledernen Handschuhen, die zur Ausrüstung der Drachengarde gehörten und die jetzt knirschten, als ich die Fäuste schloss. Es war der Tag nach meiner Ernennung. Das Feuer des Drachenbluts hatte mir den Schlaf verwehrt, und noch immer brannte es so heiß durch die Adern, dass ich mich wacher fühlte als je zuvor. Mehr noch, es trieb mich an, meine Kraft zu erproben. Ich kam mir wie eine Bogensehne vor, die der Schütze so weit zieht, dass das Bogenholz knackt, und die jetzt danach lechzt, den Pfeil ins Herz des Ziels zu schleudern.

In dieser Verfassung war ich unfähig zu der Trauer, die ich im Gesicht meines Vaters sah, auch wenn er sich um Fassung bemühte. Der Verlust drückte mich nicht nieder, sondern stachelte meine Wut an. Nur allzu gern hätte ich mich mit blankem Rapier auf die Wordas gestürzt. Ich stellte mir vor, wie ich dieses Püppchen von einer Patrizierin aufspießte und die Klinge in der Wunde drehte, noch während ihr überraschter Blick davon kündete, dass sie nicht verstand, was vor sich ging. Ob ihr Vater dann begreifen würde, was es bedeutete, bei einem geliebten Menschen zu wachen, während er stirbt?

Natürlich war das nur ein Wunschtraum, der Friede war beschlossen. Ich löste den Blick von der Worda und suchte die drei Draken, die über uns kreisten. Es war ein trüber Tag, Nieselregen weichte den Boden auf und der Himmel verbarg sich hinter einer Decke aus verschiedenen Grautönen. Ich brauchte eine Weile, um die schwarzen Schattenrisse mit den gestreckten Hälsen und den ausgebreiteten Schwingen zu entdecken. Wenn man vom langen Schweif absah, ähnelte die Form derjenigen eines Schwans, nur, dass alles, was bei einem solchen Vogel weich und rund ist, bei einem Draken kantig und gezackt war. Die Eleganz war jedoch die gleiche.

Die Flugechsen kreisten nicht mehr über dem Friedhof. Zwei von ihnen flogen tief über dem Boden im Südwesten, den dritten suchte ich vergeblich.

»Sie brechen ohne mich auf«, murmelte ich.

Neben den Waffen war der breitkrempige Hut mit der buschigen Feder das Einzige, was ich von meiner früheren Ausrüstung behalten hatte. Ich setzte ihn auf, nickte meinem Vater zu, der mich verwirrt ansah, und eilte zwischen den Gräbern davon. Auf dem Friedhof standen einige Trauerweiden, Büsche und Hecken unterteilten die Wege. Erst hinter dem rostigen Eisenzaun hatte ich freie Sicht.

Die fünfzig Gardisten, die mich zum Kloster begleiten sollten, waren tatsächlich fort. Durch den Nieselregen erahnte ich ihre Gestalten in einiger Entfernung. Ich knirschte mit den Zähnen, packte das Rapier, damit es nicht zwischen die Beine geriet, sowie auf der anderen Seite den Amtsstab, der neben dem Parierdolch am Gürtel hing, und lief ihnen nach.

Sie marschierten die Strecke, die ich anhand der Karte von Ulryk Rorngat festgelegt hatte. Ihre Stiefel hatten dem Feldweg zugesetzt, sodass ich tief einsank. Ich probierte, ob ich auf dem Acker besseren Halt fand, gab es jedoch schnell wieder auf. Immerhin lohnte sich meine Anstrengung, ich kam näher. Bald konnte ich einzelne Gardisten ausmachen, die langen Drachenlanzen über den Schultern. Ich überlegte, ob ich ihnen befehlen sollte, haltzumachen, aber dazu hätte ich schreien müssen. Das wäre noch unwürdiger gewesen als das Schnaufen, zu dem der Lauf mich zwang.

Ich hielt den Blick stur geradeaus, als ich meine Leute überholte. Sie marschierten in Dreierreihen, weswegen ich nun doch wieder den Acker benutzen musste. Zu allem Überfluss brach ich in ein Kaninchenloch, sodass ich beinahe gefallen wäre. Wenigstens würde sich der Dreck leicht von der Lederkleidung entfernen lassen.

Heftig atmend überholte ich die Spitze der Kolonne und

erreichte zehn Meter weiter Vitora Rubinsteyn, die das Amulett mit der eingearbeiteten Drachenschuppe vor ihr Gesicht hielt, als peile sie etwas im Regen an. Ihre andere Hand fasste die aufgestützte Lanze.

»Anhalten!«, rief ich leiser, als ich wollte. Ich musste mich beherrschen, um mich nicht vorzubeugen und auf den Knien abzustützen. Das Drachenblut erfüllte den Willen zwar mit einigem Ungestüm, erhöhte jedoch nicht meine körperlichen Kräfte.

Vitora wandte den Kopf, ohne das Amulett zu bewegen, und sah mich ausdruckslos an. Sie war eine schöne Frau, siebenundzwanzig Jahre alt, mit blondem Lockenhaar. Im Gegensatz zu der verzärtelten Worda, die ich auf dem Friedhof gesehen hatte, erzählten ihre Züge aber auch vom Leben einer Kriegerin. Die blauen Augen blickten mir fest entgegen, ohne sich von einer Einzelheit gefangen nehmen zu lassen. So sieht man jemanden an, wenn man die Klingen kreuzt. Ich wusste, dass sich eine Narbe über ihren Hals zog, auch wenn sie diese unter einem Tuch verbarg.

»Lass anhalten!«, befahl ich.

Ihr linker Mundwinkel zog sich nach oben, als sie das Amulett losließ, sodass es an der Kette auf ihre Brust fiel, und sich umwandte. »Halt!«, rief sie.

Die Formation kam zum Stehen.

»Was macht ihr hier?«, fragte ich.

»Wir suchen das Kloster. Wie du befohlen hast.«

»Ihr solltet auf mich warten.«

Sie hob eine Augenbraue. »Ich nahm an, du bräuchtest noch Zeit, um dich von deiner Schwester zu verabschieden.«

»Ich habe befohlen, dass ihr wartet!« Als ich es aussprach, kam ich mir vor wie ein Mädchen, das trotzig aufstampft, wenn es mit seinem Dickkopf scheitert.

»Dann habe ich dich wohl falsch verstanden.« Vitora lächelte kalt.

»Wie kann man auf den Gedanken kommen, ohne die Anführerin loszumarschieren?«

»Die Anführerin?« Sie zog die Stirn in Falten. »Ach ja. Da ich zehn Jahre ohne dich in der Garde gedient habe, ist mir wohl entfallen, dass du dich jetzt Obristin nennst.«

»Ich nenne mich so, weil ich es bin!«

»Natürlich.« Noch immer lächelte sie.

Ich sah zu meinen Leuten. Die Marschformation löste sich auf, weil die Nachrückenden auf den Acker auswichen und einen Halbkreis um uns bildeten.

Voraus saß ein Drake mit abgespreizten Flügeln. Auf seinem Rumpf verdampfte der Regen, der jetzt stärker fiel.

»Wie geht es weiter, Obristin?«, fragte Vitora.

»Gib mir die Karte.«

Ihr Lächeln wurde spöttisch, als sie die Tasche an ihrem Gürtel öffnete und das Pergament herausholte.

Ich entfaltete die Zeichnung, aber da der Regen sie schnell verdorben hätte, steckte ich sie rasch wieder weg. Ich wusste ohnehin, dass wir den richtigen Weg gingen. Schließlich hatte ich ihn selbst festgelegt, und noch befanden wir uns zwischen den Feldern, in vertrautem Gebiet. Wobei das Moor nahe war.

Ich überlegte, was Morga an meiner Stelle getan hätte. Ich dachte an die Gelegenheiten, bei denen sie einen Trupp Büttel durch Gegenden geführt hatte, wo immer unfreundliche Begegnungen zu befürchten waren.

»Ich will, dass die Draken weite Schleifen vorausfliegen«, sagte ich. »Einer genau in Marschrichtung, die anderen leicht versetzt.« Mit klaren Armbewegungen zeigte ich, was ich meinte.

»Und wir warten solange hier?«, fragte Vitora.

»Nur einen Moment. Ich will sichergehen, dass keine Überraschungen im Regen lauern. Auf dem Marsch sollen dann zwei Draken voraus kreisen. Sobald einer wieder bei uns ist, macht sich der dritte auf den Weg. Dadurch haben wir immer einen in der Nähe.«

»Sehr klug«, kommentierte sie.

Mein Atem hatte sich wieder beruhigt, aber der Hut war inzwischen durchnässt. Die Krempe hing schlaff herunter. Vitoras Helm machte keine solchen Probleme, aber das Haar klebte auf ihren Schultern wie ausgelaufener Eidotter.

»Worauf wartest du?«, fragte sie.

»Worauf sollte ich warten?«

»Du willst doch die Draken aussenden.« Sie tippte auf das Amulett mit der Drachenschuppe, das auf meiner Brust lag. »Damit geht es. Oder auch damit.« Sie zeigte auf den Amtsstab.

Ich ballte die Linke. »Noch habe ich nicht gelernt, wie man es benutzt.«

»Nein?« Sie spielte ihr Erstaunen so schlecht, dass jeder begriff, dass sie mich verspottete. »Aber eine Obristin muss das doch können! Sollen wir in die Kathedrale zurückkehren, damit du so lange übst, bis du für einen Einsatz bereit bist?«

»Das ist nicht nötig«, sagte ich mühsam beherrscht.

»Ganz meine Meinung.« Sie trat nah an mich heran. »Wir alle wissen, dass du nur wegen der Ränke der Hohen Häuser zu unserer Kommandantin geworden bist. Ruhmsucht, Eitelkeit, Ehrgeiz, Status. Diese Fäulnis beherrscht die Stadt, und jetzt hat sie auch die Drachengarde erreicht. Wir müssen das akzeptieren, und von mir aus kannst du auch den Ruhm für unsere Einsätze haben. Wir gehen trotzdem dorthin, wohin sich niemand sonst traut. Wir fürchten auch keine Geister. Aber versuch wenigstens, uns nicht im Weg zu stehen.«

Das Drachenblut brodelte in mir. Mit einem Ruck wandte ich mich an einen Gardisten mit schütterem Kinnbart. »Du!« Ich stieß ihm den Zeigefinger entgegen. »Lenke die Draken, wie ich es befohlen habe!«

Aller Wahrscheinlichkeit nach war auch er ein Rubinsteyn, aber ich kannte noch nicht einmal seinen Namen. Er sah Vitora an. Erst als sie nickte, nahm er das Amulett, hob es auf Augenhöhe und begann die stumme Zwiesprache mit den Jungen des DRACHEN.

Der selbstgefällige Ausdruck auf Vitoras Gesicht war zu viel. Ich rammte ihr meine noch immer geballte Linke unter das Kinn. Ihr Kopf flog in den Nacken, sie taumelte zurück und auch die Lanze gab ihr nicht genug Halt, um auf dem unebenen Grund auf den Beinen zu bleiben. Mit einem Platschen fiel sie zwischen die niedrigen Pflanzen des nassen Ackers.

Ihre Augen funkelten mich wütend an.

»Hilf ihr auf!«, befahl ich einer Gardistin, die mich erschrocken anstarrte. »Und dann nehmen wir wieder Marschformation ein. Ich will vor Einbruch der Nacht zurück in der Stadt sein.«

15. Im Moor

Wir rückten weiter nach Südwesten vor. Vitora ging neben mir, zehn Meter vor der ersten Reihe.

»Ich gebe dir recht«, raunte ich ihr zu.

Misstrauisch sah sie mich an. An ihrem Kinn färbte sich die Stelle dunkel, wo ich sie getroffen hatte.

»Die Hohen Häuser wollen mich als Obristin der Drachengarde«, fuhr ich fort. »Ich habe mich nicht darum gerissen, aber so ist es jetzt. Niemand kann etwas daran ändern. Du nicht. Ich nicht. Wir werden damit leben müssen.«

»Du kannst das Abzeichen der Obristin tragen, ohne dich

um die Garde zu kümmern«, schlug sie vor. »Du müsstest nur ab und zu in der Kathedrale nächtigen. Die Führung kann ich übernehmen.«

Ich schüttelte den Kopf. »Es ist nicht meine Art, der Verantwortung auszuweichen.«

»Du bist keine von uns. Sie werden dir niemals folgen.«

»Weil ich keine Rubinsteyn bin?«

»Und weil du keine Gardistin bist.«

»Wieso glaubst du, dass sie dir folgen würden?«

Vitora lachte auf. »Du weißt nichts von uns.«

»Ich lerne schnell.«

Sie prüfte die Tiefe einer Pfütze mit der Stange ihrer Lanze. Wir umgingen sie. Der Boden war so nass, dass er bei jedem Schritt schmatzte. Ich fragte mich, ob das nur am Regen lag oder bereits an der Nähe zum Moor.

»Gerro war unser unbestrittener Anführer«, sagte sie, als wir wieder auf dem Weg gingen.

»Gerro ist tot«, stellte ich fest.

»Er hatte eine Handvoll Zöglinge, denen er die Führung von Einheiten zutraute. Ich gehörte dazu.«

»Aber du warst nicht seine Favoritin«, vermutete ich. »Nicht, solange Kaydon lebte.« So viel wusste selbst ich.

Schmerz mischte sich in ihr Lächeln. »Du denkst, ich habe ihn umgebracht.«

»Du hättest einen Vorteil davon«, sagte ich, um den Schein zu wahren. »Jedenfalls, wenn es dir gelänge, mich mit Ruhm und Bequemlichkeit kaltzustellen.« Mir war klar, dass meine eigene Familie hinter dieser Tat steckte. Sie hatte Kaydon aus dem Weg geräumt, um mich zur Obristin zu machen. Dieses Geheimnis würde ich mein Leben lang tragen müssen, damit sein Tod wenigstens den Zweck erfüllte, den Frieden in der Stadt zu sichern.

Sie netzte ihre Lippen. »Du wirst es ohnehin bald erfahren: Kaydon und ich waren ein Liebespaar.«

Ich fragte mich, wieso Vitora nicht auf die Mönche verwies, die wir immerhin festsetzen sollten, weil der Senat sie für die Morde verantwortlich machte. Offenbar kam ihr gar nicht in den Sinn, dass diese Anschuldigung zutreffen könnte.

»Anfangs waren wir Konkurrenten«, fuhr Vitora fort. »Aber aus dem Wettkampf um die Gunst des Obristen erwuchs Respekt, und aus Respekt Liebe. Jeder wusste, dass ich mich Kaydon unterordnen würde, wenn er Gerros Nachfolge anträte. Das machte ihn zum Favoriten.«

»Warum er und nicht du?«, fragte ich.

»Er war der Bessere, und uns war klar, dass einer von uns erwählt würde, wenn wir uns zusammentäten.« Sie blinzelte. »Aber jetzt ist er weg. Jeder weiß, dass ich nun nicht mehr zurückstecken werde.«

»Du wirst es müssen«, sagte ich.

Sie zuckte mit den Schultern. Das kalte Lächeln kehrte zurück.

Es war schwierig zu bestimmen, wo die Felder aufhörten und das Moor begann. Der Bewuchs wurde höher, und zusätzlich zum Regen trübte der aufsteigende Dunst die Sicht. Als wir das Heulen der Geister hörten, war uns klar, dass wir den Bereich verließen, in dem die Bürger der Stadt halbwegs sicher waren.

Mit einiger Befriedigung sah ich die Beunruhigung auf den Gesichtern der Gardisten. Ich hätte mich nicht darüber freuen sollen, waren wir doch aufeinander angewiesen, aber es zeigte mir, dass die Erfahrung aus meinen Jahren in der Stadtwache nützlich war. Auch mir waren die klagenden Geräusche unangenehm, aber in den Türmen hatte ich sie tage- und nächtelang gehört und war unbeschadet zurückgekehrt. Wie man allerdings sein ganzes Leben unter diesem Einfluss verbringen konnte, wie es diese Mönche offenbar taten, war mir ein Rätsel. Mit der Zeit hätte ich sicher den Verstand verloren. Wobei – wer sagte mir, dass das bei den Mönchen nicht auch der Fall war? Turan jedenfalls hatte behauptet, sie hätten ihre Sinne nicht mehr beieinander.

Natürlich galt es, die jüngsten Ereignisse am Ostturm zu bedenken. Doch auch diese hatten für mich viel von ihrem Schrecken verloren. Ich trug jetzt Drachenblut in mir.

Als wir auf einen Flusslauf trafen, holte ich die Karte hervor. Vornübergebeugt schützte ich sie vor dem Regen, so gut es ging. Dabei kam mir zur Hilfe, dass am Ufer einige Bäume standen, deren Laub einen Teil der Tropfen abhielt.

»Wir folgen der Strömung.« Ich zeigte nach links.

An einem Zusammenfluss schickte ich einen Spähtrupp voraus, der eine Furt ausmachte. Wir setzten über und folgten den vereinigten Gewässern tiefer ins Moor hinein. Laut der Zeichnung würden sie in einen See münden, an dem das Kloster lag. Ich fühlte den Puls in meinen Handgelenken pochen. Das Drachenblut freute sich auf die bevorstehende Auseinandersetzung.

Der Flusslauf erlaubte uns zwar eine klare Orientierung, aber die verstreichende Zeit war im uns umgebenden Zwielicht schwer zu schätzen. Wir konnten noch nicht einmal die Richtung bestimmen, in der die Sonne stand. Im Vertrauen auf die Karte ging ich davon aus, dass wir uns grob nach Westen bewegten. Ich teilte Dreiertrupps ein, die das Gelände vor uns auf halbwegs festen Grund prüften. Dennoch sanken immer wieder Gardisten ein, die wir mithilfe der Lanzen herauszogen.

Von den drei Draken flog nun einer vor uns, während uns die anderen beiden umkreisten. Gern hätte ich gewusst, ob sie das Kloster oder wenigstens den See erspähten, musste mich aber belehren lassen, dass die Verständigung mit ihnen auf den Austausch von Empfindungen und Regungen beschränkt war. Wer sein Amulett entsprechend benutzte, spürte, ob der Drake hungrig war oder Schmerzen litt, ob sein Jagdtrieb anschlug oder er Gefahr witterte. Würde der Anblick eines Gebäudes mit einem Kreuz auf dem Dach überhaupt etwas im lodernden Herzen eines Draken auslösen?

»Sie kämpfen mit den Geistern dieses Ortes.« Vitora nahm das Amulett von ihrer Stirn und öffnete die Augen. »Es sind sehr viele.«

»Ich dachte, die Geister fliehen vor den Draken?«

»Es ist wie mit Ratten«, meinte Vitora. »Wenn das Rudel groß genug wird, steigt der Übermut.«

»Sind die Draken in Gefahr?« Irgendetwas musste sich bei den Gespenstern geändert haben, sonst wäre es nicht zum Vorfall am Ostturm gekommen.

Vitora grinste abfällig. »Die Kinder des DRACHEN nähren sich von Albträumen, und was sind Geister anderes als gestaltgewordene Albträume?«

Auf unserem weiteren Marsch schien mir das Klagen und Heulen zuzunehmen. Manche Laute erinnerten an Kinder, die sich beim Spielen ein Bein aufschlagen, andere an die tiefe Verzweiflung eines Eingekerkerten, der weiß, dass er die Sonne niemals wiedersehen wird. Seltener mischte sich wütendes Kreischen darunter.

Der Bewuchs wurde dichter, was uns aber das Vorankommen erleichterte, weil wir einen Pfad entdeckten, der offenbar regelmäßig begangen wurde. Wir folgten ihm zu einer soliden Steinbrücke, die auf die Nordseite des Flusses führte. Schlingpflanzen umrankten das Geländer, in dem Figuren Fratzen zogen und Zähne fletschten. Moos füllte ihre Augen und Mäuler aus.

In der Mitte der Brücke erhoben sich auf beiden Seiten die überlebensgroßen Abbilder zweier Jünglinge mit knöchellangen Hemden. Die nackten Füße standen auf dem Geländer, aber das Ungewöhnlichste waren die gefiederten Schwingen, die aus dem Rücken sprossen. Solche Darstellungen kannte ich aus der Kathedrale. Die Hände der Statuen trafen sich nur beinahe. Zwischen ihnen erstrahlte eine steinerne Sonne, aus der ein Kreuz wuchs. Wir befanden uns auf dem richtigen Weg.

»Das sind Engel«, flüsterte Vitora.

»Was ist ein Engel?«, wollte ich wissen.

»Ein Bote zwischen Himmel und Erde.«

Fragend sah ich sie an.

»Der DRACHE hat sie zu uns geschickt, um seinen Willen zu verkünden, bevor er selbst in der Kathedrale Wohnstatt nahm«, sagte sie.

Ich nickte. Im Moment war das unwichtig. Wir mussten das Kloster bald erreichen.

Jenseits der Brücke sandte ich wieder Spähtrupps voraus. Zwar war der Weg unübersehbar, aber ich wollte nicht in einen Hinterhalt laufen. Aus dem gleichen Grund teilte ich eine Nachhut ein, die uns raushauen sollte, falls wir eingeschlossen würden.

Kurz darauf hörte ich Schreie, die ich für geisterhafte Laute hielt, bis ich Vitoras Namen darin erkannte. Ich riss das Rapier heraus und rannte los.

Der Spähtrupp hatte sich rechts ins Gebüsch geschlagen, fort vom Fluss, an dem der Weg entlangführte. Ich sank bis zu den Waden ein, aber der Boden war an dieser Stelle mehr Wasser als Schlamm, sodass ich nicht stecken blieb.

Einer der Gardisten hing von einem Ast. Er sah aus, als hätte jemand versucht, seinen Körper darum zu knoten. Das Rückgrat musste mehrfach gebrochen sein, ein Fuß hatte sich verkeilt. Der offensichtlich Tote baumelte kopfüber herab, die Hände berührten die Zweige eines Buschs. In seinen letzten lebenden Momenten hatte sich namenloses Entsetzen in sein Gesicht gegraben. Für ihn konnte ich nichts mehr tun.

Für die beiden anderen bestand noch Hoffnung. Einer saß im Matsch vor einem Felsen und krallte in die Luft vor sich, als könne er die farbigen Schemen greifen, die dort schwebten. Der zweite wirbelte seine Drachenlanze um sich, während er breitbeinig auf einem umgestürzten Baumstamm stand. Der Sitzende kreischte unartikuliert, und der Bewaffnete schrie seine Wut heraus.

»Hol die Draken!«, befahl ich Vitora. »Sofort!«

Sie küsste ihr Amulett, hielt es auf Augenhöhe vor sich und murmelte unverständlich. Aus der Nähe sah ich, wie sehr die ständigen Fechtübungen ihre Lederhandschuhe abgewetzt hatten.

Der Zorn des Gardisten auf dem Stamm steckte mich an. Die Lanze schlug gleichermaßen durch die farbigen Wolken wie durch den Nebel. Dennoch zeigten die Geister Respekt vor ihm. Während sie den sitzenden Kameraden umlagerten und auf ihm hafteten wie Schnecken an einem Blatt, hielten sie sich von ihm wenigstens eine Armlänge fern.

Ich überlegte, was wir tun könnten, wenn die Draken zu lange bräuchten. Unschlüssig sah ich auf die graue Klinge des Rapiers. Mein Blick wanderte weiter zu dem Amtsstab mit der Drachenkralle.

Zweige krachten, als ein Drake hindurchbrach, um zu landen. Er fauchte, als die Lanze an seiner Schnauze vorbeizischte. Dann aber stieß er schwarze Flammen aus, die eine gelb leuchtende Gestalt zurückdrängten. War sie vorher nur ein Schemen gewesen, annähernd kugelförmig, so gewann sie jetzt für einen Augenblick mehr an Kontur. Das Licht zog sich zu einem Körper mit Armen, Beinen und Kopf zusammen und leuchtete dabei intensiver, beinahe so hell wie eine Sturmlaterne. Der Effekt verwischte jedoch rasch.

Der Drake schnappte nach einer weiteren Erscheinung. Ein Teil ihrer violetten Substanz verschwand zwischen den Kiefern, um kurz darauf aus den Nüstern wieder hervorzukräuseln und sich mit dem Hauptkörper zu vereinen. Der Drake brüllte seine dunklen Flammen hervor.

Diese vertrieben zwar den Geist, umwaberten aber auch

einen Arm des Gardisten. Schreiend ließ der Mann die Lanze fahren und stürzte in den Schlamm.

»Kann der Drake nicht vorsichtiger vorgehen?«

»Er ist kein Schneider, der feine Gewänder näht«, gab Vitora mit geschlossenen Augen zurück. Die Verachtung in ihrer Stimme mochte über die Verbindung kommen, die sie mit der Echse hielt. »Er zermalmt, was in seinem Weg steht.«

Ich sah zu dem Gardisten am Stein. Er ließ die Hände sinken. Sein Gesicht zeigte Grauen, aus dem zitternden Mund unter dem dünnen Oberlippenbart drang nur noch ein Ächzen. Die Geister schienen mit ihm verschmolzen zu sein, sie weiteten sich und zogen sich wieder zusammen, als pumpten sie das Leben aus ihm heraus. Der Drake konnte sie unmöglich angreifen, ohne unseren Mann zu verletzen.

Aber ich würde ihn auch nicht einfach sterben lassen!

Entschlossen schritt ich zu ihm. Da mein Rapier nichts ausrichten würde, rammte ich die Klinge zurück in die Scheide. Stattdessen löste ich den Obristenstab vom Gürtel.

Ich kniete mich vor dem Gardisten in den Matsch, atmete tief durch und verdrängte die Bilder vom Gemetzel im Ostturm. Die Geister fürchteten die Draken, also konnte man ihnen vielleicht mit der Drachenkralle beikommen, die sich aus der Spitze des schwarzen Holzes bog. Ich tauchte sie in das trübweiße Leuchten, das auf der Brust des Gardisten hockte. Tatsächlich spürte ich Widerstand, und auch das lang gezogene Heulen zeugte davon, dass das Artefakt Wirkung zeigte.

Aber die Augen des Gardisten drehten so weit nach hinten, dass nur noch das Weiß zu sehen war. Ich griff seine Schultern und rüttelte ihn. »Bleib wach! Wehr dich!«

Er stöhnte Schaum hervor.

Der Geist auf seiner Brust gluckerte, als würde er ihn ausschlürfen. Als sich ein weiterer, grüner, auf sein Haupt senkte, versuchte ich ihn mit der Kralle zu verwirbeln, wie es mit

Rauch oder Nebel gelingen konnte. Das erregte die Aufmerksamkeit des Geistes. Er stürzte sich auf mich. Für einen Moment füllte das Grün mein Gesichtsfeld aus. Ich fühlte, wie er mich anhob und davonschleuderte. Das Merkwürdige daran war, dass er in mich hineinzugreifen schien, als könne er meine Knochen durch das Fleisch hindurch packen und davonwerfen, wobei mein Körper nur deswegen folgte, weil er am Skelett festhing.

Mein Filzhut bot kaum Schutz, als ich gegen einen Stamm prallte. Hart schlug mein Kopf an, außerdem biss ich mir auf die Zunge. Eiserner Blutgeschmack füllte meinen Mund, doch auch das Feuer des DRACHEN war darin. Ich drohte, das Bewusstsein zu verlieren, nahm aber dennoch ein rotes Leuchten wahr, das sich mir rasch näherte. Abwehrend hob ich eine Hand. Sie war jedoch kein Hindernis für den Geist, der sie einfach umfloss. Entschlossen hielt ich mein Auge offen. Ich wollte wach bleiben, und wenn dies mein Ende war, dann würde ich mich ihm stellen.

Das Leuchten verdichtete sich, aber diesmal nicht zu einem menschlichen Körper, sondern lediglich zu einem Kopf. Er war schrecklich entstellt, die Konturen nur grob vorhanden. Dennoch erkannte ich das zerfleischte Antlitz sofort, war ich doch dabei gewesen, als die Binden des Arztes es gnädig verhüllt hatten. Das war Xina! Aber wie konnte das sein?

In meiner Verwirrung bemerkte ich kaum, wie ich angehoben wurde, bis ich auf den Füßen stand. Ich schüttelte den Kopf, was ich sofort bereute, weil der Schmerz wie ein Gewitter durch meinen Schädel zuckte. Mein Blick verdunkelte sich für einen Moment. Als ich wieder klar sah, war das Geistergesicht verschwunden. Die rote Gestalt war nun eine Kugel, die im Nebel verwischte und unter einem Baumwipfel verharrte.

Ich nahm den Zahnstab auf und ging zurück zu meinem Gardisten. »Ihr bekommt ihn nicht!«, schrie ich den Geistern entgegen. Das Blut sprühte dabei aus meinem Mund.

In Erwartung einer weiteren Attacke ballte ich bereits die Fäuste, aber der Angriff blieb aus. Vielleicht war es die Nähe des Draken oder die Entschlossenheit, aber ich vermute, dass die Geister Respekt vor dem Blut des DRACHEN hatten, das mit meinem vermischt war. Oder sie waren einfach nur satt. Jedenfalls zogen sie sich zurück, um im Nebel davonzutreiben. Ich suchte nach der roten Erscheinung, die aber ebenfalls verschwunden war.

Vitora löste ihre Kontrolle über den Draken, der daraufhin aufstieg.

»Hilf mir!« Ich legte einen Arm des Mannes über meine Schultern, um ihm aufzuhelfen. »Wir bringen ihn zurück zu den anderen.«

Der Gardist, der sich mit der Lanze zur Wehr gesetzt hatte, war schwer angeschlagen. Sein rechter Arm war unterhalb des Ellbogens verkohlt. Wenigstens blutete er nicht, und er konnte selbst gehen.

Nochmals sah ich mich suchend nach der Wesenheit um, die das Aussehen meiner Schwester angenommen hatte, aber wir waren allein.

16. Das Kloster

Als ich das Kloster sah, bestand kein Zweifel, dass es sich um die auf der Karte eingezeichnete Anlage handelte. Die wesentlichen Charakteristika des Hauptgebäudes stimmten überein, der rechteckige Hauptteil ging in einen halbrunden Anbau über, auf dem ein Kreuz prangte. Was mich überraschte, war die Größe. Darin kam der Bau den Palästen der Hohen Häuser gleich, wenn er auch gedrungener gestaltet war. Die

Längsachse maß etwa vierzig Meter, die Schmalseite knapp zwanzig, und in der Höhe hätten vier Stockwerke Platz gefunden. Das war aber wohl nicht der Fall, wie die durchgängigen Fenster vermuten ließen, die mich an die Kathedrale erinnerten. Auch sie waren aus buntem Glas zusammengesetzt, wenn es beim trüben Licht dieses Tages auch nur matt schimmerte. Das Dach hatte wohl einmal komplett aus dunkelgrauen Schieferplatten bestanden, die aber an einigen Stellen eingebrochen waren. Dort dichteten Holzschindeln die Löcher ab. Die Mauern hatte man aus ockerfarbenem Stein gefügt, bei dem ebenfalls mehrere Blöcke ausgebessert waren.

Um diesen Bau herum standen einige Nebengebäude. Ich erkannte einen Stall, aus dem Muhen drang, eine Scheune, einen Wetterschutz mit einem Karren darunter, und ein langes Wohngebäude. Auf diesem befand sich ein Schornstein, aus dem Rauch stieg. Am Seeufer lagen zwei Boote, auf einem Gerüst hingen Netze.

»Wo sind die Geister?«, fragte ich.

»Ich habe keinen mehr gesehen, seit wir in Sichtweite des Klosters gekommen sind«, bestätigte Vitora meine Wahrnehmung.

»Dieser Ort scheint auf ähnliche Weise geschützt zu sein, wie es unsere Wachtürme gewesen sind«, meinte ich.

Sie zuckte mit den Schultern.

»Das erklärt, wie sie inmitten des Moors leben können«, sagte ich.

Das Stöhnen des Verletzten, der nun den Schmerz in seinem abgebrannten Stumpf spürte, ging im Klagen der Geister unter. Wenn wir sie auch nicht mehr sahen, so waren sie doch noch gut zu hören. Der Mann, von dem ich die Wesenheiten verscheucht hatte, starrte nur dumpf vor sich hin.

Unwillkürlich hielt ich Ausschau nach jenem Rot, das sich zum Gesicht meiner Schwester verdichtet hatte. War mir wirklich Xina erschienen? Aber die war doch tot, ich hatte ihrer Beerdigung selbst beigewohnt!

Oder war der Geist nur darauf aus gewesen, mich zu erschrecken? Hatte er in meinem Herzen gelesen, welcher Anblick mir in jüngerer Vergangenheit den größten Schmerz bereitet hatte?

Möglicherweise war er auch ein Helfer, weil er mich auf die Füße gezogen hatte? Dann hatte er mich vielleicht durch ein Gesicht beruhigen wollen, das mir vertraut war, ohne zu ahnen, welches Grauen für mich darin lag.

Oder war es ein missglückter Angriff gewesen?

»Wenn wir nicht auf Geister achten müssen, wird es noch leichter.« Ohne mit mir Rücksprache zu halten, wählte Vitora drei Gardisten aus und trug ihnen auf, die Draken zu rufen. Den Rest teilte sie ein, um das Gelände zu umstellen. Ein Trupp sollte rasch zu den Booten vorstoßen, damit niemand sie für eine Flucht auf den See hinaus nutzen könnte.

Es schmeckte mir nicht, übergangen zu werden, aber ich musste anerkennen, dass Vitora im Gegensatz zu mir die Fähigkeiten unserer Leute kannte und ihre Anweisungen sinnvoll waren. Die Draken sollten die Gebäude zertrümmern, die Gardisten würden die Fliehenden gefangen nehmen. Ein Trupp unter Vitoras Führung würde das Hauptgebäude stürmen.

Leider scheiterte der Plan bereits im Ansatz. Die Draken folgten den Rufen nur widerwillig, und zum Angriff ließen sie sich nicht bewegen. Fauchend und schnappend saßen sie vor ihren Beschwörern.

Fragend sah ich Vitora an.

Sie presste nur die Lippen zusammen und schüttelte den Kopf.

»Dann machen wir es auf die bewährte Art«, entschied ich. »Wir benutzen die Fackeln.«

Ich sah den Gardisten an, dass ihnen bei diesem Befehl unwohl war. Eigentlich wollten wir die Lichter für den Rückweg verwenden, falls es dunkel würde.

»Es reicht, wenn wir zwei an jeden Angriffstrupp ausgeben«, sagte ich. »Wir müssen sie ja nur heraustreiben.«

Noch immer war ich nicht überzeugt, dass die Mönche die Morde verübt hatten, aber das Drachenblut kochte in mir. Ich wollte kämpfen, und auf schwer zu begreifende Art erregte dieser in seiner Abgeschiedenheit beinahe idyllische Ort meinen Zorn. Etwas in mir drängte mich, ihn zu zerstören.

Ungeduldig wartete ich, bis ich glaubte, dass die Befehle den entferntesten Trupp erreicht hatten. Dann führte ich meine Gruppe zum Angriff. Wir machten eine Menge Lärm dabei, denn wir wollten, dass die anderen uns hörten und ebenfalls aktiv wurden.

Ich war gewöhnt, in engen Gassen auf Gegner zu treffen, die von Kindesbeinen an kämpften. Wer sich auf der Straße oder in den berüchtigten Vierteln durchschlug, der erfuhr spätestens mit zwölf Jahren, wie sich eine gebrochene Rippe anfühlt, und mit fünfzehn hörte er den Knochen eines Gegners unter dem eigenen Schlag brechen. Die Kämpfer der Hohen Häuser wurden gesitteter auf Auseinandersetzungen vorbereitet, die sie dann aber mit stählernen Klingen führten, wodurch es selten bei Brüchen blieb. In der Stadtwache trug jeder die Spuren vergangener Kämpfe am Leib.

Diese Mönche erschienen dagegen unerfahrener als Kinder. Als das Dach ihres Schlafhauses brannte, kamen sie mit erstaunt aufgerissenen Augen ins Freie. Einige starrten uns an, andere das Feuer. Manche machten sich mit Eimern auf zum See, als ob es gar keine Angreifer gäbe. Ich hoffte schon, sie wie Lämmer einen nach dem anderen fesseln und einfach in die Stadt zurückführen zu können.

Aber Vitoras Lanze stieß tief in den Bauch eines Mönchs. Ungläubig quollen dessen Augen vor, während er die Stange der Waffe umfasste. Sein Griff war zu schwach, als dass er sie hätte halten können, als Vitora sie wieder herausriss.

»Haltet ein!«, rief ich, aber es war schon zu spät.

Die Mönche hätten sich vielleicht in Gefangenschaft begeben, ließen sich aber nicht abschlachten. Sie setzten sich mit ihrem Werkzeug zur Wehr. Sicheln, Küchenbeile und Spaten wurden geschwungen, Eimer als Schutz genutzt, und ehe ich mich versah, ging ein beleibter Mann mit einem Dreschflegel auf mich los.

Ich blockte den Angriff mit meinem Rapier, aber der Flegel war tückisch. Der kurze Stock, der nur über einen Lederriemen mit dem langen Stab verbunden war, schwang herum.

Erst im letzten Moment konnte ich mich darunter wegducken. Die schnelle Bewegung rief den Kopfschmerz zurück, der mich an die unsanfte Begegnung mit dem Baumstamm erinnerte, gegen den mich der Geist geschleudert hatte.

Fluchend riss ich den Parierdolch aus der Scheide. Damit wollte ich den Flegel festhalten, aber das runde Holz entglitt mir.

An der Art, wie mein Gegenüber das Werkzeug handhabte, wurde mir nochmals klar, dass er kein Kämpfer war. Statt beide Enden des Stabs zu benutzen, holte er weit aus, als sei ich eine Garbe, die stillhielt, damit er die Körner herausschlagen konnte.

Ich sprang auf ihn zu und rammte ihm die Faust, in der ich den Griff des Rapiers hielt, ins Gesicht. Seine Nase zerplatzte zu einer roten Masse. Er taumelte rückwärts und ging in die Knie.

Aus eigener Erfahrung war mir der Effekt solcher Schläge bekannt. Auch dem härtesten Kämpfer schoss nach so einem Treffer eine Tränenflut in die Augen, oft sah man nur noch schwarz. Man konnte nichts dagegen tun. Diesem Gegner entfiel sogar die Waffe.

Halbherzig setzte ich mit dem Knie nach, damit der Mann hintüber ins Gras fiel.

»Nehmt sie gefangen!«, rief ich ins Getümmel. »Keine Toten!«

Das war eine Illusion. In der Hitze des Kampfs wehrte sich jeder, so gut er konnte. Die langen Zinken einer Forke vermochten sehr wohl eine Lederrüstung der Garde zu durchstoßen. Da hielt man lieber einmal zu heftig dagegen, als eiserne Krallen in den Gedärmen zu spüren. Das Ergebnis war ein Gemetzel.

Ich drängte den in mir brennenden Zorn zurück und trennte die Kämpfer, so gut ich konnte. Die Mönche würden uns nicht entkommen. Viele der etwa zwei Dutzend Männer waren verwundet, und ihre Brüder kümmerten sich um sie. Vitora stürmte mit einem Trupp den Hauptbau des Klosters. Ich ließ sie gewähren, schließlich mochten sich dort weitere Mönche verkriechen.

Nur am See herrschte noch Unruhe. Verwundert sah ich, dass zwei Gardisten in ein Netz verwickelt waren und sich ein dritter auf dem Boden krümmte, wobei er sich eine eindeutige Stelle zwischen den Beinen hielt. In der Nähe raufte ein Mönch, der – wohl, um sich mehr Bewegungsfreiheit zu verschaffen – seine Kutte bis zur Hüfte aufgerissen hatte, mit einem weiteren Gardisten. Er befreite sich gerade mit einem Biss aus einem Griff und setzte mit einem Ellbogenstoß nach, der seinem Gegner die Luft aus den Lungen trieb.

Er wollte sich davonmachen, wobei seine lange Kapuze wie ein Schal hinter ihm herflatterte, aber unser Mann war zäh genug, im Fallen noch einen Fuß des Mönchs zu fassen, woraufhin dieser ebenfalls stürzte. Die beiden wälzten sich am Boden.

Ich sah mich um, entdeckte aber nichts, was meine sofortige Aufmerksamkeit erfordert hätte. Daher begab ich mich zu den beiden Ringenden.

Auch aus der Nähe betrachtet kämpfte der Mönch wie ein Straßenjunge. Er war etwa in meinem Alter und verfügte über eine Konstitution, die ihn die Schläge des Gardisten wegstecken ließ, ohne dass die seinen an Härte verloren hätten. Einige meiner früheren Spielkameraden hätten sich gern mit ihm gemessen.

Bevor meine Zuneigung zu dem Mönch überhandnahm, hielt ich ihm das Rapier an den Hals. »Das reicht jetzt!«, bestimmte ich.

Er erkannte, dass er verloren hatte. Sein Brustkorb bewegte sich unter heftigen Atemzügen, aber ansonsten erstarrte er und ließ den Gardisten los, der sich fluchend zur Seite rollte. Mein Respekt vor ihm wuchs.

»Aufstehen!«, befahl ich.

Vorsichtig kam er hoch. Ich folgte seiner Kehle mit meiner Klinge. Er hatte dunkle Augen und Haar, in dem sich brünette Strähnen mit blonden mischten. Auf interessante Art sah er verwegen aus.

Sein letzter Gegner lag noch auf dem Boden und würgte, aber die zwei anderen Gardisten hatten sich aus dem Netz befreit und kamen zu uns.

»Fesselt ihn!«, verlangte ich.

»Aber gern doch!«, meinte einer der beiden und zog dem Mönch den Stab seiner Lanze so kräftig über den Hinterkopf, dass der Getroffene bewusstlos zusammenbrach.

»War das nötig?«, fragte ich.

Der Gardist zuckte mit den Schultern. »Wie traurig wäre das Leben, wenn man nur das machen würde, was nötig ist, statt sich auch ab und zu mal einen Spaß zu gönnen.« Er trat dem Mönch in die Seite.

»Lass die Kindereien! Davon merkt er im Moment sowieso nichts. Jetzt nimm einen Strick und fessle den Burschen. Oder nimm besser zwei. Ich habe so ein Gefühl, dass er weiß, wie man einen Knoten löst.«

17. Der Dolch

Wir trafen mit der Dämmerung in der Stadt ein, als der zerklüftete Fels des Berghangs bereits lange und tiefe Schatten warf. Der Wille der Gefangenen war gebrochen, sie ließen sich durch die Straßen führen wie Ochsen, die seit jeher unter dem Joch gehen. Als wir sie entlang des donnernd herabstürzenden Flusses die Treppe hinaufbrachten, die auch zur Kathedrale führte, war es bereits dunkel. Die knisternden Fackeln machten die Vorangehenden zu Schattenrissen, leuchteten aber auch die ausgetretenen Stufen aus.

Bevor wir die Höhe des Portals erreichten, folgten wir einer Abzweigung nach links, um zu den Kerkern zu kommen. Dass ausgerechnet Bentur arn Worda unter den Wachhabenden dort war, ließ das langsam abkühlende Drachenblut in mir wieder aufschäumen. Ich wollte aus ihm herausprügeln, ob er derjenige war, der den Hund auf Xina gehetzt hatte. Liebend gern hätte ich sein Gesicht um ein paar Furchen ergänzt. Er wich meinem Blick aus und zog sich rasch in die Stollen zurück, um die Zellen aufzuschließen.

Die Begegnung brachte die Erinnerung an meine Schwester wieder hoch. Wohl, weil das Drachenblut schwächer wurde, meinte ich jetzt den Augenblick, in dem ihr Sarg in die Erde gesunken war, intensiver zu erleben als in dem Moment, als ich dabei gewesen war. Auch das rot leuchtende Gesicht, das der Geist geformt hatte, war mir wieder gegenwärtig. Die Züge waren viel zu genau gewesen, als dass ich mich hätte täuschen können. Ich hatte in Xinas zerfleischtes Antlitz geblickt. Aber was hatte das Gespenst in mir gesehen? Die Angst, die Trauer, das Gefühl der Schuld?

Noch durfte ich mich diesen Grübeleien nicht hingeben. Ich führte die Gardisten weiter hinauf in die Kathedrale, wo sie die Drachenlanzen in die dafür vorgesehenen Halterungen stellten. Auf dem Rückweg hatten wir die Leiche des Mannes, den die Geister getötet hatten, aus dem Baum geholt. Jetzt ließ ich ihn aufbahren. Wie Turan gesagt hatte, verstanden sich die Mönche wirklich auf die Heilkunst. Zu meiner Überraschung hatten einige von ihnen unsere Verwundeten bereits auf dem Marsch versorgt, so gut das möglich gewesen war, wenn auch mit versteinerten Mienen. In den Unterkünften der Garde, die durch ein Seitenschiff zu erreichen waren, gab es natürlich bessere Einrichtungen dafür. Der Mann, der seinen Unterarm im Feuer des Draken verloren hatte, würde eine künstliche Gliedmaße bekommen. Deren Anfertigung nahm sicher ein paar Tage in Anspruch, aber ich wollte, dass man jetzt schon die Vorbereitungen dazu durchführte. Der Gardist sollte nach vorn schauen, auf das, was für ihn getan wurde, nicht zurück auf seinen Verlust.

Nachdem ich die entsprechenden Befehle erteilt hatte, sah ich noch eine Weile den Medien zu, die unter Josefas Anweisung übten, mit dem Drachenodem umzugehen. Ob es üblich war, dass die Drachenmeisterin der Ausbildung solche Bedeutung beimaß, dass sie zurückkehrende Gardisten ignorierte? Oder war dies eine weitere Spitze gegen mich, ein Ausdruck ihrer Geringschätzung?

Angesichts des gewaltigen Drachenleibs, der das Mittelschiff füllte, konnte ich allerdings verstehen, dass alles andere unwichtig erschien. Die Schlitzpupillen trieben in flammenden Seen aus flüssigem Gold, das Feuer brannte im Rhythmus der Atemzüge mal heller, dann wieder dunkler hinter den Schuppen. Ich schauderte, als ich an die tödliche Wirkung dachte, die schon der Atem eines Draken haben konnte. Ein Feuerstoß aus dem Maul des Vielgehörnten hätte uns alle zu Asche gemacht.

Die Draken balgten auf den Emporen. Ihre Aufregung rührte daher, dass sie bald in die nächtliche Stadt ausschwärmen würden, um den Bürgern Nachtmahre zu bringen. Ich versuchte die drei zu erkennen, die uns begleitet hatten, aber die Flugechsen glichen einander zu sehr.

Zwei Tage und eine Nacht war ich nun ohne Schlaf, und auch davor war ich nur wenig zur Ruhe gekommen, da ich gemeinsam mit Xina auf ihren Tod gewartet hatte. Auch wenn mich das Drachenblut noch immer anstachelte, spürte ich die Ermattung in meinen Gliedern. Ich zog mich in mein Quartier zurück, vorbei an den Statuen und Reliefs, auf denen auch das Kreuz und geflügelte Menschen zu sehen waren. Die Glasfiguren, die in Nischen und auf Podesten standen, wiesen diese Attribute nicht auf, aber das entging mir damals. Hätte ich diesen Unterschied bemerkt, wäre die neue Zeit, die bald anbrechen sollte, vielleicht mit weniger Schmerzen geboren worden.

Meine Räumlichkeiten waren noch kahl. Die Rubinsteyns hatten Gerros Besitz abgeholt, und meiner bestand aus kaum mehr als der Kleidung, die ich in der Stadtwache getragen hatte, und der Sammlung von Handschuhen, die ich in einer Kiste aufbewahrte. Der Dolch, den man aus Gerro Rubinsteyns Leiche gezogen hatte, lag auf meinem Kopfkissen, wo ich ihn beim Aufbruch ins Moor zurückgelassen hatte.

Ich setzte mich auf das Bett, zog die Stiefel aus und genoss das Pochen der erlösten Füße, bemerkte aber auch den Schmutz. Ich stand wieder auf, zog die Lederhandschuhe aus und nahm einen Lappen vom Haken neben der Waschschüssel, um die Hände abzuputzen, bevor ich sie in saubere Samthandschuhe steckte. Erst dann sah ich, dass meine dreckige Kleidung die frischen Laken besudelt hatte.

Ich fuhr mir seufzend über das Gesicht. Die vornehme Umgebung war mir ungewohnt. Auf meiner Pritsche in der Burg der Stadtwache wäre ein bisschen Schmutz nicht aufgefallen.

Barfuß ging ich zum Bett und nahm den Morddolch herunter. Unschlüssig drehte ich ihn und betrachtete das Kreuz im Knauf. Wieder wanderten meine Gedanken. Wie hätte Morga an meiner Stelle gehandelt? Es schmerzte, dass ich sie nicht um Rat fragen konnte.

Ich hatte getan, was meine Familie, der Senat und die Drachenmeisterin von mir verlangt hatten, und ich wusste, dass es weise wäre, die Sache damit auf sich beruhen zu lassen. Die Mönche befanden sich im Kerker, und selbst wenn sie Gelegenheit bekämen, mit jemandem zu sprechen, würde niemand an ihre Unschuld glauben. Das Urteil stand fest. Obwohl sie meinem Gefühl nach nicht die Mörder waren, mussten sie schuldig sein, zum Wohle der Stadt. Dass mir der Zusammenhang verborgen blieb, der zu dieser Notwendigkeit führte, ärgerte mich mehr als meine Annahme, dass man sie für ein Verbrechen richtete, das sie nicht begangen hatten. Obwohl sich einiges in mir gegen diese Einsicht sträubte, hatte ich längst gelernt, dass sich auch die Gerechtigkeit den Umständen fügen musste. Manchmal wurde ihr sofort Genüge getan, manchmal erst nach Jahren, wie Astana es für die Wordas versprochen hatte, manchmal gar nicht.

Diese Überlegungen wühlten mich auf. Ich würde mich nur im Bett wälzen, wenn ich mich jetzt niederlegte. Also setzte ich mich auf den Stuhl, zog die Stiefel mit leisem Bedauern wieder an und steckte den Dolch in den Gürtel. So kehrte ich in den Hauptbau der Kathedrale zurück.

Ich hatte Glück, die Unterweisung der Medien endete gerade. Josefa Rubinsteyn gönnte mir nicht mehr als ein kühles Nicken, bevor sie sich zurückzog. Das war mir nur recht.

Ich entdeckte Glad arn Rubinsteyns schlaksige Gestalt und hielt ihn zurück. Er schien erfreut, als er mich bemerkte, und lächelte mich an.

»Du kennst dich in der Kathedrale aus.« Ich zeigte ihm den Dolch. »Wo wird solcherlei aufbewahrt?«

Mit gerunzelter Stirn betastete er die Waffe. »Wo habt Ihr den her?«

»Ich habe ihn gefunden und möchte ihn zurückbringen.«

»Ein altes Stück …«, murmelte er.

»Das denke ich auch.« Abwartend sah ich ihn an.

»Am ehesten findet Ihr so etwas in der Schatzkammer.«

Lächelnd legte ich die Linke auf seine Brust. Es tat gut, die schweren Lederhandschuhe los zu sein und durch den dünnen Stoff wieder etwas zu spüren. Glad schien die Berührung zu verwirren.

»Ich kenne mich hier noch nicht aus«, sagte ich. »Kannst du mich hinführen?«

»Es war eine anstrengende Lektion«, meinte er. »Ich bin müde. Aber Ihr müsst nur das östliche Seitenschiff entlanggehen, dann …«

Der DRACHE schnaufte, wodurch uns ein warmer Luftstoß traf, der Glad innehalten ließ.

»Mir ist wohler, wenn du mich begleitest«, sagte ich.

Seine braunen Augen sahen mich prüfend an. Vielleicht vermutete er einen Scherz, aber mir gefiel der Gedanke tatsächlich, jemanden bei mir zu haben, der so offensichtlich wie Glad außerhalb der Intrigen stand, die die Hohen Häuser durchzogen und bis in die Kathedrale reichten. Schließlich nickte er und ging neben mir her.

»Ich habe immer noch Angst davor, mich in den Drachenträumen zu verlieren«, flüsterte er, während wir uns zwischen den Säulen und der reliefverzierten Ostwand durch das leere Seitenschiff bewegten, dessen Höhe sich in der Dunkelheit verlor. Die Draken waren ausgeschwärmt, sodass unsere Schritte die einzigen Geräusche außer dem Atem des DRACHEN waren. Jedenfalls beinahe. Das Scharren von Stiefeln verriet jemanden, der hinter der Statue eines Mannes verschwand, der eine Säge in der Hand hielt und dessen Kleidung mich an ein faltenreiches Bettlaken erinnerte. Dieses Verhalten kam mir merkwürdig vor, aber ich erachtete es nicht für wert, mich deswegen von meiner Erkundung abbringen zu lassen. Wer wusste schon, welche Launen die Medien trieben?

»Wir haben heute auch jemanden verloren«, sagte ich. »Im Moor. Geister sind über ihn hergefallen. Ich wollte ihn retten, aber das scheint mir lediglich bei seinem Körper gelungen zu sein. Er schaut nur noch stumpf vor sich hin. Wer weiß, wohin seine Augen blicken.«

Glad fröstelte. »Wenn er nicht innerhalb einer Woche zu sich kommt, wird er verloren sein. Manchmal tut der DRACHE das Gleiche. Er zerreißt den Verstand eines Mediums, das ihn im falschen Moment stört. Oder nimmt ihn zu sich, so würde die Drachenmeisterin es wohl ausdrücken. Wir haben einige dieser Unglücklichen in unseren Gemächern. Man muss sie mit Brei füttern wie Kleinkinder.«

»Ist es das, was du fürchtest?«

»Auch. Aber mehr noch ängstigt mich die Vorstellung, die Grenze zwischen Traum und Wirklichkeit nicht mehr zu finden. Ich hasse die Träume.«

»Viele Patrizier sehnen sich danach.«

»Sie merken nicht, wie sie ihnen verfallen.«

Obwohl ich einige kannte, die nur von Traum zu Traum lebten, kam mir Glads Sicht wenn nicht falsch, so doch unvollständig vor. »Vereint nicht alles, was große Kraft in sich birgt, Gefahr und Möglichkeit in sich?«

»Die Möglichkeit ist oft nur Täuschung.« Seine Stimme zitterte. »In seinem Spiel mag er uns manche Illusion gewähren, doch am Ende ist es immer der DRACHE, der gewinnt.«

Wir passierten einen steinernen Tisch, der an einer Längsseite in die Wand überging. Das erschien mir ebenso unpraktisch wie die Tatsache, dass er auf einem durchgängigen Sockel statt auf Beinen ruhte. Man konnte nicht daran sitzen. Wenn man davor stand, blickte man auf ein Relief mit geflügelten Wesen, die gegen gehörnte Biester stritten.

Glad nahm zwei Kerzen von einem Leuchter und gab mir eine davon. Hinter dem Tisch folgten wir einer kaum zwei Meter breiten Treppe nach unten. Sie endete vor einer nietenverstärkten Tür.

»Ich hätte mir denken können, dass eine Schatzkammer verschlossen ist«, sagte ich.

»Ihr könnt sie öffnen.«

»Ich habe keinen Schlüssel.«

Glad zeigte auf das Amulett mit der Drachenschuppe, das ich um den Hals trug. »Das sollte reichen.«

Unschlüssig nahm ich es in die Hand. »Was muss ich damit tun?«

»Ich habe nur gesehen, wie die Gardisten es hierhin drücken.« Mit einem seiner dürren Finger tippte er gegen eine metallene Raute, die auf Augenhöhe in die Tür eingelassen war. Sie zeigte einen Feuer speienden Drachen, der aber anders aussah als der Vielgehörnte in der Kathedrale. Er hatte keine Tatzen, sondern einen schlangenartigen Leib mit winzigen Flügeln, kaum größer als die Fächer, die ihm statt Hörnern aus dem Schädel wuchsen.

Tatsächlich war nicht mehr nötig, als Glad vermutete. Kaum berührte mein Amulett die Fläche, hörte ich das metallische Knacken, mit dem die Riegel zurückglitten. Ich drückte die Klinke und schob die Tür auf.

Der Schein unserer Kerzen holte schräge, samtbezogene Regale aus der Dunkelheit, auf denen prunkvolle Ketten und Ringe auslagen. Viele von ihnen zeigten das Kreuzsymbol, oft in einem Strahlenkranz. Sie waren aus Silber und Gold gefertigt, auf manchen funkelten Edelsteine. Zwischen zwei Ketten befand sich eine Lücke. Auf den ersten Blick erkannte ich die Umrisse des Schmuckstücks, das an dieser Stelle gelegen hatte. Glieder und Anhänger zeichneten sich in dunklerem Rot ab als der umgebende Stoff, als sei ihr Schatten in das Material eingesickert.

Wir schwiegen, wie es die Atmosphäre der Kammer gebot. In der Mitte hingen Brokatgewänder auf Gestellen. Es musste sich um Überwürfe handeln, denn sie waren an den Seiten offen und wiesen ein Loch auf, durch das ein Kopf passte. Auch auf ihnen war meist das Kreuz zu sehen, aber einmal auch eine Frau, von der Strahlen ausgingen wie von einer Sonne.

Die Auslagen zogen sich an allen Wänden entlang, doch die präsentierten Gegenstände änderten sich. Ich wunderte mich über bronzene Fässchen, vielfach durchlöchert, sodass sie keine Flüssigkeit halten konnten. Es handelte sich jedoch nicht um Beschädigungen, dafür waren die Öffnungen zu gleichmäßig angebracht. Kettchen mochten dazu gedacht sein, diese Gegenstände aufzuhängen.

Ebenso rätselhaft blieb mir der Zweck einiger Skulpturen, die aber nichts abbildeten. Sie waren etwa einen halben Meter hoch, vergoldet und hatten in der Mitte ein Loch, womit ihre Gemeinsamkeit auch schon endete. Eine lief in wilden Zacken aus, bei einer anderen bogen sich zwei Hörner aus dem Standfuß und näherten sich an der Spitze bis auf eine Handbreite wieder an.

In einem Ständer ganz ähnlich jenem, in dem die Garde ihre Drachenlanzen aufbewahrte, waren Stangen befestigt, deren Abschluss aber keine Klingen, sondern Kreuze bildeten. Einige waren aus Holz geschnitzt, aber auch dabei fand sich edles Metall. Manchmal wurde das Symbol um einen fast nackten Mann ergänzt, den man an Füßen und Händen festgenagelt hatte. War das der tote Gott der Mönche? Und was hatte diese Gemeinschaft, die in der Wildnis gelebt hatte, mit der Kathedrale zu tun, die über der Stadt thronte?

Gegenüber der einzigen Tür lagen schwere Bücher in drei Regalen übereinander. Die aus Gold gefertigten und mit Edelsteinen verzierten Umschläge überraschten mich nicht mehr. Wer diese Schatzkammer gefüllt hatte, musste ebenso reich gewesen sein wie das Oberhaupt eines Hohen Hauses. Nur wenig später würde ich erkennen, dass dieser Vergleich die Wahrheit traf, aber in jenem Moment fehlten mir noch entscheidende Hinweise.

Immer wieder fand ich die Abdrücke fehlender Stücke, aber ich brauchte eine zweite Runde, um die Stelle zu entdecken, wo der Morddolch gelegen hatte. Obwohl ich mir meiner Sache sicher war, holte ich ihn hervor und legte ihn auf die dunkelrote Verfärbung zwischen einem Stab mit einer durchlöcherten Kugel und einer Handglocke. Er passte genau.

»Habt Ihr gefunden, was Ihr gesucht habt?« Die Müdigkeit in Glads Stimme verriet, dass er meine Erregung nicht teilte.

Ich nickte. Ich wusste jetzt, dass der Dolch aus dieser Kammer gekommen war. Und ich konnte vermuten, dass ihn jemand geholt hatte, der den Rubinsteyns nahestand. Schließlich öffnete eine Drachenschuppe die Tür, und die Familie stellte beinahe die gesamte Garde.

Aber mir war noch unklar, wieso das jemand getan hatte. Es war sogar denkbar, dass Gerro selbst den Dolch an sich genommen hatte, aus welchem Grund auch immer. So mochte sich die Waffe in seinem Zimmer befunden haben, als der Mord geschehen war.

Die Erkenntnis, mich bestätigt zu finden und dennoch nicht weitergekommen zu sein, gab einer gewissen Resignation in mir Raum. Am Ende hielten immer die Oberhäupter der Hohen Häuser die Fäden in der Hand, und ihre Schattenspiele blieben undurchschaubar. Mehr noch: Wahrheit hatte für das, was dort beschlossen wurde und die Geschicke der Stadt bestimmte, keine Bedeutung.

Mein Ärger bekam eine neue Richtung, als ich ein Scharren auf der Treppe hörte. Mit drei Schritten war ich aus der Tür. Oben erhellte das Licht des DRACHEN und einiger Kerzen die Kathedrale, sodass ich den Schattenriss deutlich vor mir sah.

Der andere versuchte wohl noch immer, durch eine leise Fortbewegung der Entdeckung zu entgehen.

Ein Fehler. Ich nahm vier Stufen mit einem Sprung, packte seinen Knöchel und riss ihn zurück. Ächzend fiel er auf die Treppe und polterte herunter, bis er vor der Tür lag.

Dort rappelte er sich stöhnend auf. Wie ich schon bei meinem Griff gefühlt hatte, trug er die Lederrüstung der Drachengarde.

»Wohin des Wegs?«, fragte ich, während ich lässig zu ihm hinunterstieg. »Spionierst du deiner Obristin nach?«

Er rieb sich das Kinn, das er sich wohl aufgestoßen hatte. »Was hast du hier zu suchen, Zarria Machon?«

»Eine interessante Frage. Nun, da die Kathedrale meiner Obhut anvertraut ist, denke ich, dass ich mich mit jedem Winkel hier vertraut machen sollte.«

Glads Kerze beleuchtete sein verständnisloses Gesicht. Solche Auseinandersetzungen hatte es in der Drachengarde früher wohl nicht gegeben.

Der Gardist grinste mich an. »Für deine Schnüffeleien werden sich bestimmt einige interessieren, Zarria Machon.«

»Wer denn zum Beispiel?«

Er schwieg.

»Vitora? Oder schickt dich Josefa?«

Bei der Erwähnung der Drachenmeisterin zuckten seine Augen. Nicht, weil er sich ertappt gefühlt hätte, diesen Ausdruck hatte ich in meiner Zeit bei der Stadtwache so oft gesehen, dass ich ihn zu deuten wusste. Empfand er so viel Respekt vor der alten Frau, dass ihm bereits ihre Erwähnung unangenehm war?

»Du wirst schon früh genug erfahren, wessen Unmut du erregst«, höhnte er. »Obwohl – für dich könnte es dann zu spät sein, Machon!«

Die wiederholte Erwähnung meiner Familie machte es

wahrscheinlich, dass es um eine Angelegenheit zwischen den Hohen Häusern ging. Aber welcher Vorgang von einiger Bedeutung war das nicht?

Mich störte etwas anderes. »Du solltest mir nicht drohen«, sagte ich. »Das wird dir schlecht bekommen.«

Er lachte auf. »Damit hast du mir ebenfalls gedroht! Du widersprichst dir selbst.«

»Das war keine Drohung«, knurrte ich. »Das war eine Ankündigung.«

Meine Linke schoss vor und griff einen seiner Finger. Unbarmherzig hielt ich ihn fest, während ich um die eigene Achse wirbelte. Ein trockenes Knacken kündete von dem Bruch, noch ehe sein hoher Schrei ihn bestätigte.

»Jetzt hast du etwas, das du deinem Auftraggeber vorzeigen kannst.« Damit ließ ich ihn stehen.

18. Im Traumreich

Am nächsten Tag durchwanderte ich die Kathedrale. Ich war erstaunt, wie viele Nebenräume von Haupt- und Seitenschiffen abzweigten.

Die Unterkünfte der Garde kannte ich inzwischen, da ich dort selbst untergebracht war. Sie lagen östlich der Kathedrale in der Bergflanke, so weit außen, dass man Fenster in den Fels geschlagen hatte. Bis zum Mittag hatte man Tageslicht im Fechtsaal, wo sich auch an diesem Morgen die Gardisten übten. Für mich war der Umgang mit den vier Meter langen Drachenlanzen neu. Ich sah zu, wie die Kämpfer sie um den Körper wirbelten. Solange sie genug Platz hatten, konnten sie sich auf diese Weise eine Vielzahl von Gegnern vom Leib halten. In der Schlachtreihe nutzte man die Stangenwaffen dagegen für Stiche und senkrechte Hiebe.

Die Gardequartiere boten alles, was man in einer Kaserne erwartete. Die Schlafräume befanden sich tief im Fels, der Speisesaal unmittelbar hinter der Treppe, die zum Seitenschiff führte. Die Vorratskammer war etwas klein, wenn man bedachte, dass einhundert Menschen zu versorgen waren. Man verließ sich wohl darauf, notfalls beliebige Mengen Nahrung aus den Drachenträumen materialisieren zu können. Für Wasser war dagegen gesorgt, es gab eine Verbindung zum Netol, der unter der Kathedrale floss. Dort saß ich eine Weile, betrachtete die dunklen Wellen und fragte mich, seit wie langer Zeit der Schein meiner Laterne das erste Licht war, das sie passierten. Vielleicht waren sie monatelang innerhalb des Gebirgsmassivs unterwegs, um nun unterhalb der Kathedrale ins Freie zu brechen.

Ich besuchte das Lazarett. Die Mönche hatten bei der Versorgung der Wunden, die ihre Brüder geschlagen hatten, gute Arbeit geleistet, wie sich beim Wechseln der Verbände zeigte. Der Arzt erklärte mir, dass man die wesentlichen Teile des künstlichen Unterarms für den Kameraden, den das Drakenfeuer verbrannt hatte, aus dem Drachentraum materialisieren würde. Das war die schnellste und zuverlässigste Methode.

Die Küche interessierte mich kaum, ich schritt rasch hindurch. Offenbar waren viele Eier als Abgaben geliefert worden, sodass die Pfannen zum Einsatz kamen.

Ich inspizierte die Waffenkammer und wunderte mich über die geringe Anzahl an Drachenlanzen, bis mir einfiel, dass die meisten davon in den Halterungen nahe dem Portal der Kathedrale standen. In diesem Raum dagegen fanden sich hauptsächlich Klingen. Im Gegensatz zu den Waffen der Hohen Häuser, die sich oft an Zierrat zu übertreffen suchten, waren sie funktional gehalten. Als ich ihre Schärfe prüfte, war ich mehr als zufrieden.

Ich verließ den Gardebereich, gelangte in das Mittelschiff und durchwanderte den hinteren Teil der Kathedrale, wo ich noch nie gewesen war. Zwölf Stufen führten auf das Podest, das den Großteil dieses Abschnitts einnahm, und darum herum lief ein vier Meter breiter Gang. Während ich ihn erkundete, betrachtete ich die Säulen, die den erhöhten Bereich säumten wie stumme Wächter. Aus der Ferne, von dort, wo ich mich bislang immer mit den Machons versammelt hatte, wirkte er halbrund, aber das war eine optische Täuschung. Er war viel länger gestreckt, was ihm die Form eines liegenden Torbogens gab. Wenn ich mich auf die Fußballen stellte, konnte ich den Teppich sehen, der auf dem Podest lag. Die Farbe war jedoch nicht zu erkennen, das Licht der Kerzen war zu spärlich.

So erkannte ich nur Grautöne, wenn man von den Funken in den Glasfiguren absah, die sich auch in diesem Bereich des Bauwerks fanden. Sie zierten Wandnischen oder standen auf Simsen an den Säulen. Ich musste den Kopf in den Nacken legen, um sie zu betrachten. Von den meisten sah ich nur die bunten Funken, die in ihnen schwebten, und die Spiegelungen dieser kleinen Lichter im Glas. Die steinernen Statuen dagegen starrten als wuchtige Schattengestalten auf mich herab.

Im Zentrum des Podests stand ein Granitblock von den Ausmaßen eines Esstischs. Dahinter erhob sich ein Sockel, auf dem eine goldene Truhe ruhte, so weit hinten und entfernt von allem Licht, dass ihr Glanz nur spärlich erstrahlte. Mit ihrer Quaderform erinnerte sie mich an einen Sarg, auch wenn Glasfiguren darauf standen. Im Scheitelpunkt des Bogens, den der Gang schlug, kam ich ihnen nahe genug, um zu erkennen, dass sie vornehme Gewänder trugen. Es waren drei Männer und vier Frauen.

Nach außen hin gingen viele Durchgänge ab. Die meisten führten zu kleinen Räumen, deren Sinn sich mir nicht erschloss. Einer davon musste zur Gruft der Rubinsteyns führen, die sich im hinteren Teil der Kathedrale befinden sollte. Die anderen Familien betteten die Asche ihrer Edelsten hinter dem westlichen Seitenschiff zur letzten Ruhe.

Ich kam an einigen Steintischen vorbei, neben denen stets leere Kerzenhalter standen. Es gab Bilder, deren Motive aber die Dunkelheit verbarg.

Ein Drakenschädel drohte über der Tür von Josefas Heimstatt. In dem Knochen glühte ein Licht, und faustgroße Rubine verschlossen die Augenhöhlen. Ich ging schnell weiter.

Zu meiner Verwunderung umrankten Blumen den nächsten Durchgang. Frische Pflanzen hatte ich sonst nur geschnitten in der Kathedrale gesehen, aber diese wuchsen aus Löchern im Boden und in der Wand. Ähnliche Wanderlichter wie bei den Statuen erfüllten die trompetenförmigen Blüten. Sie schienen golden und hell genug, um die Umgebung auszuleuchten. Auch hinter dem Durchgang war ein Licht, allerdings so weit entfernt, dass es nicht in die Kathedrale fiel. Ich hörte Lachen, wie das von Kindern.

Neugierig geworden ging ich hinein und fand mich in einem Gang wieder, der ganz anders aussah, als er mir eben noch erschienen war. Gelbe Wände erstreckten sich kilometerweit, der Boden strahlte schneeweiß und über mir spannte sich ein makellos blauer Himmel.

Erschrocken machte ich einen Schritt zurück.

Von dieser Seite der Schwelle sah ich wieder nur ein entferntes Licht, wie es von einer Laterne kommen mochte.

Mein Herzschlag beruhigte sich. Das musste die Unterkunft der Medien sein. Redete Glad nicht ständig davon, dass bei ihnen Traum und Wirklichkeit verwischten?

Ich fasste den Griff meines Rapiers und trat entschlossen vor. Wieder sah ich den Gang mit den endlos erscheinenden, gelben Wänden, die jede Öffnung vermissen ließen. Ich drehte mich um. Hinter mir befand sich nicht etwa die Kathedrale, sondern ebenfalls der Gang, der sich auch dort bis zum Horizont zog. Ich merkte, wie das Blut in meinen Adern stockte. Sollte ich gefangen sein?

Ich wandte mich in die ursprüngliche Richtung. Jetzt endete der Gang nach einem halben Meter an einem Durchgang, hinter dem ich die Säulen des Podests in der Kathedrale erahnte. Ranken und von Funken erleuchtete Blüten hingen über die Öffnung. Aber sollte sich diese nicht in der entgegengesetzten Richtung befinden?

Ich schritt hindurch und fand mich tatsächlich in der Kathedrale wieder.

Die seltsame Erfahrung ängstigte mich, aber sie stachelte auch meine Neugier an. Bislang war ich nicht bedroht worden, dennoch fühlte ich mich herausgefordert. Sollte ich als Obristin etwa einen Ort meiden, der zum Kathedralkomplex gehörte und damit meiner Obhut anvertraut war? So, wie es die Stadtwache mit dem Weberviertel hielt?

Nochmals trat ich durch das Blütentor. Wieder befand ich mich in dem endlosen Gang.

»Ist hier jemand?«, rief ich.

Die Wände bewegten sich, und doch standen sie still. Ich hatte den Eindruck, als drehe sich alles um meine Blickrichtung, als würde ich ein Handtuch betrachten, das ich wrang. Unwillkürlich stellte ich die Füße auseinander, um sichereren Stand zu gewinnen. Dennoch nahm das Schwindelgefühl zu, und die Sicht verschwamm.

Als sie sich wieder klärte, befand ich mich auf einem Rasen mit purpurfarbenem Gras, der wie ein Saal von weißen Wänden eingefasst war. Türen waren in unterschiedlichen Höhen verteilt, zu vielen führten schmale Treppen hinauf. Stuck bildete Schmetterlinge und Ranken nach.

Ein dicker, aber nicht allzu weit aufragender Baum stand fünf Meter entfernt. Aus seiner breiten Krone hing eine Schaukel, auf der eine Traumweberin mit langem, rotem Haar vor- und zurückschwang. Eine blaue Stola setzte sich kräftig vom weißen Gewand der Frau ab.

»Ich grüße Euch, Elissja Rorngat.« Ich schwenkte meinen Hut und verbeugte mich.

»Gefällt Euch mein Gras?«, fragte sie.

»Die Farbe ist etwas ungewohnt.«

Noch immer war das helle Lachen zu hören, aber ich vermochte nicht zu entscheiden, hinter welcher Tür es erklang. Vielleicht kam es auch von der gewölbten Decke herab.

Elissja bewegte die Beine, um den Schwung zu vergrößern. »Wollt Ihr Glad besuchen?«

»Wie kommt Ihr auf diesen Gedanken?«

»Er mag Euch. Ständig spricht er von der Grazie, mit der Ihr Euch bewegt.«

Ich blinzelte. »Ihr müsst mich verwechseln.«

»Ihr seid doch Zarria Machon? Die neue Obristin der Drachengarde?«

»Die bin ich.«

Sie lehnte sich weit zurück. Ihr Haar flatterte wie eine Flagge in einem Sturm. »Dann verwechsle ich Euch nicht. Und ich glaube, Ihr wollt Glad sehen.«

»Ich habe mich in der Kathedrale umgeschaut und bin nur zufällig hierher gelangt.«

»Was ist Zufall?« Sie runzelte die Stirn, ohne mit dem Schaukeln innezuhalten.

Es war seltsam, einer Dreißigjährigen bei diesem Kinderspiel zuzusehen. Aber was wäre in dieser Umgebung nicht merkwürdig gewesen?

»Schade«, meinte sie. »Ich habe vergessen, was ein Zufall ist. Ich kenne nur Dinge, die zusammenhängen, einander bedingen, zerstören oder fördern. Auch Ihr seid nicht ohne Grund hier. Ihr sucht den DRACHEN, und doch fürchtet Ihr, ihn zu finden. Aber er ist nicht bei uns, und wir sind jetzt nicht bei ihm. Nicht so, wie Ihr es verstehen könntet. Glad wird Euch gern zu ihm führen.«

Wieder schwindelte mir, aber weniger stark als beim ersten Mal, und es ging schneller vorüber.

Glad arn Rubinsteyn saß in einem großen Korb, der sich aus der Baumkrone herabsenkte. Er schien nichts Ungewöhnliches daran zu finden. Erst als sich der Korb so weit drehte, dass ich in sein Blickfeld geriet, lächelte er schüchtern.

»Sie will den Vielgehörnten kennenlernen«, erklärte Elissja, als er auf das purpurne Gras trat.

»Stimmt das?«, fragte Glad.

Ich netzte die Lippen. »Ich weiß nicht, ob ich das wirklich will«, sagte ich, »doch es wird Zeit, dass ich den DRACHEN besser verstehe. Ich will kein Medium werden, aber ich würde mich freuen, wenn du mir dabei helfen könntest.« Ich hatte mich schon lange genug darüber geärgert, dass jeder der mir unterstellten Gardisten mehr über den DRACHEN und seine Kinder wusste als ich.

»Geht jetzt«, bat Elissja. »Die Zeit stürzt schneller als der Wasserfall.«

Glad deutete auf eine der kurzen Treppen, die zu einer Tür hinaufführten.

Ich ging voran. Als ich die Klinke betätigte, löste sich das Türblatt auf. Ich sah wieder die Ranken und die Blüten und dahinter die dunkle Kathedrale. Einen Schritt später war ich zurück.

»Wirklich ein merkwürdiger Ort«, sagte ich.

»Was habt Ihr gesehen?«

Ich schilderte es ihm, während wir ins Mittelschiff gingen.

»Wünsche und Ängste formen unsere Gemächer«, erklärte er. »Die der Traumweber sind dafür am bedeutsamsten, aber auch die schwächeren Medien und sogar Besucher wie Ihr bringen sich ein. Deswegen nimmt jeder etwas anderes wahr.«

»Dann hast du den Baum und die Schaukel nicht gesehen?«

»Für mich war es ein gewöhnliches Zimmer. Das Abblocken fremder Fantasien ist das Erste, was man in der Ausbildung zum Medium lernt. Elissja könnte mir ihre Visionen aufzwingen, wenn sie es wollte, aber das tut sie selten. Andere sind weniger rücksichtsvoll.«

»Wie bist du denn in Wirklichkeit zu uns gekommen, wenn nicht in einem Korb, der sich aus einem Baum abgesenkt hat?«

»Ich bin die Treppe hinabgestiegen.«

Ich verzichtete auf die Frage, welche Treppe er meinte. Der Wohnbereich der Medien war ein Rätsel, das ich erkunden konnte, wenn ich die wichtigeren Aufgaben bewältigt hätte. Ich musste mich als Obristin durchsetzen. Ich wollte wissen, was es mit den Geistern auf sich hatte. Vor allem mit jenem einen, der mir als Xinas Gesicht erschienen war. Auch die Ungewissheit über den Mord an Gerro Rubinsteyn lastete auf meinem Gemüt, obwohl ich nicht mehr bei der Stadtwache war und das Verbrechen mich deswegen nichts mehr anging. Morga hätte wohl mit den Schultern gezuckt und sich anderen Dingen zugewendet. Dieser Fall war eine Angelegenheit innerhalb der Hohen Häuser. Sie würden ihn selbst bereinigen oder auf sich beruhen lassen, je nachdem, was sie untereinander aushandelten. Ganz offensichtlich waren ihnen die Mönche wichtiger. Aber wieso?

Die Ketten klirrten leise, als sich der DRACHE bewegte. Glad wartete ab, bis der Vielgehörnte wieder zur Ruhe kam. Dann trat er an den Bauch heran.

»Das hier ist die ungefährlichste Stelle«, erklärte er. »Hier erreichen uns weder die Tatzen noch der Schweif oder das Haupt. Nur die Schwingen könnten herunterschlagen, aber es fällt ihm schwer, sie unter den Ketten zu entfalten.«

Von den Emporen fauchte ein Drake herab. Die anderen beäugten uns nur neugierig.

Ich hob das Amulett mit der Schuppe an. »Wie gehe ich damit um?«

Glad schüttelte den Kopf. »Da müsst Ihr die anderen Gardisten fragen. Oder Josefa.«

Ich ließ den Anhänger sinken und griff nach dem Zahnstab. »Hierfür wohl auch?«

»Ja.«

»Und was kannst du mir zeigen?«

»Ihr solltet die Handschuhe ausziehen.« Er bemerkte mein Zögern. »Wenigstens einen.«

Als er meine nackte Hand nahm, spürte ich, wie sehr er schwitzte. Die Hitze des DRACHEN war keine ausreichende Erklärung dafür.

Sanft zog er mich und legte meine Handfläche auf die tellergroßen Schuppen. Sie fühlten sich warm und hart an wie Fingernägel, und ich spürte, wie sich die Flanke des DRACHEN unter seinen Atemzügen ausdehnte und zurückzog.

»Ist das die Wirklichkeit?«, fragte Glad.

»Was sollte es sonst sein?«

Er nickte traurig, als er auch meine zweite Hand an den Drachenleib legte. Der dünne Stoff des Handschuhs machte kaum einen Unterschied. Ich lehnte etwas von meinem Gewicht gegen den riesigen Leib, aber der Vielgehörnte schien mich nicht zu bemerken. Die Atemzüge bewegten den Bauch, schoben mich fort und ließen mich ihm entgegensinken. Leise hörte ich das Prasseln des Feuers in seinem Innern.

»Atmet, wie er atmet«, forderte Glad mich auf.

Da ich annahm, dass er mit seiner Anweisung eine Absicht verfolgte, glich ich meine Atemzüge denen des Ungeheuers an. Zu Beginn fiel mir das schwer, weil ich mich zurückhalten musste. Der DRACHE atmete tief und so langsam, dass meine Lungen prickelten, während sie auf neue Luft warteten. Nach einiger Zeit ging es leichter.

»Was spürt Ihr?«, flüsterte Glad.

»Das Feuer in meinem Innern«, antwortete ich. »Es brennt in meinem Bauch wie alter Hass, den eine Erinnerung weckt. Seine Glut wärmt den Atem, und auf dem Weg hinaus versengt er, was schwach und weich in mir ist.«

Sanft löste er meine Hände. »War auch das Realität?«

»Natürlich! Ich habe genau gespürt, wie die Hitze in mir …« Ich stockte.

Er lächelte, aber diesmal war keine Freude darin. »Schon so wenig reicht aus, damit der Geist des DRACHEN in den eines Menschen eindringt. Das waren seine Empfindungen, nicht Eure.«

»Ja.« Ich legte die nackte Hand auf den Bauch. »Und ich spüre es noch immer.«

»Es verweht schnell«, versprach Glad. »Aber die Unsicherheit bleibt, und sie wird mit jedem Tag in der Kathedrale stärker. Das gehört zu den Gefahren des Traums. Irgendwann erkennt man die Wirklichkeit nicht mehr. Auch dann, wenn man lernt, Barrikaden in seinem Verstand zu errichten. Man fragt sich, ob jenseits dieser Bollwerke tatsächlich eine Gefahr lauert, oder ob man nur die Welt ausschließt. Ist das, was wir sehen, die Wirklichkeit? Das Auge ist ebenso leicht zu täuschen wie die Nase oder das Ohr.«

»Der DRACHE ist echt. Man kann ihn anfassen.«

Er lachte auf. »So simpel seid Ihr zu überzeugen? Was ist mit dem Purpurgras, das Ihr in unseren Gemächern gesehen habt? War das echt?«

Ich schüttelte den Kopf. »Ich habe es gleich für eine Illusion gehalten.«

»Wieso?«

»Ein geschlossener Raum im Innern des Bergs, in dem ein großer Baum auf Rasen steht? Ich habe vorher nichts in dieser Art gesehen. Es gehört nicht zu meiner Welt.«

»Und wo«, demonstrativ stützte er sich auf die Flanke des Vielgehörnten, »seid Ihr sonst schon einmal einem Drachen begegnet?«

Ich runzelte die Stirn. »Das ist etwas anderes.«

»Weshalb? Warum glaubt Ihr, er sei keine Illusion?«

»Weil er große Auswirkungen auf alles hat, was ich kenne. Die Garde, die Speisen, die Zeremonien.«

»Auch Träume haben großen Einfluss. Sie können Euch schreiend erwachen lassen oder unbezwingbares Sehnen wecken.«

»Sie verschwinden, wenn wir aufwachen.«

»Dann wachen wir niemals wirklich auf. Wir nehmen die Gedanken eines Tages mit in unseren Schlaf und unsere Ängste und Wünsche mit in unser Wachen. Der Traum ist nicht die Unterbrechung des Lebens, er gehört dazu, genauso wie das, was wir bewusst zu tun glauben.«

Ich zog meinen Handschuh wieder an. »Ich weiß, wer ich bin, was ich will und was ich tue.«

Er sah mir tief ins Auge. »Ja, ich habe vermutet, dass Ihr das denkt. Darum freue ich mich stets an Eurem Anblick. Ich fühle mich wohl in Eurer Nähe, weil Ihr so … einfach seid.«

»Einfach?« War das ein Kompliment oder eine Beleidigung?

»In Eurem Leben gibt es nicht unendlich viele Wahrheiten, zwischen denen es zu entscheiden gilt, sondern nur eine einzige.«

»Aber diese eine ist nichts wert.«

Fragend sah er mich an.

»Das ist unwichtig. Nur ein Gedanke.« Weder wollte noch durfte ich ihm davon erzählen, dass meine Familie den Drachengardisten Kaydon ermordet hatte. Das hätte er aber wissen müssen, um die Absurdität zu verstehen. Ein Mord, nämlich der an Gerro, löste beinahe einen Krieg aus, während ein anderer – wie Astana sagte – ›nie geschehen war‹. Und auch Gerros Ermordung würde wohl nun ungesühnt bleiben, weil sich die Hohen Häuser auf die Veränderungen bei den Geistern konzentrierten. Und auf die Mönche, denen ich noch einen Besuch abstatten wollte.

»Alles ist unwichtig, wenn nichts mehr Bedeutung hat.« Glads Stimme schwankte. »Aber woher sollen wir wissen, was Bedeutung hat, wenn wir die Wirklichkeit nicht mehr vom Traum unterscheiden können? Kennt Ihr das, in den ersten Momenten nach dem Erwachen, wenn die Bilder des Schlafs sich weigern, der Wirklichkeit zu weichen?«

»Manchmal ist es angenehm«, meinte ich.

»Es macht mir Angst, und es wird immer stärker. Die Furcht vor diesem Moment, in dem der Verstand in einem Labyrinth aus Spiegeln umherirrt, lässt mich den Schlaf fliehen.«

»Aber dann entgeht dir auch die Schönheit des Traums.«

»Wiegt sie schwerer als der Schrecken des Nachtmahrs? Wenn sich aber beides ausgleicht, dann bleibt noch die Ungewissheit über Illusion und Wirklichkeit, und die ist der wahre Fluch.«

Ich begann zu begreifen, warum Glad fürchtete, sich in den Traumwelten des Drachen zu verlieren. Dennoch sträubte sich etwas in mir gegen seine Schlussfolgerung.

»In jedem Leben gibt es Freude und Schmerz«, meinte ich.

»Könnt Ihr mir versprechen, dass der Tod dem ein Ende setzt? Oder ist auch er nur ein Erwachen in einer ungewissen Realität?«

»Das kann ich nicht beantworten, aber ich danke dir für die Lektion«, sagte ich. Die Todessehnsucht in Glads Augen erschien mir wie ein Gewicht, das er auf meine Brust legte. Ich verabschiedete mich. Es war an der Zeit, die Dinge besser zu verstehen, die in der greifbaren Welt vor sich gingen. Das fiel mir schon schwer genug.

Als ich die lange Treppe am Wasserfall zu den Kerkern hinunterstieg, dachte ich daran, dass Glad gesagt hatte, die Hitze des Drachen verfliege rasch wieder. Ich spürte sie noch immer in mir brennen.

19. Der Mönch

»Lass uns allein«, sagte ich zu Gibo, dem Büttel, der mich zu dem jungen Mönch gebracht hatte. Er zog ein Bein nach, als er davonschlurfte.

Obwohl ich im Kerker keine Befehlsgewalt besaß, reichte meine Autorität als Obristin der Drachengarde aus, diesen Gefangenen in eine andere Zelle verlegen zu lassen. So konnte ich ungestört mit ihm sprechen.

In dieses Verlies in der Flanke des Bergs drang nichts von der milden Abenddämmerung, die draußen herrschte. Wenigstens waren die Wände trocken.

»Dir muss kalt sein«, stellte ich fest.

Er trug noch immer die zerrissene Kutte.

»Ich habe schon ärger gefroren.« Seine Stimme war tiefer, als ich sie bei der schlanken Gestalt vermutet hatte. »Nur das Halsband fällt mir zur Last.«

Man hatte ihn mit einem eisernen Ring an die Wand gekettet. Das diente meiner Sicherheit, schließlich war ich jetzt mit ihm allein in der Zelle.

Ich stellte meine Laterne zwischen uns auf den Boden. Selbst dieses leise Geräusch hallte von den behauenen Wänden wieder.

»Setzen wir uns.« Ich ließ mich auf dem Stroh nieder.

Er folgte meinem Beispiel, aber der Blick seiner dunklen Augen verriet Unwillen.

»Du hast selbst in der Hand, wie sich dein Aufenthalt hier gestaltet«, sagte ich. »Du könntest ein sauberes Gewand bekommen. Auch ein paar Decken, warme Mahlzeiten und frisches Stroh.«

»So lange, bis ich hingerichtet werde?«, fragte er bitter.

Ich überlegte, ob ich ihn anlügen sollte, entschied mich aber dagegen. Nicht nur, weil er mich vermutlich durchschaut hätte, sondern weil er mich so sehr an die Spielgefährten aus meiner Kindheit erinnerte. Er hatte denselben verwegenen Zug wie alle Leute, die wissen, dass sie kaum etwas zu verlieren haben.

»Ich kann nur über die Zeit sprechen, die du hier verbringst. Auf das, was danach geschieht, habe ich keinen Einfluss.«

»Hattest du auch keinen Einfluss auf den Überfall, den ihr auf unser Kloster ausgeführt habt? Mir schien, du führtest das Kommando.« Die dunklen Flecken in seinem Gesicht zeigten, dass er ordentlich eingesteckt hatte.

»Das Schicksal hat mich zur Obristin der Drachengarde gemacht. Meine Befehle suche ich mir nicht aus.«

Er schnaubte, was ihn noch mehr wie einen Gassenjungen wirken ließ. »Kein Befehl kann einem Menschen das eigene Denken abnehmen. Du hast noch nicht einmal verhandelt, und es gab keine Warnung. Du wusstest, dass meine Brüder sterben würden, als du hast angreifen lassen!«

»Deine Brüder sehen das weniger verbissen. Erinnerst du dich daran, dass einige von ihnen schon auf dem Marsch unsere Verwundeten versorgt haben?«

Er verzog den Mund. »Wegen des Gelöbnisses, allen Menschen ohne Unterschied zu helfen.«

»Dann gehorchen auch sie, ohne nachzudenken?«

Er presste die Lippen zusammen, zog die Knie an und legte die Unterarme darauf.

»Lass uns jetzt beginnen«, schlug ich vor. »Auch für deine Brüder soll es Decken und Annehmlichkeiten geben, wenn ich mit dem zufrieden bin, was ich von dir erfahre.«

»Du willst mir also Fragen stellen.«

»Ja, ich suche Antworten.« Ich hätte ihn für die vertrauliche Anrede rügen können. Aber die Art, wie er sich gab, erinnerte mich an die Kinder, mit denen ich als Mädchen an der Stadtmauer gerauft hatte. Das erzeugte Verbundenheit, auch wenn wir Gegner waren.

»Manche meiner Brüder haben die Bequemlichkeit nötiger als ich. Sie sind älter und gebrechlicher. Dieser Kerker setzt ihnen zu.«

Ich lächelte spöttisch. »Wer das Moor gewohnt ist, kann hier nicht allzu sehr leiden.«

»Am See hatten wir es gut«, meinte er.

»Trotz der Geister?«

»Sie wurden unangenehm, wenn wir auf dem Weg zur Stadt waren«, räumte er ein. »Aber das Kloster ließen sie in Frieden.«

»Wieso?«

»Die heilige Jungfrau schützt uns.«

Ich runzelte die Stirn. »Wer soll das sein?«

»Unsere Patronin.«

»Haben wir sie auch gefangen genommen? Ich habe keine Frau gesehen.«

Er schmunzelte, und trotz des Eisenbands um seinen Hals blitzte der Schalk in seinen Augen auf. »Sie hat keinen Körper aus Fleisch und Blut. Jedenfalls nicht hier, wo wir sie sehen könnten.«

»Dann ist sie selbst ein Gespenst?«

»Du weißt gar nichts.« Entschieden schüttelte er den Kopf. »Nein. Wir beten zu ihr, um den Geistern Ruhe zu schenken.«

Ich lachte auf. »Die wollen keine Ruhe. Sie lauern darauf, die Menschen mit ihrem Hass zu vernichten.«

»Ja, bei einigen von ihnen wandelt sich Verzweiflung in Hass. Manche Taten machen es schwer, dass man ihre Verursacher nicht hasst.«

Er starrte mich an, womit er mir wohl zu verstehen geben wollte, dass unser Überfall eine solche Tat darstellte. In seiner zerrissenen Art kam er mir jedoch zu vertraut vor, als dass ich ihn als Feind wahrgenommen hätte. Ich ermahnte mich, vorsichtig zu sein.

»Aber oft ist das nur Neid. Sie sind eifersüchtig auf das Leben, das sie verloren haben.«

Seine Rede verwirrte mich ebenso wie seine Ausstrahlung. »Wie geht es deinem Kopf?«, fragte ich. »Schmerzt die Stelle noch, an der dich die Lanze getroffen hat?«

»Es ist eine ziemliche Beule, aber ich bin schon schlimmer verprügelt worden.«

»Das kann ich mir vorstellen. Die anderen Mönche machen jedoch nicht den Eindruck, als wüssten sie, wie man eine Faust ballt.«

»Zum Wohle aller«, sagte er schneidend, »hat jeder seine Aufgabe innerhalb der Gemeinschaft.«

»Welche war deine?«

»Wir hatten Bedarf an manchen Dingen aus der Stadt. Solchen, die schwierig zu beschaffen sind.«

Sofort dachte ich an Turan. »Also bist du ein Dieb.«

Er grinste schelmisch. »Wie viele Decken und Kissen habe ich mir bis jetzt verdient?«

»Du hast keine Angst vor mir.« Gegen meinen Willen grinste ich ebenfalls.

»Ich nehme an, dass ich sterben muss. Entweder nach ein paar Jahren in diesem Loch oder bei Josefa Rubinsteyns Spielen. Im Vergleich dazu bist du nicht gerade furchterregend. Oder verbirgst du eine Schlange hinter deiner Augenklappe?«

Lächelnd schüttelte ich den Kopf. »Auch der Tod scheint dir keine Furcht zu bereiten.«

Er wurde ernst. »Nicht der Tod. Aber das, was danach kommt. Vor allem jetzt, da wir nicht mehr da sind.«

Ich runzelte die Stirn. »Was meinst du damit? Hast du Angst davor, im DRACHEN aufzugehen?«

Freudlos lachte er auf. »Der DRACHE herrscht über Traum

und Nachtmahr, aber die Toten träumen nicht, weil sie keine Ruhe finden.«

Eine schreckliche Ahnung befiel mich. »Was habt ihr mit den Toten zu schaffen?«

Abschätzend sah er mich an. Er ließ sich Zeit.

»Ich nehme an, du bist eine Patrizierin«, sagte er dann.

»Eine Machon.«

»In der Drachengarde? Das ist ungewöhnlich.«

»Manchen missfällt es.«

»Du sprichst wohl von den Rubinsteyns.«

»Das mag sein. Aber ich stelle die Fragen.« Ich versuchte, mir das Klopfen meines Herzens nicht anmerken zu lassen. »Was hattet ihr mit den Toten zu schaffen?«

»Du bist in der Stadt aufgewachsen und hast nur gehört, was die Patrizier dir erzählt haben. Du würdest mir wohl kaum glauben.«

»Du bist doch auch in der Stadt groß geworden! Wo sonst?«

»In meinem Fall hast du recht.« Er nickte. »Ich war bereits zehn, als ich ins Kloster kam. Das Fieber hatte meine Eltern weggerafft, und um mich stand es so schlecht, dass man mich schon aufgab.«

Er war etwa in meinem Alter, also musste dieses Ereignis ungefähr acht Jahre zurückliegen. »Sprichst du von der Gelben Keuche?«

Überrascht sah er mich an. »Ich hätte nicht gedacht, dass sich die Patrizier darum scheren, wenn solches Leid die Armenviertel heimsucht.«

Ich verschwieg ihm, dass die meisten von uns das auch nicht taten. Ich hatte jedoch mehrere Jugendfreunde verloren, und nach diesem Ereignis hatte mein Vater mir verboten, an der verfallenen Stadtmauer zu spielen. Etwas, das ich ihm lange nachgetragen hatte.

»Versuch es«, sagte ich. »Vielleicht glaube ich dir.«

»Weshalb?«

»Ich habe im Moor etwas gesehen, das mich nachdenklich macht.«

»Was war das?« Er klang jetzt nicht mehr feindselig, sondern ehrlich interessiert.

»Ich will erst deine Geschichte hören. So kann ich ausschließen, dass du nur erzählst, was ich erwarte.«

Er zuckte mit den Schultern, wodurch die Kette klirrte. »Irgendwie gefällst du mir. Verrät mir eine edle Machon ihren Namen?«

»Zarria Machon. Ich bin die Obristin der Drachengarde. Und du?«

»Fidelius. Ich bin nur ein einfacher Mönch.«

»Mit dem Talent, Dinge zu besorgen, die schwierig zu bekommen sind.«

»So ist es.« Er grinste.

»Aber eurer Gemeinschaft geht es nicht darum, Reichtümer anzuhäufen.«

»Nein. Wir wollen den Toten Ruhe schenken.«

Ich hielt den Atem an. Nur mühsam brachte ich meine nächste Aufforderung heraus. »Sprich weiter.«

Er sah mir fest ins Auge. »Jeder weiß, wie hart man um die Stadt gekämpft hat und dass Zehntausende dabei den Tod fanden.«

»Bis der DRACHE uns rettete.«

»Uns rettete er vielleicht, doch diejenigen, die in seinem Feuer starben, verdammte er zu ewiger Ruhelosigkeit. Sie sind tot, aber den Weg aus unserer Welt hinaus suchen sie vergeblich. Das sind die Geister, Zarria Machon. Es sind diejenigen, die hier qualvoll umkamen.«

Ungläubig schüttelte ich den Kopf. »Sie sehen nicht aus wie Menschen.«

»Nur selten«, gestand er zu. »Sie können eine Gestalt annehmen, die der unsrigen ähnelt, aber es kostet sie Kraft.«

»Wie kommst du dann darauf, dass sie einmal Menschen waren?«

»Warum zittert deine Stimme?«

Ich presste eine Faust vor meinen Mund und wich seinem Blick aus.

»Sie sind tote Menschen«, sagte Fidelius. »Unsere Aufgabe besteht darin, ihnen den Frieden zu bringen, indem wir den Segen über ihre Gebeine sprechen.«

»Damit beschwört ihr die Macht dieser Jungfrau herauf?«

»Sie schließt sich unserer Bitte an. Es ist Gottes Kraft, die Wunder wirkt.«

Er erzählte mir von einem Mann, der unter Folterqualen an einem Kreuz gestorben war, von einem Weltenschöpfer und einem Geist, der die Welt erfüllte. Wie die Seiten eines Dreiecks bildeten sie ein Ganzes, einen einzigen Gott in drei Personen. Er berichtete von Gebeten, die im Kloster zu festen Zeiten gesprochen wurden. Von der Gemeinschaft der Mönche, die sich durch die Adoption von Waisenkindern erhielt.

Ich versuchte, sinnvolle Fragen zu stellen, aber was Fidelius sagte, klang sehr fremd, und außerdem erschien immer wieder die Erinnerung an Xinas leuchtend rotes Gesicht vor meinem geistigen Auge. Ich hatte das Gefühl, nur noch verwirrter zu werden, je mehr der Mönch mir erzählte.

Als er jedoch von den Heiligen berichtete – Menschen, die in der Gnade Gottes gestorben waren –, horchte ich wieder auf. Es gab so viele davon, dass auch Fidelius nur einen Bruchteil kannte. »Sie erlauben uns eine besondere Verbindung zum Ewigen«, sagte er. »Ihre Gebeine sind noch hier bei uns, aber ihre Seelen schauen schon Gottes Antlitz. Darum respektieren die Geister sie. Die Reliquien mit ihren Knochen liegen im Moor verstreut, und viele haben wir bereits geborgen und ins Kloster geholt. Deswegen hatten wir nie Schwierigkeiten mit den Toten.«

»Aber wenn die Geister diese Reliquien fürchten, wieso halten sie sich dann im Moor auf? Müssten sie nicht davor fliehen?«

Er lächelte. »Respekt ist etwas anderes als Furcht, und eine Reliquie, die im Morast versunken ist, hat eine andere Ausstrahlung als eine, die in einem Raum der Anbetung steht.«

Rila kam zu uns, eine Stadtwache, die ich gut leiden konnte. Unter anderen Umständen hätte mich der Anblick ihres Rotschopfs gefreut. »Ihr werdet in der Kathedrale verlangt, Obristin«, meldete sie.

»Ich bin hier noch nicht fertig«, gab ich zurück. Ich war ein wenig traurig über die formale Anrede, die sie gebrauchte, aber mein neues Amt schuf wohl solchen Abstand zu früheren Kameradinnen.

»Man scheint Wert auf Euer zeitiges Erscheinen zu legen«, sagte sie.

Ergeben seufzend stand ich auf und klopfte das Stroh von meiner Kleidung. »Das war interessant«, meinte ich. »Eine faszinierende Erzählung.«

»Das findest nicht nur du.« Fidelius musterte mich prüfend, als er sich erhob.

Ich erinnerte mich, welcher Vorfall mich überhaupt auf die Spur der Mönche gebracht hatte, von deren Unschuld ich jetzt mehr denn je überzeugt war. »Auch Gerro Rubinsteyn?«, fragte ich, obwohl Rila so aussah, als würde sie mich am liebsten mit Gewalt zur Kathedrale schleifen.

Fidelius lächelte, als freue er sich über meine Schlussfolgerung. »Er war einer von uns.«

»Ein Mönch?«, rief ich überrascht.

Er schüttelte den Kopf, verzog aber das Gesicht und sog zischend die Luft ein. Er tastete an seinem Schädel. Offenbar war der Schlag, der ihn außer Gefecht gesetzt hatte, doch nicht ganz folgenlos geblieben.

»Gerro hatte zum Glauben gefunden«, murmelte Fidelius.

»Er traf sich heimlich mit uns, damit wir ihm die Sakramente spendeten, und zweimal besuchte er unser Kloster.«

Jetzt hatte er mir wirklich etwas zum Nachdenken gegeben! »Du bekommst deine Decken«, versprach ich.

20. Der Kampf um den Draken

Mir blieb keine Zeit, mir über solche Merkwürdigkeiten wie Heilige, Engel und unruhige Seelen Gedanken zu machen. In der Kathedrale erwartete mich eine schäumende Josefa, die darüber geiferte, dass der Pöbel wagte, einen Draken anzugreifen. Vitora stellte bereits einen Trupp zusammen. Ich dachte gar nicht daran, zurückzubleiben, und schloss mich den ausrückenden Gardisten an.

»Bringt das Drachenkind zurück!«, schrie Josefa uns nach. Die alte Frau übertönte das Donnern des Wasserfalls. »Oder seine Geschwister werden fürchterliche Rache nehmen!«

Mit Fackeln und Lanzen zogen wir hinab in die Stadt. Die Draken, die uns begleiteten, erkannte ich vor dem bewölkten Nachthimmel nur selten und dann auch nur schemenhaft, aber ihr Kreischen war unüberhörbar. Zornig rote oder giftgrüne Flammen züngelten durch die Dunkelheit.

»Wohin müssen wir eigentlich?«, fragte ich Vitora.

Ich sah ihr an, dass sie mich ungern dabeihatte. Lieber hätte sie allein das Kommando geführt. »Zu den Webern. Dort wurde der Drake verwundet.«

»Warum flieht er nicht?« Ich hatte schon davon gehört, dass Draken, getrieben von der Gier nach Albträumen, in Häuser einbrachen. In seltenen Fällen gelang es den Bewohnern und ihren Nachbarn, die Jungen des Vielgehörnten zu verscheuchen. Dann verließen sie das Gebäude auf dem gleichen Weg, den sie gekommen waren, meist ein zerfetztes Dach, und schwangen sich in die Luft, wohin ihnen niemand zu folgen vermochte.

»Offenbar kann er nicht mehr fliegen.« Vitoras Tonfall hätte zur Belehrung eines Kindes gepasst.

»Was ist ihm denn zugestoßen?«

»Das wissen wir nicht. Aber wer mit den Drachenschuppen umgehen kann, der spürt, dass er verletzt ist. Und er ist zornig. Er kämpft.«

Der Ärger darüber, dass ich noch immer keinen Schimmer hatte, wie ich mein Amulett benutzen musste, trieb mir Tränen in mein verbliebenes Auge. Aber jetzt war keine Zeit für Eitelkeiten. »Woher kennen wir den Ort, an dem er sich aufhält?«

»Seine Geschwister spüren ihn. Deswegen sind wir sicher, dass er im Weberviertel ist.«

Wir waren mit fünfzig Gardisten unterwegs, der Rest schützte die Kathedrale und den Drachen. Immer wieder wurden Amulette gehoben, Drachenschuppen fixiert und Silben gemurmelt. Das Ergebnis war stets, dass sich der Drake noch im Weberviertel aufhielt. Die Intensität seiner Gefühle nahm wohl zu. In die Wut mischte sich Angst, er fühlte Schmerz ebenso wie Triumph. Er bewegte sich, auch wenn er nicht flog.

Ich vermutete, dass eine Schwinge gebrochen war. Das bedeutete, dass er noch auf seinen beiden Hinterläufen laufen konnte. Die Draken taten das eigentlich nur auf kurzen Strecken, so wie Adler oder Raben, aber ebenso wie bei diesen Vögeln waren ihre Beine kräftig.

Ich stellte mir vor, wie ein Drake die Gassen der Stadt sah. Sein Kopf befand sich höher als der eines Menschen, und die glühenden Augen mochten andere Dinge wahrnehmen. Dennoch würde er sich kaum orientieren können, bewegte er sich doch normalerweise durch die Luft, und die Häuser versperrten auch ihm die Sicht.

»Er hat sich verlaufen und findet nicht mehr zur Kathedrale zurück«, murmelte ich. »Daher rühren Wut und Angst.«

Missmutig fingerte ich an meinem Amulett herum. Warum hatte ich nicht mehr Wert darauf gelegt, den Umgang damit zu erlernen? Dann hätte ich meine Vermutung selbst überprüfen können. Vielleicht wäre auch der Zahnstab von Nutzen, aber den verstand ich noch weniger.

Die Hoffnung, die missliche Lage des Draken sei bei den Webern unbemerkt geblieben, löste sich auf, als ich die Büttel der Stadtwache vor mir sah. Onkel Podro führte sie selbst an, und er hatte allen Grund dazu. Ein Haus brannte, und statt es zu löschen, warfen die Weber Reisig hinein. Sie hofften wohl, dass die Funken zu den Gebäuden jenseits ihres Stadtteils trieben. Deren Dächer übergossen die Bewohner vorsorglich mit Wasser. Die Weber dagegen standen in engen Gruppen beieinander und schüttelten Knüppel und Fäuste in unsere Richtung.

»Was ist hier los?«, fragte ich meinen Onkel.

Er wirkte ernst. »Wir haben den Draken abstürzen sehen und wollten nach dem Rechten schauen, aber sie verwehren uns den Zutritt.« Die dunkle Farbe der Narbe auf dem Kahlkopf verriet mir seine Aufregung.

»Habt ihr mit ihnen geredet?«, fragte ich.

Noch bevor mein Onkel antworten konnte, fiel Vitora ein. »Vielleicht habt ihr einfach zu lange geschwatzt!« Sie wandte sich an die Gardisten. »Lanzen senken! Vorwärts!«

Wenn eine in schwarzes Leder gerüstete Halbhundertschaft mit messerscharf geschliffenen Stangenwaffen vorrückt, stellt sich ihr niemand auf offener Straße in den Weg. Die Weber erkannten, dass die Drachengarde ihr Leben nicht schonen würde und dass die ungesiegelte Absprache, dass die Obrigkeit ihrem Viertel fernblieb, für sie bedeutungslos war.

Vitora lebte ebenso wie ihre Kameraden seit Jahren in der Kathedrale, wo der Odem des DRACHEN ständig in der Luft lag. Verhandlungen waren nicht ihre Sache, wohl aber der Schutz der Draken, der Jungen des Vielgehörnten, dem sie ihr Leben verschrieben hatte.

So wie ich, auch wenn dieser Gedanke bei mir nicht mit derselben Selbstverständlichkeit kam. Ich nickte meinem Onkel zu, der daraufhin die Büttel aufstellte, und zog Rapier und Parierdolch.

Bevor ich zur vorrückenden Garde aufschloss, sah ich, dass auch Harik arn Worda einen Trupp der Stadtwache befehligte. Meine Fäuste verkrampften sich um die Griffe der Waffen. Bei dem Überfall, der Xina auf so qualvolle Weise das Leben gekostet hatte, war mir sein uringelbes Haar nicht aufgefallen. Dennoch konnte er dabei gewesen sein, und auf jeden Fall galt seine Loyalität der Familie, die den Hinterhalt befohlen hatte.

Onkel Podro sah meinen Blick. »Astana hat Frieden geschlossen«, mahnte er. »Heute kämpft Harik auf unserer Seite.«

Ich bemerkte, dass die Büttel sogar ein paar Armbrüste dabeihatten. Das war ungewöhnlich, normalerweise beschränkte man sich auf Knüppel, schon zu Klingen griff man selten. »Ihr rechnet mit einer Menge Ärger«, stellte ich fest.

»Bei den Webern?«, gab er zurück. »Immer. Aber du musst jetzt zu deinen Leuten. Wir decken euren Rücken.«

Dass sich die Gesetzlosen zurückzogen, bedeutete nicht, dass sie sich mit unserem Vordringen abgefunden hätten. Aus den Häusern bewarfen sie uns mit Steinen und Holzstücken. Verwunden konnten sie uns auf diese Weise nicht, aber es führte zu schmerzhaften Treffern.

»Schnappt sie euch und macht sie fertig!«, rief Vitora.

»Nein!«, wandte ich ein. »Wir sind wegen des Draken hier!«

Sie maß ihren Blick mit meinem, bevor sie nickte. Nicht als Untergebene, die einen Befehl empfing, sondern wie eine Gleichrangige, die sich überzeugen ließ. Ich würde sie auf ihren Platz verweisen müssen. Später.

Einige Gardisten, die gut mit ihren Amuletten umzugehen verstanden, stimmten sich auf die Draken ein. Sie verdrehten ihre Augen, bis nur noch das Weiße zu sehen war, und zittern in der Wut, die sie von den Jungen des DRACHEN empfingen. Sie deuteten in die Richtung, in der wir gehen sollten.

Schließlich fanden wir uns in einer verlassenen Gasse zwischen Häusern wieder, deren Öffnungen leer gähnten und bei denen sich Risse durch das Mauerwerk zogen. Dennoch waren sie bewohnt, wie die über die Straße gespannten Wäscheleinen bewiesen. An dieser Stelle wussten unsere Leute nicht weiter.

»Der Drake muss ganz in der Nähe sein«, stellte Vitora fest. »Durchsucht diese Bruchbuden!«

»Nein!«, rief ich. »Rührt euch nicht und seid still!«

Ich war beinahe überrascht, dass man meinen Befehl befolgte.

»Die Draken kreischen«, stieß Vitora ungeduldig hervor. »Wie die ganze Zeit schon.«

Ich lächelte. »Nein.« Das Geräusch, das aus dem Boden drang, bewies, dass ich richtig lag. »Nicht *die* Draken. *Der* Drake.« Ich tippte mit der Spitze des Rapiers auf einen Pflasterstein. »Das kommt von unter uns.«

»Aus der Kanalisation?«

»So ist es.«

Einen Moment überlegte sie noch, dann befahl sie den Gardisten, einen Einstieg zu suchen.

»Ich kenne einen schnelleren Weg«, sagte ich. »Wir müssen zurück zu dem verfallenen Brunnen auf dem Platz, den wir gerade überquert haben.«

Der Abstieg und der Verbindungsgang waren noch so, wie

ich sie bei meinem Besuch in Turans Räuberhöhle vorgefunden hatte, aber diesmal standen keine Laternen bereit. Das bedeutete wohl, dass die Gauner ihr Versteck aufgegeben hatten.

Unten im Kanal war das Fauchen lauter zu hören, obwohl die Richtung unklar blieb. Ein Gardist prüfte sein Amulett, zeigte aber nur auf eine Wand des Tunnels, in dem knöcheltief das Wasser floss.

»Hier entlang!« Ich ging voran.

Das nächste Fauchen war schon lauter, und es wurde von metallischem Klirren begleitet. Leider kreuzten zwei kleinere Tunnel unseren Kanal. Ich konnte lediglich sagen, dass man in Richtung des leichten Gefälles zum Netol kommen würde, aber was nützte uns das bei der Suche nach dem Draken?

»Wir müssen uns beeilen!«, drängte ein Gardist, der sein Amulett anstarrte, obwohl er es in der durch die Fackeln nur spärlich erleuchteten Dunkelheit kaum erkennen konnte. »Er hat tiefe Wunden empfangen.«

»Wir teilen uns auf!«, beschloss ich.

Inzwischen war Onkel Podro vorn bei uns angekommen. Er wollte in einem Trupp mit Vitora gehen, aber ich entschied, dass beide als Anführer so erfahren waren, dass sie jeweils eine Gruppe leiten sollten. Ich selbst übernahm den Befehl einer weiteren, und bei den zwei verbliebenen vertraute ich auf die Empfehlungen Vitoras und meines Onkels. Ich achtete darauf, dass bei jeder einige Gardisten marschierten, damit diese Erkenntnisse mitteilen konnten, die sie über die Amulette erhielten.

Das Kanalsystem war verzweigter, als ich erwartet hatte. Ständig stießen Tunnel dazu, und es gab sogar eine schmale Treppe, wenn ihre Stufen auch verfallen waren. Die sperrigen Drachenlanzen verkeilten sich immer wieder in den Biegungen der engen Gänge. Nur die geschicktesten Gardisten konnten sie weiter mitführen, die anderen ließen die Stangenwaffen zurück und vertrauten auf ihre Dolche. Wenigstens stand das Wasser nur niedrig.

An den Kreuzungen schickte ich Späher aus, trug ihnen jedoch auf, rasch zur Hauptgruppe zurückzukehren, damit wir uns nicht weiter zersplitterten. Einer meldete Feuerschein, der sich aber als Vitoras Gruppe herausstellte, die sich im Geflecht wieder auf uns zubewegte.

Für lange Abstimmungen blieb keine Zeit. Wenn ein Amulett befragt wurde, erschien jetzt sofort Schaum auf dem Mund des betreffenden Gardisten – eine Folge von Wut und Schmerz des Draken, dessen Gebrüll immer stärker anschwoll. Ich fürchtete, das lag nicht nur daran, dass wir näherkamen. Merkwürdig erschien mir allerdings, dass auch ich diese Regungen in mir spürte. War das eine Folge davon, dass ich unter Glads Anleitung den Bauch des Drachen berührt hatte? Jegliche Wirkung sollte doch längst verflogen sein!

Bei der nächsten Richtungsprüfung brach ein Gardist zusammen und zitterte im Wasser wie ein Fisch an einer Angelschnur. Noch bevor ihm die Kameraden das Amulett entrissen, erfüllte mich große Taubheit. Der Mann beruhigte sich so weit, dass er das Wort »Tod!« hervorwürgen konnte.

Ich blickte in die verhärmten Gesichter der Gardisten. »Wenn wir ihn nur tot zurückholen können, bringen wir dem Drachen wenigstens die Leiche«, verkündete ich.

Wir gelangten in einen Hauptkanal, wo wir schon wieder auf Vitoras Trupp trafen. Das Entsetzen in ihren Zügen machte mir erst klar, was es für die Garde bedeutete, einen Draken zu verlieren. In den Gesichtern um mich herum erkannte ich Trauer und Hass. In mir selbst dagegen schwelte kalter Zorn, als wäre ich beleidigt worden.

»Wir holen ihn uns!«, verkündete ich.

Das Wasser, das an den Wänden herablief, zog helle Spuren durch den Ruß, der noch nicht lange an den Steinen haften konnte. Die Strömung war zu schwach, um die beiden verkohlten Leichen, auf die wir stießen, mit sich zu ziehen. In der sanften Biegung vor uns schien Laternenlicht gegen die Wand, davor bewegten sich Schatten. Ich hörte Stimmen, auch wenn ich nicht verstand, was sie sagten. Ich prüfte den Griff um meine Waffen. Anweisungen waren unnötig, mich umgaben kampferprobte Männer und Frauen.

Wenn ich nicht schon gewusst hätte, dass wir zu spät kamen, hätte mich der erste Blick auf den Draken davon überzeugt. Er lag in einer Sackgasse, wo Geröll den weiteren Weg versperrte. Nur Wasser schaffte es zwischen den Brocken hindurch und plätscherte in kleinen Fällen hinab. Es sorgte für genug Bewegung, um das Blut des Draken um unsere Füße zu spülen. Dunkel wie Teer sickerte es aus den Wunden der Echse. Diesmal hatten die Weber nicht Steine und Knüppel verwendet, sondern Äxte, Säbel, Degen, Schwerter und Speere. Manche dieser Waffen steckten noch im toten Leib, von anderen zeugten nur klaffende Wunden. Der lange Drakenhals knickte in der Mitte so stark ab, dass selbst die Geschmeidigkeit dieses Körpers überfordert war. Das Genick musste gebrochen sein. Die Lider standen offen. Ein Mann versuchte mit einem kurzen Gegenstand, das rechte Auge aus der Höhle zu hebeln.

Er war nicht der Einzige, der sich an der Leiche verging. Am linken Hinterlauf sägten zwei Burschen am Fuß. Auf der anderen Seite wollte man sich wohl mit den Krallen begnügen. Dafür reichten Äxte aus. Eine Schwinge war bereits verschwunden, und auch die Schuppen hatten wohl Begierde geweckt, obwohl sie viel kleiner waren als die des Drachen und mir kein Nutzen bekannt war, den sie gebracht hätten.

Auf einer Leiter an der rechten Seitenwand des Kanals stand ein bulliger Mann, der Beutestücke von unten annahm und nach oben weiterreichte. Jedenfalls so lange, bis Vitora zornerfüllt aufschrie.

Das verschaffte uns die Aufmerksamkeit der Leichenfledderer. Unter anderen Umständen hätte ich eine leise Annäherung mit gelöschten Fackeln befohlen, aber in diesem Fall wäre das sinnlos gewesen. Die Garde verspürte eine solche Verbundenheit mit den Kindern des DRACHEN, dass jede Verzögerung zu einer Meuterei geführt hätte. Noch ahnte ich nicht, dass ich wenig später einen Aufstand ganz anderer Art führen würde.

Auch eine überlegte Kampftaktik war ein unerfüllbarer Wunschtraum. Wir stürmten auf unsere Gegner los, als wären wir selbst zu Straßenschlägern geworden. Das Wasser spritzte mir ins Gesicht, schräg vor mir rutschte ein Kamerad aus und schlug hart auf. Die Nachfolgenden trampelten über ihn hinweg. In mir entflammte der letzte Rest des Drachenbluts und weckte meinen Blutrausch. Vielleicht rührte das ebenfalls von der Berührung des Vielgehörnten her.

Doch auch wenn bewusst angewandte Kampfkunst wegfiel, zeigten die täglichen Waffenübungen der Gardisten Wirkung. Sie fuchtelten nicht mit den Dolchen herum, sondern führten präzise Angriffe. Eine kurze Klinge ist eine der schnellsten Waffen, und zudem kann man sie ansatzlos von einer in die andere Hand wechseln. Gegen einen geübten Kämpfer mit Schwert oder Axt besteht dennoch der Nachteil, dass man sich in dessen Reichweite begibt, bevor man selbst zustechen kann. Doch das war meinen Leuten gleich. Sie wollten das Blut derer sehen, die den Draken in die Kanalisation gelockt, in diese Falle getrieben und gemordet hatten, um danach seinen Leib zu schänden. Manche bezahlten ihre Kampfeswut mit dem Geschmack von Eisen, aber die meisten bewahrte der Schutz der Lederrüstung, und die Gelegenheit für einen zweiten Schlag bekam kaum einer der Weber. Die Klügeren nutzten die Leiter zur Flucht.

Durch Morgas harte Schule wusste ich, dass man einem fliehenden Gegner nachsetzen muss, bevor er zur Ruhe kommt und seine Stellung festigen kann. Da kein Zweifel am Ausgang des Kampfs um die Drakenleiche bestand, verfolgte ich die Weber nach oben. Ich verhakte den Parierdolch in einer Sprosse, um Halt zu finden. Mit der Rechten war es schwieriger, ich konnte nur den Knauf des Rapiers hinter das Metall schieben und rutschte beinahe ab.

Ich kam nicht im Freien heraus, sondern stieg durch ein Loch in einem mit Holz ausgelegten Fußboden in ein Zimmer, das mehr als ein Dutzend Kerzen erhellten. Dadurch war das dunkle Drakenblut deutlich zu erkennen. Eine Luke konnte die Öffnung verschließen, lag jetzt aber aufgeklappt daneben. Dahinter entdeckte ich einen schäbigen Teppich, der wohl normalerweise den Abstieg verbarg.

Die Schritte der Fliehenden knallten auf den Holzdielen. Ich sah den Bulligen gerade noch in einer Tür entschwinden und eilte ihm nach. Zu meiner Beruhigung hörte ich, dass mir einige Gardisten folgten.

Während ich durch die nächsten Zimmer hastete, gewann ich den Eindruck, dass dieses Haus von Handwerkern zusammengenagelt worden war, deren hauptsächliches Bestreben darin bestanden hatte, Bretter in möglichst gewagten Winkeln miteinander zu verbinden. Dielen standen aus dem Boden und wurden so zu Stolperfallen, durch die Wände pfiff der Wind und die Schritte im Stockwerk über mir knarrten dermaßen, dass ich damit rechnete, dass mir jeden Augenblick einer der Leichenschänder vor die Füße krachte. Dennoch war dieser Verschlag bewohnt. Ein Greis und mehrere Frauen drückten verschüchterte Kinder an sich, als ich an ihnen vorbeistürmte.

Der Bullige erreichte eine Treppe, die aber entgegen unserer bisherigen Laufrichtung aufwärts führte. Er kam mir also wieder näher, als er die Stufen hinaufsprang, die zu meiner Verwunderung dieser Belastung standhielten. Die seitliche Verschalung, die den Handlauf stützte, machte einen weniger soliden Eindruck. Sie war dermaßen wurmstichig, dass man sie mit einem Fausthieb hätte durchschlagen können.

Ich benutzte lieber das Rapier. Mit einem entschlossenen Stoß rammte ich es durch das nachgiebige Holz, bis der Korb anstieß.

Zwar traf ich die Beine nicht, aber sie trafen die Klinge. Ich spürte den Tritt gegen meine Waffe, doch darauf war ich vorbereitet. Ich hatte bereits die zweite Hand am Griff. So wurde ich durch das Krachen belohnt, mit dem der schwere Mann auf die Stufen fiel.

Die ersten Gardisten holten zu mir auf. Ich riss meine Waffe frei, rannte weiter und sprang auf die Treppe. Der gefallene Gegner hielt sich die blutige Nase. Ich trat ihm schwungvoll ins Gesicht und ließ ihn in der Gewissheit liegen, dass sich die Nachfolgenden seiner annähmen.

Als Büttel hatte ich gelernt, dass sich Gauner zwar zusammentaten, um einen Beutezug zu unternehmen, aber wenig Gemeinschaftssinn kannten, wenn es eng wurde. Das war ein wesentlicher Unterschied zur Stadtwache. Wir hatten uns immer zusammengerottet, um einander den Rücken zu decken, während sich unsere Gegner gern in alle Richtungen verteilten. Sie vertrauten auf ihr Glück und wussten, dass wir nicht alle verfolgen konnten.

So war es auch jetzt. Ich musste einsehen, dass meine Vorfreude, die Leichenfledderer in den oberen Stockwerken zu stellen, unbegründet gewesen war. Die Häuser standen so eng, dass sie einander berührten. Durch die Löcher in den Wänden der maroden Bauten konnte man problemlos von einem Gebäude in viele andere wechseln. Fluchend setzte ich zwei Kerlen nach, die sich mit einem Stück einer abgetrennten Drakenschwinge davonmachen wollten.

Ich sprang über die einen Meter Breite Lücke zum nächsten Haus. »Bleibt stehen!«, rief ich. Das war gute, alte Tradition und wurde als solche treu gepflegt, obwohl kein Büttel erwartete, dass ein Gejagter so dämlich war, dieser Aufforderung Folge zu leisten. Auch jetzt steigerten die beiden ihre Geschwindigkeit. Immerhin mussten sie auf dem Weg die Treppe hinauf ihre Beute fallen lassen. Gerade noch konnte ich darüber springen, ohne mich mit den Füßen zu verfangen. Dabei entfiel mir der Parierdolch. Das Rapier musste reichen.

Immer höher ging es, und als wir auf das Dach kamen, trennten sich die beiden. Einer entschied sich für einen Sprung in einen Misthaufen, der andere setzte über zum nächsten Haus. Das war wohl nicht die geplante Strecke, denn ein Fenster zerbrach klirrend, als er es durchschlug. Der Misthaufen erschien mir nicht attraktiv und bremste den Aufprall wohl auch weniger als erhofft, wie mir ein Schmerzensschrei verriet. Außerdem stand mir der Sinn nach Kampf. Ein roter Schleier lag über meiner Sicht. Also folgte ich dem anderen durch das Fenster.

Auch er war ungünstig aufgekommen und humpelte jetzt. Ich sprang auf das Bett, das den Raum beherrschte, überquerte es mit weiten Schritten und trat die Tür wieder zu, die er gerade öffnen wollte. Ich riss das Rapier hoch, als er sich zu mir umwandte, aber er war unbewaffnet.

»Du!«, rief ich.

Turan grinste verlegen. Wieder war seine Kleidung gewagt zusammengestellt, wenn ich auch die Farben wegen der Dunkelheit nicht erkennen konnte. Die Weste bestand aus glänzendem Stoff, auf der Brust glitzerten Ketten und um die Stirn hatte er, wenn ich mich nicht täuschte, eine Perlenkette geknotet.

»Ihr schon wieder!« Er schleifte den linken Fuß über den Boden, als er dem Bett entgegenächzte und sich schließlich darauf setzte. »Ich hatte schon befürchtet, dass Ihr lästig würdet.«

Der rote Schimmer vor meinem Auge verging. »Ich habe

mein Wort gehalten. Ich habe euch nicht verraten.« Erst als ich es ausgesprochen hatte, fragte ich mich, wieso ich mich vor einem Gauner rechtfertigte.

»Warum konntet Ihr nicht ein klitzekleines Bisschen später kommen?« Das Rapier in meiner Hand ängstigte ihn offenbar nicht. Er beugte sich vor und massierte seinen Knöchel.

»Damit ihr den Draken gänzlich zerstückelt?«, fragte ich zurück.

»Es gibt eine Menge Leute, die glauben, Drakenknochen schützen vor Geistern, das Blut macht schön und die Schuppen ziehen Gold an. Man bekommt hübsche Summen für so etwas.«

»Du weißt genau, dass ihr kein Recht habt, einen Draken zu verletzen!«

Er schnaubte. »Der DRACHE frisst sie doch selbst! Was macht es schon, wenn einer weniger in die Kathedrale zurückkehrt?«

»Solche Worte können dich an den Pranger bringen! Dann zeigen dir die Geschwister des Draken, warum man ihren Zorn besser nicht weckt.« Eigentlich hätte schon die Verwicklung in die Vorkommnisse dieses Abends ausgereicht, um dem Leben, wie er es kannte, ein Ende zu bereiten.

Das war ihm sicher bewusst, aber er bewahrte dennoch die Ruhe. Er öffnete ein Zunderdöschen, das neben dem Bett auf einem Beistelltisch stand, rieb ein wenig von dem Inhalt um den Docht einer Kerze und nahm dann Feuerstein und Stahl zur Hand. »So etwas Unfreundliches würdest du mir niemals antun.«

»Ach nein? Und wieso nicht?«

Er sah mich an. »Ich habe dich auch gehen lassen.«

»Und ich habe geschwiegen. Der Handel ist erfüllt.«

Er schnalzte mit der Zunge, als die Kerze Feuer fing. »Außerdem findest du meine Augen unwiderstehlich.«

Tatsächlich mochte ich die Art, wie sich die Flamme in seinen braunen Iriden spiegelte. Den schmalen Kinnbart hatte er bei unserer ersten Begegnung noch nicht getragen.

Ich blinzelte. Warum dachte ich an solche Dinge, wenn es eigentlich darum ging, Verbrecher zur Rechenschaft zu ziehen?

»Jetzt, wo wir allein an einem so lauschigen Ort sind«, er klopfte neben sich auf das Bett, wobei mir seine mintgrünen Handschuhe auffielen, »könnten wir doch ein wenig Zeit auf viel angenehmere Art verbringen.« Er grinste breit.

»Du bist wahnsinnig!«, rief ich. »Wir sind gekommen, um die Leiche zu bergen. Wenn du uns dabei hilfst, kann ich dich vielleicht laufen lassen.« Was redete ich da eigentlich?

»Und was ist mit meinen Leuten?«

»Wer genau sind deine Leute?«

Er zuckte mit den Schultern. »Etwa die Hälfte von denen, die … dabei waren.«

»Kannst du sie dazu bringen, zurückzugeben, was sie genommen haben?«

Er kraulte sich unter dem Kinn. »Das meiste.«

»Alles.«

»Nach all dem Ärger können wir unmöglich leer ausgehen.«

Er war frech, aber auch interessant. Ich mochte es, wenn sich ein Mann behauptete. »Übertreib es nicht«, sagte ich. »Und ihr müsst uns helfen, die Leiche aus der Kanalisation zu holen.«

»Könnt Ihr garantieren, dass Eure Leute uns nicht einfach abstechen?« Nun, da er ernsthaft verhandelte, wechselte er zurück in die formale Anrede.

Ich zögerte. »Ihr solltet euch wohl besser vom Draken fernhalten. Aber dann sorgt wenigstens dafür, dass es auf unserem Weg durch die Straßen keine Zwischenfälle gibt.«

Kurz sah er an die Decke, dann streckte er mir die Hand entgegen. »Das ist ein guter Handel, wenn Ihr mir versprecht, Euch dafür einzusetzen, dass keine Vergeltung geübt wird.«

Ich schlug ein.

»Allerdings müsst Ihr mich auf dem Weg nach unten stützen«, sagte er schelmisch. »Mein Fuß. Ihr versteht.«

»Auch das noch!« Ich stieß das Rapier in die Scheide.

Er war verdächtig leicht. Vielleicht wollte er mich damit beeindrucken, dass er möglichst viel seines Gewichts selbst trug, der Schmerzen im linken Fuß zum Trotz. Den Arm ließ er dennoch um meine Schultern. Er hatte ein Duftwasser aufgetragen, das angenehm herb roch.

Die Bewohner des Hauses waren wohl geflohen, als sie den Lärm gehört hatten. So blieben wir auf der Treppe ungestört.

»Noch eine Frage«, sagte ich. »Du kennst doch diese Mönche.«

»Ich habe mitbekommen, dass Ihr sie gefangen genommen habt.«

»Stört dich das?«

»Sie sind arme Irre, aber keine von meinen Leuten.«

»Einer von ihnen ist mir aufgefallen. Er weiß, wie man sich in einem Faustkampf schlägt. Kennst du ihn vielleicht? Er heißt Fidelius.«

»Sicher.« Er unterdrückte ein Stöhnen, als er mit dem linken Fuß ungünstig aufkam. »Er hatte Pech während der Gelben Keuche. Oder Glück, je nachdem, wie man es sehen will. Die Seuche hat seine Familie weggerafft, ihn aber verschont. Ich dachte immer, die Mönche seien das Beste gewesen, was ihm in seinem Leben widerfahren sei. Aber jetzt muss er wohl ihr Schicksal teilen.«

»Davon gehe ich aus.«

»Josefas Spiele?«, fragte Turan.

»Vielleicht nur der Kerker. Ich werde sehen, was ich tun kann.«

»Auch kein schönes Los. Da wäre er besser Erento geblieben.«

»Wie meinst du das?«

»Wer ins Kloster eintritt, ändert seinen Namen. Fidelius hieß Erento, solange er ein Kind in unserem Viertel war.«

Das weckte eine Erinnerung in mir. Der Bruder eines Spielkameraden, der damals an der Seuche gestorben war, hatte diesen Namen getragen. Und jetzt, da ich daran dachte, fiel mir auch das auffällig gescheckte Haar wieder ein! Ich hatte sogar einmal bei seinen Eltern gegessen. Damals hatte ich verschwiegen, dass ich dem Hohen Haus Machon angehörte. Bei den Straßenbanden pflegte man noch mehr Vorbehalte gegen Patrizierkinder, als das umgekehrt der Fall war.

Ich schüttelte den Kopf. Der Fluss des Lebens floss in seltsamen Schleifen.

Dieser Gedanke machte mich unaufmerksam. Als wir unten ankamen, stand plötzlich ein Dolch vor meinem Gesicht, und ich fühlte etwas Hartes gegen den Lederpanzer an meiner Seite drücken. Sofort sah ich wieder durch einen roten Schleier, und die Arme kribbelten.

»Lasst sie!«, sagte Turan. »Wir haben eine Abmachung.«

Er löste sich, was ich ein wenig bedauerte, und begab sich zu den Raufbolden, die uns aufgelauert hatten. Zwei von ihnen besaßen sogar lange Klingen, aber schon an der Art, wie sie die Waffen hielten, erkannte ich, dass sie damit nicht umzugehen verstanden. Sie würden sie bestenfalls wie Knüppel benutzen.

»Hier trennen sich mal wieder unsere Wege«, sagte Turan. »Ihr werdet die Teile des Draken finden, bevor Ihr unser Viertel verlasst.«

»Das meiste davon«, vermutete ich. Oder ich hoffte es. Ich überlegte, meinen Kopf gegen die nächste Wand zu hämmern, um das unsinnige Vertrauen herauszuprügeln, das ich zu diesem Gauner gefasst hatte.

Turan wandte sich grinsend ab.

»Eines noch!«, rief ich ihm nach. »Wie konnte eure traurige Truppe den Draken eigentlich vom Himmel holen?«

Er rieb seine Nase. »Das waren wir nicht. Wir haben ihn nur in die Kanalisation verfolgt. Dorthin wollte er sich vor den Geistern retten.«

»Geister haben einen Draken angegriffen?«, rief ich. »Und das innerhalb der Stadtmauern?«

Er zuckte mit den Schultern. »Hören könnt Ihr offenbar ganz gut.«

21. Die Erwählten

»Es waren Geister«, schloss ich meinen Bericht ab. »Das ist die einzige glaubwürdige Erklärung. Die Weber haben das nicht geplant, sie waren selbst überrascht, als der Drake zu Boden stürzte. Deswegen brauchten sie so lange, um ihn zu hetzen und zu …«

Josefa Rubinsteyns finstere Miene hinderte mich daran, das »… zerlegen« auszusprechen. Mit bebenden Nasenflügeln sah die Drachenmeisterin zu mir auf. Ihr Haar erschien mir wie weißglühender Stahl.

»Geister!« Sie spie das Wort aus.

Turan hatte Wort gehalten. Wenn noch Körperteile des Draken fehlten, dann waren es so wenige, dass es niemandem auffiel. Wir hatten zwei stabile Karren gebraucht, um die Leiche bis vor die Treppe am Wasserfall zu transportieren, die anderen Stücke hatten wir in Körben getragen. Die Gardisten hatten einen Kordon darum gebildet, als handele es sich um einen großen Schatz, und Onkel Podro hatte die Häuser an unserem Weg geräumt. So wenige wie möglich sollten das erschlagene Drachenjunge sehen. Am Fuß der Treppe hatten uns Draken erwartet. Zu viert hatten sie die Krallen in den toten Körper gebohrt und ihn mit kräftigen Flügelschlägen zur Kathedrale herauf gebracht. Jetzt lag alles vor dem Maul des DRACHEN.

»Ich weiß nicht, wie die Geister die Stadtmauer überwinden konnten«, beteuerte ich. »Aber mir ist auch unbekannt, was sie bislang davon abgehalten hat.«

Josefas Oberlippe zitterte, als wolle sie die Zähne fletschen. Mit einem Ruck wandte sie sich ab. Die Greisin begann eine Wanderung durch die Kathedrale, wobei sie die von ihr geschaffenen Glasfiguren betrachtete. Zuerst ging sie zu den Sockeln, die am Rand des Mittelschiffs aufgestellt waren. Dort standen die Statuetten auf Augenhöhe. Ein nackter Jüngling mit einem Speer, eine Frau, die eine Perle zwischen Daumen und Zeigefinger vor ihr Gesicht hielt, ein bärtiger Greis mit erhobener Faust. Nur kurz betrachtete sie die Funken, bevor sie weiterging. Sie sah auf zu den Figuren, die hoch oben auf Simsen an den Säulen standen.

Josefas Lippen bewegten sich, aber das Zischen der Draken übertönte ihre Worte. In dieser Nacht schwärmten die Drachenjungen nicht über die Stadt aus. Stattdessen balgten sie auf den Emporen. Drei von ihnen gingen so heftig aufeinander los, dass sie sich ineinander verkrallten und donnernd zu Boden stürzten. Dort setzten sie einander mit Klauen und Zähnen zu, als wollten sie dem DRACHEN noch eine weitere Leiche vor das Maul legen. Noch schnupperte er an der ersten. Auch der Vielgehörnte schien sich darum zu bemühen, zu begreifen, was in dieser Nacht geschehen war.

Keiner der Gardisten trennte die Draken. Ich brauchte eine Weile, um zu verstehen, dass sie wohl einen Befehl von mir erwarteten. Bisher hatte sich Vitora um so etwas gekümmert, aber sie lag im Lazarett. Ein Armbrustbolzen steckte in ihrem Bauch. Noch so eine merkwürdige Sache. Die Weber verfügten nicht über solche Waffen, die Stadtwache schon. Ob es in der Hitze des Gefechts zu einem Unfall gekommen war?

Jetzt musste ich mich um Dringenderes kümmern. Ich schickte eine Handvoll Gardisten aus, damit sie ihre Drachenlanzen nahmen und die Draken voneinander trennten. Dann schloss ich zu Josefa auf, die vor der Statuette eines Muskelprotzes stand, der einen Felsbrocken stemmte.

»Keine Funken«, stellte ich fest. »Diese Figur ist so ausgebrannt wie die Tänzerin im Ostturm.«

»Leer«, flüsterte Josefa. Fast zärtlich nahm sie die Glasskulptur vom Sockel, drehte sie in der Hand und betrachtete sie von allen Seiten, bevor sie sie zurückstellte. »Erloschen.«

Traf Harik arn Wordas Vermutung zu, dass sich in diesen Statuen so etwas wie Lampenöl befand, das irgendwann verbraucht war? Ich wagte nicht, zu fragen. Trotz ihrer körperlichen Gebrechlichkeit erschien mir Josefa wie ein Stier, der nur darauf wartete, dass man das Gatter öffnete, um dann jeden auf die Hörner zu nehmen, der ihm in den Weg kam.

Sie herrschte einen Gardisten an, eine bestimmte Glasfigur von ihrem Sims in acht Meter Höhe zu holen. Der Mann beeilte sich, eine Leiter zu besorgen, nahm die Statuette behutsam herunter und brachte sie ihrer Schöpferin.

Josefa drehte auch diese Figur in der Hand. Sie zog die Stirn in Falten, während sie die Wanderung der violetten Funken im Körper des Bannerträgers betrachtete. Die Figur trug einen breitkrempigen Hut. Die Flagge war zwar mit feinen Fransen ausgearbeitet, aber ein Symbol war nicht angedeutet. Obwohl es pergamentdünn war, fanden die Funken auch im Banner Platz, um hindurchzuschweben. Das Glas konnte kaum dicker als ein Haar sein, wenn es zwischen zwei Lagen noch einen Hohlraum ließ.

Der Funkentanz wirkte schwerfällig. Die Lichter flogen nicht beliebig durch die Statuette, sondern sammelten sich an der Seite, die Josefa nach unten hielt, als seien sie Schneeflocken, die dem Boden entgegensanken. Das blieb auch so, als die alte Frau die Figur drehte. Es schien, dass sich die Lichter möglichst weit von ihren stechenden Augen und dem wütenden Zug ihrer Lippen entfernen wollten.

Plötzlich stieß die Greisin die Hand mit der Statuette der Decke entgegen. Die Draken kreischten, und Josefas unartikulierter Schrei ähnelte diesem Laut. Sie schleuderte die Glasfigur auf den steinernen Boden, wo sie in tausend Splitter zersprang.

Das setzte die Funken jedoch nicht frei. Ich hockte mich hin und nahm ein Bruchstück auf, um den Effekt zu beobachten. Zwei Lichter wanderten jetzt im Innern einer Scherbe, deren enge Wölbung verriet, dass sie aus einem Oberschenkel stammte.

Ein Klirren ließ mich aufblicken. Josefa hatte eine andere Figur zerschmettert. Sie raffte ihr rotes Kleid, hob ein Knie an und stampfte auf eine große Scherbe. In ihrer seltsam gleitenden Art begab sie sich zum nächsten Sockel.

Als ich sie erreichte, hatte sie bereits den bärtigen Greis in der Hand.

»Was tut Ihr, Drachenmeisterin?«, fragte ich.

»Sie wissen meine Milde nicht länger zu schätzen.« Josefa drehte die Glasfigur. »Sie wollen Krieg.« Auch die grünen Funken in dieser Statuette wichen vor ihrem Gesicht zurück. »Sie sollen ihren Krieg haben!« Sie schleuderte den Greis auf den Boden. Die Glassplitter spritzten zu allen Seiten.

Ungerührt ging Josefa einen Sockel weiter.

»Wollt Ihr sie denn alle zerstören?«, rief ich.

Die nächste Figur, eine edel gekleidete Dame, nahm sie nicht in die Hand. Sie strich nur mit den Fingerspitzen über die Falten des fließend fallenden Gewands, wobei sie bitter lächelte. »Nein. Das wäre unklug, obwohl sie mich sehr enttäuscht haben.«

Mit einem befriedigten Grinsen, das mir ein Schaudern

über den Rücken jagte, betrachtete sie die auf dem Boden verstreuten Scherben. »Fegt sie zusammen und werft sie in den Netol!«, rief sie. »Unter der Kathedrale, wo keine Sonne scheint.« Ihre Stimme war fest wie die eines Offiziers, der seine Leute in einen Kampf befiehlt.

Noch unheimlicher war es, in die Augen der alten Frau zu schauen und dabei zu erkennen, wie sich ihr Feuer so tief zurückzog, dass man es nicht mehr lodern sah. Aber ich wusste, dass es keineswegs verlosch. Es brannte noch genauso heiß, hatte noch immer die Kraft, die Welt zu Asche zu machen, nur lauerte der Hass nun wieder tief in Josefas Herz. Damals fragte ich mich, in wessen Brust das tödlichere Feuer loderte – in der des Drachen oder in der seiner Meisterin. Dies war auch der Moment, als ich erstmals erahnte, dass die beiden viel intensiver miteinander verbunden waren, als ich bis dahin geglaubt hatte.

Josefas Zorn hatte den Appetit des Drachen geweckt. Er fraß nun die geschändete Leiche seines Kindes. Rippen knackten, als die gewaltigen Kiefer sie zermalmten. Die Draken auf den Emporen waren jetzt ruhiger. Stumm sahen sie auf das Geschehen herunter.

Ich begleitete Josefa zum Sockel direkt vor dem Vielgehörnten, wo Gerros Sarg gestanden und meine Obristinnenkleidung bereitgelegen hatten. Der Drake war so lange tot, dass sein Blut gerann. Es spritzte nicht mehr, sondern lief zäh wie Sirup an den spitzen Zähnen herunter.

»Wie konnten die Geister ihn überwinden?«, fragte ich.

»Ich höre das Mitleid in deiner Stimme, Zarria, aber er war schwach«, sagte die Drachenmeisterin verächtlich. »Es ist ein gefährlicher Luxus, mit Schwachen zu fühlen. Wird es zur Gewohnheit, verliert man die eigene Stärke, jeden Tag mehr, wie ein Verblutender. Man muss Schwäche ausbrennen, und das Mitleid gleich mit.«

»War der Drake krank?«, fragte ich.

Josefa schnaubte. »Kein Drake wird alt genug, um zu erkranken. Er frisst seine Jungen, bevor das geschehen kann.«

Zuerst hörte ich, wie der DRACHE seinen Atem ausstieß, dann sah ich den Qualm vor den Nüstern, und wenig später spürte ich die Hitze auf meinem Gesicht. Strähnen von Josefas knochenfarbenem Haar wehten im schwefeligen Odem, ansonsten stand sie unbewegt wie die Glasfiguren, die sie geschaffen und zerstört hatte.

»Die Geister sind nur Albträume«, sagte ich. »Für einen Draken müssten sie nichts weiter sein als Nahrung. Nur Beute. Das hat mir Vitora erzählt.«

»Was weiß Vitora schon?« Josefa schnaubte. »Hast du sie etwa als besonders fähig erlebt? Wenn sie das wäre, würde sie jetzt den Zahnstab der Obristin tragen.«

Die Drachenmeisterin ging so nah an den Vielgehörnten heran, dass sie die inzwischen zerfressene Leiche des Draken beinahe berührte. Ich blieb neben ihr.

»Hast du dich an die Gegenwart des DRACHEN gewöhnt?«, fragte sie. »Das solltest du nicht. So nah wagt sich niemand heran, der nicht gerufen wurde.«

»Ich neigte noch nie zur Angst.« Ich hatte Josefas selbstverliebte Exzentrik satt.

Vitora mochte mich als Rivalin sehen, aber sie war auch eine Kameradin. Sie war in die Stadt hinuntergestiegen, weil diese Greisin es gewollt hatte. Sie hatte ihr Leben eingesetzt und lag jetzt verwundet im Lazarett. Statt ihr wenigstens die Ehre eines Besuchs zu erweisen, sprach Josefa abfällig von ihr und schmiss mit den Glasfiguren wie mit Spielzeug um sich.

»Bist du sicher, dass du bleiben willst?«, fragte sie.

Mir war unklar, ob sie die Stelle meinte, an der ich stand, meine Position an der Spitze der Drachengarde oder gar meine pure Existenz.

»Ich habe keinen Grund, zu weichen«, gab ich zurück.

»Tapfer«, murmelte Josefa. Der DRACHE fraß nicht mehr. Trotzdem öffnete er sein Maul. »Dumm, aber tapfer.«

Als der Vielgehörnte einatmete, sog er mich beinahe von den Beinen. Im letzten Moment fing ich meinen Hut ein. Ich senkte meinen Schwerpunkt ab und stellte einen Fuß nach vorn, um nicht auf die Zähne gezogen zu werden, die wie Säbel vor mir aufragten.

Josefa hatte das nicht nötig, auch jetzt bewegte sich an ihr nur das Haar. Wäre noch ein Beweis dafür nötig gewesen, dass ihre wahre Stärke ihre gebrechliche Erscheinung Lügen strafte, hätte ich ihn nun gehabt.

Als der Sog versiegte, war für einen Herzschlag lang alles still. Perfekte Ruhe herrschte in der Kathedrale, nicht das leiseste Rascheln war zu vernehmen.

Dann kam das Feuer.

Gelb und weiß schlug es mir mit Myriaden zuckender Zungen entgegen. Sie prasselten um mich herum, bissen in meine Haut. Ich schloss das Augenlid, doch das Gleißen drang hindurch. Die gewaltige Hitze hinderte mich am Atmen. Dennoch fraß sie sich in mich hinein, in das Gesicht, in den Hals, kurz darauf durch die gesamte Vorderseite meines Körpers. Ich spürte, wie meine Rüstung aufloderte, aber das Feuer, das aus dem Leder schlug, war kühl im Vergleich zu dem des DRACHEN. Das Material zerfiel so schnell, wie ein Stück Pergament in einem Lagerfeuer verbrennt. Dann fand mich der Drachenodem schutzlos. Das Gewicht des Rapiers fiel von meiner Hüfte.

Fühlt es sich so an, wenn man in die Sonne stürzt? Ich weiß es nicht, aber diese strahlende Helligkeit und die Hitze, die einen austrocknet, als verdunste das Blut in den Adern, lassen keinen anderen Vergleich zu.

Meine Gedanken endeten. Es war jedoch nicht wie bei einer Ohnmacht oder in den seltenen Momenten, in denen man von einer Entwicklung dermaßen überrascht wird, dass eine Lücke im Verstand entsteht, eine schwarze Phase, wie beim Schließen der Augen. Mein Denken stoppte, weil weder Bilder noch Worte auszudrücken vermochten, was ich wahrnahm. Ich stand im Feuer des DRACHEN. Ich wich nicht aus, ich befand mich in unmittelbarer Nähe, und ich war ohne Schutz. Aber ich verbrannte nicht. Ich stand mitten in einer Kraft, wie es keine gewaltigere gab. Und ich stand aufrecht. Hatte mich das Einatmen noch aus dem Gleichgewicht gebracht, so vermochte ich jetzt die Schultern zu straffen und die Füße zusammenzustellen, wie man es tut, wenn man eine Auszeichnung empfängt. Das Brüllen der Flammen um mich herum enthob mich der Welt, in der ich sonst lebte. Die Hitze brannte alles von mir, was vergänglich und unvollkommen war. Nur ich selbst blieb bestehen.

Auch als die Helligkeit nachließ und schließlich erlosch, hielt ich mein Auge geschlossen. Die Stille kehrte zurück.

»Du lebst.« Die Überraschung lag überdeutlich in Josefas rauer Stimme.

Ich sah sie an. Körperlich war sie unversehrt, noch nicht einmal ihr Kleid zeigte einen Makel.

Ich dagegen war nackt, und vor meinen Füßen lag das, was von meiner Ausrüstung übrig war: die glühenden Klingen von Rapier und Parierdolch, die Schuppe aus meinem Amulett und der Drachenzahn, der jetzt einen neuen Amtsstab brauchte. Vom Rest sah ich noch nicht einmal Asche.

Josefas Gesicht verriet, welcher Sturm in ihrem Inneren tobte. Die Lider zitterten, die Lippen waren von den Zähnen gezogen wie bei einem Raubtier, das die Fänge in einen Rivalen schlagen will, und die Stirn senkte sich angriffslustig. »Wieso lebst du?«, rief sie.

Darauf fiel mir keine kluge Antwort ein. Überhaupt erschienen mir nach dem, was ich gerade erlebt hatte, Worte banal, beinahe schon erbärmlich. Ich weigerte mich, in diese Niederung hinabzusteigen.

Josefa sah zum DRACHEN, von dem wir nicht viel mehr erkennen konnten als das geschlossene Maul, weil wir so nah an ihm standen. Sie bog ihre Finger, bis sie zu Krallen wurden. Mit einem Kreischen stürzte sie sich auf mich.

Ich schützte meine Brüste mit gekreuzten Armen und machte ein paar Schritte rückwärts.

Wieder und wieder schlug Josefa zu.

Mehr als der eigentliche Angriff ärgerte mich, dass sie mich in die kümmerliche Realität jenseits der Erhabenheit des Drachenfeuers zerrte. Jede Faser meines Körpers sehnte die Flammen zurück, jenen Zustand völliger Klarheit und absoluten Nicht-Denkens.

Josefa war davon so weit entfernt, wie man sich nur vorstellen konnte. Sie war vollkommen von dem einen Gedanken erfüllt, mir ihre Finger ins Fleisch zu schlagen.

Bis der DRACHE knurrte. Der tiefe Laut zitterte durch die Steine der Kathedrale und ließ die Draken erstarren. Dichter Rauch aus den Nüstern umhüllte Josefa und mich. Ihre Angriffe erstarben.

Als sich die Schwaden lichteten, lief eine einsame Träne über Josefas linke Wange.

Mit einem Ruck wandte sie sich ab und ging davon.

TEIL III
Spuren

22. Gerros Geheimnis

Hätte ich geahnt, wie leicht es war, den Palast der Rubinsteyns durch den Dienstboteneingang zu betreten, hätte ich Glad viel früher gebeten, mich auf diesem Weg hineinzubringen. Ich trug die einfache Kleidung einer Botenläuferin. Bei dem anhaltenden Regen erschien der weite Mantel, der viel verbarg, glaubwürdig. Einzig das fehlende Auge machte mir Sorgen, aber auch solche Verletzungen waren alles andere als einmalig. In jemandem, der durch den ebenerdigen Gesindezugang statt durch das Portal am oberen Ende der Freitreppe kam, vermutete man keine Patrizierin. Selbst diejenigen, die mich kannten, brachten mein Gesicht mit der Gewandung der Stadtwache oder neuerdings der Drachengarde in Verbindung. Zudem hatte ich mein Haar, das durch das Drachenfeuer ebenso unversehrt geblieben war wie mein gesamter Körper, geöffnet und ließ es strähnig ins Gesicht hängen.

Den wenigen Dienstboten, denen wir begegneten, rief Glad Begrüßungen zu, während ich mich auf stummes Nicken beschränkte. In Gerro Rubinsteyns Zimmer legte ich den nassen Mantel ab und entzündete einige Kerzen, um das Licht des trüben Nachmittags zu unterstützen. Glad blieb an der Tür stehen, wie er war.

Mein Blick schweifte über den Schreibtisch, das Fenster, die in Quadrate eingeteilte Wandvertäfelung und die Axt an der Wand. Die Glasfigur auf dem Sims sah noch so aus wie bei meinem letzten Besuch, purpurne Funken tanzten durch die Statuette eines Jünglings, der sich im Schneidersitz niedergelassen hatte. Das Bett wirkte frisch bezogen, als erwarte man einen hohen Gast.

»Hier hat ihn also der Tod gefunden«, murmelte ich.

»In diesem Zimmer ist er Traum und Albtraum entkommen.« In Glads Gesicht mischten sich Sehnsucht und Resignation.

»Ich freue mich auf meine Träume.« Langsam ging mir seine ewige Leier auf die Nerven. »Die Mühen des Tages werden bedeutungslos, wenn ich ins Bett sinke und mich ihnen überlasse.«

»Und wenn Euch stattdessen Albträume heimsuchen?«

Ich zuckte mit den Schultern. »Dann bin ich froh, wenn ich aufwache und sie im Nichts zerfasern.«

»Ihr dreht es Euch, wie es Euch gefällt!«, klagte Glad.

»Das ist die Verantwortung jedes Menschen«, sagte ich. »Meine Familie hätte gern alles für mich entschieden. Sie hätte mich am liebsten schon als Mädchen verheiratet. Aber ich habe beschlossen, mich meinen Ängsten zu stellen und meine Wünsche zu verwirklichen. Ich gestalte mein eigenes Leben! Wenn mir das gelingt, ist es mein Sieg. Wenn ich scheitere, ist es meine Niederlage. In jedem Fall ist es mein Leben, nicht das, was sich andere für mich ausgedacht haben.«

»Wollt Ihr mir erzählen, es sei allein Euer Wunsch und Euer Verdienst, Obristin der Drachengarde zu werden?«

Glads Frage traf mich wie ein nasser Lappen. »Nein«, murmelte ich. »Das hat Matriarchin Astana entschieden. Man hat nicht alles in der Hand. Man muss eben aus jeder Lage machen, was möglich ist.«

Ich wandte meine Aufmerksamkeit wieder der Einrichtung zu. Auf jenem Bett hatte Gerro bereits tot gelegen, als jemand den Dolch mit dem Kreuz in seinen Rücken gedrückt hatte. Vermutlich war er auch in diesem Raum gestorben, denn Arlbert sagte, die Brüder hätten noch gemeinsam zu Abend gespeist, bevor sich Gerro zur Lektüre zurückgezogen habe.

Ich ging zum Fenster. Ohne viel zu erwarten, öffnete ich es und betrachtete den Rahmen in der Nähe des Riegels. Ich entdeckte keine Abschabungen von einer Klinge oder einem ähnlichen Werkzeug, das man hätte einführen können, um den Hebel aufzuschieben.

Der Blick nach draußen war malerisch. Man sah sowohl den Wasserfall an der Kathedrale als auch links vom Berghang ein gutes Stück offenen Himmel. Unten verlief eine Straße mit sorgfältig verlegtem Pflaster. Eine Leiter hätte dort festen Halt gefunden, aber kaum die zwanzig Meter bis zu mir heraufgereicht. Ich schloss das Fenster wieder.

Natürlich konnte ein Täter durch ein anderes Fenster eingedrungen sein, aber nachdem ich selbst erlebt hatte, wie leicht man durch den Dienstboteneingang hereinkam, vermutete ich eine viel einfachere Möglichkeit. Wenn der Mörder überhaupt von außen gekommen war.

Der einzige, kleine Fortschritt, den ich gemacht hatte, bestand in meiner Überzeugung, dass die Mönche nicht die Mörder waren, mich aber jemand dies glauben lassen wollte. Und dieser Jemand hatte viele Freunde im Patriziat. Die Hohen Häuser waren seltsam einig darin, die Mönche aus dem Kloster zu verschleppen, wenn sie mich dafür sogar zu Obristin ernannten. Ich erinnere mich, in Gedanken diejenigen durchgegangen zu sein, die so weitverzweigt Gefallen einfordern konnten. Dabei schlenderte ich beobachtend durch das Zimmer. Ich ahnte nicht, wie falsch ich lag und wie viel diese Fehleinschätzung mich, ja uns alle, kosten würde.

Ich zog ein Buch mit einem Einband aus blauem Leinen aus dem kleinen Regal über dem Schreibtisch. Der Rücken war unbeschriftet, und mit dem Titel auf der Vorderseite wusste ich nichts anzufangen. »Evangelium«, murmelte ich. Ich brauchte es nicht aufzuschlagen, um zu erkennen, was mich erwartete. Über dem fremden Wort war ein schlichtes, weißes Kreuz zu sehen, genau wie jenes, das auf dem Kloster im Moor stand.

Ich blätterte die Seiten dennoch durch. So dünnes Pergament hatte ich noch nie gesehen, das Kerzenlicht schimmerte hindurch, wenn ich eine Seite dagegenhielt. Mir war keine Werkstatt bekannt, die so genau hätte arbeiten können.

Ich war so fasziniert von meinem Fund, dass ich erst herumwirbelte, als mich etwas an der Schulter berührte.

Es war Glad. Unbeholfen legte er die Arme um mich, während sich sein Mund schon meinen Lippen näherte.

Ich brach gerade noch den Ellbogenschlag ab, zu dem ich bereits angesetzt hatte.

Das Buch polterte auf den Holzboden.

Glads kalte, spröde Lippen drückten sich auf meine. Er seufzte aufgeregt.

Ich stieß ihn zurück. »Was tust du da?«, rief ich vollkommen überrumpelt.

Er stolperte, als er gegen den Bettpfosten prallte. Krachend fiel er hin.

»Du machst das wohl zum ersten Mal«, versetzte ich.

Mit rotem Kopf und betreten blickenden Augen rappelte er sich auf. »Ihr habt gesagt, man soll aus jeder Lage das Bestmögliche machen. Ich habe es versucht. Natürlich bin ich gescheitert.«

Ungläubig schüttelte ich den Kopf. Was bildete sich Glad ein? Er war ein netter Kerl, aber er war ein Schwächling. An ihm gab es nichts, das ich männlich oder gar attraktiv gefunden hätte, außer vielleicht seine braunen Augen. Hätte ich seine ausgemergelte Gestalt entblößt gesehen, wäre mir mit Sicherheit eher eine heilkundliche Untersuchung in den Sinn gekommen als der Gedanke, mich selbst meiner Kleidung zu entledigen.

»Hör zu, Glad. Ich weiß, dass dein Leben nicht so verläuft,

wie du es dir wünschst. Du tust mir ja auch leid. Aber das bedeutet nicht …«

Beinahe war ich froh, dass sich die Tür öffnete und mich von weiteren peinlichen Ausführungen erlöste. Der laute Schlag des Gehstocks kündigte Arlbert Rubinsteyn an.

Sah Glad vorher schon elend aus, so begann er unter dem Blick der roten Augen seines Patriarchen zu zittern. Stotternd stürzte er hinaus, als Arlbert die Tür freigab.

Ich presste die Zähne aufeinander. Keinesfalls wollte ich unwürdige Ausreden faseln. Ich war ungeladen in den Palast der Rubinsteyns eingedrungen, jetzt musste ich mich den Folgen stellen. Meine Linke griff ins Leere, als ich sie der Gewohnheit folgend um mein Rapier legen wollte. Von der Waffe hatte nur der Stahl das Drachenfeuer überstanden, und ich hatte mir noch keine neue besorgt. Sie hätte auch schlecht zur Tarnung als Dienstbotin gepasst.

Arlbert sah mich an, während er ohne Hast näherkam. Die abgeplattete Kupferspitze seines gedrehten Stocks knallte in langsamerem Takt auf den Boden, als mein Atem ging. Welche Gedanken krochen durch die Dunkelheit hinter den roten Augen? Wollte er mich umbringen, in diesem Haus, wo es keine Zeugen gab? Glad zu beseitigen würde ihm leichtfallen, wenn er dessen Treue zu den Rubinsteyns anzweifelte. Oder erwog er, mich festzuhalten? Schätzte er gerade meinen Tauschwert ein? Hatte er die Absicht, selbst Obrist der Drachengarde zu werden, bereits gänzlich aufgegeben?

Er stieß das blaue Buch mit seinem Stock an. »Seid so gut und gebt es mir«, bat er.

Ich achtete darauf, dass es nicht wie ein Kniefall aussah, als ich mich hinhockte, um es aufzuheben.

Er betrachtete das weiße Kreuz, dann den Buchschnitt und die eintönig blaue Rückseite. »Schlicht, nicht wahr?«, fragte er.

Ich zuckte mit den Schultern. »Wenn Ihr es sagt.«

»Habt Ihr es gelesen?«

»Ich bin noch nicht dazu gekommen.«

»Es erzählt ein Märchen für die Einfältigen. Gefährlich für jene, die zum Grübeln neigen.«

»Solche Leute wie Euren Bruder?«

Er sah mich lange an. »Lassen wir die Sache ruhen«, sagte er dann. »Euer Haus hat in dieser Angelegenheit alles erreicht, was ihm möglich war. Noch mehr, und es schadet sich selbst. Ich habe mich in den letzten Tagen erinnert, dass auch der süßeste Wein bitter wird, wenn man das Glas bis zur Neige leert.«

»Ihr seid doch schon der Herr dieser Stadt.«

Seine Mundwinkel zuckten. »Und was ist dann Josefa?«

Ich runzelte die Stirn. Die Drachenmeisterin stand so eindeutig außerhalb der Ränke des Patriziats, dass ich sie gedanklich nie in die Hierarchie einordnete. Schon allein durch ihre Nähe zum DRACHEN war jedoch klar, dass man ihr eine Position oben an der Spitze zubilligen musste, wenn man sie einbezog.

Arlbert legte das Buch in die Hand, die auch den Stock hielt. Mit der freien Rechten näherte er sich langsam meinem Kopf. Die spitz gefeilten Nägel an den dürren Fingern schoben die Strähnen aus meinem Gesicht.

»Ihr seid nass«, stellte er fest. »Ich werde eine Zofe schicken, die Euch hilft, Euch für das Abendessen zurechtzumachen. In einer Stunde wird aufgetragen.«

»Ihr wünscht, dass ich mit Euch speise?« Ich wollte sichergehen, mich nicht verhört zu haben.

»Es gibt gebratenen Fasan. Erjagt, nicht aus Drachenträumen materialisiert. Er wird auch der neuen Obristin munden.«

Das Buch nahm er mit, als er das Zimmer verließ.

Kurz darauf erschien Iadella Worda mit einem Trockentuch, einer Tunika und einem Rock, alles im Rot der Rubinsteyns. Schickte Arlbert mir mit Absicht eine Angehörige eben jenes Hauses, das den Tod meiner Schwester verantwortete? Oder machte er sich über solcherlei keine Gedanken?

Jedenfalls sprachen wir kein Wort miteinander. Als ich angemessen gekleidet war, brachte Iadella mich in den Speisesaal, wo Bilder von Obst und Leckereien an den Wänden hingen. Auch dort standen zwei von Josefas Glasfiguren. Die Dienerschaft war noch mit dem Herrichten der Tafel beschäftigt. Dieser Raum hatte keine Fenster, was mich überlegen ließ, ob ich nun doch eine Gefangene war.

Ich sah zu, wie man Leuchter aufstellte, Teller zurechtschob und Sitzkissen aufschüttelte. Auch im Palast der Machons waren diese Rituale von Dienst und Herrschaft üblich, aber die Drachengarde hielt es ähnlich soldatisch wie die Stadtwache. Ich fühlte mich unwohl dabei, von den Bediensteten ignoriert zu werden, als sei ich ein Naturereignis, das man mit untertänigem Gleichmut hinnahm. Ich verursachte ihnen zusätzliche Mühe. Sie arbeiteten, um mir ein angenehmes Umfeld zu schaffen.

Die Vorbereitungen waren schon lange abgeschlossen, als das Pochen von Arlberts Stock endlich zu hören war. Bereits an den zwei Gedecken hatte ich erkannt, dass der Patriarch und ich die einzigen Teilnehmer des Abendmahls sein würden. Ich wartete, bis er sich setzte, bevor auch ich Platz nahm. Da wir an den Schmalseiten saßen, trennten uns die gesamten fünf Meter des Tischs.

Die Suppe aßen wir schweigend.

Als der Fasan aufgetragen wurde, wandte ich mich an meinen Gastgeber. »Ich nahm an, Ihr wolltet mit mir sprechen.«

»Seltsam. Das Gleiche dachte ich von Euch. Warum sonst solltet Ihr mein Haus besuchen?«

»Der Mord an Eurem Bruder lässt mir keine Ruhe. Ich wollte mir den Tatort nochmals ansehen.«

Er kaute gründlich, bevor er das Bratenstück schluckte.

»Dieser Vorfall geht Euch nichts mehr an. Ihr habt die Stadtwache verlassen.«

»Was unternehmen die Büttel denn?«, fragte ich. »War Morga noch einmal hier?«

Arlbert nahm einen Schluck Wein und schüttelte den Kopf. »Es gibt dringlichere Dinge.«

»Dringlicher als der Mord am Bruder des Oberhaupts der Rubinsteyns?«, rief ich.

»Geister kommen über die Stadtmauer, überwinden die Furcht vor einem Draken und verwunden ihn. Zwei Dutzend Menschen haben sie nebenbei in den Wahnsinn getrieben.«

»Das wusste ich nicht.«

Er winkte ab. »Mit solchen Kleinigkeiten wird man die Garde kaum belästigen. Aber es stimmt. Fragt Euren Onkel.«

Nachdenklich schüttelte ich den Kopf. »Es waren keine Geister, die Euren Bruder getötet haben. Ich weiß, wie sie wüten. Das habe ich im Ostturm gesehen und auch im Moor. Selbst, wenn Gerro diese Schrift studiert hat, die das Zeichen der Mönche trägt, bin ich überzeugt, dass auch sie nicht die Mörder sind.«

Seufzend lehnte er sich zurück. »Ihr erschöpft mich, Zarria Machon. Wen kümmern schon Schuld oder Unschuld der Toten?«

Ich blinzelte. »Was haben die Toten damit zu tun?«

»Eure Mönche sind bereits im Amphitheater. Josepha spielt mit ihnen.«

Ich sprang auf und rannte hinaus, ohne über die Etikette oder die Möglichkeit, dass mich Bewaffnete der Rubinsteyns aufhalten könnten, nachzudenken.

23. Josefas Spiele

Der Palast der Rubinsteyns befand sich im Nordosten nahe dem Berg, das Amphitheater im Südwesten an der Stadtmauer. Ich zerriss den Rock, den Iadella mir gegeben hatte, und rannte, bis mir die Beine schmerzten und darüber hinaus. Dennoch brauchte ich beinahe eine Stunde. Meine Schritte hallten in den leeren Straßen, durch die Ritzen geschlossener Fensterläden fiel warmes Licht auf das Pflaster und Myriaden von Sternen standen am klaren Himmel.

Das Amphitheater ragte als dunkler Schattenriss vierzig Meter hoch auf. Allerdings war die Silhouette gezackt, als habe der DRACHE seine Zähne in die Mauern geschlagen, denn das Bauwerk verfiel. Es diente allein Josefa Rubinsteyns Spielen, und die schien kein Interesse daran zu haben, es zu erhalten.

Als ich in die Straße zum Hauptportal einbog, verlangsamte ich meinen Lauf. Ich wusste, dass nur meine Zunge die Unschuldigen zu retten vermochte, und die sollte nicht von rasselndem Atem gestört werden.

Ich hatte erwartet, Drachengardisten vor dem Tor anzutreffen. Dass sich Vitora Rubinsteyn unter dem Dutzend befand, überraschte mich jedoch.

»Zarria Machon.« Sie neigte spöttisch das Haupt, während die anderen aufmerksam wurden. Einige griffen sogar die langen Lanzen, die sie an die Wand gelehnt hatten.

»Ja.« Mein Puls hämmerte, als wolle er aus meinem Hals springen, und der Atem ging nach dem Lauf tief und hastig. »Ist die Drachenmeisterin hier?«

Dass sich Arlbert Rubinsteyn nur einen Scherz erlaubte, war eine der dünnen Hoffnungen gewesen, die ich in mir genährt hatte.

»Natürlich«, sagte Vitora. »Denkst du, wir durchqueren die Nacht zum Spaß?«

Die Art, wie sich die Gardisten im Tor positionierten, machte mir klar, dass sie mich nicht einfach passieren lassen würden. Aber von wem hatten sie ihre Anweisungen? Vom Patriarchen des Hohen Hauses, dem die meisten von ihnen entstammten? Dann könnte ich sie mit meiner Autorität als Obristin überzeugen. Wenn aber die Drachenmeisterin selbst befohlen hatte, mich fernzuhalten, war das aussichtslos.

»Die Mönche auch?«, fragte ich.

»Josefa hat sie für ihre Spiele gefordert.«

Fidelius' Gesicht erschien vor meinem inneren Auge. Das gescheckte Haar, das den schelmischen Ausdruck noch verstärkte. Die Erinnerung an seinen Bruder, mit dem ich als Mädchen gespielt hatte. Der Geruch des Essens im Haus seiner Eltern.

Ich beging eine Dummheit, aber wenigstens blieb ich mir treu. Die Spiele mit den Gassenkindern hatten wohl schon früh Gedanken in mir genährt, die anderen Patriziern zeitlebens fremd erschienen. Darin ging es um Gerechtigkeit und Ungleichheit und darum, wie sehr der Zufall der Geburt alles Weitere bestimmte. Meine Vorstellung von Armut hatte nichts Romantisches. Die Elenden in den schlechten Vierteln waren keine guten Menschen, ihnen fehlte jede Möglichkeit, zu welchen zu werden. Dort ging es ums Überleben, und dafür taten sie alles. Sie stahlen, sie raubten und sie mordeten. Ich hatte es gesehen, und ich war zur Stadtwache gegangen, um den Schwachen wenigstens etwas Schutz zu gewähren. Sie würden nie Patrizier werden, aber zumindest in Sicherheit leben. Nicht immer hatte ich dieses Ziel erreicht, eigentlich sogar ziemlich selten. Aber immerhin.

Fidelius – das war mir klar geworden – war stärker als ich. Er hatte sich ohne den Vorteil einer hohen Geburt aus dem Netz von List, Prügeln und Rücksichtslosigkeit befreit. Er hatte sich aus freiem Willen diesen Mönchen angeschlossen, die offenbar nach einer anderen Logik lebten und Wunden verbanden, statt sie zu schlagen. Wenn er jetzt in einer Intrige umkäme, würde mein Glaube an die Gerechtigkeit mit ihm sterben. Ich stand genauso für mich vor dem Amphitheater wie für ihn und die anderen Mönche.

Die Gardisten waren in der Überzahl, und ich war unbewaffnet. Mir blieb nur das Reden. »Wie geht es deiner Wunde?«, fragte ich Vitora.

»Sie haben den Bolzen herausgeschnitten. Jetzt trage ich einen festen Verband unter dem Harnisch.« Geringschätzig musterte sie meinen zerrissenen Rock und die Tunika.

»Ist es nicht zu früh, das Krankenlager zu verlassen?«, fragte ich.

»Aus dem Drachentraum lassen sich wirkungsvolle Salben materialisieren. Wer nicht allzu wehleidig ist, kann seinen Dienst rasch wieder antreten.«

Ich nickte. »Das freut mich.«

»Heuchle nicht«, sagte sie abfällig.

Ich legte den Kopf schief. »Warum glaubst du, ich wäre unehrlich?«

»Du weißt genau, dass mich ein Bolzen deines Onkels traf, Machon! Vielleicht hat er nicht selbst geschossen, aber er hat es befohlen. Du bedauerst doch nur, dass er mich nicht erledigt hat.«

»Nein, ich …«

»Wer hat Kaydon umgebracht?«, spie sie mir entgegen. »Ihm die Gurgel durchgeschnitten und ihn ausbluten lassen wie ein Schwein? Wer, Machon?«

»Ich hatte nichts damit zu tun.«

»Und wie steht es mit deiner Familie? Astana, Podro und wie sie alle heißen? Wenn du meinst, sie sollten statt der Mönche im Amphitheater spielen, dann pflichte ich dir bei. Aber es ist die Entscheidung der Drachenmeisterin, nicht unsere.«

»So ist es!« Josefas weißes Haar schien von sich aus zu leuchten. Die Greisin stand im Torbogen. Ihre Kleidung war so dunkel, dass ich nur Kopf und Hände sah. »Lasst die Kleine zu mir kommen!«, forderte sie.

Ich fand die Bezeichnung zwar unverschämt, selbst, wenn sie von der Drachenmeisterin kam, aber ich beschwerte mich nicht. Vitora funkelte mich zornig an, gab jedoch den Weg frei, und die anderen Gardisten folgten ihrem Beispiel. Im Näherkommen sah ich, dass Josefa ihr Kleid aus kleinen Drachenschuppen trug.

»Gehen wir ein wenig in meinem Garten spazieren!« Ohne eine Antwort abzuwarten, drehte sie sich um und glitt in den gemauerten Gang.

Ich sah zurück auf die Straße, auf deren Pflaster das Sternenlicht einen silbrig blauen Schimmer legte, auf die wenigen Häuser, die ich von meinem Standort aus erkennen konnte, hinüber zum gewaltigen, schwarz aufragenden Bergmassiv. Das Donnern des großen Wasserfalls war auf diese Entfernung nur noch leise zu hören, sein Nebel schimmerte wie weißer Rauch. Die Kathedrale konnte ich in der Dunkelheit nicht erkennen.

Ich drehte mich um und folgte Josefa Rubinsteyn in ihre Welt. Ich sah ihr Haar vor mir wie den Kokon einer Spinne. Sie bewegte sich langsam, sodass ich sie leicht einholte.

Kam ich rechtzeitig? Immerhin hatte ich keine Schreie gehört, wie sie normalerweise Josefas Spiele begleiteten. Also war ich entweder viel zu spät und die Mönche waren bereits tot, oder ich war noch früh genug. Aber früh genug wofür? Um die Drachenmeisterin von ihrem Vorhaben abzubringen? Ich konnte sie zu nichts zwingen. Vielleicht gelänge es mir, sie mit Worten zu überzeugen, aber das war ein riskantes Unterfangen. Ich musste meine Argumente sorgfältig wählen.

»Du kommst unbewaffnet«, stellte Josefa fest, »und mit Samthandschuhen als einzige Rüstung.«

»Habe ich hier denn Feinde?«

Meine Frage schien ihr bedenkenswert zu sein. Jedenfalls schwieg sie, bis wir die Treppe am Ende des Gangs erreichten. Seite an Seite stiegen wir sie hinauf.

»Ist ein Feind jemand, der dir Böses will, oder jemand, der dir Böses tut?«, fragte sie.

»Wo liegt der Unterschied?«

»Kaum jemand vermag all seine Wünsche zu leben, die meisten versuchen es noch nicht einmal.« Verachtung lag in ihrer Stimme. »Und viele haben keine Kontrolle über die Auswirkungen ihres Tuns.«

Im Innern des Amphitheaters wucherte die Natur. Das Gras wuchs so hoch, dass ich gerade darüber hinwegschauen konnte. Es gab einige Bäume, aber noch mehr Blumen, die ihnen an Größe gleichkamen. Manche trugen fleischige Blüten, die einen Ochsenkarren hätten zudecken können. Besonders fielen jene auf, deren weitverzweigte Halme in Trauben durchsichtiger Leuchtkörper endeten. Eine dieser Pflanzen stand direkt vor uns. Ich konnte nicht widerstehen, eine der glockenförmigen Blüten zu berühren. Sie fühlte sich gläsern an.

»Sie brauchen sandigen Boden«, sagte Josefa, als würde das irgendetwas erklären. »Je feiner und trockener der Sand, desto besser.«

»Und was ist mit Wasser?«

Sie zeigte hinauf zu den Sternen. »Regen.«

Die ovale Mauer des Amphitheaters umgab uns wie die Schüssel eines Giganten, von deren Rand Stücke abgesplittert waren. Über den offenen Himmel kreisten mehr als ein Dutzend Draken. Außerhalb der Kathedrale hatte ich niemals so viele an einem Ort gesehen.

Mein Atem und mein Herzschlag beruhigten sich zusehends. Ich spürte jetzt die Kälte des Schweißes, wenn der Wind mich streifte. Es war seltsam, aber ich fühlte eine Verbundenheit zu der alten Frau. »Wo sind die Mönche?«, fragte ich.

Josefas Schritte knirschten auf dem knochenweißen Kies, als sie voranging. »Wenn ein unverständiges Kind eine gespannte Armbrust mit eingelegtem Bolzen auf dich richten würde, Zarria, was würdest du tun?«

»Aus dem Schussfeld treten.«

»Und wenn das nicht ginge? Wenn ihr euch in einem engen Gang befändet?«

»Mit ihm reden.«

»Und wenn es deine Sprache nicht verstünde?«

»Warum sollte es mich nicht verstehen?«, fragte ich zurück.

Josefa lächelte zu mir herauf. »Verzeih. Ich vergesse immer wieder, wie behütet ihr alle aufgewachsen seid. Stell dir vor, das Kind würde nur eine andere Sprache verstehen. Nicht deine.«

»Welche denn dann? Die der Krähen? Oder der Draken?«

Josefa lachte leise. »Es tut zwar nichts zur Sache, aber von mir aus spricht es die Sprache der Draken. Also, was tust du, Zarria?«

»Ich würde vielleicht beschwichtigend die Hände heben.«

Nochmals sah sie zu mir hoch, während wir weiter zwischen den Pflanzen den Kiesweg entlanggingen. »Nein«, sagte sie. »Das ist, was du gern tätest. Nicht das, was wirklich geschähe. Du würdest dein Rapier nehmen und das Kind abstechen, weil es eine Gefahr ist. So einfach ist das.«

»Da würde ich eher die Armbrust zerstören.«

»Und dabei riskieren, dass sich der Schuss löst? So dumm bist du nicht. Obwohl – hast du nicht schon ein Auge verloren, weil du unbedingt jemand anderen retten wolltest?«

»Ja. Das war Alora Rorngat.«

Josefa schüttelte den Kopf. »Und eine wie du wird Obristin.«

»Ohne diese Tat wäre ich sogar nie Obristin geworden«, trumpfte ich auf. »Die Rorngats waren uns verpflichtet.«

Josefa schnaubte, schwieg aber.

Der Garten vermittelte den Eindruck, dass ich schrumpfte, obwohl ich noch immer über das Gras hinwegschauen konnte. Dennoch kam ich mir mit jedem Schritt unbedeutender vor. Aus den Glasblüten sickerte ein kaltes Licht, die Schattenrisse der Pflanzen dagegen schienen übermächtig, vor allem, wenn sie die Sterne verdeckten.

So wie die Silhouetten der Draken, die mir jetzt größer erschienen als bei meiner Ankunft.

Ich blinzelte.

Sie waren tatsächlich gewachsen. Die Echsen schwebten herab. Eine landete mit einem dumpfen Schlag unmittelbar vor uns. Sie ließ die ledernen Flügel leicht abgewinkelt, machte einen Schritt auf uns zu und senkte den Schlangenhals, bis das Maul vor Josefas Gesicht verharrte.

»Ja«, flüsterte sie und tätschelte die geschuppte Schnauze. Sie drehte den Kopf und sah mich an. »Jetzt beginnt das Spiel dieser Nacht.«

Der Drake warf den Kopf zurück und kreischte. Die Schreie seiner Artgenossen antworteten ihm.

Nach der bedächtigen Stille erschreckte mich der Lärm. Ein rotes Flimmern rahmte mein Gesichtsfeld ein, und ich spürte Hitze in meinen Adern. Ich war froh, als der Drake wieder abhob, auch wenn die Flügelschläge mir vertrocknete Pflanzenfasern ins Auge wehten.

»Sind die Mönche hier?«, hakte ich nach.

»Natürlich«, sagte Josefa. »Wir sind nur ihretwegen gekommen. Sie sind in dieser Nacht meine Ehrengäste.«

»Aber warum?«, fragte ich. »Ich verstehe, dass Ihr Mörder und Räuber straft. Die Stadt zittert vor den Spielen, die Ihr hier veranstaltet. Jeder hat schon die Schreie der Sterbenden gehört. Aber wieso die Mönche?«

»Mein Kind.« Sie legte ihre dürre Hand auf meinen Unterarm. »Du musst begreifen, dass es nicht um Schuld oder Unschuld geht. Schon gar nicht um finstere Absichten. In der edelsten Gesinnung liegt oft die größte Gefahr. Umgekehrt wird kaum jemand Liebe dafür empfinden, dass ich mich am Schmerz meiner Gäste erfreue, und doch erhalte ich damit die Stadt.«

»Ich bin die Letzte, die jemanden schont, der Strafe verdient hat«, sagte ich. »Aber auch wenn ich mich nicht für übermäßig zartfühlend halte, verspüre ich doch keine Freude am Leid.«

»Dann entgeht dir viel.« Sie zog die Hand weg.

»Warum tötet Ihr sie nicht einfach?«

»Das wäre ein ödes Spiel. Sie brauchen die Möglichkeit, den Garten lebend und gesund zu verlassen.«

»Ist das schon einmal vorgekommen?«, fragte ich. »Ich kenne die Geschichten, aber selbst habe ich nur verkrüppelte und schwachsinnige Überlebende kennengelernt. Es waren weniger als eine Handvoll, und bei denen wäre der Tod eine Gnade gewesen.«

»Oh, es geschieht sehr selten, aber die Möglichkeit existiert. Gäbe es sie nicht, gäbe es auch keine Hoffnung. Und ich brauche Hoffnung.«

»Wozu? Ist es wie mit den Albträumen, die die Draken sammeln und die den Vielgehörnten nähren?«

»Nein.« Sie schmunzelte. »Ich schätze die gleichen Speisen wie du.«

Die Draken waren nur kurz aufgestiegen. Einige flogen noch im Innenraum des Amphitheaters, aber die meisten befanden sich auf dem Boden.

»Bei allem Respekt, Drachenmeisterin, vielleicht können wir noch einmal darüber reden, ob die Mönche …«

Ihre Linke ruckte nach oben und brachte mich zum Verstummen. Josefa stand so aufrecht wie selten, schloss die Augen und legte den Kopf zurück. Tief sog sie die Luft ein.

Ich roch den Duft von feuchtem Gras und auch etwas Süßliches, das ich auf die vielen Blüten zurückführte. Und ich hörte ein Seufzen.

Josefa öffnete ihre Augen wieder. Ihr Lächeln war jetzt offen, wie bei einem Kind. »Komm mit!« Sie nahm meine Hand und zog mich fort vom Weg in das Gras.

Durch das Rascheln der Halme hörte ich das Seufzen, das zu einem Stöhnen anwuchs. Bald war mir klar, woher diese Laute rührten. Ein Mann steigerte sich zur Ekstase.

Wir erreichten eine Lichtung innerhalb des Gräsermeers. Der Boden war mit purpurnem Moos bedeckt – in der gleichen Farbe, die ich im Wohnbereich der Medien in der Kathedrale gesehen hatte. Damals hatte Glad arn Rubinsteyn mir erklärt, dass die Wahrnehmung vom Beobachter abhing. War das im Amphitheater auch so? Was sah dann Josefa?

Die Frage verlor ihre Bedeutung, als ich erfasste, was auf dem Moosbett vorging. Ein Drake stand fest auf seinen Hinterläufen, den Oberkörper hatte er tief gebeugt und den Hals beinahe gestreckt, sodass der Kopf fast das Moos berührte. Auf dem baumstammdicken Hals klammerte sich ein Mönch mit beiden Oberschenkeln fest, als wolle er die Echse reiten.

In gewisser Weise tat er das auch, zumindest in seiner Vorstellung. Die Kutte lag auf dem Boden, sodass nichts die pochende Erektion verbarg. Lasziv rutschte er vor und zurück. Dabei steigerte sich sein Stöhnen immer weiter. In seinem Gesicht mischten sich Gier und Lust. Es war Fidelius' Gesicht.

Mir wurde übel bei dem abscheulichen Schauspiel. Ich ließ mich auf ein Knie nieder und würgte.

Der Drake schwang seinen Kopf hin und her, wodurch Fidelius beinahe vom Hals gerutscht wäre. Er presste die Schenkel zusammen und packte auch mit einer Hand zu, aber das Spiel der Muskeln unter ihm schien ihn nur noch weiter zu erregen. Was sah er, was nahm er wahr? Sein Glied zitterte in der Nachtluft, aber offenbar fühlte er sich so, als wäre es in eine Frau gedrungen.

»Das ist widerlich!«, brachte ich hervor.

»So?« Josefa zuckte mit den Schultern. »Man sagte mir, du wüsstest diesen Jüngling zu schätzen. Er ist strammer als die anderen.«

Die Szenerie wurde noch ekliger, als ich verstand, dass Fidelius in seiner Geilheit meinen Namen rief. Er nahm jedoch weder mich noch sonst etwas wahr, das sich außerhalb seines Wahns befand.

»Macht ein Ende mit dieser Obszönität!«

»Ist das ein Befehl? Oder eine Bitte?«

Vergeblich versuchte ich, den Blick abzuwenden. »Bitte!«, quetschte ich heraus.

Josefa seufzte theatralisch. »Wenn ich dir damit zu Gefallen sein kann.« Für einen Herzschlag schloss sie die Augen.

Mein Ekel wandelte sich in Erschrecken, als Fidelius' Stöhnen in ein lang gezogenes Kreischen überging. Er verlor den Halt und stürzte zu Boden. Der Fall war nicht besonders tief, aber er kam unglücklich auf, und schließlich schien mir sein Glied in empfindlichem Zustand. Auf allen vieren, wie ein übergroßes Insekt, krabbelte Fidelius von dem Draken fort. Dabei griff er seine Kutte und zog sie mit sich. Erst, als er das hohe Gras erreichte, bemerkte er Josefa und mich.

»Zarria!«, rief er. »Aber du warst doch gerade noch … Wir haben …«

Er wirbelte herum und verschwand im Gras.

Josefa lachte. »Sie glaubten, ihre heilige Jungfrau würde sie vor allem schützen. Und jetzt sieh dir an, wie verwirrt er ist!« Ihr Lachen schwoll an. »So lange hat er seine Triebe verleugnet, und in dieser Nacht brechen sie hervor! Es wird eine hervorragende Ernte! Am Ende werde ich wieder stark sein.«

»Wovon sprecht Ihr?«, hauchte ich.

»Verstehst du es denn immer noch nicht?« Erwartungsvoll sah Josefa mich an.

Der Drake machte sich mit trägen Schritten an die Verfolgung von Fidelius.

»Das alles hier ist ...« Ich schüttelte den Kopf. »Widerlich.«

Ihre Augen wurden zu Schlitzen. »Widerlich? Du findest es widerlich?«

»Nie habe ich etwas so Abstoßendes gesehen.«

Josefa atmete tief ein. »Dann geh«, flüsterte sie mit unheimlicher Ruhe. »Verlasse meinen Garten.«

»Wie kannst du den Mönchen das antun?«, fragte ich.

»Wieso ist dir das Schicksal der Stadt gleichgültig?«, fragte sie zurück. »Du hast noch nicht lange genug im Drachenfeuer gestanden.«

»Welcher Zusammenhang besteht zwischen ...«

»Ich spiele jetzt allein weiter.« Ihre Worte klangen harmlos und wurden mit leiser Stimme vorgetragen, aber in ihren schwarzen Augen drohten Abgründe.

Ich tat einen Schritt zurück, damit ich nicht hineinstürzen und mich in Josefas Geist verlieren würde.

Josefa folgte Fidelius und dem Draken.

Für mich interessierte sich niemand mehr. Dennoch tat ich, was Josefa mir befohlen hatte. Ich zitterte, als ich durch das Gras zurückging.

Bevor ich den Weg erreichte, hielt ich inne und hockte mich hin. So sollte mich allenfalls ein Drake erspähen können, der direkt über mich hinwegflog, aber die Echsen schienen nunmehr alle gelandet zu sein.

Ich verstand nichts mehr.

Ich konnte auch nicht mehr nachdenken. So hörte ich nur zu, wie immer weitere Schreie von Lust, Schmerz, Vergnügen und Angst das Amphitheater füllten. Sie waren lauter, als sie hätten sein sollen, wenn man bedachte, dass die Pflanzen sie hätten dämpfen müssen. Stattdessen schienen sie Echos zu erzeugen, sie zu verstärken und weiterzugeben, als sänge Josefas gesamter Garten ein Lied für sie. Ich presste die Hände auf die Ohren, aber die Geräusche wurden nicht leiser. Am meisten verstörte mich, dass es etwas in mir gab, das mitsingen wollte. Das rote Wallen am Rande meines Sichtfelds pulsierte mit dem Auf und Ab der Schreie.

Was für ein Wahnsinn! Ich wippte vor und zurück. Ich summte die Kinderlieder, die mir in den Sinn kamen. Ich dachte an Glad, an das Moor, an meine Schwester und, als all das nicht half, an den DRACHEN.

Ich glaubte, wieder seinen Bauch unter meinen Händen zu fühlen, wie er sich bei jedem Atemzug weitete und zusammenzog. Ich schmeckte das Feuer seines Bluts auf der Zunge, fühlte es meine Kehle hinunterbrennen. Die Unendlichkeit, in die ich während meiner Initiation zur Obristin geblickt hatte, hielt der Kakofonie des Amphitheaters stand.

Was war dieses Chaos schon, verglichen mit der Ewigkeit des DRACHEN, dessen Flammen mich umfangen hatten?

Ich richtete mich auf, wandte mich um und kehrte zur Lichtung zurück. Deutlich war der Pfad zu sehen, den der Drake bei der Verfolgung von Fidelius getrampelt hatte. Ich ging ihnen nach.

Dabei fiel mir auf, dass ich keine Vorstellung davon hatte, wo ich mich innerhalb des Bauwerks befand, obwohl ich die Mauer aufragen sah. Ihre Entfernung ließ sich jedoch genauso schwer schätzen wie die der Bergflanke, wenn man sie von Weitem sah. Natürlich musste die Mauer näher sein, aber dennoch …

Ich verspürte einen seltsamen Zug, von dem ich wusste, dass er mich zum Ausgang leiten wollte. Als ich darauf achtete, wie sich meine Perspektive änderte, während ich mich bewegte, verwirrte mich das nur noch mehr. Mal schien ich stillzustehen, dann wieder wirkte es, als käme ich einer Seite des Amphitheaters mit wenigen Schritten fünfzig Meter näher. Einzig der Blick zu den unbewegten Sternen beruhigte mich. Sie waren ewig wie der DRACHE.

Zwischen den Schreien hörte ich ganze Sätze, brauchte aber noch eine Weile, bis ich verstand, was gesprochen wurde. Josefas »Dies ist das Ende deiner Hoffnung« vernahm ich klar.

Ich stieß auf eine weitere Insel im Gras, hinter dessen letzten Halmen ich mich verborgen hielt. Vor mir lag ein zur Mitte hin leicht nach oben gewölbter Platz, der aus einem einzigen, glatten, durchgängigen Felsen bestand. Fidelius wankte heftig atmend zwischen einem Ring aus Säulen, der eine schmucklose Kuppel trug.

Josefa näherte sich ihm mit einem unterarmlangen Glasblock. Seine Gestalt erinnerte an eine Flamme oder eine Tropfkerze, deren herabrinnendes Wachs einen unregelmäßigen Kegel formt.

Hinter Fidelius richtete sich der Drake auf und spreizte seine Schwingen, bis sie einen Viertelkreis mit zehn Metern Durchmesser umspannten.

»Dies ist der Moment, in dem du verzweifeln darfst.« Paradoxerweise glaubte ich, Mitgefühl in Josefas Stimme zu hören.

Ich war wie gelähmt. Auf der einen Seite fühlte ich die Macht des DRACHEN in mir, auf der anderen erdrückte mich die Fremdheit dieses Ortes. Ich wollte Fidelius zur Hilfe kommen und verachtete mich selbst dafür, dass ich es nicht tat. Ich war unbewaffnet und ungerüstet. Ich wusste nicht, welche Macht Josefa in ihrem Garten hatte und der Drake hätte mich binnen eines Wimpernschlags zerfetzen können. Aber wurde nicht alles, was mich ausmachte, nichtig, wenn ich jetzt nur zusah?

Vielleicht hätte ich mich aufgerafft, wenn mir noch ein wenig Zeit geblieben wäre. Aber der Drake richtete seinen Kopf senkrecht in den Nachthimmel, sog den Atem ein, stieß die Schnauze auf Fidelius zu, riss den Rachen auf und spie Feuer. Prasselnd umwaberte der Strom tiefroter Flammen die Säulen, füllte den gesamten Raum dazwischen aus und traf auch Josefa. Das Gras hinter ihr entflammte mit einem

Knall. Schwarzer Rauch legte sich über die Sterne, das Prasseln wurde zu einem Tosen.

Als der Flammenstoß endete, war Fidelius nicht mehr. Zwischen dem Platz, auf dem er gestanden hatte, und der unversehrten Josefa wehte Asche über den Fels. Die Drachenmeisterin hielt jetzt eine perfekt modellierte Glasfigur. Sie zeigte einen jungen Mönch in seiner Kutte, die Hände in die weiten Ärmel geschoben. Schneeweiße Funken wirbelten in der Statuette.

Das Gras hinter Josefa erlosch so plötzlich, wie es in Flammen aufgegangen war.

Ich drehte mich um und rannte, so schnell ich konnte.

24. Die Heimsuchung

Obwohl die Nacht weit fortgeschritten war, wanderte ich ziellos durch die Straßen der Stadt. Mal wandte ich mich zum Netol, stellte mich auf eine Brücke und sah den Wellen zu. Dann wieder erkletterte ich einen eingestürzten, überwucherten Teil der Stadtmauer, um zu den Sternen aufzusehen. Ich wandte mich zum Marktplatz, wo der verlassene Drakenpranger stand, und überlegte sogar, den Webern einen Besuch abzustatten, damit sie mir die Gedanken aus dem Kopf prügelten.

Nun wusste ich, wie Josefa ihre Glasfiguren formte. Es gab Hunderte davon, und für jede hatte ein Mensch in höchster Verzweiflung sein Leben gelassen. Dass Josefas Verstand nicht nur in anderen Sphären wandelte, sondern von einem bösartigen Wahnsinn befallen war, hatte der Besuch in dem Garten bewiesen, von dem sie so verträumt sprach. Was für eine bestialische Folter dort vor sich ging! Die Schreie, die herausdrangen und die manche für eine aus Drakenträumen gewobene Illusion hielten, konnten davon nur eine milde Ahnung über die dunkle Mauer tragen.

Noch zeigte sich kein Silberstreif am östlichen Horizont, als ich die Treppe am großen Wasserfall hinaufstieg. Trotzdem musste ich wenigstens drei Stunden auf meiner Wanderung verbracht haben. Ob Josefa ihr Werk inzwischen verrichtet hatte? Ich fröstelte bei der Vorstellung, in der Kathedrale auf sie zu treffen. Oder auf den DRACHEN, mit dem sie in so enger Verbindung stand.

Ich nahm den Abzweig, der zu den Kerkern führte. Fidelius war tot, und ich hatte untätig zugesehen. Ob mir wohler gewesen wäre, wenn ich die Vorgänge im Amphitheater nicht ergründet hätte? Sicher hätte dann die Ungewissheit an mir gefressen, aber vielleicht wäre das erträglicher gewesen?

Aber ich war ohnehin unwissend!

Waren Josefas seltsame Reden Ausdruck von Weisheit oder Irrsinn? Verfolgte sie mit dem Leid der Mönche eine edle Absicht, oder war die Befriedigung ihrer Gelüste das höchste Ziel, das sie kannte? Ging es ihr wirklich um den Schutz der Stadt, um die Sicherheit von uns allen?

Onkel Podro selbst tat Wachdienst am Kerker. Er sah mir aus tief in den Höhlen liegenden Augen entgegen. Sogar sein ausladender Schnurrbart hing träge herab.

»Findest du auch keinen Schlaf?«, fragte ich ihn.

Sein müdes Lächeln bestätigte meine Vermutung. »Weshalb trägst du die Rüstung der Drachengarde nicht?«

»Sie ist Asche. Aber ich bekomme eine neue.«

Er nickte. »Du machst dich gut, Zarria. Die Oberhäupter sind zufrieden mit dir.«

»Ich wäre froh, wenn ich ihre Sicht teilen könnte.«

Er bat mich in die Wachstube. »Wein?«

»Lieber Wasser.«

Onkel Podro schenkte ein. Von nebenan drang das Schnarchen der Büttel herüber, die zum Dienst in den Kerkern eingeteilt waren. Zwei von ihnen würden in kampfbereiter Montur schlafen, die anderen in lockererer Kleidung, aber mit griffbereiten Waffen.

»Wo ist dein zweiter Mann?«, fragte ich. Man wachte immer zu mehreren, schon, damit man sich gegenseitig am Einschlafen hindern konnte.

»Bentur macht die Runde und kontrolliert die Zellen.«

Ich wartete auf den Zorn, der nach dem Blut des Worda schreien sollte, aber in mir regte sich nichts. Dabei fühlte ich die Hitze des DRACHEN noch immer in mir. »Wie kannst du mit ihm Dienst tun?«, fragte ich dennoch. »Nach der Sache mit Xina …«

Er fasste meine Hand. »Das war schrecklich. Aber Astana hat Frieden geschlossen. Auch, um dich dorthin zu bringen, wo du jetzt bist.«

Ich nickte müde und nahm einen Schluck Wasser.

»Diese Dinger trägst du ständig.« Lächelnd zupfte er an meinen Handschuhen.

»Sie gehören zu mir«, sagte ich.

»Ich bin froh, dass du so bleibst, wie ich dich kenne.«

»Danke. Aber ich bin unsicher, ob das stimmt. So viel passiert in diesen Tagen. Ich weiß bald nicht mehr, was …« Ich verstummte, weil ich merkte, dass ich den Satz so zu Ende führen wollte, dass auch Glad ihn hätte sprechen können: »… was Wirklichkeit und was Traum ist.«

Onkel Podro drang nicht in mich. »Ich weiß, wie stark du bist«, sagte er stattdessen. »Dein Dickschädel ist härter als der deines Vaters, und das will etwas heißen! Du kannst stolz auf das sein, was du für dich und für unsere Familie erreicht hast.«

Ich nickte stumm. Viele Patrizier hätten sich gegenseitig umgebracht, wenn sie darin eine Möglichkeit gesehen hätten, die Drachengarde anzuführen. Ich wollte nicht undankbar erscheinen.

Onkel Podro rückte seinen Stuhl näher. »Was auch geschieht, Zarria: Vergiss niemals, dass wir deine Familie sind. Wir denken immer an dich, und wir werden immer zu dir stehen, auch wenn du uns manchmal nicht siehst. Es wäre schlecht, wenn man uns zu oft zusammen beobachtet. Das könnte dich schwach erscheinen lassen, als kämst du nicht allein zurecht. In der Kathedrale haben wir nur wenige Verbindungen, aber nur ein paar Stufen tiefer, hier beim Kerker, wirst du uns finden. An der Ostwand ist ein Stein in der vierten Reihe locker. Dahinter steht eine kleine Truhe. Ich werde jeden Tag hier heraufkommen und nachsehen, ob eine Nachricht von dir darin liegt.«

»Danke«, sagte ich, aber in meinem Kopf wirbelte die Erinnerung an Josefa, wie sie mit der Glasstatue auf dem Fels gestanden hatte. Wie viel von all dem wusste Onkel Podro? Vielleicht sogar mehr als ich? Mein Vater hatte immer behauptet, er sei nur deswegen zur Stadtwache gegangen, weil er zu sonst nichts tauge, aber mein Onkel schien oft mit Matriarchin Astana zu sprechen. Beinahe erschien er schon wie ein Vertrauter. War das erst so, seit man mich als Obristin ausgewählt hatte?

Ich schwankte, ob ich mit ihm über meine Erlebnisse sprechen sollte. Ich brauchte Zeit, um die Entwicklungen selbst zu überdenken. Solange ich mir nicht halbwegs über alles klar war, barg jedes Gespräch die Gefahr eines fatalen Fehlers.

Heute bedauere ich, diese Gelegenheit, ein letztes Mal mit Onkel Podro über Alltägliches zu sprechen, ungenutzt gelassen zu haben. Es wäre schön gewesen, noch einmal mit ihm zu lachen.

Bentur arn Worda störte unsere Vertrautheit, indem er von seiner Wachrunde zurückkam. Zwar war da keine heiße Wut in mir, aber ich wollte dennoch ungern in einem Raum mit ihm sein.

»Ich möchte mir die Zellen ansehen, in denen die Mönche gesessen haben«, sagte ich.

»Ich komme mit«, bot Onkel Podro an.

»Nein. Ich kann ein wenig Ruhe gebrauchen. Gib mir nur die Schlüssel und eine Laterne.«

Ich erinnerte mich, wie wir das Kloster überfallen und wie die Mönche auf dem Rückweg meine Leute versorgt hatten. Vor allem aber zog es mich zu der Zelle, in der ich Fidelius verhört hatte, ohne zu ahnen, dass er ein Kamerad meiner Kindheit gewesen war.

Ich stellte die Laterne an der Stelle ab, an der sie auch bei unserem Gespräch gestanden hatte. Die Kette mit dem Eisenhalsband lag jetzt auf dem Boden, das andere Ende war an einen Ring in der Wand geschmiedet. Sie war so ausgemessen, dass der Gefangene weder den Büttel, der ihn verhörte, noch den Ausgang erreichen konnte. Für den Fall, dass sich jemand länger an diesem dunklen Ort aufhielt, gab es einen Abtritt. Ich roch aber nur das Stroh, also war er wohl frisch geleert worden. Onkel Podro achtete auf solche Dinge.

Ich setzte mich an die Wand, stützte einen Ellbogen auf die Knie und knetete meine Nasenwurzel. Allmählich kam ich zur Ruhe und spürte Mattigkeit in meinen Gliedern. Ich wusste, dass ich der Kathedrale nicht lange fernbleiben konnte. Ich musste noch vor Sonnenaufgang zurückkehren, alles andere würde als Schwäche gedeutet werden und einer Meuterei Vorschub leisten.

Ich gähnte und rieb über mein gesundes Auge. Die leuchtenden Punkte, die die Erschöpfung davor hatte tanzen lassen, verschwanden.

Ein milchiger Schimmer blieb.

Er veränderte seine Position auch nicht, wenn ich den Kopf wandte. Er verharrte im Halbdunkel am Rand des Laternenscheins über dem Ring, der die Kette in der Wand hielt.

Ich versuchte zu schlucken, aber mit einem Mal war mein Hals zu trocken dafür.

Die ausgefranste Form wirkte zerrissen wie ein Nebelfetzen.

Wie ein Geist.

Ich drückte mich an der Wand hoch.

Ja, es war wirklich ein Geist. Die Bewegung, mit der die Fetzen um den dichteren Bereich in der Mitte kreisten, steigerte sich zu einem Wirbel. Das Zentrum gewann an Intensität, sah mit jedem Herzschlag fester aus, während die Schlieren vom Rand einwärts wanderten. Schließlich wurde er eine Kugel, aus der nur noch vereinzelt Schwaden züngelten.

Ich hatte weder eine Drachenschuppe noch den Zahnstab bei mir. Kein Drake würde mich beschützen, und die Büttel waren gegenüber einem Gespenst ebenso wehrlos wie ich. Würde mein Blut die Zellenwände färben, wie das meiner Kameraden die Wachstube im Ostturm?

Doch dann erkannte ich das Weiß des Geistes wieder. Genauso hatten die Funken in der Figur geleuchtet, die Josefa in dem Feuer geformt hatte, in dem Fidelius zu Asche geworden war.

Ich trat einen Schritt auf die Erscheinung zu. »Fidelius?« Ich wunderte mich, dass meine Stimme festblieb. »Bist du das?«

Ich hörte ein leises Stöhnen, das ganz anders war als jenes, das Fidelius im Garten in animalischer Geilheit ausgestoßen hatte. Dieser Laut zeugte von Qual und großer Anstrengung, aber er schien der gleichen Kehle zu entstammen.

Ich ging näher an den Geist heran.

Das Stöhnen ließ nach. An seine Stelle trat ein Zischen, aus dem sich Silben formten. »...chhhhhhhtbleiiiibeeeeee...«

»Ich verstehe dich nicht, Fidelius!« Wie nah durfte ich mich heranwagen? Barg schon eine Berührung Gefahr? Aber der rote Geist, der das Gesicht meiner Schwester nachgeahmt hatte – nein, der meine Schwester war –, hatte mich ebenfalls berührt. Ich wandte der weißen Kugel mein Ohr zu.

»… nicht bleiben … Es tut so weh … Mein Leib …« Ich hörte diese Worte, und doch hörte ich sie nicht. Meine Ohren nahmen nur das Stöhnen wahr, und dennoch …

»Ich habe gesehen, wie du zu Asche verbrannt bist.« Tränen stiegen in mein Auge.

»… erklärt … vieles … Sie bringen mich … fort … die Dra…«

»Die Draken? Was ist mit den Draken? Fidelius! Sprich mit mir!«

Der Geistkörper zerfaserte. »Gib … Frieden … Zarria!«

25. Neue Nachtmahre

Mit ihrem seltsam gleitenden Gang schritt Josefa Rubinsteyn durch die Reihen der Dracheneier. Die Decke des Gewölbes bestand aus lodernden Flammen, die mir den Schweiß aus den Poren trieben und alles in ein rotes, flackerndes Licht tauchten. Die kleinsten Eier reichten Josefa bis zum Knie, die größten verdeckten die Greisin vollständig, wenn sie hinter ihnen herging. Über ihre braune Schale zog sich ein dunkelgrünes Geflecht, das mich an Krampfadern erinnerte.

Die Medien sangen. Ihre Hymne hatte keinen Text, sie wurde gesummt und aus bedeutungslosen Vokalen zusammengesetzt. Oder handelte es sich um eine dieser merkwürdigen Sprachen, die ich nicht verstand, wie Josefa im Amphitheater angedeutet hatte?

Ich trug meine neue Rüstung. Das Leder war noch steif,

ich würde die Gelenke viele Male beugen müssen, bis es geschmeidige Bewegungen erlaubte. Dafür war sein perfektes Schwarz, ohne abgeschürfte, geschweige denn ausgebesserte Stellen, der Würde der Zeremonie zuträglich.

Bei meiner Rückkehr in die Kathedrale hatte ich ein Rapier und einen Parierdolch vorgefunden, die Matriarchin Astana mir geschickt hatte. Bei beiden kündete ein Smaragd im Knauf vom Hohen Haus, dem ich entstammte. Jetzt hingen diese Waffen an meinem Gürtel. Mir gefiel es, der Arroganz der Rubinsteyns in der Garde etwas entgegenzusetzen.

Josefa legte die Hände auf ein Ei und schloss die Augen. Als sie die Lider wieder öffnete, nickte sie deutlich und setzte ihre Wanderung fort.

Zwei Medien lösten sich aus dem Chor und kippten das Ei auf die Seite. Gemeinsam rollten sie es zwischen den anderen heraus und die gewundene Rampe hinauf, die in die Kathedrale führte.

Ich stellte mich neben Vitora Rubinsteyn. Mit einem leisen Räuspern erlangte ich ihre Aufmerksamkeit.

»Ich will nicht, dass eine Lüge zwischen uns steht«, flüsterte ich. »Wir beide dienen der Garde, so gut es uns möglich ist. Der Eid verbindet uns.«

»Willst du mir deine Freundschaft antragen?«, fragte sie.

»Das ist unnötig. Ich bin die Obristin, du bist meine Untergebene. Für einen Dienst wie den unsrigen brauchen wir keine Zuneigung. Aber ohne Respekt und Vertrauen geht es nicht. Für beides ist Ehrlichkeit die Grundlage.«

»Ich habe dich nie angelogen.«

Josefa wählte ein weiteres Ei. Diesmal war Glad arn Rubinsteyn unter denen, die es vor den DRACHEN brachten.

»Auch ich habe dich nicht belogen«, flüsterte ich. »Aber manchmal hat eine Ungewissheit die gleiche Folge wie eine Lüge. Ich will, dass du weißt, dass ich Kaydon nicht angerührt habe.«

Ich sah sie an und wartete, bis sie mir das Gesicht zuwandte.

»Aber ich würde mich sehr wundern«, fuhr ich fort, »wenn meine Familie unschuldig an seinem Blut wäre. Ich glaube, es waren Machons, die die Kehle deines Liebsten durchschnitten haben.«

Ich hoffte, Vitora würde meine Offenbarung mit Fassung aufnehmen, zumal sie selbst bereits eine entsprechende Vermutung angestellt hatte. Zumindest ging ich davon aus, dass die Gegenwart der Drachenmeisterin und die Feierlichkeit der Zeremonie sie dazu bewegen würden, die Selbstbeherrschung zu wahren. Im schlimmsten Fall rechnete ich mit einem gezischten Schwur ewiger Feindschaft.

Ich unterschätzte das heiße Blut jener, die seit Jahren dem DRACHEN dienten. Mit einem unartikulierten Schrei stürzte sich Vitora auf mich.

Ich bekam den Arm gerade noch weit genug hoch, um ihren Hieb so weit abzulenken, dass er meinen Kopf nur streifte. Ich duckte mich und schlug einen Aufwärtshaken, der zwar fehlging, aber Vitora zurückzwang.

Sie deutete einen Kniestoß an. Er war nur eine Ablenkung. Der eigentliche Angriff kam von der linken Seite, wo ich wegen des fehlenden Auges nur das sah, was ich mit dem rechten wahrnahm.

Das war zu wenig. Vitoras Faust krachte gegen meine Wange und schleuderte mich herum.

In den Kneipen hatte ich gelernt, dreckig zu kämpfen. Wie ein Esel trat ich nach hinten aus und stieß die Ferse in Vitoras Bauch, wo sich die Wunde befand, die der Armbrustbolzen gerissen hatte.

Vitora brach in die Knie und schnappte nach Luft.

Josefa sah mit gerunzelter Stirn zu uns herüber.

»Es ist nichts«, sagte ich.

Ein Kamerad stützte meine Gegnerin auf dem Weg hinaus.

Die Drachenmeisterin wählte drei weitere Eier aus, dann

begleitete ich sie die Rampe hinauf. Der Chor der Medien schritt uns voran.

In den Seitenschiffen hatten sich die Patrizier versammelt. Die vergangene Stunde hatten sie zweifellos genutzt, um auf neutralem Grund zu verhandeln, Intrigen zu spinnen, Pläne auszutauschen und einander zu beobachten. Das taten sie immer, wenn sie in die Kathedrale kamen.

Die Medien bildeten einen Halbkreis vor dem Haupt des DRACHEN, dessen rauchiger Odem die vor ihn gebrachten Eier umhüllte. Josefa trat ins Innere der Aufstellung, während ich unbeachtet zurückblieb. Die Patrizier kamen näher. Raunen lief durch ihre Reihen, als das erste Ei zu zittern begann.

Langsam schritt ich den Bogen der Medien ab. Elissja Rorngat war auch von hinten leicht zu erkennen, weil sie als Einzige eine saphirblaue Stola über dem weißen Gewand trug. Als ich mich ihr näherte, drehte die Traumweberin den Kopf und sah mich über die Schulter an. Sie kicherte so heftig, dass ihre Brust bebte.

Das erste Ei brach mit einem Krachen auf, als habe sich ein Steinblock aus dem Dach der Kathedrale gelöst und zersplittere nun auf dem Rücken des DRACHEN. Eine Klaue schob sich durch den Riss. Eine Handvoll meiner Gardisten hielt die Lanzen bereit, um den geschlüpften Draken zu empfangen und ihn in die Aufzuchtkammer zu bringen, aber noch war es nicht so weit. Ein Stück von einem halben Meter Durchmesser löste sich aus der Schale und fiel mit einem dumpfen Knall auf den Boden. Ein zuckendes Auge starrte heraus, aber die Risse mussten noch erweitert werden, um den neuen Albtraumbringer freizugeben. Niemand half dem Jungen dabei, es sollte diese Prüfung seiner Stärke selbst bestehen.

Der Vielgehörnte schnaubte neuen Rauch über die Eier. Sein Odem umwaberte sie wie der Nebel, der sich in den Niederungen eines Tals festsetzt und nur widerwillig aufsteigt.

Die Draken drängten sich auf den Emporen, gaben aber

keinen Laut von sich. Nur das Klacken ihrer Krallen auf dem Stein und das Schaben ihrer Schuppen waren zu hören.

Auf meinem Weg an der Reihe der Medien entlang erreichte ich Glad arn Rubinsteyn. Die Ordnung der Zeremonie verlangte, dass er an seinem Platz blieb, das Gesicht dem Geschehen zugewandt, daher durfte er eigentlich nicht reagieren.

Dennoch wandte er den Kopf so weit, dass er mir etwas zuflüstern konnte. »Ich bitte um Entschuldigung. Ich weiß nicht, was in mich gefahren ist. Ich wollte Euch nicht zu nahe treten.«

»Du hast deine Stellung vergessen«, flüsterte ich zurück. »Sprechen wir nicht mehr von dieser Kinderei.«

Mit einem Quietschen, das sich zu einem Kreischen steigerte, sprengte der Drake die Schale weit genug auf. Sein Kopf reckte sich in die Rauchwolke des Drachenodems, als wolle er ohne seinen Körper in die Freiheit entkommen. Die Schuppen an Brust und Bauch kratzten über die gezackte Bruchkante. Die Flügel waren noch unförmige Wulste auf dem Rücken. Ein angestrengtes Ächzen, dann war es geschafft. Der nasse Echsenleib klatschte auf den Boden. Heftig atmend blieb das Junge liegen.

Ich stand noch immer so dicht hinter Glad, dass er mein Flüstern verstand. »Als wir uns das erste Mal trafen, warst du draußen auf den Feldern, um mit einem Geist zu sprechen. Du hattest Dinge dabei, die dir helfen sollten, mit ihm in Kontakt zu treten.«

»Nur Wissen aus der Bibliothek«, wiegelte er ab. »Ich hätte es gern ausprobiert, aber ich bin zu feige.«

»Dann leihe ich dir etwas von meinem Mut. Komm mit mir und ich werde dich dorthin führen, wo wir Geister finden.«

Laute Rufe aus dem westlichen Seitenschiff unterbrachen uns. Ich sah das Schimmern von Metall. Blanke Klingen in der Kathedrale?

Noch während ich zum Ort des Geschehens eilte, verstand ich das Wort, das am häufigsten gerufen wurde: »Mord!«

Die Patrizier sammelten sich um die Oberhäupter ihrer Familien.

»Drachengarde zu mir!« Mit Mühe hielt ich mich davon ab, das Rapier aus der Scheide zu reißen. Morga hatte mich gelehrt, dass gezogene Waffen nur dann zur Beruhigung beitrugen, wenn die anderen keine hatten. An diesem Ort waren zu viele Klingen versammelt.

Ich schickte meine Gardisten zwischen die Gruppen der Hohen Häuser. Sie sollten die Lanzen quer vor sich halten und so eine Art Absperrung bilden. Natürlich wäre diese leicht zu durchbrechen, aber solange das niemand versuchte, konnte auch die symbolische Trennung die Hitzköpfe abkühlen lassen.

»Dies ist die Kathedrale!«, donnerte ich. »Was gibt Euch das Recht, die Ruhe der Zeremonie zu stören?«

Soweit ich feststellen konnte, herrschte die Aufregung in den Reihen der Familien Werenstolz, Ienbark und Machon. Sie waren zwar nicht unbedingt Verbündete, aber von einer Fehde war mir auch nichts bekannt. Also war ein Ereignis, dass sich gerade eben zugetragen hatte, der wahrscheinlichste Auslöser. Eine aufgedeckte Untreue? Eine beleidigende Bemerkung? Aber das passte nicht zu dem »Mord!«-Ruf, der noch immer herauszuhören war.

»Was ist vorgefallen?«, fragte ich. »Bei meiner Ehre, ich werde für Gerechtigkeit sorgen!«

»Dafür kommst du reichlich spät!«, rief ausgerechnet Onkel Podro. »Schau sie dir an!« Er zeigte in das Halbdunkel, das tiefer im Seitenschiff herrschte.

Ich ging in die angegebene Richtung. Die Ienbarks gaben zögernd den Weg frei.

Am Boden lag eine Leiche mit zerschnittener Kehle. Das Blut war an die nächststehende Säule gespritzt. Noch immer quoll welches nach und vergrößerte die Lache, die die Tote umgab.

Schon beim ersten Blick wusste ich, dass es sich um Vitora handelte, obwohl ihr Gesicht bereits erschreckend bleich war. Der Angreifer musste sie überrascht haben, ihr Dolch steckte noch in der Scheide.

»Wer hat sie gefunden?«, rief ich.

Es stellte sich heraus, dass es ein entfernter Vetter von mir gewesen war, Orro, ein Bursche von dreizehn Jahren. Er hatte so weit hinten gestanden, dass ihm der Blick auf die schlüpfenden Draken verwehrt geblieben war. Also war er das Seitenschiff entlanggewandert.

Arlbert Rubinsteyns knallender Gehstock beendete die Befragung. »So unwürdig ist noch keine solche Zeremonie abgelaufen, Obristin!«, klagte er mich an. »Draken schlüpfen, und Gekeife erfüllt die Kathedrale!«

»Eine Angehörige Eures Hauses wurde ermordet, Patriarch.«

»Das ist das Versagen Eurer Garde, aber es ist die Aufgabe der Stadtwache, den Mörder zu fangen. Ich habe volles Vertrauen zu meinen Freunden, den Machons.« Er nickte Astana zu, die die Geste kühl lächelnd erwiderte. »Wenn Ihr die Richtige an der Spitze der Garde seid, wie mir der Senat versicherte, dann sorgt endlich dafür, dass diese Zeremonie ihre Würde zurückerhält!« Damit wandte er sich ab und kehrte zu seinen Leuten zurück.

Ich schickte meine Gardisten aus und machte auch selbst die Runde, um die Patrizier zu beruhigen. Die Draken schlüpften jetzt schnell. Sie standen noch schwach auf den Beinen und schleppten sich ermattet in die Richtung, in die die Drachenlanzen sie drängten. Fliegen würden sie erst in zwei Wochen.

Josefa drehte sich um, sodass sie jetzt mit dem Rücken zum Drachen stand. Sie hob die Hände über den Kopf, als hätte sie es nötig, um Aufmerksamkeit zu bitten.

»Neue Draken wurden uns geschenkt!«, rief sie mit ihrer für eine Greisin viel zu lauten und zu festen Stimme. »Und auch ihr sollt nicht leer ausgehen. Ich habe etwas, das meine Wertschätzung für euch ausdrückt und von dem ich hoffe, dass ihr es in Ehren halten werdet.«

Medien brachten Glasstatuetten. Sie alle zeigten Männer in Kutten. Ich erkannte diejenige, die bei Fidelius' Tod entstanden war, an den weißen Funken, die die Figur wie ein gefangenes Schneegestöber durcheilten.

Plötzlich stand Glad vor mir. »Die Drachenmeisterin hat mir mitgeteilt, dass meine Initiation bevorsteht. Danach werde ich ein vollwertiges Medium sein.«

Sein Blick huschte unsicher zu Josefa, die gerade die erste Figur den Wordas zuteilte. Sie stellte einen fülligen Mann dar, der die Hände in die Öffnung seiner weiten Kapuze steckte, um das Gesicht damit zu bedecken.

»Sie hat mir geraten, mich noch einmal in der Stadt umzusehen, bevor ich die Kathedrale nicht mehr verlassen darf«, sagte Glad.

»Deine Hilfe bei den Geistern wäre unschätzbar.« Ich hielt den Blick auf die Glasfigur von Fidelius gerichtet. Keinesfalls durfte mir entgehen, wohin Josefa sie gab. »Hast du alles zusammen, was man für eine Beschwörung braucht?«

»So, wie es in den Büchern steht«, beteuerte Glad. »Reine Luft habe ich auf dem Dach der Kathedrale gesammelt …«

»Auf dem Dach?«, fragte ich. »Man kann so hoch hinauf?«

Josefa verteilte weitere Figuren, erst an die Ienbarks, dann an die Rubinsteyns. Die Medien, die sie überbrachten, wirkten wie würdevolle Boten einer Nachricht höchster Bedeutung.

»Natürlich«, beteuerte Glad. »Eine Reihe von Treppen führt ganz hinauf. Schließlich muss man es ab und zu ausbessern.«

Ich nickte abwesend. Das Hohe Haus Werenstolz erhielt seine Figur, ebenso die Rorngats. Noch immer stand das Medium mit Fidelius' Statuette neben Josefa.

»Also bist du bereit?«, fragte ich.

»Ich müsste die Sachen natürlich holen …«

Die Merrials erhielten die vorletzte Glasfigur.

Die Statuette, bei deren Entstehung ich heimliche Zeugin gewesen war, blieb als Letzte übrig, und nur meine eigene Familie hatte noch keine erhalten. Josefa ließ sie nicht durch ein Medium überbringen, sondern nahm sie an sich. Bedächtig drehte sie die Statuette in den Händen.

Mit einem seltsamen Lächeln kam sie auf mich zu. »Ich bin alt und schwach«, behauptete sie, obwohl ich bezweifelte, dass irgendein Mensch größere Stärke in sich trug. »Wärest du so gut, sie mir abzunehmen und das letzte Stück zu deiner Matriarchin zu tragen, Kind?«

Ich streckte die Hände nach der Figur aus, aber Josefa ließ sie fallen, ehe ich sie berührte.

Als Kämpferin hatte ich gelernt, dass man manchmal handeln muss, bevor man nachdenkt. Das Nächste, woran ich mich erinnere, ist, dass ich auf dem Boden kniete und die Statuette in den Händen fühlte. Ich hielt die Figur so, wie ich sie zu packen bekommen hatte, an den Beinen, aber mit dem Kopf nach unten. Doch dieser Kopf befand sich noch eine Fingerbreite über dem Steinboden. Das Glas war unbeschädigt.

Zitternd kam ich hoch.

»Wie ungeschickt von mir, wo sie dir doch so viel bedeutet.« Noch immer lächelte Josefa. »Ich hätte mir nie verziehen, wenn ich sie nicht bei deiner Matriarchin wüsste. Nun bring sie ihr. Du kannst sie ja jedes Mal anschauen, wenn du deine Familie besuchst.«

Ich starrte auf die weißen Funken, die aus dieser Nähe als winzige Ringe erkennbar waren. Meine Kehle war trocken, als steckte ein Lappen darin. Ich überbrachte Astana die Glasfigur. »Ich bitte Euch inständig, gebt gut Acht darauf!«

Sie nickte mit leichtem Stirnrunzeln auf ihrem jungen Gesicht. »Das werde ich.«

Zweifellos wusste Josefa um die Zuneigung, die mich mit Fidelius verband. Ob sie auch erfahren hatte, dass ich sie länger beobachtet hatte, als ihr recht gewesen war, wusste ich nicht. Ebenso gut mochte sie Befriedigung aus der Vorstellung ziehen, als Einzige zu wissen, dass ich Fidelius' Figur in Händen gehalten hatte und nun oft in seiner Nähe wäre. In jedem Fall wollte sie mich demütigen.

Ich konnte mein Glück kaum fassen.

26. Die Mission

Niemand schöpfte Verdacht, als ich am nächsten Tag mit Glad arn Rubinsteyn im Palast meiner Familie auftauchte. Die Obristin der Drachengarde hatte selbstverständlich jederzeit Zugang zu den Orten der Macht, und wenn sie sich einen Liebhaber mitbrachte, war das ihre Sache. Astana war lediglich ein wenig ärgerlich darüber, dass ich mich nicht angekündigt hatte.

»Ich habe bereits ein Zimmer für die Gelegenheiten ausgewählt, bei denen du hier übernachtest.« Sie ergänzte ihre steife Körperhaltung, indem sie den Kopf leicht in den Nacken legte und mich an der Nase entlang musterte. Keinen Moment lang sollte ich vergessen, wer von uns die Matriarchin war. Und wohl auch nicht, wem ich meine Position zu verdanken hatte. »Ich werde die Räumlichkeit herrichten lassen. Das kann eine Weile in Anspruch nehmen.«

»Ich habe Zeit.« Ich gab Hut und Umhang einem Diener.

»Er kann hier warten«, bestimmte Astana mit einem Seitenblick auf Glad. »Man wird ihm Kräuterwasser und Gebäck reichen.«

Sie zuckte bei Glads Verbeugung, die wirkte, als wolle der dürre Körper an der Hüfte zerbrechen. »Ich danke für die Großzügigkeit des Hohen Hauses Machon!«

Die Finger reichten ihr, um ihn in Richtung der Bank fortzuwinken, die neben dem Portal in der Empfangshalle stand.

»Vielleicht können wir die Zeit nutzen, um ein wenig durch den Palast zu schlendern?«, schlug ich vor. »Die Kathedrale ist so wuchtig. Ich sehne mich nach der Leichtigkeit der Wasserspiele.«

Die Matriarchin zögerte.

»Natürlich nur, wenn es Eure Pläne für den Tag erlauben!«, fügte ich an.

Astana atmete tief durch. »Wir sollten ohnehin öfter miteinander sprechen. Gehen wir.«

Ich hatte befürchtet, der Wassersaal würde mich an die Nacht erinnern, in der ich neben der sterbenden Xina gesessen hatte. Aber das tat er nicht. Ohne das Lager wirkte er vollkommen anders. Nur drei Wasserskulpturen waren aktiv. Der Hahn, das Wappen unseres Hauses, erschien dadurch noch prächtiger mit seinem gespreizten Gefieder, das eine Vielzahl aufeinandertreffender Strahlen formte. In einiger Entfernung sprudelte ein Stern in die Höhe. In der Schlichtheit dieser Figur lag eine eigene Schönheit. Die dritte war ein Frosch mit einem besonders langen Wasserstrahl als Zunge.

»Als wäre hier nie jemand gestorben«, murmelte ich.

»Xina verbrachte ihre letzten Augenblicke im Sonnenlicht«, erinnerte Astana. »Wie sie es sich gewünscht hat.«

»Das war nur der Moment, in dem sich der Tod ihrer erbarmte. Ihr Sterben begann unter den Fängen des Hundes.«

Astana drückte meinen Oberarm. »Jetzt hat deine Schwester Frieden.«

»Glaubt Ihr das wirklich?«

Nur kurz wurden ihre Augen zu Schlitzen, dann gewann

die Selbstbeherrschung wieder Oberhand. Ihre Mimik schloss sich der Lüge an, die auch die unberührte Ordnung des Wassersaals so beiläufig verkündete, dass es schmerzte: Nichts war geschehen. Nichts, das irgendeine Bedeutung gehabt hätte. Der DRACHE lag in der Kathedrale in Ketten, und alles war, wie es immer gewesen war und immer sein würde. Xinas Tod und auch alles andere war unerheblich, wie die Wellen auf einem See, der aus einiger Entfernung unbewegt erscheint.

Wir nahmen unsere Wanderung durch den Palast auf. Man hielt inne, als wir den Fechtboden durchquerten. Erst hinter uns setzte das Klirren des Stahls wieder ein.

»Was diese Tote in der Kathedrale angeht …«, begann Astana.

»Sie hieß Vitora«, sagte ich. »Die Kameraden machen sie für die Bestattung zurecht.«

»Podro kümmert sich um alles Weitere.«

»Ich würde mich freuen, zu erfahren, was er herausfindet.«

»Wenn man ein Loch bohrt, Zarria«, sagte sie bedächtig, »muss man darauf achten, dass sich die eigene Hand nicht auf der anderen Seite des Bretts befindet.« Wir stiegen die Treppe zum Speisesaal hinauf. »Wir sind deine Familie. Wir schützen dich.«

Ich presste die Zähne aufeinander. Schon wieder hatte sie eine mögliche Rivalin für mich ausgeschaltet. »Das muss aufhören!«

»Es hört auf, wenn unser Haus den Platz einnimmt, der ihm zusteht, und wenn es dort sicher ist.«

»Wann wird das sein?«

Mit einem dünnen Lächeln zog sie die Finger durch die Figur eines kleinen Springbrunnens, der eine Blume formte. Für einen Moment wurde das Wasser zu einem unkenntlichen Strudel, dann fand es wieder in die ursprüngliche Form, als hätte es keine Störung gegeben.

»Das kann niemals enden«, sagte Astana. »Es wird immer Wordas und Rubinsteyns geben, und wenn wir sie gezähmt haben, werden sich andere erheben. Wir brauchen einander zu sehr, um uns zu vernichten, selbst wenn wir es könnten. Und wir beneiden einander zu sehr, um uns in Frieden zu lassen.«

»Ist denn die ganze Stadt wahnsinnig?«

»Du ahnst nicht, wie oft ich mich das frage. Aber es spielt keine Rolle. Befände sich ein Klarsichtiger unter den Irren, würde er sofort den Verstand verlieren. Wir alle tun, was unsere Geburt von uns verlangt.«

Ich dachte darüber nach, als wir ein Zimmer mit Spieltischen durchquerten. Die Tischplatten waren mit Feldern bemalt, manchmal sogar auf mehreren Ebenen, wobei man die Steine in Schubladen verstauen konnte. Wir trafen auf einige Verwandte, die sich erhoben und vor Astana verbeugten. Wir schwiegen, bis wir das Treppenhaus erreichten und wieder allein waren.

»Dann soll es keine Gerechtigkeit geben?«, fragte ich.

»Gerechtigkeit und Freiheit sind Märchen für Kinder. Aber ein gutes Leben kann man sich verdienen. Jeder an seinem Platz. Sei du eine gute Obristin, Zarria, und versuche nicht, meine Sorgen zu tragen. Ich führe das Hohe Haus Machon, und es ist besser, wenn du darüber so wenig wie möglich weißt.«

In diesem Moment hatte ich die Gewissheit, dass Astana mich fallen ließe, wenn es ihrem Streben diente. Gab es überhaupt so etwas wie Freunde und Feinde? Oder nur Menschen, die sich gegenseitig ausnutzten, um Zielen nachzujagen, die sie selbst nicht verstanden?

»Ich brauche ein wenig Nähe.« Ich fröstelte. »Nur für ein paar Stunden. An einem Ort, wo ich sicher bin.«

»Das verstehe ich«, sagte Astana. »Der Junge, den du dir mitgebracht hast, wäre zwar nicht mein Geschmack, aber er mag verborgene Qualitäten haben. Pass nur auf, dass du der Sache nicht zu viel Gewicht beimisst.«

»Ich bin mir meiner Stellung bewusst.«

»Das ist gut.« Sie nickte. »Eine Obristin, über die man lacht, ist eine gewöhnliche Sterbliche. Noch kann dich niemand einschätzen. Du musst deine Unnahbarkeit bewahren.«

Wir kamen zurück in die Empfangshalle, in der Glad uns erwartete. Astana übergab uns einer Zofe, die uns in den für mich hergerichteten Raum brachte. Ich lächelte, als ich die Handschuhe sah, die paarweise auf einem niedrigen Regal auslagen. Astana hatte sich also nach meinen Vorlieben erkundigt.

Ich sah Glad an, dass er bedauerte, dass wir aus einem anderen Grund als jenem gekommen waren, den wir vortäuschten. Er war jedoch zu schüchtern, um einen weiteren Versuch wie den im Palast der Rubinsteyns zu wagen.

Ich brachte das Bett in Unordnung. »Bereite alles vor!«, forderte ich ihn auf.

Er öffnete das Fenster und kippte den Inhalt der Waschschüssel hinaus, die er daraufhin gründlich abtrocknete. »Ich habe Wasser aus dem unterirdischen Lauf des Netol bei mir«, beantwortete er meinen fragenden Blick. »Es darf nicht verdünnt werden.«

»Luft vom Dach der Kathedrale und Wasser aus dem Fluss, der unter ihr strömt. Was noch?«

»Einen Stein aus ihren Mauern und Kohle, die im Feuer des Drachen gelegen hat. Um ein Gespenst an unsere Welt zu binden, brauchen wir die Elemente, aus denen sie besteht. Aber ich frage mich noch immer, wie wir hier auf einen Geist treffen sollen. Bis auf wenige Vorfälle bleiben sie doch jenseits der Stadtmauer.«

»Überlass das mir«, sagte ich mit mehr Überzeugung, als ich verspürte.

Als ich meinen Plan gefasst hatte, war mir alles offensichtlich erschienen. Hoffentlich ließ ich mich nicht von einer oberflächlichen Ähnlichkeit narren.

Ich verließ das Zimmer und ging auf dem kürzesten Weg zum Speisesaal. Ich hatte mich von Astana durch den Palast führen lassen, um nach der Glasfigur Ausschau zu halten, die bei Fidelius' Tod entstanden war, und dort hatte ich sie gesehen. Ich nahm sie vom Sockel und verbarg sie unter meinem weiten Hemd.

Auf dem Rückweg lief ich ausgerechnet meinem Vater in die Arme. »Astana hat mir gesagt, dass du hier bist«, stellte er frostig fest.

Ich senkte den Kopf und hoffte, dass der Stoff dadurch lockerer fiel und die Figur gründlicher verbarg. »Wir wollen uns künftig häufiger austauschen.«

»Das ist ein kluger Gedanke.« Sein Gesicht blieb hart. »Aber denke daran, dass es Menschen gibt, die dir noch näher stehen.«

Ich überlegte, wie ich dieses Gespräch möglichst kurz halten könnte. Irgendwann musste ihm auffallen, dass ich meine linke Hand nicht bewegte, und er würde wissen wollen, was ich damit festhielt.

»Du bist jetzt meine einzige Tochter.« Er umarmte mich steif.

Erschrocken versuchte ich, die Geste mit einem Arm zu erwidern und zugleich meinen Bauch und die Glasfigur von ihm fernzuhalten. Im Ergebnis stützte ich mich mit Kopf und Schultern gegen seine Brust.

Er strich mir über den Nacken. »Du bist immer eigensinnig gewesen, Zarria. Ich gebe zu, dass du es damit weit gebracht hast. Aber jetzt solltest du den Rat derer suchen, denen du wirklich vertrauen kannst.«

Ich biss mir auf die Zunge, um nicht loszulachen. Mein Vater schwärmte seit jeher vom Aufstieg innerhalb der Familie. Hätte er herausgefunden, dass ich die Figur entwendet hatte, würde er kaum zögern, mich zu verraten. Wahrscheinlich würde er mir danach mit Trauermiene erklären, dass eine Bestrafung zu meinem eigenen Besten sei.

»Das werde ich«, würgte ich trotzdem hervor.

Er fasste meine Schultern, drückte mich auf Armlänge weg und sah mir ins Auge. »Du weißt, dass du immer zu mir kommen kannst.«

»Ja, Vater. Aber jetzt muss ich etwas erledigen.«

»Für Astana?«

»Genau.« Die Zustimmung kam mir über die Lippen, bevor mir auffiel, dass das wohl eine schlechte Idee war. Der Palast war groß, aber nicht so riesig, dass mein Vater unserer Matriarchin nicht eher früher als später über den Weg liefe. »Eine persönliche Angelegenheit«, fügte ich an.

Sein skeptischer Blick verriet, dass auch das ein dummer Einfall war. Astana war bekannt dafür, dass sie sich voll und ganz in den Dienst des Hohen Hauses Machon stellte. Nichts, was sie tat, war ohne Verbindung dazu. Sie kannte keine ›persönlichen Angelegenheiten‹.

»Ich muss mich darum kümmern!« Ich machte mich los und ging weiter, ohne mich noch einmal umzuwenden.

Glad hatte seine Elemente auf dem Boden angeordnet. Der Wasserschüssel gegenüber stand das Kohlestück in einer Miniaturlaterne, eigentlich wohl einem Spielzeug. Gemeinsam mit dem Bruchstück aus der Kathedralmauer und einem kleinen Beutel, in dem sich Luft befinden mochte, markierten sie die Eckpunkte eines gedachten Vierecks.

Ich zog die Glasfigur hervor. Sie wirkte so lebensecht, als müsse man damit rechnen, dass sie sich plötzlich bewegte. Aber ihre Haltung war noch immer die des Mönchs, der seine Hände in den Ärmeln der Kutte verbarg. Fidelius' Gesichtszüge waren jedoch klar zu erkennen, nur, dass er ernster blickte, als ich es beim lebenden jemals gesehen hatte. Das Einzige, was sich an dieser Statuette regte, waren die weißen Funken, die in ihr tanzten.

Ich stellte sie zwischen die Elemente. »Ruf ihn!«, forderte ich Glad auf.

»Wen?«

Ich zeigte auf die Statuette. »Er heißt Fidelius.«

»Das ist nur eine von Josefa Rubinsteyns Figuren.«

»Was würdest du tun, wenn es ein Geist wäre?«

»Es gibt Formeln, die man aufsagen muss.«

»Dann tu es.«

Er blinzelte, hockte sich dann aber auf den Boden. Sacht wippte er vor und zurück und intonierte dabei Silben, die für mich keinen Sinn ergaben. Wieder fiel mir diese ›fremde Sprache‹ ein, die Josefa erwähnt hatte. Glads Sprechgesang klang abgehackt, auf wenige der vokalreichen Silben folgte eine deutlich hörbare Pause, bevor weitere Silben kamen. So glaubte ich herauszuhören, wo die Wörter begannen und endeten, aber dennoch ergaben sie für mich keinen Sinn. Ob Glad verstand, was er sagte? Oder hatte er nur Lautfolgen auswendig gelernt?

Er verstummte und sah zu mir hoch.

»Was ist?«, fragte ich.

»Es macht mich nervös, wenn Ihr so hin- und herlauft.«

Mir war gar nicht aufgefallen, dass ich ihn und die Anordnung der Elemente mit auf dem Rücken verschränkten Armen umkreiste. Ich fühlte meine Muskeln kribbeln und sah das Zimmer durch einen roten Schleier. Ich wollte etwas tun und war doch zum Zuschauen verdammt! Zudem konnten jeden Moment Astana, mein Vater oder beide kommen. Zwar hatte ich die Tür verschlossen, aber ich könnte sie kaum lange aussperren.

»Entschuldige«, sagte ich. »Bitte mach weiter.«

Glad verzog den Mund. »Das ist sinnlos. Hier ist kein Geist. Und selbst, wenn sich einer in diesem Raum befände, könnte es sein, dass ich das Ritual falsch ausführe.«

»Es wird gelingen«, behauptete ich. »Du darfst nicht aufgeben. Du wirst mit Fidelius' Geist sprechen. Das ist ein Abenteuer, das dir ewig im Gedächtnis bleiben wird!«, versuchte ich ihn zu locken. »Dich erwartet eine wirkliche Erfahrung, die dir auch in der Kathedrale niemand mehr nehmen kann.«

Glad betrachtete zweifelnd die Glasfigur des Mönchs, nahm die Intonation dann aber doch wieder auf.

Was hatte ich schon, um meine Hoffnung zu nähren? Ich wusste nur, dass diese Figur ihre jetzige Gestalt im Augenblick von Fidelius' Tod angenommen hatte, und dass die darin tanzenden Funken die gleiche Farbe besaßen wie der Geist, der mir im Kerker erschienen war.

Aber die Möglichkeit, mit dem jungen Mönch in Kontakt zu treten, war der einzige Weg, den ich sah, um mehr darüber zu erfahren, was in der Stadt vor sich ging. Die Hohen Häuser bekämpften sich, und der DRACHE war das Zentrum des Lebens, wie ich es kannte. Aber die Oberhäupter teilten auch Geheimnisse, die sie vor uns anderen verbargen. Warum hatten die Geister den Ostturm angegriffen, wie hatten sie die Stadtmauer überwunden? Was hatten die Mönche damit zu tun? Und vor allem: Was hatte es mit Xinas Erscheinung auf sich? Ich hatte meine Schwester sterben sehen, aber lebte sie dennoch? In anderer Form, als ein rot schimmernder Nebelfetzen im Moor? Wenn das der Fall war, konnte ich mir kaum vorstellen, dass es ihr gut ging. Zu oft hatte mich das klagende Seufzen der Geister bei meinem Dienst in den Türmen wach gehalten.

Ich hörte, wie Glad in seiner Anrufung den Namen Fidelius aussprach. Würde mir der Mönch verraten, wie ich das Leid meiner Schwester lindern könnte? Er hatte mich gebeten, ihm Frieden zu geben, wenn ich ihn recht verstanden hatte. Wann immer jemand etwas von einem anderen wollte, eröffnete das die Möglichkeit eines Handels. Ich könnte Fidelius helfen, wenn er dafür Xina beistünde.

Aber was, wenn es nicht in meiner Macht lag, seine Bitte zu erfüllen?

Ich betrachtete Glads Gesicht, das jetzt von Schweiß glänzte. Er hatte mir gestanden, dass er mich anziehend fand, und auch für Fidelius war ich wohl nicht ganz ohne Reiz gewesen. So abstoßend die Szene auch gewesen war, die sich mir geboten hatte, als er mit geschwollener Erektion auf dem Drakenhals geritten hatte, so war mir doch im Gedächtnis geblieben, dass er meinen Namen gerufen hatte. Gut möglich, dass er sich vorgestellt hatte, mich in den Armen zu halten. War das eine Verbundenheit, die ihn veranlassen würde, meine Fragen zu beantworten?

Oder unsere gemeinsame Kindheit an den abenteuerlichen Orten der Stadt? Sein Name war nicht immer Fidelius gewesen, wie ich von Turan wusste …

Ich sah Glad an, dass die Anrufung ihm so sehr zusetzte, dass er nur noch kurze Zeit weitermachen konnte. Noch regte sich nichts. Ich rüttelte Glad an der Schulter, bis er mich bemerkte. »Versuch einen anderen Namen«, bat ich. »Sag nicht ›Fidelius‹, sondern ›Erento‹. Jemand hat mir verraten, dass er als Kind so hieß.«

Glad befeuchtete seine Lippen. Er betrachtete das Bett mit der Sehnsucht eines völlig erschöpften Menschen.

»Nur noch ein letzter Versuch«, sagte ich. »Dann gebe ich Ruhe.«

Einige Atemzüge lang schloss er die Augen. Dann begann er wieder, die rätselhaften Worte zu sprechen.

Als ich das erste Mal »Erento« aus seinem Mund hörte, ging ein Ruck durch die Funken in der Glasfigur. Als wären sie alle an Fäden befestigt, die eine unsichtbare Hand nach oben riss, machten sie einen Satz zum durchsichtigen Kopf der Mönchsstatuette hin.

Glad bemerkte es ebenfalls. Seine Augen weiteten sich, seine Stimme wurde lauter, die Silben klarer.

Die Funken bewegten sich wieder mit der gewohnten Langsamkeit, aber sie wanderten jetzt gezielt nach oben. Bald waren sie so eng im Kopf versammelt, dass sie dort als vereinte, weiße Masse erschienen, als sei er mit Wachs ausgegossen.

Als Glad das zweite Mal »Erento« sagte, strömte milchiger Dunst aus den Augen der Figur wie Dampf aus einem Kessel. Binnen dreier Herzschläge füllte er ein Viertel des Zimmers aus. Als nichts mehr nachkam, verdichtete er sich zu einer Kugel. Jetzt glich er der Gestalt, die ich von Geistern kannte.

»Bist du das, Fidelius?«, fragte ich. »Erento?«

»Zarria!« Ja, das war seine Stimme!

Glad verstummte. Er schleppte sich über den Boden und lehnte sich gegen das Bett.

»Ich muss verstehen, was hier vorgeht, Fidelius! Du hast mir gesagt, dass ihr den Toten die Ruhe geschenkt habt, die sie nicht allein fanden. Kann das auch bei meiner Schwester gelingen?«

Hellgraue Fetzen kreisten um die weiße Kugel. »Bei jedem, über dessen Gebeine ein Priester den Segen spricht.«

»Was ist ein Priester?«

»Jemand, der sein Leben Gott geweiht hat. Aber ... ich darf nicht hier sein! Sie werden mir zürnen und mich quälen!«

»Wer? Die Draken?«

»Die Draken sind fürchterlich. Aber auch unter den Gespenstern gibt es Fürsten und Sklaven. Man verbietet uns, die Stadtmauer zu überwinden. Wir sollen im Leidenden Land wachen. Josefa hat Schreckliches getan. Die Fürsten der Geister strafen alle, die ihr Gebot übertreten.«

»Worin liegt Josefas Macht?«

»In den Glasfiguren. In ihnen ist der Kern dessen gebannt, was einen Menschen ausmacht. Der Körper ist vergangen, der Geist ruhelos, aber die Seele ist in der Statuette gefangen. Wenn sie zerbricht, zersplittert auch die Seele.«

»Was bedeutet das?«

Die Fetzen wirbelten hastig in unterschiedlichen Bahnen um die Kugel. War das ein Zeichen von Fidelius' Aufregung? »Unsäglicher Schmerz und Irrsinn. Die Persönlichkeit zerreißt, ohne zu vergehen. Die Teile finden nie wieder zueinander.«

Josefas Glasfiguren standen in jedem Palast! Das war das Geheimnis, das die Oberhäupter teilten! Sie wussten, dass sie die Geister damit bedrohen konnten, die Figuren zu zerstören. Wenn eine Statuette zu einem jener Geisterfürsten gehörte, von denen Fidelius sprach, würde dieser seine Macht nutzen, um die anderen Gespenster davon abzuhalten, Josefas Gebote zu übertreten.

»Die Glasfigur im Ostturm war leer, ohne Funken. Hat das mit eurem Wirken im Kloster zu tun?«

»Wenn wir einem Geist die Ruhe schenken, fügen wir ihn mit seinen Gebeinen und der Seele zusammen. Alles, was den Menschen ausmacht, geht vereint in die Ewigkeit ein.«

Ich vermutete, dass bei einigen der Figuren, die in der Stadtmauer eingearbeitet waren, das Gleiche geschehen war wie bei der Tänzerin im Ostturm. Wenn der Geist, der ein Interesse daran hatte, dass der Pakt respektiert wurde, dahingegangen war, hielt niemand die anderen zurück, die ihn schon immer hatten übertreten wollen. »Dann war es nur ein Zufall, dass ihr gerade jetzt die Seelen in den Glasfiguren befreit habt?«

»Ich muss fort! Sie werden entdecken, dass ich hier bin …«

»Bitte, Fidelius! Ich muss noch mehr verstehen! Warum wurden gerade jetzt so viele Seelen aus den Glasfiguren erlöst?«

»Ich habe ein Buch gefunden. Jeder weiß um den großen Krieg, in dem die Stadt angegriffen wurde.«

»Natürlich, aber das ist bald ein Jahrhundert her.«

»Fast neunzig Jahre«, korrigierte er. »Gewaltige Söldnerheere belagerten die Stadt, und Bewaffnete drängten sich in ihren Gassen. Auch unter den Verteidigern kämpften die meisten für Gold. Es gibt ein großes Buch mit Soldlisten. Ich habe es im Senat gefunden und ins Kloster gebracht.«

»Du hast es gestohlen«, erkannte ich.

»Ich habe genommen, was wir brauchten. Darin waren auch die Ränge derjenigen verzeichnet, die ihren Sold vom Senat empfingen. Es gelang uns, die Knochen einiger Hauptleute im Moor zu finden.«

»Und diese Anführer sind jetzt die Fürsten der Geister!«

»Viele davon. Mit ihren Namen, den Gebeinen und dem priesterlichen Segen gaben wir ihnen Frieden.«

Entschlossen klopfte jemand gegen die Tür.

»Ich muss fort!«, rief Fidelius.

»Zarria!« Das war Astanas Stimme. »Ich will mit dir sprechen! Sofort!«

Meine Gedanken überschlugen sich. Alles ergab einen Sinn – und blieb dennoch unglaublich. Ich sah zu Glad hinüber. Sein Gesicht war bleich und glänzte von Schweiß, aber er war bei Bewusstsein.

Fidelius' Geistkörper verflüchtigte sich wie Nebel, der auseinandertreibt.

»Ich habe noch viele Fragen!«, zischte ich und hoffte, leise genug zu sein, damit Astana mich nicht hörte. »Was ist mit meiner Schwester? Ich muss Xina helfen!«

Es schien zu spät zu sein. Der Nebel bewegte sich zum Fenster, wo er durch eine Ritze kroch.

»Zarria!« Wieder klopfte Astana. »Mach auf!«

»Einen Moment noch!« Ich half Glad hoch und riss sein Hemd aus der Hose. »Zieh dich aus und leg dich ins Bett!«, raunte ich im zu und löste die Schnallen an meinem Gewand.

Noch ein Klopfen. »Zwing mich nicht, die Tür aufzubrechen!«

Der Nebel war beinahe verschwunden. Ich stand mit freiem Oberkörper vor dem Bett, in dem Glad lag.

Das musste reichen. Ich öffnete.

Astana sah mich stirnrunzelnd an.

Ich machte ihr Platz.

»Wir wollten uns nur rasch bedecken, um einen angemessenen Anblick zu bieten«, behauptete ich.

Ohne mich zu beachten, ging Astana zu der Aufstellung der Elemente und nahm die Glasfigur an sich. Die Funken wanderten wieder ziellos hindurch, während die Matriarchin sie betrachtete.

»Es ist verrückt«, sagte ich, »aber wir dachten, die Statuette schüfe eine schöne Atmosphäre, in der wir …«

Ihre erhobene Hand brachte mich zum Schweigen. »Jetzt weißt du es also.«

Ich schluckte, nickte dann aber unter ihrem stechenden Blick.

»Schließ die Tür.«

Ich tat es.

»Als Obristin der Drachengarde hätten wir dich ohnehin eingeweiht«, sagte Astana. »Jetzt hast du dir dieses Wissen verfrüht genommen. Das ist nur ein geringer Schaden.« Sie sah zu Glad, der die Decke bis ans Kinn zog. »Er ist ein Medium. Er wird die Kathedrale bald nicht mehr verlassen, und er wird wissen, was Geschwätzigkeit für Folgen hat.«

»Ja, Herrin«, sagte er.

Astana nickte knapp. Sie sah wieder zu mir. »Mir wäre lieber gewesen, wenn du mit deinen Fragen zu mir gekommen wärst.«

»Hättet Ihr mir geantwortet?«

»Ich hätte dir gesagt, was du wissen musst und was dir nicht schadet.«

»Und was ist das?«

»Dass der Feind, der die Stadt um ein Haar vernichtet hätte, noch immer dort draußen lauert und es nichts gibt, was er lieber täte, als das begonnene Werk zu vollenden. Dass ihn weder Mauern noch Kämpfer aufhalten können, wohl aber ein Land voller Geister, die jeden töten, der es durchqueren will. Dass wir deswegen die Gespenster brauchen, oder wir werden alle sterben. Und dass jeder unser Feind ist, der diesen Schutzwall schwächt.«

»Aber Xina!«, rief ich. »Sie leidet!«

Astana hielt meinem Blick stand. »Jede Familie muss Opfer bringen.«

Mir fiel die Trauerfeier für Gerro ein. »Die Edelsten werden im Drachenfeuer verbrannt, nicht in der Erde vergraben. Finden sie Frieden?«

»Auch du wirst dazugehören, Zarria. Die Obristin der Drachengarde wird niemals zu einem Geist werden.«

»Ebenso wenig wie die Oberhäupter der Hohen Häuser«, sagte ich tonlos. Ich dachte an die Grüfte, die neben der Kathedrale in den Fels des Bergmassivs geschlagen waren und die Urnen aufnahmen.

»So ist es. Diese Gunst wird jenen gewährt, die im Leben die schwerste Bürde tragen.« Sie betrachtete die Aufstellung von Kohle, Fels, Luftbeutel und Wasserschale. »Was habt ihr eigentlich gemacht?«

Ich hielt den Atem an. Sie wusste es nicht! Sie ahnte nur etwas!

Astana benötigte nur einen strengen Blick auf Glad, damit dieser meine Hoffnung zunichtemachte. »Wir haben den Geist eines Mönchs beschworen.«

Die Wirkung dieser Worte glich einem Schlag in Astanas Gesicht. Ihr Kopf zuckte zurück. Sie wirkte benommen, als sie sich wieder mir zuwandte. »Wo hast du das gelernt?«

Ich hatte in vielen Kämpfen gestanden, von einer Schlägerei bis zu einem Gefecht mit blanker Klinge, aber in diesem Moment machte Astana mir Angst. »Ich vermag es nicht«, sagte ich. »Glad hat sich damit beschäftigt.«

Sie sah auf die Glasfigur in ihren Händen. Der Schweiß

brach mir bei der Vorstellung aus den Poren, sie könnte die Statuette zerschmettern, wie Josefa es in der Kathedrale getan hatte.

»Er hat gesagt, die Mönche wollten nur den Toten Frieden schenken«, stammelte ich. »Sie hatten nichts Böses im Sinn.«

Astanas Blick schien tief in mich zu dringen. »Menschen lügen. Kannst du sicher sein, dass Geister es nicht auch tun? Sie neiden uns das Leben. Sie wollen uns verführen, unsere Wachsamkeit aufzugeben, damit sie uns nehmen können, was sie selbst verloren haben. Hüte dich vor ihnen, Zarria.« Auf dem Weg zur Tür blieb sie so nahe neben mir stehen, dass wir uns beinahe berührt hätten. »Du solltest öfter zu mir kommen. Ich kann dir deine Verwirrung nehmen.«

27. Eigene Wege

»Noch einen Schritt weiter, und die Welt, wie wir sie kennen, zerbricht«, sagte ich zu Gladarn Rubinsteyn, als wir die Treppe am großen Wasserfall hinaufstiegen.

Glad ging noch drei Stufen, bevor er sich umdrehte. Er sah elend aus. Die Nachmittagssonne schien auf sein fahles Gesicht, und er wirkte noch ausgemergelter als sonst. »Was habt Ihr vor?«

»Ich muss in den Senat.«

Astana hatte Fidelius der Lüge bezichtigt. Ich bezweifelte das – die Mönche waren für ihre Hilfsbereitschaft bekannt gewesen. Aber ich konnte nicht ausschließen, dass mich meine Zuneigung zu dem jungen Mann täuschte, der in den Straßen der berüchtigten Viertel aufgewachsen war. Ich brauchte einen weiteren Beweis. Wenn zutraf, was Fidelius gesagt hatte, dann musste im Archiv des Senats ein Buch fehlen: jenes mit den Soldlisten aus dem großen Krieg.

Der Wind trieb den Nebel des Wasserfalls in unsere Richtung. Wir waren bereits durchnässt. Glads Haar verklebte zu Strähnen, die ihm ins Gesicht fielen. »Es wird ein Abenteuer«, versprach ich. »Wir beide gemeinsam fordern die Mächtigen der Stadt heraus.«

Er kam eine Stufe herunter, verharrte dann aber. »Ich habe dir immer gesagt, dass ich den DRACHEN fürchte und die Ungewissheit, was Traum ist und was Wirklichkeit.«

Ich nickte.

»Bis vor ein paar Stunden stimmte das auch. Aber jetzt sehne ich mich danach, in die Kathedrale zurückzukehren.«

Hatte ich ihn im Donnern des Wasserfalls falsch verstanden? »Du willst zurück an den Ort, an dem deine größte Furcht wahr werden wird?«

»Hältst du mich für verrückt?«

»Um das zu verneinen, müsste ich lügen.«

Er wich meinem Blick aus. »Ich habe eine größere Angst in mir entdeckt. Die Furcht vor dem Unbekannten. Ich werde viel verlieren von dem, was mich jetzt ausmacht, wenn Josefa mich initiiert. Aber wenigstens weiß ich, dass die Welt um mich herum Bestand hat. Ich trage sogar dazu bei.«

»Auch dessen wirst du dir nicht mehr sicher sein, wenn die Grenze zwischen Traum und Wirklichkeit verwischt.«

»Das stimmt. Aber jetzt, in diesem Moment, weiß ich es.«

Ich ließ ihn ziehen, als er seinen Weg fortsetzte. Und ich fragte mich, ob ich die Verrückte war. Wieso kehrte ich nicht einfach zurück in die Kathedrale und lebte mein Leben als Obristin der Drachengarde und geehrtes Mitglied meines Hohen Hauses? Andere hätten es an meiner Stelle getan.

Aber ich war nie wie andere gewesen. Ich hatte immer meine eigenen Antworten gesucht.

Ich ging zurück in die Stadt.

28. Das Archiv

Ich zögerte, als ich die Bernsteinbrosche der Wordas an der Tunika des Archivars sah. Er war ein Mann mittleren Alters, dunkel gekleidet, was sein blondes Haar umso heller erscheinen ließ. »Ich wollte gerade in den Ratssaal«, sagte er. »Die Sitzung beginnt gleich.«

»Die Senatoren treffen sich?«, fragte ich.

»Sie kommen jetzt jeden Tag zusammen. Heute erwartet man keine besonderen Entscheidungen, aber die Beratungen sind immer eine willkommene Abwechslung von diesem hier.« Er zeigte hinter sich in das von Regalen ausgefüllte Kellergewölbe. Es wurde von der Laterne in seiner Hand nur unzureichend erhellt.

»Natürlich wird der Wunsch nach Kurzweil Euch nicht davon abhalten, Eurer Pflicht zu genügen«, sagte ich.

Er maß seinen Blick mit meinem. Ich war jünger und kleiner, ich trug die Brosche des Hohen Hauses Machon, aber auch die Rüstung der Drachengarde und den neuen Zahnstab, der mich als Obristin auswies. Diesen nahm ich jetzt demonstrativ zur Hand.

Er verstand. »Welches Werk darf ich Euch in den Lesesaal bringen?«

Ich wollte ungern die Blöße eingestehen, niemals zuvor das Archiv aufgesucht zu haben und deshalb nicht zu wissen, wo sich der Lesesaal befand. Außerdem misstraute ich dem Worda. »Mir geht es um den großen Krieg. Ich interessiere mich für die Taktiken, mit denen die Söldner ihre Stellungen gesichert haben. Schließlich bin ich jetzt für die Kathedrale verantwortlich.«

»Ich verstehe. Ich werde etwas Passendes heraussuchen.«

»Ich begleite Euch«, sagte ich schnell. »Dann kann ich das

Material in Augenschein nehmen. So sind wir sicher, das Richtige auszuwählen.«

Noch einmal warf er einen Blick auf die Treppe, die hinauf ins Erdgeschoss und von dort in den Ratssaal führte. Er seufzte. »Wollt Ihr eine eigene Laterne?«

»Das wäre angenehm.«

Er entzündete eine Kerze für mich und befestigte sie in einer Lampe, die er daraufhin sorgfältig verschloss.

»Ist das hier der einzige Zugang zum Archiv?«, fragte ich.

»Ja, natürlich.«

Die Tür bestand aus Eichenholz. Das Schloss wirkte rustikal, war für einen geschickten Dieb aber sicher zu knacken. Trotzdem kamen mir Zweifel an Fidelius' Geschichte. Selbst wenn er die Tür überwunden hatte – er hätte zunächst bis zu diesem Raum vordringen und später mit dem Buch entkommen müssen, das die Soldlisten enthielt. Der Senat gehörte jedoch zu den Gebäuden, die nachts bewacht wurden. Dieser Dienst war zwar langweilig, aber bei Weitem nicht so unbeliebt wie der in den Wachtürmen. Eine Nacht ohne Schlaf war einer ganzen Woche außerhalb der Stadt ohne Frage vorzuziehen. Auch das ewige Geheul der Geister war auf diesem Posten nur aus der Ferne zu hören. Jedenfalls hätte Fidelius an den Wachen vorbeikommen müssen, um dann die einzige Treppe hinunterzusteigen und diese Tür so lautlos zu öffnen, dass man ihn nicht bemerkte.

»Die alten Aufzeichnungen werden selten verlangt«, erklärte der Archivar. »Sie befinden sich ganz hinten.«

»Geht bitte voran.«

Ich betrachtete seinen Rücken, als er mich zwischen die Regale führte. Wie leicht wäre es, das Rapier zu ziehen und es ihm durch die Rippen zu stoßen …

»Wart Ihr bei dem Überfall auf meine Familie vor ein paar Nächten dabei?«, fragte ich.

»Wieso interessiert Euch das?«

»Ich weiß gern, mit wem ich es zu tun habe. Also, habt Ihr für die Ehre Eures Hauses gekämpft?«

Er wandte sich halb um, ging aber weiter. »Ja.«

Wieder schob sich der rote Schleier über mein Sichtfeld. »Habt Ihr einen Kampfhund geführt?«

Meine Hand legte sich an das Rapier. Warum fragte ich das in diesem Moment? Wenn sich herausstellte, dass er derjenige war, der den Hund auf Xina gehetzt hatte … was würde ich dann tun? Ihn wirklich töten? Obwohl er mich zu dem Buch führen sollte, das mir Gewissheit über Fidelius' Geschichte verschaffte?

»Nein. Ich habe eine Klinge geschwungen. Und niemanden damit getroffen, falls Euch das umtreibt.« Er lachte. »Ich war immer mehr der Feder als dem Stahl zugetan.«

Ich rief meine Gedanken zur Ordnung, als wir die rückwärtige Wand des Archivs erreichten.

»Wir sind da. Hier steht alles, was sich mit den Söldnern befasst.«

Auf den ersten Blick sah ich keine Lücke zwischen den Büchern. Bedeutete das, dass nichts fehlte? Hatte Fidelius mich tatsächlich belogen? Konnte ich mich dermaßen in ihm getäuscht haben? Mein Puls raste.

»Die Schriften über Kriegstaktiken sind auf mehrere Bände verteilt. Hier geht es um die Instandhaltung von Mauern, und hier …«

»Wo sind die Soldlisten?« Meine Ungeduld, das Netz aus Halbwahrheiten und Lügen zu zerreißen, war mir plötzlich unerträglich.

Fragend sah er mich an. »Die werden Euch nicht dabei helfen, die Kathedrale zu …«

»Ich will sie sehen!«, sagte ich bestimmt.

Er seufzte. »Ich erkenne zwar keinen Sinn darin, aber – bitte.« Er zog das ledergebundene Buch mit beiden Händen heraus. Es knallte, als er es auf ein Stehpult legte.

»Ist das alles?«, fragte ich.

»Es ist ziemlich dick«, wies er auf das Offensichtliche hin.

»Ich meine: Gibt es noch mehr Bücher wie dieses? Mit Soldlisten?«

»Nicht, dass ich wüsste.«

»Also könnte es noch eines geben, das Euch unbekannt ist?«

Er verschränkte die Arme. »Auf keinen Fall in dieser Bibliothek. Meine Aufgabe bringt weniger Ruhm ein als Eure, aber ich nehme sie ernst.«

»Und das war schon immer so?«, bohrte ich nach.

»Ich bin seit fünf Jahren Archivar. So lange ist dies die einzige Aufstellung von Soldlisten. Im großen Krieg mag es mehr gegeben haben, aber wenn es so ist, sind sie vor Jahrzehnten verloren gegangen.«

Ich betastete den Lederumschlag, als würde das Buch dadurch an Realität gewinnen. Hatte Fidelius mich also wirklich belogen? Oder konnte ich ihn missverstanden haben? Hatte er die Namen nur abgeschrieben?

Nein. Bei einem Buch dieser Dicke war das ausgeschlossen.

Ich fühlte mich erschöpft. War am Ende die Familie wirklich das Einzige, was zählte, wie mein Vater sagte? Konnte mir Astana den Halt geben, den ich immer mehr verlor? Sollte ich Stabilität und Gewissheit wählen, wie Glad arn Rubinsteyn es tat?

Ich schlug das Buch auf und blätterte darin. Es war mit Tabellen gefüllt, die in enger Schrift Namen, Einheiten und empfangene Zahlungen auflisteten. Ab und zu war ein Eintrag gestrichen, was die Eintönigkeit aber nicht aufzulockern vermochte.

Ich führte meine Lampe näher heran. »Warum sind die Seiten hier so gewellt?«

Der Archivar presste die Lippen aufeinander.

Ich beugte mich über das Pergament. »Es ist auch schmutzig. Was ist das für Dreck?« Ich blätterte weiter. »Hier auch. Und hier.«

Er schwieg beharrlich.

Meine Ungeduld erwachte wieder. Ich packte ihn am Kragen und schmetterte ihn an die Wand. Er ließ seine Laterne fallen, die Kerze erlosch.

»Rede! Was hat es mit diesem Buch auf sich?«

Trotzig starrte er mich an.

»Glaube mir, Worda«, sagte ich leise, »wenn du nicht sofort redest, kannst du ab morgen nur noch dünne Suppe essen.« Ich hob die Faust.

»Es war fort«, brachte er hervor. »Eure Leute haben es zurückgebracht.«

»Was meinst du mit meinen Leuten?« Ich ahnte die Antwort.

»Drachengardisten.«

»An dem Tag, als wir die Mönche in den Kerker brachten?«

»Ja.«

Ich ließ ihn los. Josefa musste sie ohne mein Wissen instruiert haben, nach dem Buch Ausschau zu halten, als wir zum Kloster ausgerückt waren. War das der wahre Grund, aus dem Vitora mich nicht hatte dabeihaben wollen?

Meine Anwesenheit hatte ihnen dennoch nicht geschadet. In der Unruhe des Überfalls war mir entgangen, wie die Gardisten das Buch gefunden und mitgenommen hatten. Hatte Vitoras Trupp deswegen das Hauptgebäude gestürmt?

Selbst meine eigenen Untergebenen spielten mit mir wie mit einer Puppe! Die Wut, die in mir aufstieg, mochte zum Teil durch Odem und Blut des DRACHEN hervorgerufen sein. Aber das war mir egal.

»Ich weiß, was ich erfahren wollte!« Ich ließ den Archivar los. »Gehen wir, bevor die Sitzung des Senats endet. Ich habe den Oberhäuptern etwas zu sagen.«

29. Die Anklage

Dass jemand während der laufenden Sitzung den Ratssaal betrat, war nicht ungewöhnlich. Wohl aber, dass ich, statt auf den kreisförmigen Rängen Platz zu nehmen, zum Zentrum schritt, wo die Senatoren auf ihren Thronen im Ring der zwei Dutzend Glasfiguren saßen.

Arlbert Rubinsteyns rote Augen hefteten sich mit einem Ausdruck auf mich, der zwischen Verwunderung und Zorn lag. Das bemerkte auch Eskado Rorngat, der gerade darüber sprach, dass man die Anzahl der Draken genau abwägen müsse. Er verstummte so abrupt, als habe er trotz seines Brustharnischs einen schmerzhaften Hieb empfangen.

»Ich habe etwas zu sagen, das alle angeht!«, rief ich.

Wie der Archivar angekündigt hatte, war der Senat an jenem Tag spärlich besucht. Nur verstreute Gruppen von Patriziern saßen auf den Rängen, insgesamt vielleicht einhundertfünfzig. Aber das würde ausreichen, um meine Botschaft in der Stadt zu verbreiten.

»Qualen erwarten uns! Uns alle – außer jene.« Ich zeigte auf die Senatoren.

Astana erhob sich, während ich langsam den Kreis zwischen den Thronen und den Glasfiguren abschritt, die im Senat besonders groß waren. Sie maßen einen Meter, und da sie auf Sockeln standen, musste man aufschauen, um in ihre Gesichter zu blicken. Viele hielten Degen oder Lanzen. Ob sie die Söldnerführer darstellten?

»Was immer du zu sagen hast, Zarria«, meinte Astana, »ich bezweifle, dass dies der rechte Ort dafür ist.«

Das Rot vor meinem Auge wurde so intensiv, als würde ich mich in der Empfangshalle der Rubinsteyns befinden.

»Oh, diese Zweifel kann ich zerstreuen, verehrte Matriarchin!« Ich deutete eine Verbeugung an, ohne in meiner Wanderung innezuhalten. »Zu lange wurde den Menschen vorenthalten, was sie zu wissen verdienen.«

»Manches Wissen tötet.«

»Und manche töten für das Schweigen.« Ich sah Arlbert Rubinsteyn an. »Sogar den eigenen Bruder, wenn er zu wanken beginnt.«

Er stieß seinen Stab auf den Boden. »Schluss jetzt! Büttel, macht diesem unwürdigen Spektakel ein Ende!«

Natürlich kannte ich die vier Kameraden der Stadtwache, die im Senat Dienst taten: den hinkenden Gibo, Quesa mit dem Schweinsgesicht, die kahlköpfige Intana und Rebos, der bei einem Kneipenspiel mit einem Messer den kleinen Finger der linken Hand verloren hatte. Jeden von ihnen hatte ich bei den Fechtübungen besiegt, aber gemeinsam waren sie mir überlegen.

»Wollt Ihr weiter für dumm verkauft werden, edle Patrizier?«, rief ich den Zuschauern zu. »Dann duldet, was hier geschieht! Ansonsten hört mich an und entscheidet danach selbst, was mit mir passieren soll!«

Unter den Merrials regten sich zustimmende Rufe. Einige ihrer jungen Patrizier zogen die Klingen und stellten sich um den Ring aus Glasfiguren, um mich so vor den Bütteln abzuschirmen. Sie bekamen Verstärkung aus anderen Familien, wenn auch weniger zahlreich. Vielleicht kam den Jungen gelegen, dass ich die Senatoren herausforderte.

»Jeder von uns hat das Heulen und Klagen der Geister gehört!«, rief ich. »Wir ahnen, welche Schmerzen sie leiden. Aber wer weiß schon, dass sie nicht irgendwelche Kreaturen aus dem Nebel sind?« Ich sah alle Blicke auf mich gerichtet. »Es sind unsere Eltern, unsere Kinder und unsere Geschwister, die dort leiden! Jene, die gestorben sind und deren sterbliche Überreste wir jenseits der Stadtmauer beigesetzt haben. Auch meiner Schwester Xina ist das widerfahren. Sie ist nun ein Geist, und sie leidet, weil sie nicht mehr lebt, aber auch keine Ruhe findet! Ich bin ihr begegnet, draußen im Moor!«

»Sie ist verrückt!«, rief Madetta Ienbark. Mit ihren harten Zügen ähnelte sie meiner Matriarchin Astana, wie sie in zwanzig Jahren aussehen mochte.

»Nein, verrückt ist Josefa Rubinsteyn! Warum erkennt Ihr das nicht? Seht Euch doch ihren Wahn an. Ich war dabei, als sie im Amphitheater mit Gefangenen ihre Spiele trieb. Ich habe die Lust an Schmerz und Leid in ihrem Gesicht erkannt. Was sie will, ist das hier!« Ich zeigte auf eine Glasfigur. »Immer mehr davon. Und Ihr helft ihr dabei!«

Arlbert stützte sich auf seinen Stock, um aufzustehen. »Der Odem des DRACHEN hat schon früher so manchen schwachen Verstand verwirrt. Ganz offensichtlich trägt Zarria Machon zu schwer an der Bürde ihres neuen Amts ...«

»Das Ihr selbst an Euch reißen wolltet, wofür Ihr Euren Bruder vergiftet habt!«, klagte ich ihn an. »Weil er Gefallen an der Lehre der Mönche fand, die die Geister unserer Toten von ihrem Leid erlösen.« Ich ließ den Blick über die Oberhäupter schweifen. »Habt Ihr gemeinsam den Tod von Gerro Rubinsteyn beschlossen? Oder war Euch nur recht, dass Arlbert es allein tat?«

Patriarch Olan Werenstolz stürzte sich auf mich. Er war an die fünfzig Jahre alt, aber kräftig.

Ich wusste, wie man verhindert, gepackt zu werden. Ich tauchte seitlich unter seinen Armen weg und stellte ihm ein Bein. Er strauchelte und fiel neben den Sockel einer Glasfigur.

»Gerro hat erkannt, dass die Mönche unsere Hoffnung waren! Josefas Wahn hat sie nicht erreicht. Aber Ihr seid so versessen darauf, die Ordnung zu erhalten, die Eure Macht sichert, dass Ihr der Drachenmeisterin jeden Gefallen erweist, und sei er noch so irrsinnig.«

»Zarria, du redest wirr«, sagte Astana fest. »Ich werde dich jetzt mit nach Hause nehmen.«

Ich lachte auf. »Es ist doch schon längst zu spät! Wollt Ihr alle hier einsperren?« Ich deutete auf die Zuhörer. »Dafür habt Ihr zu wenige Büttel.«

Die vier anwesenden Mitglieder der Stadtwache standen zögerlich zwischen dem untersten Rang und der Formation der jungen Patrizier, die mich schützten.

»Euer Trug ist durchschaut!«, rief ich. »Nur Ihr selbst hängt ihm noch an. Zerreißt endlich den Wahn, der Euch an Josefa Rubinsteyn fesselt! Der Feind ist längst vergangen. Niemand braucht uns noch zu schützen, erst recht nicht die Geister. Dort draußen, jenseits der Stadtmauer, warten der Friede auf unsere Toten und die Freiheit auf uns!«

Als sich Olan Werenstolz nochmals näherte, riss ich das Rapier aus der Scheide und hielt ihm die Spitze entgegen. »Denkt nach, Patrizier der Stadt! Welchen Grund hätte ich, zu tun, was ich heute tue, wenn es mir nicht um Wahrheit und Gerechtigkeit ginge? Ich war versorgt, die Obristin der Drachengarde! Aber Ihr seid bedroht. Nach dem Tod wartet die endlose Qual, die ich bei meiner Schwester gesehen habe, auf Euch und jene, die Ihr liebt!«

Rückwärtsgehend verließ ich den Kreis der Glasfiguren. »Ich habe gesagt, was ich sagen wollte. Den Rest macht mit denen aus, die Euch führen und die Euch getäuscht haben.«

Ich nutzte den ausbrechenden Tumult, um den Senat zu verlassen.

30. Der Gefangene

Als ich vor ihm stand, merkte ich, wie ähnlich ich dem DRACHEN geworden war. Zwar unterschieden wir uns in der Gestalt, aber auch ich spürte Ketten, die mich niederhielten. Und auch in meinen Adern brannte Feuer, viel heißer, als ich es aus der Zeit vor meiner Ernennung zur Obristin kannte. Ich hatte erwartet, das Drachenblut, das ich getrunken hatte, würde sich verbrauchen wie Nahrung. Aber wenn ich an meinen Ausbruch gegenüber dem Archivar und vor allem an den Auftritt im Senat dachte, dann war es wohl ein Teil von mir geworden.

Nur am Anfang meines Weges durch die Stadt hinauf zur Kathedrale waren mir einige Patrizier hinterhergekommen. Manche hatten mich beschimpft, aber die meisten hatten ihre Aufregung über meine Behauptung mit mir geteilt. Ich hatte sie gebeten, sie überall zu verbreiten. Das Wissen, endlich bekannt zu machen, was der Senat so lange verschwiegen hatte, verschaffte mir Befriedigung.

Aber auf dem Weg die Treppe hinauf hatte mich der Sprühregen des Wasserfalls abgekühlt. Inzwischen fragte ich mich, ob ich übereilt gehandelt hatte. Schließlich war ich offenbar die erste Eingeweihte, die das Schweigen brach. Hatten alle anderen – die Oberhäupter der Familien, die Obristen der Drachengarde und wer sonst noch Bescheid wusste – tatsächlich nur die Angst vor Josefa Rubinsteyn und der Wunsch, die eigene Position zu erhalten, am Reden gehindert? Oder hatte ich etwas Wesentliches übersehen? Glaubten die anderen wirklich an einen Feind hinter dem Leidenden Land, der über die Stadt herfallen würde, sobald die Gespenster sie nicht mehr bewachten?

Ich schüttelte den Kopf. Der Gedanke war absurd. Niemand

konnte wissen, was sich in den letzten neunzig Jahren in dem Land jenseits der Geister zugetragen hatte. Wahrscheinlich hatte man längst vergessen, dass es uns gab.

Dennoch wuchsen, je länger ich darüber nachdachte, die Zweifel, ob ich mit meiner Ansprache überhaupt etwas bewirkt hatte. Sicher, ein wenig Unruhe verbreitete sich nun, aber hatte ich mich etwa nicht wie eine Verrückte aufgeführt? Das würden die Senatoren nutzen, um meine Worte ins Lächerliche zu ziehen.

Ich war beinahe allein in der Kathedrale, zumindest, was Menschen anging. Einige Gardisten, die noch nichts von dem Vorfall im Senat wussten, sprachen in einem Seitenschiff miteinander. Die Draken auf den Emporen wirkten schläfrig.

Und dann war da natürlich der Drache. Niemals war ich ohne Josefa so nah vor ihm gestanden. Ich stellte mich schräg vor das Maul, während er eines seiner Jungen fraß, und sah in sein rechtes Auge. Ob er wohl jemals weinte? Oder waren die Iriden wirklich so heiß wie geschmolzenes Gold, sodass alle Feuchtigkeit in ihnen verdunstete?

Ich sah über die Schulter zum Portal. Die tief stehende Sonne strahlte den Nebel des Wasserfalls an. Er sah aus wie roter Dampf.

Hatte ich tatsächlich erwartet, die Oberhäupter würden ihre Haltung überdenken? Als ich vom Mord an Gerro gehört hatte, war meine größte Furcht ein Krieg zwischen den Hohen Häusern gewesen. Hatte ich nun selbst einen solchen ausgelöst? War es richtig, für Wahrheit und Gerechtigkeit einzutreten, auch wenn eine Lüge Tausenden das Leben rettete?

Der Drache schnaubte. Sein heißer Odem umhüllte mich. Früher hatte ich meist den Atem angehalten, um möglichst wenig davon in die Lungen zu bekommen. Jetzt sog ich ihn tief ein.

Auf seltsame Weise spürte ich die Ketten, die den Vielgehörnten hielten, an meinem eigenen Körper. Auf dem Rücken, um die Gelenke von Füßen und Händen. Ich glaubte sogar, Schwingen zu fühlen, die mir aus den Schultern sprossen, aber ebenfalls niedergehalten wurden.

Der Drache nagte am Oberschenkel des Draken. Als sich das Fleisch vom Knochen löste, hörte sich das an wie das Reißen eines Tuchs.

Ich schmeckte Blut in meinem Mund. Unwillkürlich bewegte ich den Unterkiefer, aber nicht, als würde ich kauen. Der Drache hatte keine platten Backenzähne, er schlang hinunter, was er fraß. Ich musste mich zurückhalten, um nicht zu dem Draken zu gehen und ebenfalls Finger und Zähne hineinzuschlagen. Nur ein verlöschender Teil von mir spürte Ekel bei der Vorstellung, das rohe Fleisch der Echse zu verspeisen.

Wie gelang es Josefa, den Drachen unter ihren Willen zu zwingen? Obwohl ich die Ketten spürte, waren sie unmöglich die einzige Erklärung. Vielmehr kamen sie mir lächerlich vor, denn ich spürte auch die Kraft im Körper des Vielgehörnten. Er war anders als ein menschlicher Gefangener, dessen Muskeln erschlafften, wenn er sie lange nicht bewegte. Der Drache nährte sich von Nachtmahren, seine Stärke kam aus seinem Hass.

Und dieser war gewaltig. Das unbegreifliche Wesen litt darunter, in unwürdige Gefangenschaft gezwungen zu sein. Es wollte die Kathedrale zertrümmern, Josefa und mich und alle Menschen zermalmen, die Stadt verheeren und dann in den Himmel aufsteigen, wo es frei wäre.

Doch was hielt den Drachen davon ab?

Ich betrachtete die Glasfiguren auf ihren Sockeln. Mit ihrer Hilfe unterwarf sich Josefa die Geister, in diesen Statuetten lag ihr dunkler Zauber. Kontrollierte sie den Drachen ebenfalls mit einer solchen Figur, obwohl er nicht tot war?

Ich wusste so wenig! Aber der Gedanke folgte der Logik des Wenigen, das mir bekannt war.

Mit meiner Rede im Senat hatte ich alle Familien gegen mich aufgebracht. Das konnten sie sich unmöglich bieten lassen. Ich wusste, dass sie mich bald holen würden.

Wenn ich also handeln wollte, und dazu drängte das Drachenfeuer in mir, musste ich es rasch tun.

Ich nahm an, dass es eine Glasfigur gab, die den DRACHEN bannte. Zwar wusste ich nicht, wie man diese handhaben konnte, aber sie wäre zweifelsohne Josefas wertvollster Besitz. Wenn ich sie an mich bringen würde, besäße ich ein gewichtiges Pfand in den Verhandlungen mit der Drachenmeisterin.

Ich ging am DRACHEN entlang durch die Kathedrale. Ich hatte eine Ahnung, wo Josefa dieses wertvolle Stück verwahrte. War sie mir vom Vielgehörnten eingegeben worden, dessen Odem ich geatmet hatte? Schließlich hatte ich seine Sinne erfasst – warum also nicht auch die Gedanken? Er wollte seinem Kerker entkommen, und das würde nicht gelingen, solange Josefa diese Figur hatte. Falls sie existierte. Oder war auch das ein Hinweis, den mir der DRACHE eingab?

Ich erreichte gerade seinen Schweif, als ich Unruhe am Portal hörte. Dort war es heller als im hinteren Bereich der Kathedrale. Daher konnte ich zwar die Menschen sehen, die jetzt hereindrängten, war mir aber recht sicher, dass ich ihren Augen entging.

Mit federnden Schritten überwand ich die zwölf Stufen zu dem höher gelegenen Podium. Zügig passierte ich den Steintisch, an dem ich jetzt hineingemeißelte Flammen und Kreuze entdeckte. So gelangte ich zum Granitsockel mit der lang gezogenen Truhe darauf. Ihr Gold schimmerte in der schattigen Umgebung und reflektierte das Licht der Funken, die in den sieben auf ihr stehenden Statuetten schwebten. In die Seiten war eine Darstellung gehämmert, die mehrere Figuren zeigte, die Steine nach einem auf dem Boden kauernden Mann schleuderten. Hinter der Menge stand mit erhobener Hand jemand, zu dessen Füßen ein Haufen Tücher lag.

Größeres Interesse erregte bei mir die Entdeckung, dass es sich tatsächlich um eine sargähnliche Truhe handelte. Deutlich sah ich die Fuge, die zwischen Deckel und Hauptkörper verlief. Schnell umrundete ich den Sockel. Die Goldtruhe war einen halben Meter breit und zwei Meter lang. Unterschiedliche Darstellungen zierten ihre Wände. An der Seite, die zum DRACHEN ausgerichtet war, schwebte ein halb nackter Mann in den Wolken. Ein Strahlenkranz umgab seinen Kopf, und in einer Hand hielt er ein Kreuz.

Scharniere oder ein Schloss entdeckte ich nirgendwo, also ließ sich der Deckel wohl anheben. Ich stellte mich an die hintere Schmalseite, legte die Handballen unter die Eckkanten und drückte.

Ich war nicht besonders stark, doch jetzt spürte ich eine Kraft in mir, die wenig mit Muskeln zu tun hatte. Für einen Wimpernschlag sah ich die dunkle Umgebung in einem Goldschimmer.

Meine Arme protestierten und auch der Rücken schien mich zu warnen, dass die Wirbelsäule nicht für eine solche Belastung gemacht war, aber das schwere Stück hob sich. Ich sah, dass ein Steg den Halt des Deckels im unteren Teil sicherte.

Trotz meiner ungewohnten Stärke konnte ich die Last unmöglich allein von der Truhe heben. Aber es gelang mir, den Deckel zur Seite zu schieben und dabei eine Öffnung zu schaffen. Vorsichtig ließ ich ihn los, griff um die Kante der Seitenwand, suchte mit einem Fuß Halt in einer flammenförmigen Vertiefung im Steinsockel und zog mich hoch. Durch das gestreckte Dreieck, das ich freigelegt hatte, spähte ich ins Innere.

Zuerst erkannte ich nur rote Funken. Ich hielt die Luft an, weil dies der Farbe entsprach, die ich bei Xinas Geist gesehen hatte. Außerdem erhärtete der Anblick den Verdacht, dass eine Glasfigur in der Truhe lag. Es passte zu Josefas Charakter, die Statuette, mit der sie den DRACHEN kontrollierte, in dessen unmittelbarer Nähe und doch für ihn unerreichbar zu verwahren. Zudem war das goldene Behältnis ein würdiger Aufbewahrungsort auch für ein solch wertvolles Gut.

Aber zugleich würde ich vor einem unlösbaren Problem stehen, wenn die Glasfigur des DRACHEN auch nur annähernd die Dimensionen hatte, die diese Truhe nahelegte. Und das erschien mir durchaus plausibel. Die Statuetten im Senat waren einen Meter hoch, was bewies, dass Josefa nicht auf die üblichen Abmessungen beschränkt war. Wenn ich bedachte, dass der DRACHE das Mittelschiff der Kathedrale füllte, wären selbst zwei Meter Länge im Vergleich zu den Figuren, die Menschen darstellten, eine Verniedlichung.

Ich hörte Stimmen näherkommen. Vermutlich suchte man nach mir. Es war sehr wahrscheinlich, dass meine Rede vor den Senatoren Anlass der Aufregung war.

Ich griff in die Truhe.

Ich war sowohl erleichtert als auch verwundert, als ich die Figur ertastete. Sie war nicht größer als die gewöhnlichen Exemplare, wie sie etwa auf dem Deckel angebracht waren, und auch die Form war im Groben die eines Menschen. Keinesfalls glich sie dem DRACHEN.

Hatte ich mich getäuscht?

Mir blieb nur wenig Zeit. Ich bezähmte meine Ungeduld, um die Figur ruhig herauszuziehen, ohne dass sie an den Deckel anschlug und zerbrach.

Zuerst dachte ich, der Kopf sei ungewöhnlich lang gezogen, aber als ich die Statuette so drehte, dass ich sie besser erkennen konnte, sah ich, dass sie einen sich zunächst weitenden und dann in einer Spitze auslaufenden Hut trug. Darauf war das Kreuzsymbol abgesetzt, ebenso wie an den Enden der Stola, die über die Robe fiel. In einer Hand hielt sie einen Hirtenstab, die andere hatte sie erhoben, wobei sie Zeige- und Mittelfinger streckte. Josefas Arbeit war in allen Einzelheiten so genau, dass ich, als ein roter Funke den Weg dorthin fand, einen in einen Ring eingefassten Edelstein erkannte, in den ebenfalls das Kreuz geritzt war.

Um sicherzugehen, griff ich nochmals in die Truhe, obwohl ich kein Licht mehr darin sah. Meine tastende Hand fand dennoch etwas, nämlich eben jenen Ring. Er war so groß, dass er ein Fingerglied komplett bedeckte, und das Juwel war ein wasserblauer Aquamarin.

Ich steckte das Schmuckstück an, beugte mich über die Öffnung und schob meinen Arm in die Truhe, so weit ich konnte, fand aber nichts mehr. Ich sprang hinunter und stellte die Glasfigur hinter dem Sockel ab. Die roten Funken tanzten wild, während ich den Deckel wieder anhob und in seine ursprüngliche Position zurückschob. Das Geräusch, mit dem er auf dem Unterteil aufsetzte, erschien mir sehr laut. Ich hoffte, dass die Suchenden in der Kathedrale es überhörten, weil ihre Gespräche sie ablenkten.

Wenn ich Glück hatte, würden sie zuerst in meinem Quartier und im Trakt der Drachengarde nachsehen. Dennoch war meine Entdeckung nur noch eine Frage der Zeit. Sie konnten unmöglich so dumm sein, das Portal unbewacht zu lassen.

Ich hatte eine Figur in der Goldtruhe gefunden, aber es war nicht die des Drachen. Oder doch? Woher wollte ich wissen, dass die Statuetten immer Nachbildungen desjenigen waren, dessen Seele sie einschlossen? Die Tänzerin im Ostturm sah ganz bestimmt nicht aus wie die Anführerin einer Söldnertruppe, und dennoch musste sie eine Fürstin der Geisterwelt sein, wenn sie die anderen hatte abhalten können, die Anlage zu überfallen.

Doch selbst wenn diese Figur zum Drachen gehörte, würde mir das kaum etwas nützen, weil das niemand erkannte. Für Josefa war sie bestimmt wertvoll, aber solange sie nicht dabei war, würde sich keiner darum scheren, wenn ich drohte, die Statuette zu zerstören. Und Josefas Stimme hörte ich nicht.

Statt die Treppe zu nehmen, die zum tiefer gelegenen Bereich des Mittelschiffs führte, ließ ich mich zwischen den Säulen in den umlaufenden Wandelgang ab.

Wessen Seele auch immer in dieser Figur steckte, überlegte ich, der musste etwas Besonderes sein. Darauf deutete auch das merkwürdige Gewand hin, das noch am ehesten denen der Medien glich.

Die Medien! Der blumenumrankte Zugang zu ihrem Trakt befand sich ganz in der Nähe. Die Wahrscheinlichkeit, dass ich dort auf Glad arn Rubinsteyn treffen würde, war sehr hoch. Da er schon lange in der Kathedrale lebte, war er mit ihren Eigenheiten besser vertraut als ich.

Als ich die Schwelle überschritt, fand ich mich nicht wie beim letzten Mal in dem endlosen, gelben Gang wieder, sondern in einem Zimmer mit Wänden aus riesigen Kristallen. Sie funkelten so hell, dass sie mein Auge blendeten. Ich sah keinen Zugang außer dem, durch den ich gekommen war, aber ich erinnerte mich, dass das nur meiner Wahrnehmung geschuldet war. In Wirklichkeit mochten sich an diesem Ort viele Türen befinden.

Da ich jedoch nicht wusste, wohin ich mich bewegen sollte, rief ich Glads Namen. Zu meiner Erleichterung erschien ein Schatten, der sich in ihn verwandelte. Er sah übernächtigt aus, als er aus dem Kristall trat.

»Ich habe keine Zeit für Erklärungen«, sagte ich. »Kennst du diese Figur?«

Er fuhr sich durch das blonde Haar, betrachtete den Mann mit dem auffälligen Hut und dem Hirtenstab, und schüttelte den Kopf. »Woher habt Ihr sie?«

»Aus der goldenen Truhe.«

Als er mich fragend ansah, fügte ich hinzu: »Im hinteren Teil der Kathedrale.«

Seine Augen weiteten sich. »Ihr habt den Schrein geöffnet?«

»Wenn ›Schrein‹ das Wort dafür ist – ja. Und ich bin sicher, dass diese Figur wichtig ist, sonst würde sie nicht darin verwahrt.«

Er nahm mir die Statuette ab und musterte sie sorgfältig.

Ich zog den Ring von meinem Finger. »Den hier habe ich auch gefunden. Ich vermute, es ist derselbe, den auch die Figur trägt.«

»Da ist eine Inschrift.« Er drehte das Schmuckstück, um die Innenseite unter dem Juwel zu betrachten. »›Marcus Cardinalis Codae‹«, las er vor.

»Was soll das bedeuten?«

»Das ist Latein.« Er sah mir an, dass mir der Begriff fremd war. »Eine sehr alte Sprache. Die gleiche, die ich bei der Anrufung benutzt habe.«

»Eine ausgezeichnete Idee!«, rief ich. »Wir müssen den Geist dieses Mannes rufen! Er weiß sicher viel über Josefa und den Drachen.«

»Es wäre möglich …«, murmelte Glad. »›Coda‹ ist in den alten Texten der Name der Stadt, ›Codae‹ bedeutet ›von Coda‹. Was ›Cardinalis‹ heißt, weiß ich nicht, aber ›Marcus‹ könnte sein Name sein.«

»Mit dem Namen können wir ihn rufen!«, jubelte ich.

Glad ließ den Ring sinken. »Ich glaube nicht, dass ich das will.«

»Wieso …«, stotterte ich. »Wir sind doch so weit gegangen, und jetzt …«

»Ihr seid so weit gegangen«, korrigierte er mich. »Es war nie mein Weg.«

Mir war klar, dass ich nur noch vorwärts gehen konnte. Hinter mir wartete nichts anderes als der Kerker und Josefas Garten im Amphitheater. Ich legte eine verzweifelte Hoffnung in diese Glasfigur, aber es war meine einzige.

Bislang hatte ich mich immer mit anderen Mitteln durchgesetzt, und ich fühlte mich schäbig dabei, aber ich legte die Hände um Glads Gesicht, schloss mein Auge und küsste ihn. An der Art, wie er seine Zunge von meiner hin- und herschieben ließ, merkte ich, dass er so etwas noch nicht gemacht hatte. Ich fürchtete, er könnte die Figur fallen lassen, und nahm sie ihm ab.

»Ich brauche dich«, flüsterte ich.

Die Verwirrung stand überdeutlich auf seinem Gesicht. Er drehte sich um, und ich folgte ihm. Auch dann, als es aussah, als durchschreite er den spiegelnden Kristall. Dahinter lag ein Gang aus dunklem Stein, in dessen Wänden in regelmäßigen Abständen Nischen mit Öllampen angebracht waren. Wir bogen an mehreren Kreuzungen ab, jedes Mal nach links, was uns eigentlich schnell zu unserem Ausgangspunkt hätte zurückführen müssen. Stattdessen fanden wir uns in einer kleinen Kammer wieder, die ich als ein mit dem Nötigsten ausgestattetes Schlafgemach erkannte.

Scheu sah Glad mich an.

Ich küsste ihn nochmals. Es fühlte sich genauso falsch an wie beim ersten Mal, aber ich wollte seine Gedanken daran hindern, einem fatalen Pfad zu folgen.

Er holte Wasser, Kohle, Stein und Luftbeutel aus einer Truhe und stellte sie auf den Boden. Ich platzierte die Glasfigur zwischen ihnen.

»Tu es!«, bat ich.

Er begann, unbekannte Worte aus vokalreichen Silben zu formen. Die roten Funken sammelten sich sofort im Kopf der Figur, und kaum sprach Glad den Namen ›Marcus‹ aus, strömte farbiger Nebel heraus.

Ich war so fasziniert, dass ich zu nahe am Geschehen blieb. Ich atmete etwas von den roten Schlieren ein, noch während sich der Geistkörper formte.

Plötzlich schossen hohe Mauern auf. Der Raum, in dem

ich mich eben noch mit Glad befunden hatte, war verschwunden. Stattdessen stand ich in der Kathedrale, die unzählig viele Kerzen erleuchteten. Helles Licht kam in bunten Fingern durch die Glasfenster. Die Flugöffnung für die Draken im Dach fehlte – und auch der DRACHE.

Das Mittelschiff, auf das ich vom erhöhten Bereich aus blickte, war mit Bankreihen gefüllt, in denen singende Menschen standen. Auch jeder von ihnen hielt eine Kerze, weiß, mit einem roten Kreuz und einigen Zeichen geschmückt.

Neben mir stand ein Mann, den ich auf den ersten Blick als denjenigen erkannte, nach dessen Bild die Glasfigur geformt war. Er trug ein strahlend weißes, kleidartiges Gewand. Der spitze Hut war rot, das Kreuz darauf golden, wie auch die Krümme an seinem Hirtenstab.

Der Gesang der Menge stieg zum Dach auf. Die Empore war mit Patriziern gefüllt, was ich an ihrer vornehmen Kleidung erkannte. Sie trugen die Farben der Häuser, Rot für die Rubinsteyns, Grün für die Machons, Bernstein bei den Wordas. Sie waren zu weit weg, als dass ich ihre Gesichter hätte erkennen können. Auch sie hielten Kerzen und sangen.

»Was ist das hier?«, fragte ich.

»Die Wirklichkeit, in der ich gelebt habe«, sagte der Mann. »Ich bin Marcus Kardinal Lenan, Erzbischof von Coda, und ich habe lange darauf gewartet, dass jemand zu mir kommt. Hat die kleine Josefa die Stadt gerettet, wie sie es versprochen hat?«

31. Blick in die Vergangenheit

Ich starrte abwechselnd Marcus und die versammelte Menge an.

»Sie können dich nicht sehen«, sagte er. »Sie sind nur eine Erinnerung in meinem Verstand, die mir hilft, die Dunkelheit zu ertragen. Wie lange ist es her?«

»Ihr meint, wie lange die Glasfigur mit Eurer Seele in der Truhe lag?«

»Im Schrein.« Er lächelte. »Einst ruhte darin eine Reliquie von Stephanus, dem ersten Märtyrer. Josefa fand es wohl amüsant, mich dort einzusperren und die Opfer der anderen Familien zu Wächtern zu bestellen.«

Ich dachte an die sieben Glasfiguren, die auf dem Deckel der goldenen Truhe angebracht waren. Ihrer Kleidung nach handelte es sich um Patrizier.

»Es ist so gewesen, seit ich mich erinnern kann«, sagte ich. »Vermutlich schon viel länger. Der DRACHE liegt seit neun Jahrzehnten in der Kathedrale angekettet.«

Marcus' Mund öffnete und schloss sich, ohne dass er einen Laut herausbekommen hätte. Er sah auf die Versammelten mit ihren Kerzen.

»Ich fürchte, wir haben nur wenig Zeit«, drängte ich. »Es gibt viele Fragen.«

»Ich … meine Erinnerung ist lückenhaft. Neunzig Jahre …«

»Josefa Rubinsteyn ist wahnsinnig geworden«, berichtete ich. »Sie treibt grausame Spiele mit den Lebenden und macht die Toten zu ruhelosen Geistern.«

»Noch immer? Aber der Preis für den DRACHEN sollte beglichen sein … Ein Leben aus jedem der acht Hohen Häuser …«

»Acht? Es gibt doch nur sieben.«

Er zog die Brauen zusammen. »Rubinsteyn, Merrial, Werenstolz«, zählte er auf, »Rorngat, Ienbark, Worda, Machon und Lenan.«

»Von einem Haus Lenan habe ich nie gehört.«

»Das ist die Familie, der ich entstamme. Wir stellen die meisten Priester Codas. Auch die Steinmetze, die die Kathedrale instand halten. Unser Palast steht ihr am nächsten, weil ein Verbindungsgang durch den Berg bis hinauf in die Kathedrale führt.« Sein Blick bekam etwas Bittendes. »Unmittelbar am Netol.«

»Zwischen der Kathedrale und dem Palast der Rubinsteyns gibt es eine Ruine am Ufer des Flusses«, sagte ich vorsichtig.

»Eine Ruine!«, rief er. »Und der Name Lenan ist nicht mehr bekannt?«

»Acht Throne stehen im Senat, aber man sagt, nur sieben seien für die Oberhäupter der Hohen Häuser gedacht, der letzte für die Weisheit. Es gibt Gerüchte, dass einmal noch mehr Hohe Häuser existierten, aber niemand schert sich darum.«

Marcus lachte auf. »Josefa hat behauptet, der DRACHE fordere ein Opfer aus jeder Familie, um Coda nach dem großen Sieg zu verschonen. Ich meldete mich für mein Haus, und jedes der anderen wählte jemanden aus. Gesund mussten sie sein, hatte Josefa gesagt, um die Kraft zu haben, die Stadt vor dem Zorn des DRACHEN zu schützen, der zuvor die Heere vernichtet hatte. Ich harrte in der Dunkelheit aus, weil ich glaubte, den Menschen damit einen Dienst zu erweisen.«

»Dann ist Euer Geist nicht durch das Leidende Land gewandert?«

»Ich war immer hier, im Schrein. Ab und zu hörte ich etwas, aber … neunzig Jahre … Mein Gedächtnis hat gelitten.«

Ich stellte mir vor, wie es war, neun Jahrzehnte reglos in der Dunkelheit zu verbringen. Dieser Mann hatte Josefa noch als junges Mädchen gekannt!

»Ich muss mehr über Josefa und den DRACHEN wissen«, sagte ich. »Heute beherrscht sie ihn, und damit die ganze Stadt. Sie ist die Drachenmeisterin.«

Ungläubig schüttelte Marcus den Kopf, eine Geste, die durch den voluminösen Hut vergrößert wurde. »Sie war ein Mädchen mit ungewöhnlichen Träumen. Ihre Mutter kam oft zu mir und fragte mich, wie man ihr abgewöhnen könne, sich bei jeder Gelegenheit zu den Glasbläsern davonzustehlen. Ich wollte ihr helfen, mit dem Kind zu sprechen. Als ich die Schönheit der Figuren sah, die Josefa geschaffen hatte, kamen mir die Tränen. Dennoch ermahnte ich sie, dass sie ihren Eltern gehorchen müsse. Ich lag lange wach deswegen. Ich betete um Rat, ob ich Gottes Willen richtig verstanden hatte. Sein Gebot, Vater und Mutter zu ehren, ist eindeutig. Aber ein solches Talent zu ersticken ... Es erschien mir wie ein Mord.«

»Bitte. Sie hat sich verändert. Heute ist Josefa eine alte und grausame Frau. Ihre einzige Freude liegt in der Qual anderer. Wenn Ihr etwas darüber wisst, wie sie den DRACHEN kontrolliert, dann sagt es mir! Hat Josefa vielleicht die Figur eines Drachen geschaffen?«

»Ja.« Er sah durch mich hindurch. »Ein Drache, schön und fürchterlich zugleich. Noch nicht einmal die Engel haben solche Pracht geschaut, nur Gott der Allmächtige selbst. Sie ist damit auf das Dach der Kathedrale gestiegen. Und dann ist der echte DRACHE erschienen.«

Ich hatte recht! Es gab eine Glasfigur des DRACHEN. Sie musste anders entstanden sein als die von Fidelius, denn vor dem DRACHEN hatte es keine Draken gegeben, in deren Feuer Josefa sie hätte formen können. Die Wirkung mochte dennoch dieselbe sein. Ich musste herausfinden, wo sie sich befand.

Aber zuvor hatte ich eine weitere Frage an Marcus. »Es gab Mönche, die den Geistern Ruhe geschenkt haben. Sie sind alle tot, aber sie berichteten mir von einem Grabsegen. Da auch Ihr das Zeichen des Kreuzes tragt, vermute ich, dass Ihr davon wisst. Wie muss ich diesen Segen sprechen, um meiner Schwester Frieden zu geben?«

»Du hast keine Weihe empfangen, die dir den Segen ermöglichen würde. Du brauchst einen Priester.«

»Aber es gibt keine Mönche mehr. Wo soll ich dann einen Priester finden?«

Marcus seufzte. »Ich hoffte auf frohe Kunde, die mir bestätigt, dass mein Opfer einen Sinn erfüllt. Nun scheint alles zu Trümmern zerfallen zu sein.« Er sah mich prüfend an. »Aber Gott ist größer, als wir es uns vorstellen können. Ich werde dich die Worte lehren, und alles Weitere liegt in seiner Gnade. Sprichst du Latein?«

»Diese Sprache ist vergessen.«

Er nickte. »Dann werden es auch gewöhnliche Worte tun.«

Marcus sagte mir die Formel vor, und ich wiederholte sie, erst in Teilen, dann vollständig. Es dauerte eine Weile, denn sie war lang, und am Ende hatte ich das seltsame Gefühl, dass etwas meine Handgelenke zusammendrückte. Ich konnte jedoch nichts entdecken.

»Denke nicht nur an deine Schwester«, mahnte Marcus. »Schenke allen Menschen Frieden, wenn du es vermagst.«

»Ich muss die Namen kennen und die Gebeine finden. Bei Xina weiß ich, wo sie begraben liegt. Für die anderen wird es schwieriger, aber ich werde es versuchen.«

Marcus sah auf die Menge. Ich hatte inzwischen bemerkt, dass sie immer wieder dasselbe Lied sang. Auch die Bewegungen wiederholten sich, an einer bestimmten Stelle fiel einer Frau in der dritten Reihe der Hut vom Kopf.

»Josefa«, murmelte er. »Es ist schrecklich, was du von ihr berichtest, aber man darf keinen Menschen aufgeben. Ich bin sicher, das kleine, verträumte Mädchen lebt noch irgendwo in ihr.«

Ich überlegte, womit Marcus mir noch helfen könnte. War

jetzt wirklich noch entscheidend, wie Josefa die Glasfigur geschaffen hatte, oder gab es Wichtigeres? »Man sagt, auch in der Geisterwelt gäbe es Fürsten. Was wisst Ihr von …«

Die Kathedrale, die Menge, Marcus, meine ganze Wahrnehmung zerfloss, als bestünde sie aus farbigem Wasser, das blitzschnell ineinander lief und versickerte. Ich befand mich wieder in Glads kleiner Kammer.

Wir waren nicht mehr allein. Trestan, ein Gardist mit buschigen, zusammengewachsenen Augenbrauen, stand mit verschränkten Armen hinter Glad, der meinem Blick auswich.

»Du hast einiges Talent.« Das war Josefas Stimme!

Als ich mich zur Sprecherin umdrehte, bemerkte ich, dass ich die Hände nicht bewegen konnte. Man hatte sie mir auf den Rücken gebunden, während ich in der Vision gefangen gewesen war!

Neben Josefa standen zwei weitere Gardisten, Kilia, die immer zu klein für ihre Rüstung wirkte, und Urio, der die Waffengurte mit meinem Rapier und meinem Parierdolch in den schwieligen Händen hielt.

Auch Josefa sah mich nicht an. Stattdessen musterte sie die Aufstellung der Elemente mit Marcus' Statuette dazwischen. Der rote Nebel zog sich in die Figur zurück.

»Nicht übel, Glad arn Rubinsteyn«, sagte sie anerkennend. »Und wenn es darauf ankommt, weißt du, wem deine Loyalität gilt. Es war klug von dir, uns zu rufen, während dieses anmaßende Gör mit ihren Fantastereien beschäftigt war.« Sie blieb vor Glad stehen. »Sieh mich an!«

Er tat es.

»Ich will mir dein Gesicht merken. Du wirst ein gutes Medium werden und deine Familie stolz machen.«

Glad lächelte schüchtern.

TEIL IV
Aufstand

32. Der Drakenpranger

»Dies tue ich noch für meine Nichte«, sagte Onkel Podro, als er die Schellen am Drakenpranger überprüfte, die meine Handgelenke und meinen Hals umschlossen.

Die Drachengardisten hatten Spaß gehabt, bevor sie mich an die Stadtwache übergeben hatten. Sie hatten auf dem Weg die große Treppe hinab mit den Stangen ihrer Lanzen nach meinen Füßen geangelt. Ein paarmal war ich zu langsam gewesen und die Stufen bis zum nächsten Absatz hinuntergefallen. Wenn das aufflammende Drachenblut mich hatte schreien und toben lassen, waren sie in Gelächter ausgebrochen. Ich fühlte mich, als hätten sie mich eine halbe Stunde lang durchgeprügelt. Nun standen sie ein paar Meter entfernt und beobachteten die Fesselung.

Mein Onkel sah mich ernst an, als er vor mich trat. »Ab jetzt kenne ich dich nicht mehr.« Er nickte den beiden Bütteln zu, die mich bis zum Einbruch der Nacht bewachen würden, und ging davon. Ich konnte ihm nur ein paar Schritte hinterhersehen, dann hinderte mich das Eisen des Prangers, den Kopf weiter zu drehen.

Obwohl kein Markttag war, bevölkerten viele Menschen den Platz. Vor allem die Gruppen der jungen Patrizier und der Schützlinge in den Farben ihrer Familien fielen auf. Niemand schien ohne Waffe das Haus zu verlassen.

Ein Stechen jagte über meinen Rücken, als ich tief Luft holte. Offenbar hatte ich mir ein paar Druckstellen zugezogen, wie Fallobst. »Josefa ist wahnsinnig!«, rief ich. »Sie missbraucht euch für ihre grausamen Gelüste! Wacht auf und …«

Orrak, der Büttel zu meiner Rechten, schlug mir ins Gesicht. Ich sah den Hieb kommen, konnte aber nicht ausweichen.

»Sei still!«, rief er. »Der Hauptmann hat dir verboten, zu sprechen!«

Ich erinnerte mich nicht, dass mein Onkel so etwas gesagt hatte, aber nach der Tortur auf dem Weg zum Drakenpranger mochte mein Gedächtnis Aussetzer haben. Doch Orrak, den wir wegen seiner imposanten Nase oft ›Zinken‹ genannt hatten, gehörte zu den Männern, die ihre Stärke gern an Hilflosen erprobten. Vielleicht gönnte er sich ebenso wie die Gardisten zuvor etwas Spaß mit einer Frau, der niemand mehr Gehör schenkte. Ich würde die Nacht am Drakenpranger verbringen und dann möglicherweise eine kurze Zeit in den Kerkern, bis ich in Josefas Garten mein Ende fände. Oder das, was man dafür hielt: den Tod. Ich war mir sicher, dass Josefa Wege kannte, mir auch die Zeit danach zur Qual zu machen. Wenn ihr nichts Perfideres einfiele, könnte sie meine Seele in eine Glasfigur bannen und diese sofort zerschmettern, um mich in den Wahnsinn zu treiben.

Ein paar Merrials bewarfen mich mit faulem Gemüse, bis sie es spannender fanden, sich mit Ienbarks eine Schlägerei zu liefern. Ein bisschen Blut floss, aber die Büttel sahen nur zu. Aus den Angelegenheiten der Familien hielt sich die Stadtwache heraus.

Um sich die Langeweile zu vertreiben, zog Orrak mir die Handschuhe von den Fingern. »So fein brauchst selbst du nicht gekleidet zu sein, Zarria!«, spottete er. »Die stehen mir doch auch gut.« Er schob seine Pranke hinein, und natürlich riss die Naht. »Na ja, vielleicht auch nicht. Aber ich kann sie immer noch auf dem Abtritt benutzen.«

Ich versuchte, mir nichts anmerken zu lassen, aber die Nacktheit meiner Hände verursachte Ekel in mir. Das war weit schlimmer als das Bisschen faules Gemüse.

Als der Schatten des Prangers so weit über das Pflaster gekrochen war, dass die Konturen in einem lang gestreckten Rechteck aufgingen, leerte sich der Platz. Die Büttel zogen sich in die Burg der Stadtwache zurück. Das Kreischen der aufsteigenden Draken drang von der Kathedrale herüber.

Natürlich hatte man mir die Insignien der Obristin abgenommen. Auch die Lederrüstung der Garde war gegen andere Kleidung ausgetauscht. Ich trug ein vorwiegend grünes Gewand, das Astana mir geschenkt hatte, eine Tunika über einem Kleid, damit ich bei Empfängen der Familie als bedeutende Machon hätte auftreten können. Jetzt bereute sie das sicher, war nun doch für jeden sichtbar, dass eine Angehörige ihres Hohen Hauses die Demütigung des Prangers erlitt.

Oder überlegte sie bereits, wie sie auch dieses Missgeschick zum Vorteil der Familie wendete? Immerhin suchte man jetzt wieder einen Obristen für die Drachengarde. Ein Machon würde mir wohl nicht nachfolgen, aber Astanas Stimme hatte noch immer Gewicht im Senat. Sie könnte sie teuer aufwiegen lassen.

Gleich zwei Draken gingen vor mir nieder. Ob Josefa die Möglichkeit besaß, den Jungen des DRACHEN ihre Wünsche einzugeben? Immerhin halfen sie ihr auch bei ihren Spielen.

Ich fragte mich, warum Glad arn Rubinsteyn mich verraten hatte. War die Angst vor Josefa der Grund dafür gewesen? Wie sicher waren die Quartiere der Medien? Vielleicht erfuhr die Drachenmeisterin früher oder später alles, was sich dort ereignete. Noch immer konnte ich nur schwer glauben, dass er sich für ein Leben in der Gefangenschaft der Kathedrale und in der Unsicherheit zwischen Traum, Nachtmahr und Wirklichkeit entschieden hatte.

Die Krallen der Draken klackten auf den Pflastersteinen, als sie sich mit halb ausgebreiteten Schwingen und wippenden Köpfen näherten. Im Futterneid fauchten sie und schnappten nach einander.

Stand mir überhaupt das Recht zu, Glad für seinen Verrat zu verurteilen? Ich hatte um seine Schwäche gewusst, die Zuneigung zu mir, und ich hatte sie ausgenutzt, um ihn zu verleiten, die Geister von Fidelius und Marcus zu beschwören. Der Wunsch nach Wahrheit und Gerechtigkeit hatte mich angetrieben, aber wog das Täuschung und Verlogenheit auf?

Ich wusste, die Draken würden mich nicht fressen. Ihr Appetit gierte nach meinen Albträumen. Ich brauchte nicht ihre Zähne zu fürchten, wohl aber ihren Atem. Sollte ich die Luft anhalten? Das kam mir albern vor. Es würde die Sache nur unwesentlich hinauszögern.

Die Hälfte der Menschen, die ich als Büttel vom Drakenpranger gelöst hatte, waren nach ihrer Nacht unter freiem Himmel ohne Verstand gewesen. Sabbernde Idioten, die in einem fort schluchzten oder, noch schlimmer, irre lachten. Die meisten erlangten nach einer oder zwei Wochen Ruhe ihre Denkfähigkeit zurück, aber manche blieben für immer in diesem Zustand.

Ich fürchtete, dass Josefa es nicht bei zwei Draken belassen würde. Wenn sie gesättigt wären, kämen die nächsten, und dann noch weitere, immer mehr, bis zum Morgengrauen. Das Einzige, was dem entgegenstehen mochte, konnte ein Wunsch Josefas sein, ich möge mein zweifellos bald anstehendes Ableben mit klaren Sinnen erleiden. Ich vermochte nicht zu entscheiden, welches Schicksal das schlechtere war. Gutes hatte ich von meinen letzten Tagen keinesfalls zu erwarten.

Und die Stadt wohl auch nicht. In der Ferne hörte ich das Klirren von Stahl. Es war so weit. Die Heißsporne der Hohen Häuser gingen aufeinander los, und ich bezweifelte, dass sich die Oberhäupter allzu viel Mühe gaben, sie zu beruhigen.

»Na kommt schon!«, knirschte ich zwischen den Zähnen hervor. »Ich warte lange genug auf euch!«

Als hätten die Draken mich verstanden, beendeten sie ihren

Streit und wandten sich mir zu. Sie schnupperten an mir, als trauten sie der Speise nicht. Dann sog einer die Luft durch weit geöffnete Nüstern ein, klappte das mit nadelspitzen Zähnen gesäumte Maul auf und hauchte mir schwefeligen Atem ins Gesicht.

Ich spürte einen zuvor nie empfundenen Widerstand in mir. Ich erinnerte mich an das letzte Mal, als mir ein Drake in den Verstand gegriffen hatte. Das war nach der ersten Besichtigung des Tatorts im Palast der Rubinsteyns gewesen. Damals waren sofort unangenehme Bilder vor meinem geistigen Auge erschienen.

Jetzt raste Feuer durch meine Adern. Drachenfeuer, zweifellos. Die Hitze breitete sich in meine Muskeln aus. Ich riss am Pranger, aber nicht, um vor dem Draken davonzulaufen. Ich wollte mich auf ihn stürzen.

Er musste etwas von der Präsenz des Vielgehörnten in mir spüren, denn er zuckte zurück.

Sein Gefährte wirkte unentschlossen, kam dann aber doch näher. Er schnupperte länger als der andere zuvor, bevor er mir ins Gesicht hauchte.

Die Hitze erfüllte mich noch, aber neues Feuer spritzte aus meinem Herzen in die entferntesten Glieder meines Körpers. Es fühlte sich an, als stünde ich in Flammen. Ich hörte mich schreien. Meine Lippen schmerzten, weil ich sie weit zurückzog, um die Zähne zu fletschen.

Auch der zweite Drake schlug mit den Schwingen und machte einen Satz zurück. Die beiden Echsen fauchten sich jetzt wieder gegenseitig an.

Mein Herz pochte so schnell, wie eine Degenklinge zittert, die an einer entschlossenen Parade abprallt. Auch mein Atem ging hastig, meine Muskeln brannten und die Fäuste ballte ich so fest, dass Finger und Handflächen schmerzten. Die Gelenke hatte ich mir an den Fesselschellen aufgerissen.

»War das schon alles?« Ich schrie so laut, dass man mich

durch die geschlossenen Fensterläden der Häuser, die den Markt umstanden, hören musste. »Kommt her, ihr feigen Schuppenhäute! Ich stehe am Pranger, also traut euch nur!«

Sie kamen, die Füße vorsichtig voreinander setzend, die Schwingen so weit ausgebreitet, dass sie in die Luft abspringen konnten, einer neben dem anderen. Allein traute sich keiner der beiden Draken mehr an mich heran.

Ich verhöhnte sie mit meinem Lachen.

Doch als sie ihren Atem vereinten, zerrte ihre gemeinsame Kraft meinen Albtraum hervor. Dabei wirkte er im ersten Moment gar nicht so. Er hatte die Gestalt meiner Schwester. Ich sah Xina so, wie sie vor dem Überfall der Wordas gewesen war. Eine junge Frau, lebenslustig, neugierig auf die Männer, die sie lockte und mit denen sie spielte, und gespannt auf das Leben. Deren Lachen mich auf so andere Art gewärmt hatte als der DRACHE, ohne diesen Zorn, der die ganze Welt verbrennen wollte. Deren unbeschwerte Art mich verwunderte und manchmal sanften, geschwisterlichen Neid in mir weckte.

Auch jetzt lachte sie aus vollem Hals. Sie stand auf einer Wiese, und die Sonne schien auf ihr Gesicht.

So, wie sie es sich für ihren letzten Augenblick gewünscht hatte.

Obwohl ich mich dagegen wehrte, drängte die Erinnerung an ihren entstellten Leib herauf. Ich wollte sie nicht so vor mir sehen, ohne Nase, Lippen, Ohren, das ganze Gesicht eine klaffende Wunde.

Ich spürte die Hitze des DRACHEN in mir brennen. Mir gelang es, die Schreckensvision niederzuhalten.

Aber die unversehrte Xina, die ich sah, verlor ihr Lächeln. Unruhe fraß sich von innen her auf ihr Gesicht. Blumen und Gras um sie herum zerfielen binnen eines Herzschlags zu Asche. Graue Flocken trieben im Rauch, der Xinas Gewand und Haut beschmutzte.

»Was hast du getan, Zarria?«, schrie sie mir entgegen.

Ich wollte etwas sagen, konnte aber nur schweigen. Irgendwo weit entfernt brüllte ich so laut, dass mein Hals schmerzte, aber das galt den Draken auf dem Marktplatz, nicht meiner Schwester.

»Du hast mich sterben lassen!«, rief Xina. »Der Hund hat mich bei lebendigem Leibe aufgefressen, und du hast zugesehen!«

Ich wusste, dass das nicht die Wahrheit war!

Oder?

Hatte ich mich etwa vom Kampfrausch verleiten lassen, statt Xina zu schützen? Trug meine Eitelkeit die Schuld an ihrem Leiden?

»Wo ist meine Schönheit?« Brocken fielen von ihrem Gesicht in die Asche, die ihr bis zu den Waden reichte. Zurück blieb die entstellte Fratze, die ich niemals vergessen würde. »Wo ist mein Leben?«

Xina hielt ihre Füße still, und dennoch kam ich ihr näher. Ich musste mich wohl auf sie zu bewegen.

»Glaubst du, Ulryk Rorngat will mich jetzt noch küssen?« Sie lachte irre. »Sicher steht ihm der Sinn nun mehr nach meiner älteren Schwester. Ist es das, was du gewollt hast, Zarria? Warum hast du es mir verschwiegen? Ich hätte ihn mit dir geteilt. Dafür hättest du mich nicht zu töten brauchen!«

Das Drachenfeuer wütete in mir, als könne es die ungerechten Anschuldigungen verbrennen. Aber ich blieb hilflos dem Nachtmahr ausgeliefert, den die Draken in mir geweckt hatten.

»Wieso denkst du immer nur an dich, Zarria? Warum behandelst du jene, die dich lieben, so, wie mitfühlende Menschen nur ihren Erzfeinden begegnen? Und was ist erst mit all den anderen? Weshalb hast du den Krieg in die Stadt gebracht? Konntest du nicht einfach aufhören, Fragen zu stellen? Oder wenigstens das Wissen verschweigen, das doch nur Leid, Blut und Tod bringen wird?«

Von allen Seiten liefen Bewaffnete auf Xina zu. Ihre Stiefel wirbelten die Asche zu einer einzigen grauen Wolke auf. Wild hackten sie mit Rapieren und Degen aufeinander ein. Wundersamerweise verfehlte jeder Streich meine Schwester, obwohl diese schutzlos zwischen den Kämpfenden stand. Gegenseitig schlugen sie sich jedoch fürchterliche Wunden. Sie verkrüppelten und töteten sich, und wer noch stehen konnte, stampfte die Gefallenen so tief in die Asche, dass sie darin verschwanden.

»War das Leben in der Stadt denn so unerträglich?«, fuhr Xina fort. »Schlimmer als der Tod? Fürchterlicher als das hier?«

Ich dachte erst, sie blute, aber sie löste sich auf. Rotes Licht sickerte aus ihrem Fleisch, das dahinter verschwamm und schließlich ganz verging. Zwischen den Kämpfern schwebte jetzt der Geist, eine rote Kugel, so, wie ich sie im Moor angetroffen hatte.

»Ich bin zerrissen, Zarria! Das ist es, wozu du die Tausenden verdammst, die in den kommenden Nächten sterben werden! Meine Gebeine modern in kalter Erde, mein Geist streift durch das Zwielicht und meine Seele sucht vergebens den Weg in den Frieden. Doch sie kann ihn niemals finden! Wo ich bin, gibt es nur Verzweiflung.«

»Nein!«, schrie ich.

Ich schrie dieses Wort wirklich. Ich artikulierte die Silbe und hörte mich selbst.

Mehr noch, ich konnte den rechten Arm bewegen. Meinen echten rechten Arm, der eigentlich im Pranger hätte gefangen sein sollen. Ich fühlte, wie das Blut in der steif gewordenen Gliedmaße kribbelte.

Hastig schüttelte ich den Arm aus, um die Wiederbelebung zu beschleunigen. Ich spürte, wie die Schelle am Handgelenk scheuerte und der kurze Teil der Kette, der noch daran hing, gegen meinen Oberschenkel schlug. Mit dieser Kette war die Schelle am Eisen des Drakenprangers befestigt gewesen!

Meine Sicht blieb im Albtraum gefangen. Die Bewaffneten fochten ihren selbstmörderischen Kampf aus und Xina schrie auf mich ein, aber ich hörte ihr nicht länger zu. Stattdessen öffnete und schloss ich die Finger meiner rechten Hand, bis ich wieder mehr darin spürte als Schmerz.

Ich führte sie zum Hals und tastete an der großen Schelle herum. Ich erreichte die Schraube, die sie an dem Loch verschloss, das den Eisenreif auf den für mich passenden Durchmesser einstellte. Da die Hände des Gefangenen normalerweise fixiert waren, gab es keine weitere Sicherung. Es gelang mir, die Schraube loszudrehen und die Halsschelle aufzuklappen. Ich zog den Kopf heraus.

Der rote Geist bildete das Gesicht meiner Schwester aus, noch schrecklicher, als ich es im Moor gesehen hatte. Die Lider waren weit aufgerissen, die Augen drehten wild, die Zähne wuchsen lang und spitz wie die der Draken.

Heftig schüttelte ich den Kopf. Irgendwo schlug ich an. Ich nutzte den Schmerz, um mich zu vergewissern, was Wirklichkeit war und was Traum. Auch mein linkes Handgelenk tat weh. Es war noch am Pranger gefangen, und ich hing mit einem Großteil meines Körpergewichts daran. Also gaben wohl meine Knie nach.

Ich wurde zornig, weil es mir nicht gelang, meinen Albtraum abzuschütteln. Das Drachenblut, oder was auch immer sich von der Essenz des DRACHEN in meinem Körper befand, kochte. Der Schmerz wurde mir gleichgültig. Wie ein Wolf, der in ein Fußeisen getreten ist, riss ich an meinem gefangenen Glied. Ich presste die Zähne zusammen und schüttelte immer wieder den Kopf.

Unter die Vision von dem Geist, der im Kampfgetümmel

schwebte, schob sich eine Wahrnehmung von Dunkelheit, unterbrochen von Lichtschimmern.

Mein Albtraum verblasste, und das zweite Bild wurde deutlicher. Ich sah den nächtlichen Marktplatz, in einiger Entfernung drang Lampenschein durch die Fensterläden. Ich hörte nun auch die Draken fauchen. Sie balgten auf der anderen Seite des Prangers. Einer schrie, dann schlugen ledrige Schwingen. Der Schwefelgeruch nahm ab.

Ich bezähmte meine Wut so weit, dass ich mich auf die Füße stellen und die freie Hand zur gefesselten führen konnte. Anders als bei der Halsschelle sicherten Bolzen die beiden kleineren. Dieser Verschluss rastete ein, wenn der Büttel ihn schloss. Mit recht einfachem Werkzeug hätte er sich öffnen lassen, aber ich hatte nur meine Hände.

Und die abgerissene Schelle, die meine Rechte umspannte. Ich hämmerte damit auf den Bolzen. Jeder Schlag schickte Stiche in meine Handgelenke, in das linke noch mehr als in das rechte, weil ich es wegen der Halterung im Pranger schlechter bewegen konnte. Immerhin hatte das den Vorteil, dass der Albtraum zu einem Schleier vor dem Auge verblasste.

Der Drake, der nicht aufgestiegen war, kam mit klackenden Schritten an meine Seite.

»Du kriegst mich nicht, Biest!«, schrie ich und schlug noch kräftiger zu als zuvor.

Der Bolzen hielt, aber ein Kettenglied brach. Ich stolperte rückwärts und fiel von dem Podest, auf dem der Pranger stand, aufs Pflaster.

Die Schnauze des Draken kam schnüffelnd näher.

Ich trat seitlich gegen den Echsenkopf.

Möglich, dass diese Behandlung ihn verwirrte. Oder er hatte sich an meinem Albtraum satt gefressen. Oder er respektierte das Blut des DRACHEN, das er in mir riechen mochte. Jedenfalls gab er mir die Gelegenheit, mich aufzurappeln.

Ich stolperte davon. Die Richtung war mir egal. Ich erkannte Jigellas Wäscherei und hielt auf die Gasse daneben zu.

Während die letzten Reste des Nachtmahrs verwehten, fragte ich mich, ob ich darin wirklich Xina begegnet war. Ich hoffte, dass die Schreckensvision nur eine Furcht war, die aus meinem eigenen Verstand gekrochen war, genährt von Ängsten und Fantasie. Meine Schwester hasste mich nicht. Das durfte nicht sein! Und auch die Kämpfe, die ich gesehen hatte, mussten nicht geschehen. Das war nur meine Angst, mehr nicht.

Es gab andere Sorgen, die greifbarer waren und um die ich mich zuerst kümmern musste. Wenn der Drake mich auch für den Moment ziehen ließ, so war doch klar, dass Josefa und vermutlich auch der Senat einen hohen Preis auf meinen Kopf aussetzen würden. Ich konnte mich nur dort verbergen, wo die Mächtigen der Stadt kein Gehör fanden.

Ich schlug den Weg ins Weberviertel ein.

33. Nächtliche Suche

Meine Hände fühlten sich kalt an wie tote Fische, die nass auf einem Marktstand liegen. Ohne Handschuhe strich die Nachtluft mit eklig klammem Griff darüber. Ich redete mir ein, dass fast alle Menschen die meiste Zeit mit unbedeckten Händen unterwegs waren, aber das dämpfte meinen Abscheu nicht. Lieber wäre ich mit freiem Oberkörper durch die Gassen zwischen den verfallenen Häusern des Weberviertels umhergestolpert. Nur die Erwägung, dass ich mir in der Kälte und dem Nieselregen eine Lungenentzündung zuziehen würde, hielt mich davon ab, meine feine Tunika zu zerreißen. Ich versuchte, wenigstens die Ärmel über die Hände zu ziehen, aber die Schellen machten das zu einem kaum lösbaren Vorhaben. An der linken Seite drückte ich den Stoff unter dem Eisenreif durch, sodass ich die Zipfel mit den Fingern festhalten konnte. Als ich das Gleiche rechts tun wollte, erinnerte mich das Kreischen eines Draken daran, dass ich noch lange nicht in Sicherheit war.

Sicherheit! Vor einer Woche wäre das Weberviertel der letzte Stadtteil gewesen, den ich mit diesem Begriff in Verbindung gebracht hätte. Aber jetzt erschien mir die Gesellschaft der Gesetzlosen weniger gefährlich als eine Begegnung mit den abenteuerlustigen Jugendlichen aus den Hohen Häusern oder sogar den Bütteln, die meine Kameraden gewesen waren.

Spätestens bei Sonnenaufgang würden sie bemerken, dass ich entkommen war. Wenn ich mehr Glück als Verstand hatte, gingen sie davon aus, dass die Draken mich im Überschwang ihrer Ekstase losgerissen und gefressen hatten. Das geschah zwar sehr selten, aber es war schon geschehen.

Dass ein Gefangener die Ketten des Prangers zerrissen hätte, war dagegen noch nie vorgekommen. Dabei hatte Onkel Podro die Fesseln selbst überprüft!

Ich hielt inne.

War das kein Widerspruch, sondern die Erklärung? Onkel Podro hatte mir gesagt, dies sei das Letzte, was er für seine Nichte tue. Hatte er sich an die vielen freudigen Stunden erinnert, die wir miteinander verbracht hatten, und die Ketten angefeilt?

Ich lachte dankbar. »Guter, alter, dickköpfiger Onkel Podro!« So musste es gewesen sein. Ich hob die Handgelenke an. Die kläglichen Reste der Ketten baumelten an den Schellen. Die gebrochenen Glieder lagen natürlich am Drakenpranger. Aber die Erklärung war glaubhaft. Onkel Podro hatte sich an den Fesseln zu schaffen gemacht, als er davon erfahren hatte, was mit mir geschehen sollte, und seine Worte waren ein Hinweis an mich gewesen. Ebenso wie der letzte Satz, er kenne mich nun nicht mehr. Er hatte viel riskiert. Diese Eigenmächtigkeit würde bestraft werden, wenn man sie entdeckte, Familienbande hin oder her. Ich durfte keine weitere Unterstützung von ihm erwarten.

»Danke, Onkel.« Ich setzte meinen Weg fort.

Der Regen knisterte auf den Dächern. Ein Drake spie Feuer.

Ob sie mich spüren konnten wegen dieser Kraft des DRACHEN, die ich in mir trug? Oder ob Josefa das vermochte? Je länger ich darüber nachdachte, desto mehr glaubte ich, dass sie die Jungen des Vielgehörnten beeinflusste. Sonst hätten ihre Spiele nicht so ablaufen können, wie sie es taten. Andererseits hatte ich nie beobachtet, dass sie viel Zeit mit den Draken verbracht hätte. Immerhin lebten sie höchstens zwei oder drei Jahre, bis der DRACHE sie verschlang.

Im Vielgehörnten lief alles zusammen, was für diese Stadt von Bedeutung war. Seine Kinder drückten die Bürger mit Albträumen nieder. Sie halfen Josefa, die Glasfiguren zu schaffen, die die Geister fernhielten. Der DRACHE fraß die Jungen und versorgte die Stadt mit Nahrung und die Patrizier mit dem, was sie sich erträumten. Er war zugleich hoch oben in der Kathedrale entrückt und Josefas einzige Verbindung zur Welt.

Solche Grübeleien dämpften meine Aufmerksamkeit für die Umgebung. Ich nahm die fünf Kerle so plötzlich wahr, als seien sie aus dem Pflaster gesprungen.

»Seht an!«, rief einer, dessen Bart nicht mehr als ein Flaum war, der in seinem jungen Leben aber bereits genug Ärger gefunden hatte, um einen Nasenflügel zu verlieren. »Eine vornehme Dame, die mit ein paar harten Burschen spielen will!« Er war nicht der Einzige, der eine Flasche in der Hand hielt.

»Wohl eher ein Spielzeug, das hart arbeitende Männer nach der Last des Tages erfreuen möchte!«, höhnte einer, der ein paar Nägel durch eine Latte geschlagen hatte, um sie zu einer Stachelkeule zu machen.

»Ich bin eine von euch!«, rief ich. »Ich komme gerade vom Drakenpranger!«

Der mit der halben Nase trat näher, um mich mit schief gelegtem Kopf zu mustern. »Das ist die Einäugige! Die Machon, die sie zur Obristin gemacht haben!« Sein Atem roch nach Brandkirschensaft. Die Stadtwache versuchte, die Bäume auszurotten, deren Frucht den Mut bis zur Tollwut steigern kann, aber auch das Hirn zerfrisst, bis es irgendwann als blutiger Rotz durch die Nase läuft. Doch da die Pflanze auch im Moor wuchs, war es nur eine Frage der Bezahlung, wie viele sich fanden, die begehrte Ware zu beschaffen.

Der mit der Nagelkeule spie aus, ließ sich eine Flasche reichen und nahm einen tiefen Schluck. »Mein Bruder ist draufgegangen, als die Drachengarde hier einmarschiert ist.«

»Dann hätte er sich von dem Draken fernhalten sollen!«, gab ich zurück.

»Und warum wollt ihr alle Draken für euch? Das Blut dieses Biests hätte meinen Vater heilen können.«

»Das ist Unfug«, meinte ich.

»Wieso habt ihr uns nicht wenigstens eins von den Viechern überlassen?«

»Ist doch egal!«, rief der Halbnasige. »Zum Ausgleich haben wir ja jetzt ein neues Spielzeug geschenkt bekommen.«

»Fühlt ihr euch eigentlich stark, wenn ihr zu fünft auf eine Frau losgeht, die gerade von den Draken zugerichtet wurde?« Ich legte so viel Geringschätzung wie möglich in meine Worte.

Die Blicke, die sie sich zuwarfen, bestätigten, dass ich ihren Stolz getroffen hatte.

»Tragen wir es einer nach dem anderen aus«, schlug ich vor.

»Dann mache ich den Anfang!«, rief der mit dem nagelgespickten Stock. »Um meine Freunde brauchst du dich danach nicht mehr zu sorgen.«

»Pass auf!«, mahnte einer der anderen, ein Mann mit einem speckglänzenden Lederhemd, während er meinem Gegner die Flasche mit dem Brandkirschensaft abnahm. »Diese Gardisten wissen, wie man kämpft.«

Ich lachte aus vollem Hals. »Willst du vielleicht deine Oma holen, damit sie dir hilft? Ich warte dann so lange!«

»Schluss mit den Albernheiten!«, forderte mein Gegner. »Ich will dein Blut sehen!«

Die anderen machten uns Platz, während er sich mir breitbeinig gegenüberstellte. Leider führt der Brandkirschensaft zwar ebenso zu Leichtsinn wie Alkohol, lässt die Kontrolle über den Körper aber unbeeinträchtigt. Manche behaupten sogar, er steigere die Reaktionsfähigkeit.

Mit schnellen Blicken orientierte ich mich. Wir standen in einer Gasse, aber es war vergleichsweise hell. Die Häuser zur Rechten waren niedrig, zur Linken erhoben sich nur zerfallene Ruinen. Das Pflaster wies viele Lücken auf, in denen der Nieselregen Kreise auf Pfützen malte. Die Männer blockierten die Straße in beiden Richtungen. Ich konnte versuchen, über die Ruine oder in ein Haus zu entkommen, aber sie kannten sich in dieser Gegend zweifellos besser aus. Wenn sie mich einfingen, würde die Abmachung mit den Duellen wohl keine Gültigkeit mehr haben.

Mein Gegner breitete die Arme aus. Seine Stachelkeule hielt er rechts, die Finger der linken Hand spreizte er. Also wollte er mich wohl eher packen, anstatt nach mir zu schlagen. Seine Augen ruhten auf mir.

Er war ein Straßenschläger, wie ich sie seit meiner Jugend kannte. Einfallsreiche Finten waren nicht zu erwarten – erst recht nicht, wenn ich bedachte, was er sich in den letzten

Stunden in den Schädel gekippt hatte –, aber auch keine großmütigen Gesten.

Über uns kreischte ein Drake.

Das kostete meinen Gegner einen Wimpernschlag lang die Aufmerksamkeit. Kaum merklich hob er den Kopf in dem Impuls, die Quelle des Geräuschs in Augenschein zu nehmen.

Wenn er den Kopf heben wollte – dabei konnte ich ihm helfen! Das Drachenblut legte einen roten Schleier über mein Sichtfeld, als ich einen weiten Schritt machte und mich abstieß. Im Sprung streckte ich mich und rammte beide Fäuste unter sein Kinn.

Er wollte mich abfangen, aber die Reaktion kam zu spät. Ich spürte seine Schläge in meinen Flanken. Mein Treffer war wesentlich härter. Mit einem trockenen Knacken brach sein Unterkiefer.

Der Brandkirschensaft verhinderte jedoch jeden Gedanken an Aufgabe. Obwohl aus seinem Mund ein mitleiderregendes Röcheln drang, machte er weiter.

Nach dem Sprung fand ich nicht sofort das Gleichgewicht. Stolpernd versuchte ich, mich an ihm festzukrallen.

Er rammte mir ein Knie in die Seite.

Funken stoben vor meinem Auge, als der Atem aus der Brust wich und der Schmerz unter die Rippen stach.

Er schleuderte mich fort. Der Aufprall rief mir alle Prellungen in Erinnerung, die ich am Vortag erlitten hatte. Dennoch rappelte ich mich auf und bemühte mich, meine Schwäche zu verbergen.

Mein Gegner brachte Abstand zwischen uns und hielt sich den Kiefer. Er blutete, aber leider nicht so sehr, wie ich gehofft hatte. Noch mehr störte mich der abwägende Blick. Er überwand seinen Rausch und begriff, dass er mich unterschätzt hatte. Würde er jetzt ernsthafter zu Werke gehen, könnte er mich leicht überwinden. Ich war angeschlagen, er war stärker, Reichweite und Bewaffnung hatte er auf seiner Seite.

Wenn es mir gelang, seine Wut erneut anzustacheln und ihn zu einer ungestümen Attacke zu verleiten, könnte ich meine Schnelligkeit und Präzision ausnutzen.

»Spuckst du Zähne?«, höhnte ich. »War dein Bruder auch ein zahnloser Schwächling?«

Grollend stürmte er auf mich zu.

Ich entwischte der grapschenden Pranke, kam dabei aber in die Bahn der von unten heraufgezogenen Keule. Mit gekreuzten Armen schützte ich mein Gesicht.

Zu meinem Glück trafen die Nägel im Bereich der Handgelenke und knallten auf die Eisenschellen. Das Bisschen, was sie von der Haut aufrissen, bemerkte ich in der Aufregung des Kampfs kaum.

Ich war wieder sehr nah an ihm. Mit der Rechten griff ich die Keule unterhalb der Nägel, den linken Ellbogen rammte ich unter das angeschlagene Kinn. Nochmals belohnte mich ein Knacken. Offenbar hatte ich den Kiefer beim ersten Mal nur angebrochen und die Sache jetzt zu Ende gebracht.

Er ließ locker genug, dass ich ihm die Waffe entreißen konnte. Ich trat in seinen Bauch, was ihn zurückschleuderte. Obwohl ich die Keule noch nicht richtig im Griff hatte, schlug ich zu. Die Nägel drangen durch sein Hemd und blieben stecken.

Er brach in die Knie und kippte zur Seite. Es hatte etwas Entwürdigendes, den großen Mann wimmern zu hören.

Ich trat zurück.

»Noch einer?«, rief ich. »Oder einigen wir uns auf unentschieden und ihr kümmert euch um euren Freund?«

»Ich habe ja gesagt, dass mit diesen Gardisten nicht zu spaßen ist«, murmelte der mit dem speckigen Hemd.

Sie hockten sich um den Besiegten, was mir Antwort genug war. Der rote Schleier vor meinem Auge lichtete sich, ich setzte meinen Weg fort.

Über mir kreischten die Draken. Ich versuchte, zu entdecken, wo sie flogen, konnte sie aber vor dem wolkenverhangenen Himmel nicht ausmachen. Worauf warteten sie? Spielten sie mit mir wie Katzen mit einer Maus?

Würde mich ein Dach über dem Kopf vor ihnen verbergen?

Wenn sie den DRACHEN in mir spürten, begäbe ich mich damit in eine Falle. Außerdem war fraglich, welchen Willkommensgruß der Bewohner ich erwarten sollte. Suchend blickte ich mich um.

Es gab noch eine weitere Möglichkeit. Ich beobachtete das Wasser auf dem Boden und folgte seiner Fließrichtung. Löcher und Rinnsale stellten meine Geduld auf die Probe, aber schließlich fand ich einen Einstieg in die Kanalisation. Es war eine Öffnung, die wohl einmal ein Gitter verschlossen hatte, bis die Weber den Entschluss gefasst hatten, das Eisen für andere Zwecke zu verwenden.

Ohne die Erregung des Kampfs spürte ich jede Faser meines zerschlagenen Oberkörpers, als ich mich über die Kante abließ. Ich angelte nach einer Leitersprosse, fand aber keine. Also glitt ich weiter hinein, bis ich an den gestreckten Armen hing. Die Berührung des nassen Steins, über den jahrelang der Dreck der Straße und was-wusste-ich-noch gespült worden war, ekelte mich. Wie entwürdigend war es, ohne Handschuhe unterwegs zu sein!

Ich redete mir ein, dass der Schacht nicht allzu tief sein konnte. Das Wasser rauschte unter mir. Warum sollte man einen Kanal zehn oder zwanzig Meter unter die Straße legen?

»Um unter den Kellern durchzukommen«, murmelte ich, verdrängte den Gedanken aber. Wenn ich den Draken entkommen wollte, waren die Tunnel eine gute Zuflucht. Es sei denn, ich brach mir ein Fußgelenk …

Ich ließ los und überwand so meine Grübeleien.

Ein halber Meter, nicht mehr, dann landete ich im knöcheltiefen Wasser.

Eine Weile tastete ich mich durch die Gänge. Die Schreie der Draken waren jetzt angenehm gedämpft.

Trotz meiner Erschöpfung konnte ich mich nicht ausruhen. Die Wände glänzten feucht, und über den Boden floss Wasser. Es gab keinen Platz, um sich auszustrecken.

Irgendwann sah ich vor mir das Licht einer Laterne. An diesem Punkt war ich so weit, dass ich nicht davonlaufen, sondern den Kontakt zu den Webern suchen wollte. Früher oder später würde ich mich ihnen ohnehin stellen müssen, und es war besser, wenn sie mich nicht im Schlaf überraschten.

Die Handvoll Gestalten hinter dem Lichtschein konnte ich nur undeutlich ausmachen. »Bringt mich zu Turan!« Meine Worte hallten im Tunnel wieder. »Wir sind verabredet!«

Offenbar war ich überzeugend. Sie nahmen mich in die Mitte. Drei Kanäle und zwei Leitern später befand ich mich in einem Versteck, das dem ähnelte, in dem ich Turan das erste Mal begegnet war. Es mochte ein Keller sein, gefügt aus Bruchsteinen, die nun mit weichen Teppichen verhangen waren. Ich sah Truhen und sogar eine von Josefas Glasfiguren, auch wenn keine Funken mehr darin tanzten. Turan schnarchte leise hinter einem Vorhang. Seine Leute weckten ihn.

Besorgnis breitete sich auf seinem Gesicht aus, als er mich erkannte. »Was ist mit dir geschehen?«, fragte er.

Ich versuchte zu antworten, hatte aber nur Augen für seine schwarzen Samthandschuhe. Offenbar hatte er sich vollständig angekleidet zu Bett begeben.

»Zündet alle Kerzen an und dann lasst uns allein!«, wies er die anderen an.

Ich schämte mich so sehr, dass ich meine nackten Hände unter den Achseln verbarg und mich in die Ecke auf ein Kissen kauerte.

Als wir allein waren, holte Turan eine Schüssel aus dem

Raum hinter dem Vorhang, wo auch sein voluminöses Bett stand. Er tauchte ein edles Tuch in das lauwarme Wasser und tupfte damit den Dreck von den Stellen, an denen meine Haut abgeschürft war. Sein Kinnbart zitterte, als ich wegen des Schmerzes der Berührung zischte.

»Wollt Ihr darüber reden, was passiert ist?«, fragte er.

Stumm schüttelte ich den Kopf.

Er widmete sich wieder meinem Gesicht, wodurch er mir sehr nahe kam. Ich roch sein Duftwasser, herb und frisch zugleich, und beobachtete den schmalen, schwarzen Kinnbart, in den sich einzelne weiße Haare mischten.

»Darf ich …?« Sanft zog er eine meiner Hände hervor. »Ihr habt wunderschöne Finger. Aber diese Armbänder zeugen von sehr schlechtem Geschmack.«

Ich lachte.

»Das haben wir gleich.«

Er suchte eine Zange. Mit behutsamer Entschlossenheit löste er die Bolzen und befreite mich von den Schellen. Besorgt runzelte er die Stirn, als er die verschorften Wunden sah. Vor allem an der linken Hand hatte ich oft und hart gerissen.

»Wir müssen es verbinden«, sagte er.

Ich nickte.

Aber zuerst wusch er meine Hände.

Ich ließ es geschehen. Das warme Wasser war angenehm auf der Haut, und noch mehr genoss ich die feste Berührung seiner Samthandschuhe, auch wenn diese inzwischen feucht waren.

»Damit werdet Ihr Euch sicher wohler fühlen«, meinte er und gab mir ein Paar grüner, fein gewebter Handschuhe.

Tränen stiegen in mein gesundes Auge. Er verstand mich! Dankbar verhüllte ich meine Hände.

Er umwickelte die Handgelenke mit Binden, auf die er ein Heilöl geträufelt hatte. Seit dem Überfall der Geister auf den Ostturm hatte ich mich nicht mehr so sicher gefühlt.

»Ich muss deine Freundlichkeit mit einer Unhöflichkeit beantworten«, sagte ich.

Fragend blickten seine braunen Augen mich an.

»Ich muss dir sagen, dass deine Kleidung jeden Menschen mit Geschmack beleidigt. Diese eidottergelbe Weste unter einem grünen Halstuch … Eine Hose aus Leinen und ein ledernes Hemd … Und dann all die Ketten! Du musst schwer am Gewicht schleppen!«

Er zuckte mit den Schultern. »Wenn Euch mein Schmuck stört …« Er zog die Ketten über den Kopf und legte sie zur Seite.

Skeptisch schüttelte ich den Kopf. »Das reicht noch nicht.«

Ich löste die Schlaufen an seinem Hemd und zog es aus dem Hosenbund. Er hob die Arme, sodass ich es ihm mitsamt der Weste über den Kopf ziehen konnte. Auf seiner Brust fanden sich einzelne weiße Haare. Ich tastete über seine Muskeln. Durch die dünnen Handschuhe fühlte ich die Narben, die das Leben ihm geschlagen hatte. Sie waren gut verheilt.

»Mir ist warm«, klagte ich.

Lächelnd und mit ein wenig zitternden Fingern öffnete er die Verschlüsse meines Gewands. Er küsste die Knospen meiner Brüste.

Nur die Handschuhe behielten wir an.

34. Auf dem Friedhof

»Ich kann dich nicht begleiten«, sagte Turan. »Die Stadt ist in Aufruhr. Die Hohen Häuser haben ihre Anwerber auch zu uns geschickt. Sie suchen Kämpfer für ihren Krieg. Ich muss ein paar Jungspunde davon abhalten, sich für Gold abstechen zu lassen, das sie niemals in Händen halten werden.«

»Schon gut.« Ich schlang die Arme um seinen Hals und küsste ihn. »Ich gehe allein.«

»Bist du schon stark genug?«

»Ich kann auf mich aufpassen.« Ich kitzelte seinen Kinnbart.

Tatsächlich hatte die Nacht meine Sorgen zumindest für ein paar Stunden vertrieben und mich mit frischer Kraft erfüllt. Aus Turans zusammengeräubertem Fundus hatte ich mich mit robuster Kleidung eingedeckt, und sogar anständige Waffen hatte ich gefunden. Den Spaten, den ich für mein Vorhaben benötigte, legte ich lässig über meine linke Schulter. Die rechte schmerzte noch immer bei jeder Berührung.

Ich lachte wegen seines zweifelnden Gesichts.

»Wenn die Patrizier miteinander beschäftigt sind, wird schon niemand nach mir suchen«, behauptete ich.

Er seufzte. »Du musst wissen, was du tust. Aber lass dich nicht kaputtmachen – ich will ein paar Dinge vertiefen, die wir heute Nacht angefangen haben.«

Wieder lachte ich. »Das will ich auch.«

Die Nachricht, dass ich jetzt zu ihnen gehörte, hatte sich wie ein Lauffeuer unter den Webern verbreitet. Unbehelligt kam ich durch ihre Gassen. Danach bewegte ich mich vorsichtiger, um nicht den Bütteln in die Arme zu laufen. Tatsächlich musste ich mich mehrmals in einen Hauseingang drücken, um mich vor einer Streife zu verbergen.

Ich fand die Stelle an der Stadtmauer, wo ich gestanden hatte, nachdem ich Zeugin von Josefas Spielen geworden war. Das Amphitheater erhob sich in der Nähe wie der aufgebrochene Brustkorb eines Riesen.

Außerhalb der Stadt wandte ich mich nach rechts und bog, als die zurückweichende Stadtmauer es erlaubte, nach Nordwesten ab, um zum Friedhof zu gelangen.

Zwischen Hecken, Büschen und Sträuchern suchte ich Xinas Grab. Als Kinder war es für uns eine Mutprobe gewesen, sich diesem Ort möglichst weit zu nähern, weil er jenseits der Stadtmauer lag, sodass die Geister ihn erreichen konnten. Von meinen damaligen Ausflügen wusste ich, dass es alte Steinplatten gab, auf denen Namen und Zahlen verwitterten. Früher hatte man wohl die letzten Ruhestätten auf diese Weise markiert, aber mittlerweile schüttete man die Löcher ohne einen solchen Hinweis zu. Deswegen war die Stelle schwierig zu finden.

Bei Beerdigungen begleitete immer ein Drake den Trauerzug, um die Geister fernzuhalten. Jetzt war keiner bei mir, und nach meiner letzten Begegnung mit den Geschuppten war ich froh darum. Die Folge war jedoch, dass ich gelbe Nebelschlieren in den kahlen Ästen einer abgestorbenen Weide sah, violette Fetzen, die knapp über dem feuchten Boden gegen die Windrichtung trieben und eine grüne Kugel mit so fester Struktur, dass sie undurchsichtig war. Die Geister waren an diesem Ort, und im Ostturm hatten sie mir gezeigt, was sie mit Lebenden machten.

Suchten sie nach sterblichen Überresten? Vielleicht nach ihren eigenen Gebeinen?

Jedenfalls konnte ich nicht den gleichen Weg gehen wie bei Xinas Beisetzung, wenn ich ihnen ausweichen wollte. Ich folgte den Kiespfaden, überquerte manchmal auch Rasenstücke und entdeckte immer mehr Geister. Wenn ihre Farben ähnlich waren, konnte ich sie nur schwer auseinanderhalten, aber ich zählte wenigstens ein Dutzend, bis ich das Grab meiner Schwester erreichte.

Jetzt begann der Teil, vor dem ich mich am meisten fürchtete. Ich setzte den Spaten an, trat ihn in die vom Regen schwere Erde und hob die erste Ladung heraus. Ich wusste nichts von den Umständen, die für den Grabsegen notwendig waren, der Xina Ruhe schenken sollte. Ich kannte nur die Worte, die der Kardinal mir beigebracht hatte, und vermutete, dass ich sie direkt über der Leiche sprechen musste, damit sie am besten wirkten. Also grub ich, obwohl mich der Gedanke abschreckte, den entstellten Leib auszuwickeln.

Der Aushub neben dem Grab wuchs, und bald stand ich in einem Loch. Knapp zwei Meter hatte man Xinas Leib in den Boden gesenkt, also hatte ich noch ein gutes Stück vor mir.

Ich wusste, dass diese Arbeit nicht unbemerkt bliebe, hoffte aber, dass sich die Geister für anderes interessieren würden. Ich beachtete sie so wenig wie möglich, auch dann noch, als vier der Erscheinungen in der Nähe verharrten und eine davon in dem gleichen Rot leuchtete, an das ich mich von der Begegnung mit Xina im Moor erinnerte.

Rücken und Brust schmerzten unter der Anstrengung, die ich meinem Körper zumutete, nachdem man ihn am Vortag mit so vielen Schlägen und Stößen traktiert hatte. Die Handgelenke brannten, ihr Puls pochte gegen die Binden, die Turan am Morgen erneuert hatte. Ich brauchte meine Kraft und Konzentration für diese Arbeit. Ich musste meiner Schwester Frieden schenken.

Dennoch warf ich den Geistern ab und zu nervöse Blicke zu, vor allem dem roten. »Ich tue euch nichts«, murmelte ich. »Ich bin nicht euer Feind.«

Aber Frieden lässt sich nicht erbitten, wenn der andere kein Interesse daran verspürt. Ein fahlgrüner, formloser Nebelkörper raste auf mich zu, umhüllte mich, hob mich an und schleuderte mich rückwärts. Ich verlor den Spaten und fiel in einen Busch, dessen kurze Dornen sich in meinem Gewand verhakten.

Ich riss Rapier und Parierdolch aus den Scheiden. »Ich will euch nur helfen!«, rief ich. »Aber wenn du Streit suchst, dann komm!«

Nicht nur dieser eine Geist folgte meiner Herausforderung. Zu dritt stürzten sie sich auf mich.

Die Waffen erwiesen sich als nutzlos. Sie schnitten durch die nebelhaften Körper, als seien diese wirklich nur bunte Schwaden.

Die Geister wirbelten mich empor bis zu den Ästen einer Weide. Ich prallte dagegen und stürzte wieder zu Boden. Meine Brust fühlte sich an, als sei ein Ochsenkarren darübergerollt.

Ich spuckte Blut, sammelte die Waffen ein und rappelte mich auf.

Abwartend pulsierten die Geister um mich herum.

»Was ist?«, rief ich mit solcher Intensität, dass ich etwas von dem Blut ausspie, das sich in meinem Mund sammelte.

Der Geist, in dessen Richtung ich sah, wich zurück.

Ich dachte nach.

»Das ist es …«, murmelte ich. »So war es auch im Moor! Ihr flieht vor meinem Blut. Oder vor dem des DRACHEN, nicht wahr? Ihr fürchtet die Draken, also fürchtet ihr auch mich, wenn ich euch daran erinnere, was ihr geworden seid.«

Ich sammelte etwas Blut in meinem Mund, spuckte es auf die Rapierklinge und hielt diese wie eine Fackel, mit der ich die Dunkelheit vertreiben wollte. Tatsächlich wichen die Geister davor zurück.

Ich holte den Spaten, steckte das Rapier wie eine Flagge in den Erdhaufen, den ich ausgehoben hatte, und grub weiter. Ich wusste, dass ich mich nicht zu sicher fühlen durfte. Immerhin waren es Geister gewesen, die den Draken über dem

Weberviertel angefallen hatten. Es hing wohl von ihrer Willensstärke ab, ob sie ihre Abscheu vor allem, was mit dem DRACHEN zu tun hatte, überwinden konnten.

»Lasst mich einfach in Ruhe«, murmelte ich. »Tut, was ihr hier tun wolltet, und lasst mich machen, wozu ich gekommen bin.« Nach der rüden Behandlung durch die Geister schmerzten meine Knochen noch stärker. Dennoch grub ich so eifrig, dass mein Gewand bald am Rücken klebte. Als ich bis zu den Schultern im Loch stand – sicher war schon eine Stunde vergangen – stieß der Spaten auf das Holz des Sargs. Ich hob die Erde nun flächiger ab und befreite den Deckel bis zu den Schrauben. Als ich diese erreichen konnte, steckte ich mein Werkzeug in den Boden.

Ich öffnete den Sarg. Xinas Leiche lag in helle Binden gewickelt darin.

»Gleich ist es so weit«, flüsterte ich. »Ich bin hier, kleine Schwester. Ich kümmere mich um dich.«

Ich schob meine Arme unter den Rücken und die Knie, wie man es bei einem geliebten Menschen macht, den man ins Bett tragen möchte, ohne ihn zu wecken. So hob ich Xina aus dem Sarg und trug sie über die schräge Kante, wo in den vergangenen Stunden das Erdreich nachgerutscht war, aus dem Loch.

Die Geister waren noch da. Ich legte Xina auf den Rasen, schnitt mir mit dem Rapier in den Arm und malte mit dem frischen Blut einen Strich auf die Klinge. Ich behielt sie in der Hand, als ich meine Schwester wieder aufnahm und sie so an einen verwitterten Grabstein lehnte, dass die Sonne sie beschien.

Ich schluckte und löste die Binden von ihrem Kopf.

Das offen liegende Fleisch war dunkel geworden. Ich zwang mich, das Gesicht anzusehen.

Bewegte sich da etwas unter der Wange?

Ich schrie auf, als sich eine weiße Made daraus hervorwand.

Offenbar war der Sarg nicht so dicht gewesen, wie ich gehofft hatte.

»Das ist nur Fleisch«, hörte ich hinter mir.

Ich wirbelte herum.

Es war Xina, oder ihr Geist, in Form der roten, einen Meter durchmessenden Kugel, um die sich durchscheinende Schlieren bewegten.

»Der Kardinal sagte …« Ich sammelte mich, um weitersprechen zu können. »Ich muss den Segen über deiner Leiche sprechen, damit du Frieden findest.«

»Frieden …« Welch eine Sehnsucht lag in diesem Wort. »Wie oft bin ich seit meinem Tod hierher gekommen und habe ihn vergeblich gesucht? Ja, das wäre schön.«

Es war merkwürdig, ihr zuzuhören. Ich verstand sie, hatte aber den Eindruck, die Worte nicht über die Ohren aufzunehmen. Vielmehr vibrierten sie in meinem Fleisch. Oder … in meinen Adern? War es das Drachenblut, das die Sprache der Geister verstand?

Ich weinte. »Ich tue, was mir möglich ist, Xina. Ich wollte dich vor dem Hund retten. Du musst mir glauben!«

»Du konntest mir nicht helfen. Aber du kannst mich rächen. Die Wordas sollen für das bezahlen, was sie mir angetan haben.«

Ich wischte über mein Auge. »Es tut sich viel in der Stadt … Ich bin nicht länger Obristin, und man betrachtet mich als Schande unseres Hauses. Ich bin eine Ausgestoßene. Ich habe erkannt, dass Josefa Rubinsteyn wahnsinnig ist. Sie will, dass alle Toten zu ruhelosen Geistern werden, um die Stadt zu schützen.«

»Wovor?« Ich glaubte, Überraschung in Xinas Stimme zu spüren.

»Vor dem alten Feind aus dem großen Krieg. Weißt du, ob er jenseits des Leidenden Landes darauf lauert, die Stadt zu zerstören?«

»Ich war noch nicht dort. Die Fürsten verbieten es mir.«

»Die Fürsten der Geister?«

»Sie herrschen mit eisernem Willen und harten Strafen. Sie sind so … grausam. Und sie sind uneins. Einige wollen, dass wir alle Menschen töten. Ich habe Angst, Zarria.«

»Die werde ich dir nehmen. Ich habe hier deinen Körper, und auch dein Geist ist hier. Was ist mit deiner Seele?«

Sie gab einen Klagelaut von sich, wie ich sie von den Gespenstern kannte. »Als Lebende wusste ich nicht, dass ich eine Seele besitze, und jetzt habe ich sie verloren! Oder sie hat sich selbst verloren. Irgendwo zwischen Wirklichkeit und Nachwelt. Ich kann spüren, wie einsam sie ist, wie sehr sie sich nach der Vollendung sehnt.«

Hatte ich in meinem Albtraum nicht Ähnliches von ihr gehört? War sie etwa doch selbst dort gewesen? Nicht nur als Fantasie meines überreizten Verstands? Wurden Nachtmahr und Wirklichkeit eins, wenn man lange genug in ihnen wanderte?

Ich wagte nicht, Xina danach zu fragen. Die Antwort mochte Glad arn Rubinsteyns Befürchtungen noch übertreffen.

»Ich liebe dich, Xina.«

»Und ich liebe dich, Zarria, auch wenn ich dich hasse.«

»Hassen?«, fragte ich erschrocken. »Wieso?«

»Der Neid auf alle Lebenden treibt uns an, so wie Hunger und Durst einen Menschen, der noch einen Körper hat. Ich muss mich beherrschen, um mich nicht auf dich zu stürzen. Das Blut auf deiner Waffe hilft. Ich bitte dich, erlöse mich! Und mach schnell.«

Ich befeuchtete meine Lippen. Die Sonne schien auf das entstellte Antlitz der Leiche, so wie es Xinas letztem Wunsch als Lebende entsprach. Gnädigerweise war auch keine Made mehr zu sehen.

»Wir leben nicht für uns allein, wir sterben nicht für uns

allein«, gab ich die Formel wieder, die Kardinal Marcus mir beigebracht hatte. »In beidem gehören wir Christus an.«

Noch immer fand ich es merkwürdig, auf jemanden zu vertrauen, den seine Feinde an ein Kreuz genagelt und zum Sterben zurückgelassen hatten. Aber wenn er meiner Schwester Frieden geben konnte, dann war mir das egal.

»Wir vertrauen Xina Machon nun der Gnade Gottes an und legen diesen sterblichen Leib zurück in Gottes Boden: Erde zu Erde, Asche zu Asche, Staub zu Staub.«

Ich würde sie wieder begraben müssen, aber das ginge schneller, als sie aus der Erde herauszuholen. Ich hoffte, es in der halben Zeit zu schaffen. Noch vor dem höchsten Stand der Sonne wollte ich zurück in der Stadt sein.

»Was aber gewesen ist mit diesem Menschen, wird bleiben. Es wird weder verwesen noch vergehen, sondern in seine ewige Heimat zurückkehren, wo alle Tränen trocknen.«

Als sei ein kräftiger Windstoß in ihn gefahren, zerfaserte der rote Leuchtkörper vor meinem Auge. Ich glaubte noch, ein gewispertes »Danke!« zu hören, doch vielleicht war auch das nur der Wind.

Während ich Xina wieder begrub, überlegte ich, ob es auch eine Möglichkeit gäbe, Fidelius die gleiche Gunst zu erweisen. Sein Körper war im Feuer des Draken zu Asche geworden, aber vielleicht funktionierte die Zeremonie auch mit der Glasfigur, die seine Seele enthielt.

Ich fügte mir noch mehrmals kleine Schnitte zu, um das Blut auf dem Rapier zu erneuern und so die Geister fernzuhalten. Als ich den Friedhof verließ, sah ich dunkle Rauchsäulen über der Stadt stehen. Wenn ich mich nicht täuschte, hatten die meisten davon ihren Ursprung im Weberviertel.

35. An der Barrikade

Gemeinsam mit zwanzig Kämpfern folgte ich Turan durch die Kanalisation. Oben spien die Draken Feuer auf das Weberviertel. Wir hörten die Flammen prasseln, aber so tief unter der Erde konnten sie uns nicht erreichen. Es war sogar unangenehm feucht und kalt, was schlecht zu den rußverschmierten Gesichtern der Männer und Frauen passte.

»Hier ist es.« Turan fasste die Sprossen einer Leiter. »Durchzählen!«

Wir warteten, bis die letzten beiden Kämpfer aufschlossen. Ein Donnern drang in den Kanal herab. Wir alle wussten, dass es von einem einstürzenden Haus herrührte.

Turan nahm den Säbel zwischen die Zähne und stieg seinen Leuten voran. Ich folgte unmittelbar dahinter. Weil ich Rapier und Dolch in den Händen hielt, hatte ich etwas Mühe, die Sprossen zu greifen und war ein wenig langsamer, aber auf der kurzen Strecke machte das keinen Unterschied.

Wir kamen im Freien an die Oberfläche. Vermutlich war noch Tag, aber der viele Rauch verdunkelte die Umgebung. Ich zog ein nasses Tuch über Mund und Nase. Rotes Feuer flackerte durch die rußigen Schwaden. Draken kreischten. Die Luft war heiß und dünn, man musste tief atmen, als hätte man sich verausgabt.

»Da vorn sind sie!«, rief Turan, während unsere Kameraden hinter uns heraufkamen.

Er hatte uns auf dem günstigsten Weg geführt. Mich verwirrte das Netz aus Tunneln, schon nach wenigen Biegungen konnte ich dort nicht mehr sagen, in welche Himmelsrichtung wir liefen. Einzig der stetige Fluss des Wassers Richtung Netol half. Turan aber bewegte sich in der Kanalisation so sicher wie ich mich in den Straßen der Stadt. So hatte er uns hinter der großen Barrikade herausgebracht, mit der die Rubinsteyns, unterstützt von einigen Drachengardisten, das Weberviertel abriegelten, sodass niemand den Draken entkam. Ich musste Josefa und den Senat ernsthaft verärgert haben.

Wenigstens glaubte ich, der Anlass für dieses Abschlachten zu sein. Eine Annahme, auf die die Weber zum Glück noch nicht gekommen waren. Für sie hatte ich mich in den Scharmützeln der vergangenen Stunden als fähige Anführerin erwiesen, die es verstand, Trupps so zu kommandieren, dass der Feind erheblich mehr Schaden nahm als die eigenen Leute. Dadurch hatten wir inzwischen für beinahe jeden eine brauchbare Waffe erbeutet. Nur am Umgang damit haperte es noch.

»Kennt sich einer von euch mit Bullen aus?«, fragte ich.

Zwei Hände hoben sich.

»Es wird euch leichtfallen, etwas Brennendes zu finden, das als Fackel taugt.« Ich zeigte auf den Stall, aus dem ich das Brüllen der schweren Tiere hörte. »Geht da rein und treibt die Bullen raus. Sie werden in Panik sein, aber stachelt sie ruhig noch auf. Scheucht sie in die Reihen unserer Feinde. Da sollen sie alles niedertrampeln, was unter ihre Hufe kommt.«

Ich gab ihnen noch drei weitere Weber mit. Den Rest unserer Schar teilte ich in vier Trupps und positionierte sie derart, dass sie nicht vor die Hörner unserer Sturmtruppe gerieten, aber nah genug am Geschehen waren, um die Feinde anzugreifen, solange diese sich noch fragten, was passierte. Dabei half uns die Begeisterung, mit der sie sich auf der Barrikade drängten, um das Toben des Feuers zu betrachten und den Schreien der Eingeschlossenen zu lauschen.

Dem machten die brüllenden Horntiere ein Ende. Wer hoch genug auf die Barrikade geklettert war, blieb verschont, aber diejenigen auf dem Boden erfasste die volle Wucht der panischen Bullen.

»Angriff!«, schrie ich.

Der Rauch wehte mir ins Gesicht. Es war unmöglich, die Kämpfer im Gefecht zu leiten, aber das erwartete auch niemand von mir. Ich hatte sie gut in Stellung gebracht, der Rest blieb jedem selbst überlassen.

Wo die Ochsen durchgezogen waren, lagen Körper, die sie teilweise so gründlich zerstampft hatten, dass die menschliche Form kaum noch zu erkennen war.

Als ich bemerkte, dass ich auf einen Drachengardisten zurannte, änderte ich meine Richtung. Der Skrupel war wohl unangebracht, aber ich wollte nicht gegen jemanden kämpfen, der unter dem gleichen Eid stand, den auch ich vor Kurzem abgelegt hatte. Stattdessen warf ich mich auf einen blonden Rubinsteyn, der ebenso wie ich mit Rapier und Parierdolch kämpfte. Er war aber Linkshänder, was bedeutete, dass sich jeweils die langen und die kurzen Klingen gegenüberstanden.

Meinen ersten Ansturm lenkte er mit dem Rapier zur Seite.

Ich prallte gegen einen umgekippten Karren, der Teil der Barrikade war.

Er schlug nach und traf meinen Rücken.

Zwar lag zu wenig Kraft in dem Hieb, um den Lederharnisch zu durchdringen, aber mein Körper nutzte die Gelegenheit, mich mit einer Schmerzwelle daran zu erinnern, dass er in letzter Zeit zu häufig malträtiert wurde. Der Drache in mir überzog meine Sicht mit einem roten Schleier.

Ich wirbelte herum und fing den nächsten Rapierstoß mit dem Dolch ab. Wegen der Linkshändigkeit meines Gegners trafen die Klingen in ungewohntem Winkel aufeinander.

Seine Waffe glitt ab und schlug schwach gegen meinen Fechthandschuh. Er wirbelte herum und stieß mit einem Ellbogen nach meinem Gesicht.

Ich drehte mich weg, die Attacke ging ins Leere.

Überall klirrten die Waffen, andere Kämpfer umgaben uns. Ich stieß die Parierstange meines Dolchs in die Öffnung am Schulterstück der Weste eines arn Rubinsteyns und riss ihn daran vor meinen Gegner.

Sie prallten zusammen, und Itara, die Weberin, die mit dem arn Rubinsteyn gefochten hatte, setzte mit einem beherzten Schwertstich in den Bauch nach.

Sie freute sich nur kurz an dem Sieg. Von der Barrikade stieß eine Drachenlanze herab und durchbohrte ihre Brust. Die vielen Amulette, die sie trug, versagten den Schutz, den ihr die Verkäufer vielleicht versprochen hatten. Zuckend warf Itara die Arme zurück, ließ das Schwert fallen und verdrehte die Augen. Ich vermute, dass sie röchelte, aber im Kampflärm war das nicht zu hören.

Ihr erschlaffender Körper ruckte, als der Gardist an der Lanze zog. Er bekam sie jedoch nicht frei, offensichtlich hatte sich das Blatt zwischen den Rippen verkantet.

Ich fing die Stange mit meinem Parierdolch, trat in die Barrikade und stemmte mich so gegen die Lanze. Das verstärkte ich noch, indem ich das Rapier nahe am Korb an das Holz drückte.

Der Körper der toten Kameradin fixierte die Waffe, der Hebelweg war auf meiner Seite. Der Gardist ließ die Stange zu spät los, er verlor den Halt und stürzte von der Barrikade. Dabei fiel er auf den blonden Rubinsteyn, den ich zuerst angegriffen hatte und der gerade unter dem Körper seines Gefolgsmanns hervorkam.

Die Zeit für Rücksichtnahmen war vorbei. Ich trat auf den Kopf des Gardisten. Ich sah nicht zu genau hin, und so weiß ich bis heute nicht, wer er war. Die Rüstungen glichen einander, und die Helme verdeckten einen Teil des Gesichts. Der Schutz verhinderte jedoch nicht, dass mein Tritt den Kopf so weit wegdrückte, dass das Genick brach.

Der Rubinsteyn stach nach mir.

Mein Körper reagierte, bevor ich begriff, was ich tat. Der Parierdolch fing die Waffe, ich verkantete sie zwischen Stange und Klinge. Wäre er Rechtshänder gewesen, hätte ich jetzt einen Bogen geschlagen, um ihm den Griff zu entwinden. Da unsere Arme aber quer zwischen den Körpern hindurchliefen, ließ sich das vielfach einstudierte Manöver nicht anwenden.

Ich griff auf etwas zurück, das ich viel früher gelernt hatte, auf der Straße. Ich trat mit dem Stiefelabsatz gegen seine Kniescheibe.

Er schrie auf und ließ einen Moment locker. Lange genug, um ihm das Rapier zu entreißen.

Ich schlug mit meiner großen Klinge eine Kerbe in seinen Kopf.

Gefällt ging er zu Boden.

Ich zuckte zusammen, als ich das Gebell von Kampfhunden hörte. Hatte ich etwas übersehen? In dem Rauch war das leicht möglich. Unsere Gegner mochten uns jetzt mit Hunden überraschen, wie es uns mit den Bullen gelungen war. Ich zwinkerte die Tränen aus dem gereizten Auge und spähte in die Richtung, aus der die Geräusche kamen.

Tatsächlich, da waren Hundeführer mit ihren geifernden Biestern! Sie hatten die Viecher noch angeleint, wohl, weil wir zu eng mit den Gegnern standen und der Blutrausch keinen Unterschied machte.

»Rückzug!«, rief ich. »Zurück nach unten!«

Mitten in einem Kampf werden Befehle leicht überhört. Um mich ging das Fechten mit unverminderter Härte weiter. Stahl klirrte, Verletzte schrien, Sterbende fielen zu Boden. Nur wenige lösten sich und folgten mir fort von der Barrikade.

»Nein!«, hörte ich Turan rufen. »Die Wordas helfen uns!«

Ich traute meinen Ohren nicht, aber das Auge bestätigte, was ich gehört hatte. Ja, es waren Wordas, eindeutig zu erkennen an den bernsteinfarbenen Schärpen und Binden, aber sie gingen nicht auf uns los, sondern auf die Gardisten und die Rubinsteyns. Diese waren davon ebenso überrascht wie ich. Hinter den Hunden folgten frische Kämpfer, und auch deren Klingen schlugen schnell und erbarmungslos auf unsere Gegner ein. Die Feinde gaben die Barrikade auf, der Rauch half ihnen, ihr Heil in der Flucht zu suchen.

»Was soll das?«, fragte ich Turan, als er zu mir kam.

»Sie waren plötzlich da und meinten, wir stünden auf derselben Seite«, brummte er. Erst jetzt sah ich das Blut auf der linken Hälfte seines Gesichts.

»Was ist passiert?«

Unwillig zuckte er vor meine Hand zurück. »Diese Drachenlanzen sind tückisch. Die schlagen zu, lange bevor man denjenigen erreicht, der sie schwingt.«

Ich wollte ihn fragen, wie schlimm die Verletzung war, aber da sah ich jemanden, den ich aus der Nacht des Überfalls kannte. Die junge Frau grinste über das ganze Gesicht, steckte ihr Rapier weg und kam auf mich zu. Wo ich ihren Oberarm durchbohrt hatte, trug sie einen ordentlich gebundenen Verband aus bernsteinfarbenem Stoff.

»Visella Worda, nicht wahr?«, vergewisserte ich mich.

»So ist es.«

»Womit verdienen wir die Gunst Eurer Unterstützung?« Nur mit Mühe behielt ich meinen Blick bei ihr, statt die Hunde anzusehen. Die Biester waren widerlich. Am liebsten hätte ich sie alle abgestochen.

Visella lachte. »Ihr habt mich beeindruckt. Ich habe beschlossen, dass Ihr es wert seid, gerettet zu werden. Schließlich habt Ihr mich gefangen genommen. Ihr taugt etwas.«

»Zu freundlich. Aber sind die Rubinsteyns nicht Verbündete Eurer Familie?«

»Das war gestern«, beschied sie mit einer wegwerfenden Handbewegung. »Heute findet Patriarch Eryll, dass die Rubinsteyns ihre Macht abgeben sollten.« Visella grinste.

»Für Euch ist dieser Krieg nur ein Spiel«, erkannte ich.

»Das aufregendste, das es gibt«, bestätigte sie.

»Und was geschieht, wenn Euer Patriarch in einer Stunde entscheidet, dass es ihm auf der Seite der Rubinsteyns doch besser gefällt?«

»Dann töte ich Euch. Oder Ihr tötet mich.« Visella lachte.

Ich zog Turan zur Seite. »Die ist irre«, sagte ich.

»Genauso irre oder klar wie die ganze Stadt«, meinte er. »Und wir können die Wordas gut gebrauchen.«

»Sie haben meine Schwester getötet!«

»Dafür retten sie uns jetzt das Leben.«

Visella trat zu uns. »Wir wollen weitermachen«, sagte sie. »Diese Schätzchen haben wir den ganzen Weg hierher geschleppt.«

Ich brauchte einen Moment, um zu erkennen, um was es sich bei den Gerätschaften handelte, die Visellas Leute heranrollten. Sie glichen auf Rädern montierten, riesigen Armbrüsten. Die zugehörigen Bolzen, meterlange Geschosse mit Eisenspitzen, stapelten sich auf Karren.

»Die Ballisten warten all die Jahre darauf, dass wir damit ein paar Draken schießen können.«

»Ihr habt Euch auf einen Krieg mit Euren engsten Verbündeten vorbereitet?«, rief ich.

Visella zuckte mit den Schultern. »Was bedeutete das schon – ›Verbündeter‹? Man muss alle Möglichkeiten im Blick behalten. Wie beim Fechten.«

»Jeder, der einem auf dem Fechtboden begegnet, ist ein Gegner.«

»Ihr sagt es. Und jetzt bringen wir die Ballisten in Stellung und holen die Draken herunter. Ich hoffe, Ihr helft uns, ihnen den Rest zu geben, wenn sie erst einmal auf dem Boden sind.«

Ich sah Turan an.

»Kein schlechter Plan«, entschied er. »Aber zuerst reißen

wir die Barrikade ein, damit unsere Leute dem Feuer entkommen können.«

Visella streckte mir die Hand entgegen. »Also, was ist?«

Ich dachte an meine Schwester.

Ich dachte an die Stadt.

Ich schlug ein.

36. Ziele und Pläne

»Wir müssen unsere Leute befreien!«, rief Turan. »Darauf kommt es jetzt an.«

»Vor allem musst du stillhalten«, entgegnete ich, »oder du wirst eine Narbe so dick wie eine Ackerfurche bekommen.«

Widerwillig bettete er die unverletzte Seite des Kopfs wieder auf die Lehne des Sofas. Es war ebenso verfallen wie die restliche Einrichtung des Hauses, aber auf die Schnelle war dies der beste Rückzugsort im Kampfgebiet. Unsere Leute sammelten sich draußen um die Leichen der drei erschlagenen Draken. Gemeinsam mit den Wordas feierten sie den vorläufigen Abzug des Feindes und schöpften Kraft vor den nächsten Anstrengungen.

»Wir müssen die Gunst der Stunde nutzen.« Vorsichtig bog ich die Nadel. Ideal wäre ein Halbkreis gewesen, wie bei einem Angelhaken. Damit wäre es mir leichtgefallen, die Spitze auf einer Seite der Wunde hinein-, durch das Fleisch hindurch- und auf der anderen Seite wieder herauszustechen. Ich gab mich dennoch mit weniger zufrieden, damit mein Instrument nicht brach. »Unsere Leute sind für die Wordas uninteressant. Sie sind gekommen, weil wir gegen die Rubinsteyns stehen.«

»Nur, weil die uns angegriffen haben.«

Ich zog die Nadelspitze ein paarmal durch eine Kerzenflamme. »Und jetzt ist es an der Zeit, dass wir den Krieg zu ihnen tragen. Das ist es, was die Wordas wollen.«

»Wir sind nicht ihre Hörigen! Die Hohen Häuser sollen ihren Streit unter sich austragen.«

»Aber die Wordas haben uns geholfen.« Ich betastete die Wundränder. Der Schnitt zog sich über die linke Seite des Gesichts. Das verlieh ihm eine unschöne Ähnlichkeit zu Bentur arn Worda, bei dem an der gleichen Stelle die Furche verlief – sein Andenken an die Eisenstange, die ihm jemand hineingeschlagen hatte. Ich hoffte, dass Turan weniger auffällige Spuren zurückbehalten würde. Der Knochen schien unbeschädigt zu sein.

»Wir können uns keine Dankbarkeit leisten, solange unsere Leute im Kerker sitzen«, meinte Turan. »Über einhundert haben sie verschleppt! Wer weiß, was sie mit ihnen vorhaben?«

Das fragte ich mich auch. Keinesfalls würden sie diese Leute lange durchfüttern. Verlangte Josefa nach besonders großen Spielen?

»Die Kathedrale ist der Schlüssel zur Stadt«, murmelte ich. »Der DRACHE beherrscht uns alle, und Josefa lenkt den DRACHEN.«

»Warum sollten wir uns um die Stadt kümmern? Das haben die Patrizier doch immer für sich beansprucht.«

»Halt jetzt still.«

Ich drückte die Wundränder auf der Wange zusammen und stach die Nadel ein. Ich fühlte, wie Turan die Zähne zusammenbiss.

»Manchmal müssen Einzelne zurückstehen, damit eine größere Zahl gerettet wird.« Ich zog den Faden durch und stach die Nadel etwas weiter oben ein. Kleine, enge Stiche würden eine saubere Narbe ohne Wucherungen ergeben.

»Wir können die Gefangenen befreien, wenn wir mit der Kathedrale fertig sind. Dann wird es auch für sie eine bessere Stadt sein. Wenn wir uns aber bei den Kerkern aufreiben, wird man uns zurückschlagen. Josefa bleibt Drachenmeisterin, alles bleibt, wie es ist.«

Er schwieg, bis ich fertig war, den Faden verknotete und den Rest abschnitt. »Willst du an ihrer Stelle Drachenmeisterin werden?«, fragte er.

»Wer sonst?«, fragte ich. »Ich habe das Blut des Vielgehörnten getrunken.«

Er betastete die Naht. »Wärst du gnädiger als sie?«

»Ich käme jedenfalls nicht auf die Idee, Spiele im Amphitheater zu veranstalten.«

»Hat Josefa das schon immer getan?«

»Solange ich lebe, quält sie dort Menschen.«

»Und davor?« Turans braune Augen sahen mich an. Die violetten Verzierungen um seine Lider waren nicht mehr zu sehen. Schon während des Kampfs waren sie unter Ruß und Schweiß verschwunden.

»Mein Vater hat mir die Drachenmeisterin stets als grausame Frau geschildert«, sagte ich, »aber …«

»Was?«

»Ich habe mit einem Geist gesprochen. Er ist in der Kathedrale gefangen, seit Josefa ein kleines Mädchen war. Er spricht anders von ihr.«

»Also hat auch sie die Grausamkeit erst in sich entdeckt.«

»Das muss mir nicht passieren.«

»Glaubst du, die Nähe des DRACHEN wird dich nicht verändern?«

Schon dieser verbale Angriff reichte aus, um einen leichten Rotschleier vor mein Auge zu bringen. Und ich hatte nur einmal vom Drachenblut getrunken und ein paarmal in seinem Atem oder seinem Feuer gestanden. Als Drachenmeisterin würde ich das oft tun.

Ich sah zur Seite. »Schlimmer als bei Josefa wird es nicht sein.«

Er fasste meine Schultern. »Doch, es wäre schlimmer. Ich würde dich verlieren.« Er küsste mich. »Ich will nicht mehr ohne dich sein.«

»Ich könnte dich in die Drachengarde holen.« Meine Worte hörten sich schal an.

»Und was wäre ich dort, in der Drachengarde? Der Günstling der großen Drachenmeisterin?« Er schüttelte den Kopf. »Alles, was ich hier bei den Webern bin, verdanke ich mir selbst. Ich habe Fehler gemacht, aber am Ende habe ich mich durchgesetzt. Darauf bin ich stolz. Ich will kein Schoßhund ohne Selbstachtung werden.«

Ich nickte.

Er ließ mich los und gürtete sein Waffengehänge. »Außerdem wollen die Wordas gar nicht gegen die Drachenmeisterin vorgehen. Ihr Ziel sind die Rubinsteyns.«

»Ohne die Macht der Rubinsteyns in der Stadt ist auch Josefa geschwächt.« Ich stellte mich in Turans Rücken und zog meinen Parierdolch.

»Schluss jetzt!« Er wandte sich dem Ausgang zu. »Die Gefangenen sind unsere Leute. Ich werde nicht zulassen, dass wir sie …«

Ich hieb den Knauf des Dolchs auf die Beuge zwischen Turans Hals und seiner linken Schulter. Mit dem gleichen Schlag hatten meine Büttel mich am Ostturm außer Gefecht gesetzt, und auch Turan fiel jetzt um wie ein Sack. Ich fing ihn ab, bevor sein Kopf auf den Boden schlug.

Ich legte Turan auf das Sofa und deckte ihn zu. Dann ging ich nach draußen. Noch immer war die Luft voller Rauch, auch wenn man einige Feuer gelöscht hatte. Immerhin konnte man zwischen den Schwaden die Sterne ausmachen, wenn man den Kopf in den Nacken legte. Ich zog mein Tuch über Mund und Nase.

»Turan schläft. Er braucht Ruhe«, beantwortete ich die fragenden Blicke.

Visellas Finger trommelten auf dem Griff ihres Rapiers.

»Wir sind abmarschbereit«, sagte ich. »Besuchen wir die Rubinsteyns.«

37. Die Würde des Hauptmanns

Die Wordas hatten sich gut auf ihren Krieg gegen die Rubinsteyns vorbereitet. Nun wurde mir klar, warum sie der Familie Werenstolz das Patronat über die Fischer auf dem Netol abgenommen hatten. In dieser Nacht war der Fluss unterhalb des kleinen Wasserfalls schwarz von Booten, in denen die Kämpfer übersetzten. Die Masse der feindlichen Truppen stand an den Brücken, wo aber nur Ablenkungsangriffe stattfanden.

Der Waffenstahl klirrte im Glasbläserviertel, zertretene Scherben bedeckten den Boden so dicht wie Schnee. Auch in diesen Gassen hatten die Wordas ihre Verbündeten. Hinter den hastig aufgestellten Linien der Verteidiger gingen Häuser in Flammen auf, Pfeile bohrten sich in ihre Rücken und zugesagte Verstärkungen blieben aus. Überall knurrten und bellten die Kampfhunde. Ihre Führer prügelten neue Wut in sie hinein, wenn sie trunken vom Blut erlahmten.

Die Nachricht, dass wir uns an diesem Ufer des Netol festgesetzt hatten, lockte auch die Werenstolzens, die Rorngats und die Merrials herbei. Sie galten ohnehin als Feinde der Rubinsteyns und wollten sich nun ihren Anteil an dem fallenden Haus sichern. Sie drängten über die Brücke am kleinen Wasserfall, an der nun ein Trupp der Stadtwache eingekesselt war.

Onkel Podro führte die Büttel an. Er wusste, wann eine Sache verloren war. Seine Leute streckten die Waffen. Bis dahin hatten sie sich wacker geschlagen.

Zu gut, wie die Rorngats fanden. Ulryk, der selbst aus einigen oberflächlichen Wunden blutete, stellte sich vor Onkel Podro. »Einer von Euch hat Patriarch Eskado getötet und ihn in den Fluss geworfen«, sagte er gefährlich leise.

»Wer sich in einen Kampf begibt, kann darin umkommen«, erwiderte mein Onkel scheinbar ungerührt, wenn auch erschöpft. Nur an der angeschwollenen Narbe auf dem geschorenen Kopf erkannte ich seine Aufregung.

»Der Patriarch eines Hohen Hauses darf nicht wie ein Lump abgestochen werden.« Von der vorsichtigen Zurückhaltung, die Ulryk in der Nacht von Xinas Tod gezeigt hatte, war nichts in seinem ernsten, aber noch immer schönen Gesicht zu sehen. »Wer ist das gewesen?«

»Wenn Ihr sagt, es war einer von meinen Leuten, dann habe ich keinen Grund, daran zu zweifeln.«

»Was ist Euer Problem?«, mischte ich mich ein.

»Ein Gewöhnlicher hat Hand an unseren Patriarchen gelegt und ihn ermordet!«, ereiferte sich Ulryk. »Das können wir unmöglich dulden! Der Täter muss sterben!«

Hinter ihm erhoben sich zustimmende Rufe. Der Marsch der über die Brücke strömenden Kämpfer kam ins Stocken, weil so viele stehen blieben, um das Geschehen zu verfolgen. Auch Patriarch Eryll Worda kam zu uns. Feuerschein und Sternenlicht sorgten für Schimmer von Rot und Silber auf seinem Harnisch. Die Rüstung gab seiner Brust einen Umfang, der nicht zu den dürren Gliedern passte. Er sah aus wie ein abgemagertes Wiesel, das aus einem Butterfass lugt.

»Es ist Krieg«, sagte ich. »Menschen sterben.«

»Sehr richtig! Und wer immer meinen Patriarchen gemordet hat, stirbt ebenfalls.«

Ich sah Onkel Podro an. Sein prächtiger Bart war weitgehend abgesengt. Ob das verkrustete Blut auf seinem Gesicht von ihm selbst oder von überwundenen Gegnern kam, konnte ich nicht erkennen. Sein Atem ging pfeifend, und er wirkte müde.

»Weißt du, wer es war?«, fragte ich.

»Derjenige soll selbst vortreten!«, rief er über die Schulter.

Die Büttel drängten sich zusammen. Viele von ihnen waren verletzt. Niemand meldete sich.

»Ich will, dass derjenige von den Hunden zerrissen wird!«, forderte Ulryk.

»Das wird sich einrichten lassen.« Eryll Worda grinste vorfreudig. Der Verlauf des Abends bereitete ihm ausgezeichnete Laune.

»Meine Büttel haben nur getan, was von ihnen verlangt wurde«, sagte Onkel Podro.

»Es ist keine Aufgabe der Stadtwache, sich in die Angelegenheiten der Hohen Häuser einzumischen!«, versetzte Ulryk. »Und erst recht nicht, ein Familienoberhaupt zu ermorden!«

»Das war kein Mord. Es war ein Kampf, in dem …« Er schüttelte den Kopf.

»Sag ihnen, wer es war«, drängte ich meinen Onkel. »Du hast es doch gesehen!«

»Das spielt keine Rolle«, sagte er matt. »Ich habe den Befehl. Es ist meine Verantwortung.«

Ulryk straffte sich. Im Feuerschein wirkte er stärker als sonst. »Wenn Ihr für Eure Leute einstehen wollt, soll es so sein. Dann müsst Ihr die Strafe erleiden!«

»Mach dich nicht lächerlich, Ulryk Rorngat!« Ich stellte mich vor meinen Onkel. »Wie das hier auch ausgeht: Die Stadt braucht die Büttel, und die Wache kommt nicht ohne Hauptmann aus. Mein Onkel führt seine Leute jetzt zurück in die Burg, bleibt dort und …«

»Nein! Nur Blut kann das Blut meines Patriarchen besänftigen. Wir haben noch nicht einmal seine Leiche gefunden! Was, wenn der Fluss sie ins Leidende Land zieht?«

»Dann wird er ein Geist«, sagte ich trocken. »Diese Wahrheit ist so gefährlich, dass man mich abgesetzt hat, als ich …«

»Richtig, Zarria Machon!«, unterbrach mich Patriarch Eryll Worda. Jede Belustigung war aus seinen Zügen verschwunden. »Ihr seid abgesetzt. Und auch wenn wir jetzt auf derselben Seite stehen und ich Eure taktischen Fähigkeiten anerkenne, gibt es keinen Grund, Eure verwirrten Reden zu wiederholen. Wir haben einen Krieg zu gewinnen.«

Ich drängte den Zorn zurück, der schon wieder einen roten Schleier vor mein Auge legte. »Selbst wenn es ein Verbrechen war, ist mein Onkel unschuldig daran.« Ich wandte mich an Ulryk. »Auch Xina war seine Nichte! Und die hat dich geliebt, Ulryk! Mehr als die anderen, auf die sie ein Auge geworfen hat!«

»Was geht mich deine kleine Schwester an?«, fragte er. »Sie ist tot.«

»Dein Patriarch ist auch tot.«

Er ballte die Fäuste. »Ich werde mir dieses Gerede nicht länger anhören, Zarria! Ein Mord wurde begangen, und er muss bestraft werden.«

Ich lachte auf, weil ich an den Mord an Gerro Rubinsteyn dachte, der niemanden mehr interessierte, seit sich die Hohen Häuser darauf geeinigt hatten, zu schweigen. »Spiel dich nicht so auf, Ulryk Rorngat!«

Er schnaubte. An ihm war nichts mehr von dem schmucken Jüngling, mit dem Xina geliebäugelt hatte. »Der Hauptmann hat die Verantwortung übernommen. Er muss vor die Hunde.«

Eryll Worda ließ meinen Onkel packen. Einer derjenigen, die ihre schmierigen Hände an ihn legten, war Bentur arn Worda. Er grinste mich frech an. Anstelle der roten Schärpe der Stadtwache zierte die Farbe des Hauses seine Brust.

»Halt!«, rief ich. »Wenn er schon sterben muss, dann nicht auf diese Weise. Er hat etwas Besseres verdient als die Hunde.«

»Was schlagt Ihr vor?«, fragte der Patriarch.

Ich schluckte. »Ich werde es selbst tun.«

Sah ich Dankbarkeit in den Augen meines Onkels?

Ich zog meine Waffen. »Gebt ihm eine Klinge!«, forderte ich.

»Aber warum …«, setzte Ulryk an.

»War euer Patriarch etwa wehrlos?«, rief ich. »Ich bin keine Schlachterin!«

Man reichte meinem Onkel einen Dolch.

»Soll das ein Witz sein?«, fragte ich.

»Er soll sterben«, meinte Ulryk. »Ich gebe zu, er ist ein Patrizier, also soll es auf ehrenhafte Art geschehen. Aber er wird nicht mehr leben, wenn die Sonne aufgeht.«

»Lasst uns diese Angelegenheit zum Ende bringen«, drängte Patriarch Eryll. »Die Rubinsteyns warten ungern.«

Gelächter belohnte seinen Einwurf.

»Warum setzen wir ihn nicht gefangen?«, machte ich einen letzten Versuch, das Blutvergießen zu vermeiden. »Morgen können wir mit ruhigerem Kopf über die Sache urteilen.«

»Schluss jetzt!«, schrie Ulryk. »Ich verlange Gerechtigkeit!«

Ich fragte mich, ob er überhaupt wusste, was dieses Wort bedeutete.

»Es ist gut, Zarria«, sagte mein Onkel. »Du ermöglichst mir einen würdevollen Tod. Dafür danke ich dir. Lass dich nicht mit ins Unglück ziehen.«

Ich wollte ihm sagen, dass dies alles verrückt, dass die ganze Stadt dem Wahnsinn anheimgefallen war, und dass dies schon sehr lange der Fall sein mochte. Dass Josefa Rubinsteyn von Hass und Irrsinn zerfressen war und wir alle darunter litten und leiden würden, bis wir aus dem Nachtmahr erwachten, den der DRACHE uns aufzwang. Unser ganzes Leben war ein einziger Drachenmahr. In den traurigen Augen meines Onkels sah ich, dass er mich diesmal verstehen würde. Aber die blutdürstigen Patrizier um uns herum verloren die Geduld.

»Ich danke dir für das, was du am Drakenpranger für mich getan hast«, sagte ich. »Und für die Jahre davor. Ich war gern in deiner Stadtwache.«

Er nickte. »Du hast uns Ehre gemacht. Der Wache und der Familie.«

Das Lob schmeckte schal. Was bedeuteten die Hohen Häuser schon anderes als Intrige, Eitelkeit und Machtgier? Ich hatte es so satt, in diesem Wahnsinn zu leben!

»Ich habe Xina Frieden geschenkt«, sagte ich. »Ich werde auch dir Ruhe geben.«

»Fangt endlich an!«, rief Patriarch Eryll.

Onkel Podro versuchte nicht, sein Leben zu retten. Er führte halbherzige Angriffe, viel zu kurz, als dass der Dolch mich hätte erreichen können. Harmlos schlug er gegen mein Rapier.

Für einen wahnwitzigen Moment überlegte ich, ob wir uns Seite an Seite den Weg freischlagen könnten. Aber um uns herum standen die zum Kampf gerüsteten Truppen zweier Häuser.

Die Hunde der Wordas kläfften. Wenn diese Scharade zu lange andauerte, würden sie die Biester doch noch auf Podro hetzen.

Ein rasches Ende war die einzige Gnade, die ich meinem Onkel noch gewähren konnte. Ich führte einen kräftigen Stoß gegen seine Brust. Als das Rapier auftraf, schloss ich das Auge. Ich spürte, wie das Eisen in das Fleisch drang, und hörte das schreckliche Röcheln, mit dem mein Onkel starb.

Mit verschwommenem Blick sah ich, dass ich das Herz durchbohrt hatte. Mein Onkel hatte nur kurz gelitten. Ich drückte seine Augen zu und zog die Klinge vorsichtig aus der tödlichen Wunde. Mir war klar, dass ich etwas von Grund auf Falsches getan hatte, und ebenso wusste ich, dass die Art, wie wir in der Stadt lebten, mir keine bessere Möglichkeit gelassen hatte.

Bentur arn Worda lachte laut und schlug seinen Kameraden auf die Schultern. »Was für ein Schauspiel! Wozu braucht man Hunde, wenn man jemanden wie unsere Zarria hat?«

In seinem Überschwang kam er auch zu mir. Grinsend setzte er an, irgendeine seiner Frechheiten in mein Gesicht abzusondern.

Ich rammte den Parierdolch von unten durch sein Kinn. Obwohl sie stumpf war, reichte die Wucht aus, die Klinge so weit in seinen Schädel zu treiben, dass sie kaum noch zu sehen war. Die Parierstangen waren vorgebogen, um eine Waffe einfangen zu können. Die linke verschwand ebenfalls in Benturs Kopf.

Angewidert zog ich meine Hand weg, damit nicht zu viel von seinem Blut den Handschuh tränkte. Er brach zusammen.

»Ich räche dich, Xina«, murmelte ich. In diesem Moment hoffte ich, dass Bentur tatsächlich derjenige war, der den Hund auf sie gehetzt hatte. Noch heute stelle ich mir gern vor, dass es so gewesen ist, aber Gewissheit habe ich nie erlangt.

»Achtet auf Podros Leiche«, sagte ich zu Eryll. »Sie darf nicht verloren gehen.« Ich wollte sie später begraben und den Segen über sie sprechen.

Der Patriarch starrte mich mit offenem Mund an. »Was fällt Euch eigentlich ein?«

»Er war mir schon lange zuwider«, sagte ich. »Ich wusste nicht, dass Euch etwas an ihm liegt. Er war doch nur ein Bürgerlicher.«

»Er stand unter dem Schutz meiner Familie.«

Wenn er dieses Wort benutzte, ›Familie‹, dann bedeutete

das für ihn nichts von dem, was Onkel Podro und mich verbunden hatte. Er sagte ›Familie‹ und meinte ›Macht‹, so wie alle Patrizier.

Immer intensiver wallte das Rot vor meinem Auge. Solange die Hohen Häuser bestimmten, würde es niemals Gerechtigkeit geben. Niemand konnte der Willkür der Edlen entkommen, wenn die Tyrannei des DRACHEN alle niederhielt, das erkannte ich mit schmerzhafter Deutlichkeit. Für eine Zeit lang mochte ein Haus an Macht gewinnen und ein anderes mochte sie verlieren, aber wer von rechtschaffener Gesinnung war und nur sein kleines Glück in einem einfachen Leben finden wollte, blieb immer ein Opfer.

Ärgerlich wischte ich Erylls Einwand beiseite. »Jetzt ist Bentur tot. Wem nützt die Empörung noch?«

»Ich bin nicht gewillt …«

Mein Leben lang hatte ich mich aus den Intrigen der Hohen Häuser herausgehalten, aber auch ich war eine Patrizierin, ob es mir gefiel oder nicht. Als solche hatte ich mehr Lügen und Manipulationen miterlebt, als mir lieb war. Aber in diesem Moment, als das Drachenblut meine Welt in feuriges Rot tauchte, erschien mir das nützlich, und durch den Tod meines Onkels glaubte ich, eine Lektion darüber gelernt zu haben, wie die Welt funktionierte. Ich erinnerte mich auch an Morga, die ohne zu zögern einen Unschuldigen hinrichten ließ, wenn dadurch größeres Unglück verhindert wurde. Und ich beschloss, dass in dieser Nacht eine ganze Menge Unschuldige sterben müssten, um endlich die Schuldigen zu bestrafen und das Unrecht zu beenden. Es mochte sein, dass alles in Trümmer fiele, aber dann hätten jene, die nach uns kämen, wenigstens die Möglichkeit, sich ein neues, ganz anderes Leben zu aufzubauen.

Mit einer schnellen Bewegung legte ich einen Arm um Erylls schmale Schultern, drehte ihn herum und zeigte hinauf zur Kathedrale, durch deren Fenster das Feuer des DRA-

CHEN glühte. »Dort oben liegt die Herrschaft über die Stadt!«, raunte ich in sein Ohr. »Ihr wisst das ebenso wie ich. Ihr müsst nur danach greifen. Wollt Ihr Euch nun von einer Nebensächlichkeit aufhalten lassen?«

»Ich weiß nicht, wovon Ihr sprecht, Zarria Machon! Wir sind hier, um gegen die Rubinsteyns …«

»Vergesst die Rubinsteyns! Vergesst alle Hohen Häuser! Der DRACHE ist die Macht. Wer ihn beherrscht, kontrolliert die Stadt.«

Seine Augen huschten über mein Gesicht. »Ihr seid wirklich irrsinnig.«

»Ich will, dass Ihr Josefas Glasfiguren zerstören lasst. So viele wie möglich. Ihr wisst, was es mit ihnen auf sich hat.«

»Ja, natürlich. Aber die Geister würden …«

»… sehr wütend werden«, vollendete ich den Satz. »Vielleicht auch verzweifelt, wenn immer mehr von ihnen in den Wahnsinn gerissen werden. Sie werden es verhindern wollen und über die Stadtmauer kommen.«

»Aber das wäre der Untergang!«

Ich lächelte. »Das wird auch jeder andere denken. Sogar Josefa Rubinsteyn. Deswegen wird sie die einzige Waffe aussenden, die sie gegen die Geister ins Feld führen kann.«

»Die Draken …«

»Und damit wird der Weg zur Kathedrale frei sein! Lasst die anderen Häuser mit den Rubinsteyns spielen. Ihr werdet den DRACHEN beherrschen.« Das Rot vor meiner Sicht wurde so intensiv wie nie zuvor.

»Niemand kann dem Vielgehörnten befehlen«, zweifelte er.

»Aber man kann den Zugang zu ihm kontrollieren. Wir haben heute Nacht viele Gardisten getötet. Ihr könnt die Kathedrale einnehmen, wenn Ihr Eure Leute hinaufführt. Danach bestimmt Ihr, wer Drachenmeister wird und wer in den Träumen des DRACHEN schwelgen darf.«

»Aber wenn die Geister die Stadt verwüsten …«

»Die Draken werden schon mit ihnen fertig«, versprach ich. »Was zu Bruch geht, lässt sich wieder aufbauen. Unter Eurer Herrschaft.«

»Warum tut Ihr das?«, fragte Eryll.

»Josefa muss fallen, und Ihr seid derjenige, der mir dabei helfen kann.«

Sein Blick wanderte wieder zu der Kathedrale über dem tosenden Wasserfall. Ich sah ihm an, dass seine Entscheidung schwankte, und wusste, dass jetzt der Moment gekommen war, in dem ich mich selbst schuldig am Blut hunderter Unschuldiger machte.

»Die Weber werden uns helfen«, sagte ich. »Sie werden sogar ganz vorn marschieren.« Grimmig überlegte ich, dass man auch gesundes Fleisch fortschneiden müsse, wenn man das faulende loswerden wolle, und das Drachenfeuer in meinen Adern verbrannte alle Bedenken.

»Warum sollten sie so dumm sein?«

Ich dachte an Turan, über dessen Leute ich in diesem Moment sprach. Ich dachte an Wahrheit, an Gerechtigkeit, die Dinge, nach denen ich mein Leben lang gestrebt hatte. Bei denen ich nie die Hoffnung aufgegeben hatte, dass es sie gab und sie Wirklichkeit werden konnten, wenn man nur ernsthaft genug dafür arbeitete.

Und die ich jetzt hinter mir ließ. »Ich werde den Webern sagen, wir wollen zu den Kerkern, um ihre Kameraden zu befreien.«

Ein Grinsen breitete sich auf dem Gesicht des Patriarchen aus. »Wir werden viel Freude aneinander haben, Zarria Machon. Ich werde Euch wieder zur Obristin der Drachengarde machen.«

Ich blieb allein zurück, als er seine Truppen ordnete.

Irgendwo dort oben in der Kathedrale war Josefas Glasdrache verborgen, der Schlüssel zu allem. Ich würde Josefa töten. Ich würde den DRACHEN töten. Ich würde Traum und Albtraum töten.

Die Stadt, wie ich sie kannte, mit all ihren Intrigen und selbstgerechten Patriziern, würde sterben, und Xina wäre wahrhaftig gerächt.

38. Der Weg

Die Stadt zerriss sich selbst. Ich sah den Flusslauf hinab und entdeckte überall Feuer. Am heftigsten waren die Kämpfe beinahe direkt meinem Standort gegenüber, am anderen Ufer des Netol, wo die Treppe neben dem großen Wasserfall hinauf zu den Kerkern und zur Kathedrale führte. Dort standen die Wordas und die Weber gegen die Reste der Drachengarde, denen die Enge des Aufstiegs gelegen kam. Durch den Sprühregen des donnernden Falls hindurch sah ich, wie die Draken in die Kämpfe eingriffen. Die Ablenkung durch die Geister, die sich jetzt tatsächlich in der Stadt befanden, gelang nur teilweise. Auf der Ostseite des Netol, wo ich stand, verteidigten die Rubinsteyns verbissen ihren Palast.

Ich hatte mich im Kampfgetümmel davongemacht. Man mochte mich für irrsinnig halten, und vielleicht war ich das auch, aber ich hatte keinen Augenblick lang daran geglaubt, dass die Kathedrale auf diesem Weg zu erstürmen wäre. Genauer gesagt war sie überhaupt nicht zu erobern. Eine bessere Verteidigungsstellung war schlicht undenkbar. Je eher die Angreifer das einsähen, desto mehr von ihnen würden die Nacht überleben. Wenn es doch ein paar entgegen aller Wahrscheinlichkeit hinauf zum Portal schafften, erlöste der DRACHE sie mit einem Feuerstoß von ihrem Wahn. Sie fänden dort nur eine vollkommene Niederlage. Um die Weber tat es mir leid, die Wordas dagegen erhielten jetzt die Strafe für Xinas Tod.

Wenn man mich überhaupt in den Reihen der Kämpfenden vermisste, nahm man wohl an, ich sei gefallen. Dabei war ich die Einzige, die aus diesem Angriff einen Vorteil zog. Er band Josefa Rubinsteyns Kräfte im unteren Bereich der Treppe. Die Kathedrale musste jetzt weitgehend leer sein, und ich erinnerte mich, was Kardinal Marcus über die Ruine am Fluss gesagt hatte. Sie war der Palast des Hohen Hauses Lenan gewesen, das bis zu seinem Fall die Priester gestellt hatte. Das Gebäude hatte so nah am Berghang gelegen, weil von ihm aus ein Verbindungsgang bis hinauf zur Kathedrale führte. Nach diesem suchte ich nun.

Im Sternenlicht erinnerten mich die Trümmer an Josefas Garten im Amphitheater, wobei es hier wegen des vom Wasserfall herübertreibenden Sprühnebels viel nasser war. Auch in der Ruine des Palasts wucherten Pflanzen auf zerbrochenem Stein. Ein Vogelschwarm flog aus einem Busch neben einem Mauerrest auf, den er sich als Nachtquartier ausgesucht hatte. Moos dämpfte meine Schritte, im Kreis der Lampe wanderten die Schatten von Farnen und Grasbüscheln, im Tosen des Wasserfalls glaubte ich mehrfach, das Brüllen eines angreifenden Draken zu hören und die Schleier aus unzählig vielen Tröpfchen narrten mich. Ich war froh, dass die Haube meiner Laterne so dicht hielt. Eine offene Flamme wäre längst erloschen.

Seit jeher mied man die Ruine, ohne dass ich hätte sagen können, warum das so war. Die allgegenwärtige Nässe reichte nicht aus, die Neugier der Straßenkinder zu unterdrücken. Mit ihnen hatte ich an der Stadtmauer gespielt und mich zum Friedhof geschlichen, aber niemals in dieses verlassene Gemäuer.

Ich fand die Reste einer Treppe, die einmal in höhere Stockwerke geführt hatte. Auch die Außenmauer machte ich aus. Der Tunneleingang schien jedoch verschüttet zu sein.

Ich sah die Draken am Aufstieg neben dem Wasserfall Feuer speien. Sie bekämpften Truppen, die sich bereits auf halber Höhe zu den Kerkern befanden. Die Angreifer schlugen sich besser, als ich ihnen zugetraut hatte.

Ich überlegte, dass der Palast aller Wahrscheinlichkeit nach unterkellert gewesen war. Jedes Haus solcher Größe brauchte Vorratsräume, und unterirdisch waren diese am besten vor sommerlicher Hitze geschützt. Vermutlich gab es also einen ganz gewöhnlichen Abstieg in ein Untergeschoss, und von dort zweigte der Tunnel ab. Da er sich innerhalb des Familienpalasts befand, erschien unwahrscheinlich, dass man ihn aufwendig getarnt hatte. Vielmehr musste er leicht zugänglich für die Patrizier gewesen sein, die mit ihren festlichen Gewändern zur Kathedrale hatten aufsteigen wollen.

Aber was half mir das, wenn der Einstieg unter überwucherten Trümmern lag? Ich bereute, alle meine Verbündeten geopfert zu haben. Wären wir zu zehnt gewesen, hätten wir graben können, bis wir zum Keller durchgebrochen wären. Wobei auch das angesichts der vielen Steinblöcke lange gedauert hätte. Noch einmal warf ich einen Blick über den Netol zu den Kämpfenden.

Der Fluss lag zwanzig Meter entfernt und gut fünf Meter tiefer. Die Wellen glitzerten im Sternenlicht und warfen auch den Schein der Feuer zurück.

Ich setzte mich auf einen zerbrochenen Türsturz, lauschte den Schreien, die durch diese Nacht hallten, und schmeckte die merkwürdige Mischung aus Wassernebel und Ruß, die in der Luft trieb. »Was habe ich getan?«, murmelte ich.

Ich nahm meinen Hut ab und betrachtete den traurigen, nassen Stumpf, der von der Feder übrig war. Würde es mit der Stadt bald ebenso sein? Haus Worda nahezu vernichtet, Haus Rubinsteyn auch, aber Josefa und der DRACHE noch immer in der Kathedrale … Die meisten kampffähigen Weber tot oder verkrüppelt … Andere Familien an der Macht, aber in der gleichen, alten Ordnung?

Sollte ich zurück zu den Kämpfern gehen und sie auffordern, zu fliehen, weil ihre Sache sinnlos war? Sie würden mich totprügeln wie einen räudigen Hund, wenn sie erführen, dass sie mir lediglich als Ablenkung für ein Unternehmen gedient hatten, das nur auf vagen Andeutungen eines seit Jahrzehnten Toten gefußt hatte. Ich lachte freudlos. Noch nicht einmal Turan hätte mich vor ihrem Zorn retten können. Ob er es überhaupt versucht hätte? Oder wäre ich auch in seinem Urteil verdammt gewesen?

Lebte er noch?

Auf dem glitzernden Wasser lag ein unbewegter Schatten. Für ein angetriebenes Boot war er zu ruhig, und außerdem hätte es wohl kaum seine Längsseite der Strömung dargeboten.

Da es nichts Wichtiges mehr zu tun gab, konnte ich mir genauso gut die Zeit damit vertreiben, mir die Sache aus der Nähe anzuschauen. Ich schlenderte das Ufer hinunter, als gäbe es all das Brennen und Fechten und Sterben um mich herum gar nicht.

Ich fand einen Anleger, aus Stein gefügt und genauso verfallen wie der Palast der Familie Lenan. An dieser Stelle hatten lange keine Boote mehr festgemacht, wie die Überwucherung aus Algen und Moos bezeugte.

Ich lauschte auf die Todesschreie, die durch das Donnern des Wasserfalls drangen, und kam mir vor wie die schlimmste Mörderin von allen. Immer wieder fiel jemand den Intrigen der Hohen Häuser zum Opfer, aber meist waren das diejenigen, die selbst nach Macht strebten. Josefa nahm ab und zu Gefangene mit in ihren Garten, doch so viele, wie in dieser Nacht starben, hatte sie wohl in ihrem ganzen Leben nicht umgebracht. Die Verlogenheit des Senats verdammte die Toten zu einem ruhelosen Nachleben – aber das Gleiche erwartete jene, die wegen meiner Entscheidung den Tod fanden. Warum hatte ich nicht einfach bescheiden die Arbeit der Mönche fortgesetzt und den Geistern Frieden geschenkt? Wenigstens einigen von ihnen? Stattdessen hatte ich den Krieg in die Stadt gebracht.

Ich überlegte, wozu der steinerne Anleger gedient haben mochte. Er befand sich im Flussabschnitt zwischen dem großen und dem kleinen Wasserfall. Dort gab es keine Fischer. Also eine Fähre? Obwohl sich die Kathedralbrücke in unmittelbarer Nähe über den Netol spannte und man den recht steilen Hang hochsteigen musste, um zur nächsten Straße zu gelangen?

Aber vielleicht ging es nicht um die Straße … sondern um den Palast der Lenans!

Sofort wich meine Niedergeschlagenheit. Lasten transportierte man besser über das Wasser, als sie über eine Brücke zu schleppen. Der Sitz eines Hohen Hauses brauchte ständig Vorräte, und der Fluss lag nur wenig unterhalb der Höhe, auf der ich das Kellergeschoss vermutete. Es war sehr gut möglich, dass Fässer, Säcke und Kisten an dieser Stelle angelandet worden waren, um sie direkt in die Lager zu bringen!

Wenn ich recht hatte, dann musste es in der Nähe einen Zugang zum Keller geben. Und tatsächlich! Hinter einem Dornenstrauch, den ich mit einigen Schlägen meines Rapiers zurechtstutzte, gähnte eine dunkle Öffnung. Ich trat hinein und fand die Reste eines verrosteten Gitters, das kein Hindernis mehr darstellte.

Getier floh vor dem Lampenschein, als ich mit klopfendem Herzen vordrang. Der Boden stieg sachte an, der Gang war breit genug, um Kisten und Fässer hindurchzutransportieren. Ich vermutete richtig! Vor mir öffnete sich ein Kellerraum.

Die Vorräte waren verschwunden, aber ich machte Nischen und umlaufende Ablageflächen aus, die man in die Wände gemauert hatte. Eine Tür, deren Bohlen von der Nässe aufgequollen waren und schimmelten, führte weiter. Ich riss die Klinke ab, als ich an ihr zog. Mit dem Rapier hebelte ich die Tür auf.

Nach drei Räumen fand ich eine Messingtür, die die Zeit vergleichsweise gut überstanden hatte. Unter dem grünen Belag hob sich ein Kreuzsymbol heraus. Auch bei ihr brauchte ich rohe Gewalt, um mir den Durchgang zu erzwingen, aber die Aussicht, mein Ziel nun doch noch zu erreichen, gab mir frische Kraft. Ich konnte den Opfern dieser Nacht einen Sinn geben! Es schien wieder möglich, Josefa zu besiegen und vielleicht sogar den DRACHEN dazu zu bewegen, der Stadt Gerechtigkeit zu schenken. Wenn ich nur die Glasfigur fand, mit der die Drachenmeisterin ihn kontrollierte!

Der Gang, dem ich nun folgte, war nur einen Meter breit. Er war nicht dazu gedacht, Lasten zu transportieren. Zunächst bestärkte mich das in meiner Vermutung, den Aufstieg zur Kathedrale gefunden zu haben, aber dann geriet ich an eine abwärtsführende Treppe.

Vorsichtig stieg ich die glitschigen Stufen hinunter. Ich hörte Wasser tropfen. Kurz darauf sah ich, dass es von den Steinen der nassen Decke auf eine Wasserfläche fiel, unter der die Treppe verschwand.

Ich schluckte. Offenbar versagte die Abdichtung des Gangs. Hinter dem überfluteten Teil mochte sich ein trockener anschließen, aber die Laterne müsste ich zurücklassen. Wenn ich tauchte, wäre ich danach mitsamt meiner Ausrüstung so durchnässt, dass ich sie noch nicht einmal wieder entzünden könnte.

Ich stellte die Lampe ab und atmete tief durch. Auch den Hut ließ ich zurück, er würde mich nur behindern. Das Waffengehänge gürtete ich ab und nahm es in die Hand, damit sich das Rapier unter Wasser nicht verkantete. So stieg ich bis zu den Schultern hinein. Leider ertastete ich nur weitere abwärtsführende Stufen.

Ich hielt die Luft an und tauchte unter. Sofort wurde es stockdunkel um mich. Sogar der rote Schleier, der mir so zur Gewohnheit geworden war, dass ich ihn kaum mehr bemerkte, erlosch. Durch den Auftrieb wurde der ohnehin schlüpfrige Halt meiner Stiefelsohlen noch unsicherer. Ich benutzte die Hände, um mich abzustützen und an den vorstehenden Steinen nach vorn zu ziehen.

Es ging noch ein Stück weiter abwärts, dann wurde der Boden flach. Ein waagerechter Gang, auch er von den Regenfällen der vergangenen Tage vollständig gefüllt. Ich atmete etwas von der verbrauchten Luft aus und zog mich hinein.

Wahrscheinlich fiel der Weg ab, weil er unter den Kellern der letzten Häuser vor dem Berg hindurchführte. Er musste wieder ansteigen, um zur Kathedrale hinaufzuführen, und dann würde auch das Wasser zurückbleiben. Aber wann wäre das? Wie lange konnte ich so weitermachen, bis ich zum Umkehren gezwungen war, wollte ich nicht ertrinken?

Ich zog mich weiter. Der metallene Korb an meinem Rapier klang seltsam, wenn er an die Steine schlug. Dumpf, ohne das helle Klirren. Das war eine Wohltat, nachdem eben diese Laute die Luft oben in der Stadt erfüllten, weil die Kämpfer miteinander fochten.

Ich erreichte ein Hindernis und hoffte schon, aufwärtsführende Stufen gefunden zu haben, aber es handelte sich nur um einen Brocken, der sich aus der Decke gelöst hatte. Ich stieß mich ab und ertastete tatsächlich über mir ein Loch, in das ich mich hinaufzog. Es endete an lehmigem Erdreich, aber eine handhohe Luftblase hatte sich erhalten. Ich legte den Kopf in den Nacken, sodass Mund und Nase über Wasser waren, und atmete.

Als mein Herz wieder ruhig schlug, drückte ich mich ab und tauchte weiter. In der völligen Finsternis fehlten mir Anhaltspunkte, wie weit sich der überflutete Gang noch erstrecken mochte. Ich zählte, wie oft ich mich vorwärts zog, und nahm mir vor, nach fünfzehn Zügen umzukehren.

Als ich die fünfzehn erreichte, verlängerte ich auf zwanzig, weil ich das Gefühl hatte, schnell zu tauchen und noch genug Luft für den Rückweg zur Blase zu haben.

Bei zwanzig Zügen begann meine Lunge zu brennen, aber ich wollte nicht aufgeben, wo ich doch möglicherweise kurz vor dem Ziel war.

Bei dreißig wusste ich, dass ich die Strecke zurück unmöglich schaffen würde, und es war mir gleichgültig. Um zu rechtfertigen, was ich getan hatte, musste ich den Glasdrachen an mich bringen und seine Macht nutzen, um das Leben der Menschen zu verbessern. Sie von Traum und Albtraum zu erlösen, wie Glad arn Rubinsteyn gesagt hatte. Den Geistern Frieden zu geben, die Isolation der Stadt aufzuheben. Nur dadurch könnte ich wieder mit mir ins Reine kommen. Ohne das war meine Existenz ohnehin nicht mehr lebenswert. Ich hatte den Glauben an Wahrheit und Gerechtigkeit verloren, und das ließ mich ins Leere greifen, wenn ich versuchte zu erfassen, wer ich war und was mich ausmachte. Nur, indem ich mich rückhaltlos für diese Werte einsetzte, konnte ich hoffen, ihn zurückzugewinnen. Dieser Gedanke stand ganz klar in meinem Kopf. Da war kein roter Schleier vor meinem Auge, der mich hätte vermuten lassen, dass mich der DRACHE beeinflusste. Mit grimmiger Entschlossenheit setzte ich den Weg fort.

Die Muskeln wurden träge, das Brennen in den Lungen wich einem Gefühl der Taubheit. Mein Körper drängte mich, einzuatmen, aber mein Verstand wusste, dass ich nur von Wasser umgeben war. Die Entschlossenheit siegte. Ich arbeitete mich weiter vor.

Endlich stießen meine Finger gegen eine Stufe. Wie ein paddelnder Hund griff ich danach, rutschte ab, fasste nach, strampelte mit den Beinen, tastete höher, prallte mit dem Kopf an die Decke. Und kam an die Luft.

39. Welt aus Glas

Der Aufstieg in der Dunkelheit erschien endlos. Auf fünfzig oder sechzig Stufen folgte ein Absatz, oftmals verbunden mit einer Kehre. Der Gang war nie so breit, dass ich nicht beide Wände gleichzeitig hätte berühren können, und manchmal stieß ich an die Decke.

Meine Kleidung tropfte nicht mehr, war aber noch feucht, als ich mit vor Anstrengung zitternden Beinen den Ausgang erreichte. Ich sah warmes Licht durch die Ritze unter einer Tür scheinen. Sie fühlte sich hart und glatt an und gab einen metallischen Ton, als ich sachte dagegenklopfte. Eine Klinke ertastete ich nicht. Dort, wo sie hätte sein können, befand sich ein Loch, in das ich den kleinen Finger steckte. Er traf schnell auf ein Hindernis.

Ich bezähmte meine Ungeduld, weil mir klar war, dass mich auf der anderen Seite ein Kampf erwarten konnte. Also setzte ich mich an die Wand, kam zu Atem und wartete darauf, dass sich mein Herzschlag beruhigte. Ich lauschte auf Geräusche hinter der Tür, vielleicht Gespräche, das Schnauben des DRACHEN, kreischende Draken, die verwundet aus dem Kampf zurückgekehrt sein mochten. Stattdessen hörte ich leises Klirren, aber nicht von Stahl. Sanfte Schatten wanderten durch den Streifen auf dem Boden, den das Licht erhellte, das unter der Tür hindurchfand.

Die Beine protestierten, als ich aufstand. Ich drückte gegen die Tür und lehnte mein Gewicht dagegen, aber sie gab nur minimal nach. Immerhin war sie nicht am Rahmen festgerostet.

Ich versuchte, einen Ansatzpunkt zu finden, um sie mit dem Rapier oder wenigstens dem Dolch aufzuhebeln, aber dafür war die Ritze zu flach und zu schmal. Ich seufzte. Morga hätte mich ausgelacht. Bei der Stadtwache neigte man nicht zu subtilem Vorgehen.

Ich trat einen Schritt zurück, riss das rechte Knie an die Brust und trat die Tür ein. Krachend flog sie auf. Die Wucht riss nicht nur den Riegel, sondern auch die obere Angel aus der Verankerung. Mit kampfbereiten Waffen trat ich in den von vielfachem Glitzern erfüllten Raum.

Es kam von Glas, das mich tausendfach umgab. In Perlen unterschiedlicher Größe, die aufgefädelt als Teppiche an den Wänden hingen. Als Spiegel, die es mir erschwerten, die Dimensionen des Raums zu schätzen. Als kunstvoll in Form von Sternen und Spiralen gestaltete Plättchen. Als in Gruppen angeordnete Stäbe, die im Luftzug aus dem Gang klingelten, der wie eine schwarze Wunde in der gläsernen Wand klaffte. Sogar der Fußboden bestand aus Glas. Der Dreck von meinen Stiefeln spiegelte sich mehrfach darunter, bis sich der Blick in einer hellblauen Weite verlor. Auch die Decke war ein Spiegel. Ich schwindelte, als ich hinaufschaute und mich selbst auf dem Kopf stehen sah. Es wirkte, als schwebten meine Füße im Himmel, anstatt dass ich sie auf festen Grund setze. Weiße Linien zogen über mir verschlungene Bahnen. Sie ähnelten zerkratztem Eis.

Ich entdeckte keine Lampen, in denen Öl oder Wachs gebrannt hätte. Das Licht schien orangerot und gelb aus Glasfiguren, die von Josefas Meisterschaft zeugten. Statt Menschen bildeten sie aufgerichtete Eichhörnchen, Vögel, Schlangen oder Hunde ab. Eine Katze war so possierlich, dass ich versucht war, ihren durchsichtigen Leib zu streicheln. Nur die

Überlegung, dass ich dafür eine meiner Waffen hätte aus der Hand legen müssen, hielt mich davon ab.

Vorsichtig setzte ich meine Schritte. Die Stiefel machten helle, harte Geräusche, als ginge ich auf Metall. Dazu kam ein Kratzen, weil der feuchte Sand zwischen Sohlen und Glas gepresst wurde, besonders, wenn ich die Füße drehte.

Nicht alles, was ich für eine Wand gehalten hatte, war auch eine. Manchmal standen nur große Spiegel im Raum, an denen man problemlos vorbeigehen konnte.

Je weiter ich vordrang, desto mehr verlor ich die Orientierung. Der Gang, der hinab zur Ruine des Lenanpalasts führte, geriet außer Sicht. Dafür verzerrte der Blick durch den Glasschmuck meine Wahrnehmung und die Spiegel, die sich endlos in Ihresgleichen spiegelten, verwirrten mich.

Obwohl ich nach dem Drachen suchte, blieb ich immer wieder stehen, um die Glasfiguren zu bewundern. Ein Biber, der an einem Holz nagte. Ein Hirsch, so klein, dass er in meine Handfläche gepasst hätte. Ein Igel mit so feinen Stacheln, dass sie bei der ersten Berührung brechen mussten. Ein Fuchs, der sich zum Schlaf mit seiner buschigen Lunte bedeckte.

Ich wischte mit dem Handrücken die Tränen von meinem Gesicht. Kardinal Marcus hatte nicht gelogen. Diese Figuren waren zum Weinen schön.

Ich riss das Rapier hoch, als ich eine Bewegung sah. Den rechten Fuß stellte ich nach hinten, den Parierdolch hielt ich vor die Brust, den Oberkörper drehte ich seitlich, sodass ich dem Gegner nur eine schmale Angriffsfläche bot.

Aber da waren keine Gegner, sondern nur wandernde Lichter. Wie goldene Flämmchen zogen sie zitternd über den an dünnen Fäden von der Decke hängenden Glasschmuck. Sie waren jedoch nicht darin gefangen. Wenn sie über den Rand hinauskamen, sprangen sie auf die nächste Muschel, die nächste Blüte oder auf einen Spiegel, was immer in ihrer Bahn lag. Die Lichtquelle befand sich also woanders.

Meine Anspannung wich, ich setzte meinen Weg fort.

Ich bog um eine Säule aus trübem Glas und stand vor einem durchsichtigen Bettgestell, in dem aufgefädelte Glasperlchen wie eine Hängematte gespannt waren. Und da stand er, auf einem Regal über der Ruhestätte: der Glasdrache!

Mir stockte der Atem. Ich konnte nicht anders, als meine Arme vom Gewicht der Waffen hinunterziehen zu lassen. Alles Körperliche erschien so ... banal angesichts dieses Anblicks von Leichtigkeit und Erhabenheit. Meine eigenen Glieder waren beinahe schon eine Beleidigung, ein Gefängnis, das mich zurückhielt, in jene Sphäre zu entschweben, für die er stand.

Dieser Drache glich dem Vielgehörnten, der im Mittelschiff der Kathedrale angekettet lag. Aber er war frei. Der schlanke Hals stieg über der geschuppten Brust auf, die spitzen Zähne funkelten im leicht geöffneten Maul. Die Schwingen waren halb aufgespannt, sodass die Krallen an ihren Enden einen Meter auseinanderlagen. Nicht ganz so lang war die Figur vom Schweif bis zum Haupt.

Aber was bedeuteten solch profane Maße? Die unglaubliche Schönheit konnten sie nicht erfassen. Niemals hatte ich etwas so Vollkommenes erblickt, und sogleich befiel mich Trauer, weil ich wusste, dass mir alles, worauf ich von nun an mein Auge richten würde, hässlich und unbedeutend erscheinen musste.

Goldene Funken durchschwebten mit erhabener Selbstverständlichkeit die Figur. Jeder Einzelne von ihnen war eine vollkommene Flamme, wohlgerundet an der unteren Seite, eine tanzende Spitze oben. Ich hatte mir nie viel aus Edelmetall gemacht, aber allein diese Farbe ließ mich Abbitte vor jedem geldgierigen Knauser leisten. Wenn sie in den Münzen auch nur einen Abglanz solcher Ehrwürdigkeit erkannten, hatten sie mein volles Verständnis.

Ich wollte diese Figur nicht besitzen, ich wollte mich ihr

hingeben. Sie besaß die gleiche Würde wie der Drache, ohne die erdrückende Furcht zu verbreiten, die von dem Ungeheuer ausging. Sie erzwang allein durch ihre Schönheit Ehrfurcht.

Erst das Scheppern, mit dem das Rapier auf den Boden fiel, riss mich aus der Erstarrung. Ich schloss mein Auge.

Meine Kehle war trocken, und der Herzschlag dröhnte so laut durch meine Brust, dass ich das Klirren der gläsernen Windspiele nicht mehr hörte. Aber die Unterbrechung des Sichtkontakts half mir, mich zu besinnen.

Ohne jeden Zweifel hatte ich gefunden, was ich gesucht hatte. Jetzt musste ich die Kraft finden, auch auszuführen, was ich tun wollte. Um meiner selbst willen, für alle Menschen in der Stadt, für Wahrheit und Gerechtigkeit musste ich den Glasdrachen an mich bringen.

Ich überlegte, ob ich ihn mit einem Tuch verhüllen könnte, erinnerte mich aber nicht, in diesem großen Zimmer eines gesehen zu haben. Alles bestand aus Glas. Also meine Kleidung? Die Lederrüstung war dafür ungeeignet. Das Hemd darunter mochte brauchbar sein, doch es war zu klein, um die ganze Figur zu bedecken. Ein weiter Rock wäre jetzt nützlich gewesen, aber ich trug eine Hose.

Und dann? Zurück über den Verbindungsgang, wie ich es geplant hatte, um dem Senat mit der Zerstörung des Glasdrachen zu drohen und so zu erzwingen, dass man meine Forderung nach einer gerechteren Ordnung umsetzte? Ich zitterte bei dem Gedanken, diese Schönheit zu beschädigen. Das wäre ein unaussprechliches Verbrechen gewesen!

Auf dem Weg die dunkle Treppe hinab mochte sie mir entfallen und auf den Stufen zerschellen. Bei dieser Vorstellung stieg mir die Galle hoch. Ich könnte eine der leuchtenden Tierfiguren als Fackel benutzen, was meinen Weg sicherer machen würde. Aber was war dann mit dem Abschnitt des Gangs, der unter Wasser lag? Wie sollte ich den Glasdrachen unbeschädigt hindurchbekommen? Könnte ich mit ihm überhaupt schnell genug tauchen, um die Strecke zu bewältigen?

»Außer mir bist du seit langer Zeit die Erste, die ihn sieht, Kleine«, hörte ich Josefa Rubinsteyns Stimme hinter mir.

Ich fühlte mich nicht bereit, aber ich drehte mich um und öffnete das Auge. Der Widerschein der goldenen Funken aus dem Glasdrachen glitt über Josefas faltenzerfurchtes, vom weißen Haar eingerahmtes Gesicht. In ihren tief liegenden Augen brannte ein eigenes Feuer.

Mein Herz setzte einen Schlag aus, als ich den Glasdrachen in einem der vielen Spiegel sah. Aber obwohl er noch immer wunderschön war, hatte der Anblick nicht mehr diese vereinnahmende Wirkung auf mich.

»Ich könnte ihn zerstören.« Die Worte kratzten in meinem Hals.

Josefa zog die Mundwinkel nach oben. Die Falten um ihre Augen wurden noch tiefer. Ihr Gesicht zeigte eine Mischung aus Belustigung und Hohn. »Nein, das könntest du nicht.«

Der Schweiß brach mir aus allen Poren. Josefa hatte mich durchschaut, und sie wusste um die Macht der von ihr geschaffenen Schönheit. Eher hätte ich mich selbst vom Dach der Kathedrale in den großen Wasserfall gestürzt, als dass ich den Glasdrachen zerstört hätte.

Aber womit konnte ich ihr dann drohen? War es möglich, den Grabsegen über die Figur zu sprechen und dem DRACHEN somit einen friedlichen Übergang in die Nachwelt zu schenken? Aber der Vielgehörnte war nicht tot, und mir fehlte der Name, der für die Zeremonie unabdingbar war.

Josefa hielt den Blick auf mich gerichtet, als sie sich in einem Bogen zu dem Bett aus Glasperlenschnüren begab. »Draußen verkriechen sich deine Leute in ihren Löchern«, sagte sie. »Noch viele werden sterben, ehe die Nacht zu Ende geht, und für den Rest wird die Erinnerung an diese kümmerlich gescheiterte Rebellion ausreichen, um sie schreiend aus dem Schlaf fahren zu lassen. Die Draken werden in den nächsten Jahren köstliche Albträume speisen.«

»Stellen wir uns dem DRACHEN!«, unterbrach ich sie.

Sie verharrte so plötzlich, als sei sie gegen ein unsichtbares Hindernis geprallt.

»Ihr habt mich verstanden.« Da sie sich jetzt seitlich von mir befand, drehte ich mich so weit, dass ich ihr wieder frontal gegenüberstand. Zum ersten Mal war ich dankbar für den Verlust meines Auges, der verhinderte, dass der Glasdrache in mein direktes Blickfeld geriet. »Wir nehmen diese Figur und stellen uns dem DRACHEN. Er soll zwischen uns wählen.«

Sie lachte auf. »Du bist verrückt, Kind, aber ich bin es nicht. Wieso sollte ich mich auf so etwas einlassen? Noch immer sind genug Gardisten in der Kathedrale, um mit dir fertig zu werden.«

»Sie könnten mich erschlagen«, räumte ich ein, »aber nicht Eure Zweifel.«

»Wovon sprichst du?«

»Ihr habt mir gesagt, dass der DRACHE nur Euch allein liebe. Wer so etwas ausspricht, ist sich seiner Sache unsicher. Ihr zweifelt am DRACHEN und an Euch selbst, solange der Verdacht in Euch frisst, dass Ihr seine Gnade mit mir teilen müsst.«

Sie lachte laut. »Du hast ein paar Atemzüge von seinem Odem getan und deine Zunge mit wenigen Tropfen seines Bluts genetzt, und jetzt glaubst du, alles zu verstehen! Du hast nichts begriffen! Gar nichts!«

»Wieso schreit Ihr? Glaubt Ihr, damit Eure Zweifel zu übertönen?«

»Selbst wenn es so wäre!«, spie sie mir entgegen. »Mit deinem Tod ist es vorbei.«

»Oh, Ihr wollt mich nicht zu einem Geist machen? Habe ich mir diese bevorzugte Behandlung verdient, oder treibt Euch doch die Furcht dazu, mir den ewigen Frieden zu gewähren?«

»Welche Furcht sollte ich vor einem Geist hegen?«, lauerte sie.

»Auch einen Geist kann der DRACHE lieben.«

»Unfug!«, rief sie mit kippender Stimme.

»Eure Eifersucht wird nicht enden, bis der DRACHE zwischen uns gewählt hat«, sagte ich fest. Ihre Erregung stärkte meine Überzeugung. »Tötet mich, und Ihr verdammt Euch selbst zu durchwachten Nächten und von Grübeleien erfüllten Tagen.«

Die gebeugte Frau kam auf Armeslänge an mich heran und starrte aus ihren kleinen Augen herauf.

Zwar lag mein Rapier auf dem Boden, aber den Parierdolch hatte ich noch in der Hand. Schon einmal hatte ich in dieser Nacht jemanden mit einer solchen Waffe getötet. Ich wunderte mich darüber, dass ich nicht zustieß.

Und erschrak, als ich den Grund dafür erkannte: In mir selbst regte sich die gleiche Eifersucht, die ich Josefa vorwarf. Das Blut des DRACHEN brannte nicht immer heiß in mir, doch ich spürte es bei jedem Herzschlag. Es war leicht zu ignorieren, wenn der Kopf mit anderem beschäftigt war, aber ich erkannte, dass ich dem DRACHEN schon längst verfallen war.

»Wir tun es, wie du gesagt hast«, knirschte Josefa und schickte sich an, den Glasdrachen vom Regal zu holen.

Ich sah es kaum, Tränen fluteten aus meinem Auge. Auf eine seltsame, nicht mehr menschliche Art liebte ich den DRACHEN. Aber ich musste die Stadt befreien, und dafür musste er sterben.

40. Im Angesicht des DRACHEN

Wir verließen Josefas Gemach und durchschritten den dunklen Bogengang im hinteren Teil der Kathedrale. Josefa war ein seltsamer Anblick, wie sie den Glasdrachen trug, mit dessen Gewicht eigentlich auch ein kräftiger Mann seine Mühe hätte haben müssen. Schon wieder korrigierte ich meine Einschätzung von der Stärke der stets gebeugt gehenden Greisin.

Oder schwebte der Glasdrache etwa? Josefa hielt ihn an einem Flügel und unter dem Bauch, der Schweif lag seitlich an ihrem Brustkorb. Kein Zittern verriet irgendeine Anstrengung.

Die goldenen Flämmchen tanzten in würdevoller Ruhe durch die Figur. Sie beleuchteten Josefas versteinertes Gesicht, die Säulen und Statuen, die Blumen an den Ranken, die den Durchgang zum Bereich der Medien umgaben. Wenn es auf die Glasfiguren traf, in die Josefa Seelen gebannt hatte, wichen die Funken darin dem goldenen Licht aus. Sie wirbelten mit der Geschwindigkeit von Flocken in einem Schneegestöber so weit fort, wie es ihnen die gläsernen Gefängnisse erlaubten.

Inzwischen gelang es mir, den Blick vom Glasdrachen zu lösen, indem ich das Auge schloss und mich bewusst abwandte. Ich bezweifelte jedoch, dass ich seine Nähe hätte verlassen können. Er hatte mich in den Bann geschlagen, und solange Josefa ihn trug, würde ich an ihrer Seite bleiben. Das mochte bedeuten: für den kurzen Rest meines Lebens.

Das Drachenfeuer leuchtete aus dem Bauch des Vielgehörnten in das Seitenschiff der Kathedrale. Seine Atemzüge verursachten so tiefe Geräusche, dass die Töne in meinem Körper vibrierten. Ich bildete mir ein, dass das Drachenblut in mir eine leise Antwort sang.

Einige Gardisten saßen an der Wand und versorgten ihre Wunden. Sie erhoben sich, als sie uns kommen sahen, aber niemand wagte, unsere kleine Prozession aufzuhalten. Tränen rannen über abgekämpfte Gesichter, als die Männer und Frauen den Glasdrachen betrachteten. Einer von ihnen zitterte heftig und sank schluchzend zusammen.

Auch der DRACHE beobachtete uns, als wir an seinem rechten Auge vorbeischritten. Mit einem Schlag begriff ich, dass es exakt die gleiche Farbe hatte wie die Flämmchen in der Figur. Beide glichen geschmolzenem Gold. Zum ersten Mal sah ich, dass der Vielgehörnte nicht nur sein Maul öffnete, sondern auch versuchte, das Haupt vom Boden zu heben. Die wuchtigen Silberketten, die sich über seinem Nacken kreuzten, rasselten. Nach einem Meter war die Bewegungsfreiheit erschöpft. Aber das reichte dem DRACHEN, den Kopf ein wenig zu drehen und unserer Bewegung mit der Schnauze zu folgen, bis wir am Steinsockel ankamen, auf dem Gerros Sarg gestanden hatte. Josefa stellte den Glasdrachen ab. Ich zuckte, weil er leise klirrte, als seine Tatzen den Stein berührten.

»Ihr geht jetzt besser zur Seite«, sagte Josefa zu den Medien, die vor dem DRACHEN standen. Sie waren vollständig versammelt. Elissja Rorngat sah mich mit großen Augen an und gluckste, Glad arn Rubinsteyn wich meinem Blick aus. »Das hier ist nichts für euch«, fügte die Drachenmeisterin an. »Und schließt das Portal. Was nun geschieht, soll in der Kathedrale bleiben.«

Mit Mühe drehte ich dem Glasdrachen den Rücken zu und stellte mich neben Josefa. Als ich den Vielgehörnten betrachtete, übte auch er einen Sog auf mich aus. Ich fühlte mich, als würde etwas von mir nach hinten und zugleich nach vorne aus meinem Körper gezogen. Als sollte ich zu einer Nebelschwade verwischt werden. Oder zu einem Geist.

»Spürst du es, Kind?« Josefa lachte. »Beginnst du, zu begreifen?«

Ich betrachtete das geschuppte Maul, die Furchen auf der Schnauze des DRACHEN, die Wulste, die seine Augen schützten und aus denen Reihen gebogener Hörner sprossen, und die beiden gewaltigsten Dornen, die aus dem Kopf nach hinten stachen. Noch immer hatte er das Haupt erhoben und wandte es, um uns mal aus dem einen, dann aus dem anderen Auge zu anzustarren.

Auf den Emporen zischten die Draken. Ein schneller Blick zeigte mir, dass auch sie ihren Preis in den Kämpfen der Nacht bezahlt hatten. Es waren weniger als sonst, und bei manchen ragten Speere aus der geschuppten Haut.

Mit dumpfem Donner schloss sich das Tor hinter uns.

Josefa lächelte und senkte die Stirn, ohne den Blick vom DRACHEN zu wenden.

Dieser hüllte uns mit einem Schnauben in eine dichte Wolke seines Odems, bevor er das Haupt wieder ablegte.

Ich atmete tief ein. Fremde Wut und Sehnsucht erfüllten mich. Ich wollte meine Kraft erproben, die Glieder strecken, jene zermalmen, die sich anmaßten, über mein Schicksal zu entscheiden. Ich fühlte, dass ich weit stärker war als sie alle zusammen, und der Umstand, dass sie mich dennoch beherrschten, erschien mir als Ungerechtigkeit gegen die Ordnung der Welt.

»Dieses anmaßende Gör«, verkündete Josefa, »begreift nicht, dass wir eins sind. Sie glaubt, sie könne für dich etwas anderes sein als ein Wimpernschlag, den man kaum wahrnimmt. Wir sind gekommen, damit du ihr zeigst, wo ihr Platz ist.« Sie drehte den Kopf, bis sie mich ansah. »Während sie stirbt.«

Der DRACHE öffnete das Maul, und ich begriff, dass ich nie wieder in das Leben zurückkehren würde, das ich kannte. Der Krieg musste die Stadt schwer gezeichnet haben. Xina war tot, Onkel Podro hatte ich selbst erstochen. Wie viele mehr waren gestorben? Ob Turan noch lebte? Ich hoffte es, obwohl ich mir sicher war, dass er nach dem Aufwachen zu den Webern auf der Treppe geeilt war, um ihnen beizustehen. Gern hätte ich noch einmal allein mit ihm gesprochen, aber ich wusste, wie sehr er an seinen Leuten hing. Er würde mir niemals verzeihen, dass ich sie in den Tod geschickt hatte. Mein Verrat an ihm war schlimmer als der, den Glad arn Rubinsteyn an mir begangen hatte.

Das Drachenfeuer kam plötzlich. Gerade noch standen wir in einem heißen Luftzug, und unvermittelt waren wir von Flammen umgeben. Sie waren anders als beim letzten Mal, ihre Zungen hatten alle Farben des Regenbogens, weiße und schwarze waren darunter, und auch silberne und goldene. Und sie schmerzten so sehr, wie nur die Wahrheit schmerzen kann. Wenn all die kleinen Lügen, die Beschwichtigungen, die höflichen Rücksichtnahmen und Abmilderungen weggebrannt werden und nichts als die Wahrheit in ihrer unfassbaren Majestät aufragt. Wenn all die kümmerlichen Ausflüchte, mit denen jede Kreatur ihre Erbärmlichkeit bedeckt, zu Asche zerfallen und von der Blöße wehen, um sie nackt zurückzulassen. Dass auch meine stoffliche Kleidung verbrannte, war eine lächerliche Nebensächlichkeit. Bemerkenswert war allenfalls, dass es Josefa diesmal in gleicher Weise traf.

Weder die Sinne eines Menschen noch die Möglichkeiten seines Denkens reichten aus, um zu erfassen, was ich wahrnahm. In diesem Drachenfeuer gab es keine zeitliche Abfolge von Ereignissen. Alles geschah gleichzeitig. Der DRACHE, Josefa, die Glasfigur und ich verschmolzen in den Flammen zu einer Einheit. Nicht nur unsere Gedanken flossen ineinander, sondern auch unsere Erinnerungen, unsere Sehnsüchte und Ängste.

Ich *verstand* die alte Frau neben mir, die bald hundert Jahre gelebt und doch der Zeit entkommen war. Ihr schwächliches Äußeres war nichts als Scharade, ein Zugeständnis an die Erwartungen ihrer Umgebung. Und doch war sie gealtert, sogar verdorrt, denn sie war auch ein Mädchen, das mehr opferte, als ein Mensch geben kann, ohne sich selbst aufzulösen. Die Greisin stand neben mir und blickte dem Feuersturm aus dem Drachenmaul entgegen, und das Kind stand auf dem Dach der Kathedrale, vor sich den gläsernen Drachen, das Schönste, was jemals Menschenhand geformt hatte. Er war klar und rein, und wenn ich nicht gewusst hätte, dass er aus Glas gemacht war, hätte ich gedacht, er bestünde nur aus Licht und Luft.

Die Sonne versank im Westen. Von dort wehte auch der Wind, vor dem in dieser Höhe nichts schützte. Er zerrte am Haar und am Kleid des Mädchens, aber er wollte ihm nichts Böses. Er wollte es streicheln, und diese Geste fiel so heftig aus, dass das Kind beinahe vom Dach geweht wurde. Aber es blieb tapfer stehen und sah auf die Schlacht, die weit unter ihm in der Stadt und darüber hinaus tobte. Schwarzer Rauch stieg auf, die Sonne blitzte auf Klingen und Helmen, das Kämpfen und Sterben wurde zu einem Gewimmel, in dem das Leid der Einzelnen ertrank. Der Wind übertönte die Schreie, aber das Mädchen hatte sie in seiner Erinnerung mit heraufgetragen.

Es wusste um das Elend, um die Gewalt und darum, dass nur der Stärkste bestimmte, was geschah. Trotz seiner Jugend von gerade einmal acht Jahren hatte es begriffen, dass die Furcht der anderen demjenigen Macht gab, der sie ängstigte. Es war die Furcht vor dem Spott der anderen Patrizier über die seltsame Tochter gewesen, die mit dem Pöbel verkehrte, die seine Eltern den Rat des Kardinals hatte suchen lassen. Der Kardinal hatte die Furcht vor Gott benutzt, um ihr den Umgang mit den Glasbläsern zu verbieten. All ihre Schöpfungen waren zerbrochen.

Aber aus den eingeschmolzenen Scherben hatte sie diesen Drachen geformt. Und sie hatte all ihre Sehnsucht nach Schönheit hineingelegt. Dazu ihren Wunsch, allem enthoben zu sein, was die Erwachsenen bestimmten. Ihre Angst, entdeckt zu werden. Und ihren Trotz, der ihr sagte, dass niemand ihr verbieten durfte, Schönheit zu schaffen. Sie vereinte all das mit dem himmelschreienden Leid, das aus der Schlacht aufstieg und das sie fühlte wie einen Sturm bei tiefem Frost. Sie nahm den Zorn der Krieger hinzu, auch ihre Gier nach Beute und Blut, ihre Todesangst, die Verzweiflung der Verkrüppelten. Alles formte sie in ihrem Kinderherzen und glaubte es mit ihrem Kinderglauben.

Und riss es aus ihrer Seele, um es in den Glasdrachen zu legen. Eine goldene Flamme nach der anderen loderte in ihm auf.

Als das Kind nichts mehr zu geben hatte, als es leer und seine Kraft erschöpft war, erschien der Drache. Zuerst war er nur ein Schatten im schwarzen Qualm der Schlacht, aber dann teilte sein riesiger Leib die Schwaden. Die untergehende Sonne beschien die goldenen und braunen Schuppen, die Hörner drohten in alle Richtungen und das Feuer schien aus seinem Körper.

Josefa und ich waren eins in dem wortlosen Staunen, in dem wir den fliegenden Drachen bewunderten. Er war mit uns, aber auch mit allem anderen verbunden. Von nun an atmete er die Träume und Albträume, die Sehnsüchte und Schrecken aller Menschen der Stadt ein und gab ihnen diesen Atem wieder zurück. Alles, was sie erhofften und erträumten, und auch alles, was sie fürchteten und verabscheuten, war in ihm. In einer anderen Zeit holten die Draken zurück, was von ihm gekommen war und was sein Odem danach wieder über die Stadt wehen würde.

Doch weil alle Zeit zu einem einzigen Herzschlag geworden war, spürte ich auch den Schrecken, die Genugtuung, den Hass und den Blutrausch, mit dem der Drache die Kämpfer verbrannte. Freund und Feind wurden zu Rauch, als er sein Feuer auf die Krieger außerhalb der Stadtmauer ergoss. Das Land brannte. Der DRACHE spürte die Menschen sterben, wie wir Grashalme spüren, wenn wir mit nackten Sohlen darauf treten. Und wie Grashalme richteten sich auch die Toten wieder auf. Als Geister, die ihre Kameraden zu sich in den Tod rissen.

Der DRACHE konnte viele Arten von Feuer spucken, auch solches, das die Geister erlöste, aber Josefa hielt ihn davon ab. Ihr Herz war leer, sie hatte zu viel hergegeben. Die Verzweiflung der Gespenster zu sehen, erzeugte wenigstens einen schwachen Widerhall in ihrer Brust, und das war besser, als gar nichts zu fühlen. Als es außerhalb der Stadt keine Lebenden mehr gab, schickte sie den DRACHEN gegen den Palast der Lenans. Sie hatte versprochen, dass der Kardinal dafür büßen würde, sie von der einzigen Beschäftigung getrennt zu haben, die ihr Freude machte. Jetzt erfüllte sie dieses Versprechen an seiner gesamten Familie.

Ich sah das Kind Josefa vor dem Senat, nach der Schlacht, und hörte die Angst in den Stimmen der Oberhäupter zittern. Der Kardinal fehlte, er lag angekettet im Kerker. Der DRACHE hatte die Stadt gerettet, aber er war eine fürchterliche Gefahr.

Ich sah Josefa als gereifte Frau, wie sie vor dem DRACHEN stand, der nun in Ketten lag. Wie sie mit ihm sprach, seine schuppige Haut berührte, ihn erspürte. Sie waren zu dritt, Josefa, der DRACHE und die Glasfigur. Und zu dritt waren sie allein.

Ich erlebte die Ausbildung der Medien, sah zu, wie Josefa erkannte, dass keines von ihnen jemals *verstünde*. Sie alle brauchten Traumbilder, die nahe an ihrer menschlichen Wahrnehmung lagen. Bäume, Gänge, purpurnes Gras, Schaukeln. Wer sich zu weit vom Vertrauten entfernte, dessen Verstand verirrte sich. Sie konnten kümmerlichen Tand aus den Träumen in die greifbare Welt holen, solange sie nicht begriffen, dass alles eins war. Sobald sie dies erfassten, zerriss ihr Geist.

Josefa war der einsamste Mensch der Stadt. Nicht nur, weil die anderen Bewohner sie fürchteten und mieden, sondern vor allem, weil sie ihre Gefühle vermisste. Ihr großer Traum hatte im DRACHEN Gestalt angenommen und dadurch ihr Herz verlassen. Nur noch jener letzte Funke war in ihr, ohne den kein Mensch leben kann. Ihn versuchte sie zu nähren, aber nur die stärksten Emotionen vermochten ihr erstarrtes Herz noch zu rühren. Nackte Panik, blankes Entsetzen, abgrundtiefe Verzweiflung. So entstanden Josefas Spiele im Amphitheater. Auch Hoffnung und Liebe hätten ihr geholfen, vielleicht sogar mehr als alles andere, aber wer empfand schon so für die Drachenmeisterin? Solcherlei konnten die Draken nicht erzeugen. Josefa blieb nur die Grausamkeit.

Und über all dem, so erkannte nun die alte Josefa, die neben mir im Drachenfeuer stand, hatte sie ihren eigenen Traum vergessen. Sie hatte ihn sich abschwatzen lassen, damals im Senat, von den Oberhäuptern, die von Gefahr geredet und in Wirklichkeit vor allem um ihre eigene Macht gefürchtet hatten. Der DRACHE in Ketten, so begriff sie jetzt, war ein zutiefst gedemütigtes Wesen. Und da sie selbst der DRACHE war, drückte sie diese Demütigung nun zu Boden, als sei das Dach der Kathedrale auf sie gestürzt.

Josefa hatte um den Zorn, die Verzweiflung und die Scham des DRACHEN gewusst, aber jetzt erst spürte sie in vollem Maße, wie er sich all die Jahre gefühlt hatte. Sie erkannte ihre Schuld – an ihm, an ihrem Traum, an dem Mädchen, das sie selbst einst war. Sie war die wahre Ursache dafür, warum sie die Leere in ihrem verdorrten Herzen niemals hatte füllen können.

Der DRACHE hatte Erbarmen. Als sie zu seinem Maul kroch, schnappte er zu und durchbohrte sie mit den säbelartigen Zähnen. Da sich die Kiefer schlossen, brach auch der Feuerstoß ab.

Wieder war kein einziges Haar versengt, aber meine Haut rauchte.

Josefa war tot. Kurz hingen ihre Beine aus dem Maul, dann schlang der Drache sie hinunter.

Ich drehte mich um die eigene Achse. Medien und Gardisten sahen mich verschüchtert an. Auf dem Steinsockel glänzte geschmolzenes Glas, wie Wachs war es an den Rändern heruntergelaufen. Diese Überreste der Drachenfigur knackten, während sie abkühlten. Von den goldenen Flämmchen war nichts mehr zu sehen, ich vermutete, dass der Drache sie im gleichen Moment eingesogen hatte, in dem er Josefa getötet hatte.

Ich sah den Drachen an. Ich dachte wieder, wie ein Mensch denkt, aber jetzt bestand eine Vertrautheit zu ihm, wie sie zuvor vielleicht Josefa gespürt hatte. Machte mich das zur neuen Drachenmeisterin?

Der Vielgehörnte sprach nicht zu mir, und dennoch verstand ich ihn. Was das Mädchen auf dem Dach der Kathedrale begonnen hatte, war nun vollendet. Diejenige, die ihn gerufen hatte, gab es nicht mehr. Niemals hatte es ein Wesen wie den Drachen gegeben. Und da niemand solche Schönheit schaffen konnte, wie es Josefa gelungen war, Schönheit, die die Grenzen zwischen Wirklichkeit und Traum überwand, würde es niemals einen weiteren geben. Ich spürte seine Einsamkeit.

Er bat mich um die Erlaubnis, zu sterben.

Ich sah Glad arn Rubinsteyn an. Was gerade geschehen war, hatte ihn so mitgenommen, dass er darauf vergaß, meinem Blick auszuweichen, und mich wie alle anderen anstarrte.

Wäre er am Ende der Sieger? Er wollte, dass die Menschen von Traum und Albtraum erlöst würden. Da der Drache ebendiese atmete, bündelte und zurückgab, würde nach seinem Tod wohl wirklich niemand in der Stadt mehr einen

Albdruck verspüren oder in der Unsicherheit erwachen, ob sein nächtliches Traumbild Wahn oder Realität wahr.

Hatte Glad recht?

Nachtmahre waren eine Qual, die schlimmster Folter gleichkommen konnte.

Und Träume? Josefas Sehnsucht war Wirklichkeit geworden, und das war ein großes Unglück für sie gewesen.

Aber es hatte auch die Stadt gerettet. Was danach geschehen war, lag mindestens ebenso sehr daran, dass sie ihren alten Traum in Ketten gelegt und keinen neuen gefunden hatte.

Nochmals bat der Drache, sterben zu dürfen. Ich weiß nicht, wieso ich ihn verstand. Lag es an einer Neigung des Kopfs oder an der Art, wie sich die Nüstern weiteten? Vielleicht sprach er auch auf solche Weise in meinen Gedanken, dass ich den Sinn erfasste, ohne dass sich Worte geformt hatten.

Glad stellte sich eine Welt ohne Illusionen als eine friedliche Welt vor, in der der Verstand Gewissheiten erfasste, die niemand mehr bezweifelte. In der die Bürger ihren Scharfsinn zum Wohle der ganzen Stadt einsetzten, ohne Fantastereien oder Scheu.

Aber ich glaubte nicht daran.

Was würde die Menschen veranlassen, ihr Leben zu gestalten, wenn nicht die Vorstellung, dass es anders werden könnte? Der Wunsch, eine Verbesserung Wirklichkeit werden zu lassen, die in diesem Moment nicht mehr war als eine Illusion? Das Bedürfnis, zu verhindern, dass eine Schreckensvision wahr wurde? War der Antrieb nicht umso stärker, je kühner der Traum, je abgründiger die Furcht war?

»Du hast unrecht, Glad«, murmelte ich. »Menschen müssen in Träumen schwelgen oder von Nachtmahren verfolgt werden, um die Möglichkeiten ihres Lebens voll auszuschöpfen.«

Wieder bat mich der Drache um seinen Tod.

»Nein«, sagte ich laut und fest. »Du wirst nicht sterben. Du bist frei.«

Der DRACHE zerriss die Ketten, als seien es Bindfäden.

Er streckte die Schwingen. Säulen, die für die Ewigkeit geschaffen schienen, brachen wie morsches Holz. Er schüttelte sich, und das Bauwerk bebte. Steine lösten sich aus der Decke, um auf seinem Leib oder dem Boden zu zerschellen.

Sein Brüllen war so laut, dass Medien und Gardisten mit blutenden Ohren zusammenbrachen. Für die meisten von ihnen war das nur kurze Zeit ein Problem. Die Trümmer der einstürzenden Kathedrale begruben sie, als sich der DRACHE in den Himmel schwang.

Epilog

Der Drache und die Frau

Turan wurde ein reicher Mann, weil seine Leute die Glasfiguren aus der Stadtmauer und den in Trümmer gelegten Häusern bargen. Zwar leuchteten keine Funken mehr in ihnen, aber sie erzielten dennoch enorme Preise bei den Händlern, die nun in Scharen in die Stadt strömten. Ihr Ruhm verbreitete sich so weit, dass bald jeder Fürst und jeder betuchte Kaufmann eine Glasfigur aus der Stadt sein Eigen nennen wollte. Die Glasbläser fanden nicht genug Gesellen, um die Nachfrage zu bedienen, auch wenn ihre Erzeugnisse niemals die Vollkommenheit der Statuetten erreichten, die Josefa Rubinsteyn hinterlassen hatte.

Der Netol donnerte noch immer mit dem gewaltigen Wasserfall in die Stadt, aber wo er aus dem Berghang brach, stand nur noch eine Ruine. Raben beobachteten die Geschehnisse in den Gassen von dort, wo einst der DRACHE zugleich Gefangener und Tyrann gewesen war.

Die Jahre vergingen. Die sieben Hohen Häuser stritten sich wie seit jeher, doch wenn es Unzufriedene gab, wanderten sie nun über die neu belebte Handelsstraße in die Welt hinaus. Dafür kamen andere, die in der Stadt auf gute Geschäfte hofften, die Kunst der Glasbläser erlernen wollten oder hier ihre Liebe fanden. Die Stadt atmete auf, als wäre sie all die Jahrzehnte betäubt gewesen. Die Stadtmauer wurde ausgebessert und hell getüncht, sodass sie weithin zu sehen war, aber das Amphitheater ließ man weiter verfallen. Die Straßenkinder betrachteten es als Mutprobe, den wild wuchernden Garten in seinem Innern nach Dingen zu durchsuchen, die einmal der grausamen Drachenmeisterin gehört hatten.

Wenn man abends in den Gasthäusern und Herbergen die Kerzen auf die Tische stellte und das Essgeschirr den Weinbechern wich, wollten die Reisenden hören, wie es mit dem Drachen gewesen war. Wie seine Draken die Albträume gebracht hatten, und wie das Ungeheuer die Stadt mit Nahrung versorgt hatte. Kaum jemand wusste mit Gewissheit zu sagen, ob die Patrizier wirklich noch andere Dinge von ihm erhalten hatten, süße Träume oder gar Geschmeide, das aus gestaltgewordenen Wünschen bestand. Jeder, der alt genug war, erinnerte sich jedoch an den Tag, als der Drache die Kathedrale in Trümmer gelegt hatte.

Es war am frühen Morgen nach der großen Schlacht geschehen, in der die Hohen Häuser gegeneinander, die Weber gegen die Patrizier, die Drachengarde gegen das Volk und die Geister gegen alle gekämpft hatten. Die Sonne war blutrot aufgegangen, ein Omen für den Tag, der auf seine Art mehr Opfer gefordert hatte als die Nacht zuvor.

Der Drache hatte blaues Feuer gespien. Es hatte viele Menschen verbrannt, aber nicht so schwer, wie man hätte erwarten sollen, und auch die Brände in der Stadt hielten sich in Grenzen. Aber die Geister vergingen in diesen Flammen, und manche meinten zu wissen, dass zur gleichen Zeit die Funken in den Glasfiguren erloschen waren. Die Kritischen unter den Zuhörern dagegen glaubten, dass es sich bei diesen Funken nur um eine Legende handelte. Schließlich hatte sie niemand gesehen, der nicht zu jener Zeit hier gelebt hatte, als die Stadt durch das Leidende Land isoliert gewesen war.

Den Drachen dagegen sah man noch immer. Manchmal flog er über den Berghang, so hoch, dass die Wolken ihn verdeckten. Er kreiste über dem Moor, und einige Torfstecher schworen, dass er mehr als einmal beim verfallenen Kloster am See gelandet war. Doch auch wenn er oft zur Stadt zurückkehrte, schien er kein Verlangen danach zu haben, sich wieder hier niederzulassen. Man hatte ihn auf den fernen Smaragdinseln gesehen, im Einhornwald, über dem Lilienfluss. Er war um die Türme von Kalai gekreist. In Ustarbat hatte er das Heer des Kalifen verbrannt, das dieser ausgesandt hatte, um das Ungeheuer zu erschlagen und sein vielgehörntes Haupt als Trophäe über seinen Thron zu hängen. Auf dem schneegekrönten Gipfel des Akai hatte seine dunkle Silhouette gesessen.

Und bei all diesen Gelegenheiten war eine Frau bei ihm gewesen, die Drachenreiterin, die zwischen den Schwingen auf seinem Rücken stand wie auf dem Deck eines sturmumtosten Schiffs und niemals zu altern schien.

»Wir kennen sie«, sagten die Bürger der Stadt, wenn die Sprache auf diese Frau kam, und bei jedem lag dann Stolz in der Stimme. »Sie ist Zarria Machon. Eine von uns.«

Personen und Begriffe

Alora Rorngat (16, weiblich)**:** Patrizierin, wurde vor einem Monat entführt und von Zarria Machon befreit.

Arlbert Rubinsteyn (64, männlich)**:** Der harte Patriarch mit den roten Augen hält sein Hohes Haus an der Spitze der Macht.

arn: Namenszusatz für Schützlinge eines Hohen Hauses.

Astana Machon (32, weiblich)**:** Jüngstes unter den Oberhäuptern der Hohen Häuser. Regiert die Machons, seit deren Führungsriege in einer Fehde nahezu ausgelöscht wurde.

Bentur arn Worda (28, männlich)**:** Büttel in der Stadtwache. Seit er bei einer Prügelei nähere Bekanntschaft mit einer Eisenstange machte, verunziert eine Furche die linke Seite seines Gesichts.

Ceros (40, männlich)**:** Bürgerlicher mit guten Verbindungen.

Drachengarde: Schutztruppe des DRACHEN. Neben dem Ungeheuer sind ihr auch die Kathedrale und die Draken anvertraut. Befehlshaber ist ein Obrist, aber die Drachenmeisterin hat großen Einfluss.

Drachenlanze: Vier Meter lange Stangenwaffe mit gezacktem Blatt. Außer zum Kampf dient sie auch dazu, den DRACHEN und die Draken zu leiten.

Drake: Ein Kind des DRACHEN. Mit höchstens zehn Meter Flügelspannweite deutlich kleiner. Draken sind mit einer Schuppenhaut gepanzert und verfügen über spitze Zähne und harte Klauen. Gefährlicher ist aber ihr Atem, sie können sowohl Feuer als auch Gift speien. Sie nähren sich von Albträumen, die sie in ihren Opfern wecken.

Drakenpranger: Ein Pranger auf dem Marktplatz, an dem die Verurteilten über Nacht angekettet werden, sodass die Draken sie finden und sich an ihren Albträumen nähren.

Elissja Rorngat (30, weiblich)**:** Hochbegabtes Medium, Traumweberin.

Ergol Machon (45, männlich)**:** Patrizier, dessen Ehrgeiz darunter leidet, dass er nur der Seitenlinie seines Hohen Hauses angehört. Vater von Zarria Machon.

Eryll Worda (55, männlich)**:** Patriarch seines Hohen Hauses.

Eskado Rorngat (51, männlich)**:** Patriarch seines Hohen Hauses.

Fidelius (19, männlich)**:** Ein ehemaliger Straßenjunge (damals hieß er Erento), jetzt Mönch, der für das Kloster Dinge besorgt, von denen sich ihre Besitzer nur ungern trennen.

Geist: Erscheinung, die meist einem farbigen Nebelfetzen gleicht, sich aber manchmal zu einer Kugel verdichtet. Charakteristisch ist ein klagendes Heulen. Geister sind sehr aggressiv, fürchten sich aber vor den Draken.

Gerro Rubinsteyn (50, männlich)**:** Obrist der Drachengarde, in seinem Schlafgemach tot aufgefunden.

Gibo (22, männlich)**:** Büttel der Stadtwache.

Glad arn Rubinsteyn (21, männlich)**:** Schlaksiger, junger Mann, der unter der Ausbildung zum Medium leidet. Er fürchtet, die Gewissheit über die Grenze zwischen Illusion und Wirklichkeit zu verlieren.

Harich Merrial (52, männlich)**:** Patriarch seines Hohen Hauses.

Harik arn Worda (30, männlich)**:** Erfahrener Leutnant der Stadtwache.

Hohes Haus: Umschreibung für eine Patrizierfamilie.

Iadella Worda (18, weiblich)**:** Zofe im Palast der Rubinsteyns.

Jaco arn Rubinsteyn (17, männlich)**:** Sohn eines Gerbers, hat eine wichtige Beobachtung gemacht.

Jigella arn Ienbark (42, weiblich)**:** Beste Wäscherin der Stadt, hat ihr Geschäft direkt am Marktplatz.

Josefa Rubinstein (98, weiblich)**:** Die Drachenmeisterin beherrscht das Ungeheuer in der Kathedrale. Sie wandelt sicher zwischen Traum und Wirklichkeit, und nur die abscheulichsten Grausamkeiten vermögen noch ihr Herz zu rühren.

Kaydon Rubinsteyn (30, männlich)**:** Herausragender Drachengardist.

Madetta Ienbark (50, weiblich)**:** Matriarchin ihres Hohen Hauses.

Marcus Lenan (70, männlich)**:** Kardinal, moralische Autorität seiner Stadt.

Medium: Ein Mensch, der seherische Fähigkeiten hat, die ihm ermöglichen, Dinge aus den Drachenträumen Wirklichkeit werden zu lassen (zu materialisieren). Nach ihrer Initiation dürfen die Medien die Kathedrale nicht mehr verlassen.

Morga (45, weiblich)**:** Leutnant der Stadtwache, Vorbild für viele Neulinge.

Netol: Der Fluss, der aus dem Felshang unter der Kathedrale hervorbricht, um dann in einem siebzig Meter tiefen Wasserfall in sein Bett zu stürzen. Er durchfließt die Stadt, wobei er noch einen zweiten, kleineren Wasserfall durchströmt.

Olan Werenstolz (50, männlich)**:** Kräftiger Patriarch seines Hohen Hauses.

Orrak (25, männlich)**:** Büttel der Stadtwache.

Parierdolch: Kurze Klingenwaffe, die primär zur Abwehr eingesetzt wird. Die Parierstangen sind nach vorn gebogen, sodass man die Waffe eines Gegners durch Verkanten einfangen kann.

Patrizier: Mitglied der Oberschicht, Angehöriger eines Hohen Hauses.

Podro Machon (53, männlich)**:** Alter Haudegen und Hauptmann der Stadtwache. Trägt einen ausladenden Schnurrbart.

Rapier: Schwerer Degen, besonders für Stöße geeignet.

Senator: Das Oberhaupt eines Hohen Hauses in seiner Rolle als Mitglied des Senats, der die Stadt regiert.

Traumweber: Die fähigsten Medien. Fürsten der Kathedrale.

Turan (38, männlich)**:** Charmanter Anführer einer Bande von Gesetzlosen.

Ulryk Rorngat (24, männlich)**:** Gut aussehender Patrizier.

Visella Worda (19, weiblich)**:** Patrizierin, die im Kampf Erlösung von der Langeweile eines bestens versorgten Lebens sucht.

Vitora Rubinsteyn (27, weiblich)**:** Erfahrene Drachengardistin, führt oft Trupps ihrer Kameraden an.

Weber: Handwerker, die der Obrigkeit den Zutritt in ihr Stadtviertel verwehren. Dadurch leben sie in einer gesetzlosen Zone, die auch allerlei anderes Gesindel anzieht. Sie sorgen jedoch selbst für eine gewisse Ordnung.

Welma Rubinsteyn (33, weiblich)**:** Hochbegabtes Medium, Traumweberin.

Xina Machon (16, weiblich)**:** Lebenslustige Patrizierin.

Zahnstab: Amtsstab des Obristen, in dessen Spitze ein kleiner Drachenzahn eingearbeitet ist.

Zarria Machon (18, weiblich)**:** Seit zwei Wochen Leutnant der Stadtwache. Verlor vor einem Monat ihr linkes Auge, als sie eine Geisel aus der Hand von Entführern befreite.

Sie sind die Wächter der Dämmerung.

Hier reinlesen!

Robert Corvus

Grauwacht

Roman

Piper Taschenbuch, 432 Seiten
€ 12,99 [D], € 13,40 [A]*
ISBN 978-3-492-26994-0

Das Leben der Menschen Bisolas wird durch den Wechsel von Tag und Nacht bestimmt. Jahrzehnte lang herrscht Nacht, und weitere Jahrzehnte vergehen bis zum Abendrot. Ein alter Pakt zwingt die Menschen dazu, mit der Nacht zu wandern und ihr Dasein in kalter Dunkelheit zu fristen. Denn wenn der Tag kommt, kommen die Sasseks – fremdartige Wesen, die nur in der Wärme leben. Allein dieses Abkommen garantiert den Frieden zwischen den Völkern sowie die Grauwacht, die den Abzug der Menschen überwacht. Doch mysteriöse Ereignisse gefährden den Pakt.

Leseproben, E-Books und mehr unter **www.piper.de**

PIPER

ENTDECKE
NEUE WELTEN
MIT PIPER FANTASY
Mach mit und gestalte deine eigene Welt!
PIPER
www.piper-fantasy.de